COLLECTION FOLIO

George Sand

Mauprat

Édition présentée,
établie et annotée par
Jean-Pierre Lacassagne

Maître assistant
à l'Université de Strasbourg

Gallimard

PRÉFACE

Pour
Georges et Madeleine Lubin
qui nous ont rendu
George Sand.

Quand George Sand annonce le prochain envoi de *Mauprat* à *François Buloz, l'avide directeur de la* Revue des Deux Mondes *à qui la lie depuis décembre 1832 un traité de collaboration régulière, elle ignore qu'elle portera pendant plus de deux ans cette « nouvelle » qui, à terme, deviendra un roman.*

Au départ, en mars 1835, tout paraît simple et sans surprise, dans les sentiers battus des intrigues triangulaires. La nouvelle se propose de raconter les amours d'un jeune homme et d'une jeune femme mariée à un vieillard. Solange de La Marche est sauvée du déshonneur par Bernard de Mauprat qui l'arrache aux griffes de ses oncles alors qu'égarée dans la nuit orageuse elle a été traîtreusement conduite en leur repaire. Le comte, lieutenant-général de la province, accueille voire recueille en son château le défenseur de son honneur, lui manifeste la plus noble reconnaissance et le protège contre les menées vengeresses de ses oncles. Un plus grand péril guette le jeune homme. L'amour qu'il ressent aussitôt pour la comtesse ne le

*cède en rien à celui qu'éprouve pour lui la chaste
Solange.*

*Le manuscrit n'autorise guère plus amples déduc-
tions. Toutefois il permet d'imaginer que l'aveu par
Solange de sa passion constituait un des préliminaires
de l'intrigue. En effet, bien que cette déclaration soit
transcrite sur un béquet qui forme un sens complet et
qu'on ne puisse dès lors en déterminer le destinataire
— le mari? le confesseur comme dans le roman? —,
le papier et l'écriture rattachent incontestablement ce
fragment à un ensemble premier où se retrouvent les
événements que je viens d'évoquer. Une remarque
s'impose aussitôt : si les premiers vestiges d'une version
primitive s'entrevoient dès la scène de la tentative de
viol, les remaniements sont apparus très tôt dans le
traitement d'un « sujet » qui « se complique » malgré
la romancière au moment même où elle croit le
dominer. Et la force qu'il acquiert impose délais et
réflexion.*

*En 1837 qu'est devenu Mauprat? Un roman
indéfinissable, dense et captivant que l'on a pu lire
comme un roman d'aventures, un roman d'éducation,
un roman d'amour, le premier des grands romans
champêtres ou des grands romans sociaux ; j'en passe.*

*Le système des personnages est profondément modi-
fié. La belle éplorée est désormais une jeune fille,
Edmée de Mauprat. Son sauveur est son cousin
Bernard, âgé comme elle de dix-sept ans, dont la
violente mais généreuse nature a résisté à la perversité
de ses oncles, brigands féodaux sans aveu. Après leur
élimination ou leur disparition, Bernard, orphelin de
père et de mère depuis l'âge de sept ans, n'a plus
d'autre protecteur que son oncle le chevalier Hubert de
Mauprat. Ce gentilhomme est aussi généreux, désintéressé et conscient des devoirs de sa caste que ses parents
étaient infâmes, cupides, cruels et vils. Il adopte*

Bernard en qui il voit un frère pour Edmée, sa fille
fiancée à Adhémar de La Marche, un jeune homme du
meilleur monde, épris de la philosophie à la mode.
Mais leur rencontre au sinistre castel de la Roche-
Mauprat a suffi pour que se nouent entre la blanche
colombe et l'ourson farouche d'étranges fiançailles.
Comment Bernard disciplinera une violence bestiale et
acquerra l'éducation qui le rendra digne de briguer
l'amour de sa cousine, comment celle-ci vaincra la
répulsion que lui inspire, malgré un attrait tout aussi
irraisonné, la brutale passion de celui qui après avoir
voulu la prendre de force s'est fait son défenseur, telles
sont les questions qui tiennent en haleine le lecteur
jusqu'au dénouement.

Du même coup se trouve déplacé à l'extrême fin du
roman l'aveu dont je parlais. Rien n'exprime mieux
que ce déplacement la profonde mutation et l'élargisse-
ment subis par le texte primitif. Quand Edmée parle
enfin, l'histoire est terminée et c'est au folio 330 (sur
336 que compte en principe l'ouvrage) qu'est collé le
béquet en question (p. 426 dans notre édition). Tout
se passe donc comme si la nouvelle pour devenir
roman avait subi plusieurs farcissures — je reprends
une expression de Montaigne —, chacune repoussant
un peu plus loin, en avant comme en arrière, les bords
du texte. Farcissure l'histoire de Patience, le philosophe rustique dont la biographie sommaire situe et
prépare le récit des enfances Bernard en contrepoint;
farcissure le séjour à Paris où, enfin éduqué, Bernard
frotte au monde sa science neuve et met au creuset de
son enthousiasme vraie et fausse philosophies; farcissure la guerre d'Amérique où il éprouve, pour
complaire à Edmée, la constance de sa passion et prend
la mesure de sa prouesse de chevalier moderne;
farcissure le procès où, faussement accusé du meurtre

*d'Edmée, il retombe à la merci des monstres persécu-
teurs de son enfance.*

Ainsi « *se complique* » par insertions et distributions
successives qui en modifient le cours jusqu'à ce qu'elle
s'impose dans son mouvement impérieux et sa plénitude
une action que George Sand veut non pas « *alourdir* »
de ses préoccupations mais enrichir d'événements ou
d'épisodes dont l'intérêt ne soit pas seulement dramatique mais qui contribuent à faire de l'œuvre un réseau
multiple de significations.

Cette ambition pour une artiste aussi consciente
n'est pas séparable d'un souci esthétique d'ordonnance-
ment et d'équilibre : « *J'aurais étriqué* Mauprat *en le
terminant dans ce n°. Il faudra donc qu'il ait quatre
parties, sous peine de n'avoir pas le sens commun*[1] »

Qu'a donc appris depuis 1835 George Sand qu'elle
tient si fort à faire passer ? Quel est ce message ou ce
cri qu'une « *nouvelle* » ne pouvait contenir ?

L'aventure vénitienne l'a brisée. Elle a cherché dans
la fuite à Nohant l'apaisement par l'écriture. Désormais elle n'a cure d'êtres instables qu'il faut porter à
bout de cœur. La médiocrité d'une vie conjugale ratée
ne valait pas mieux mais autant la liberté surveillée
que l'asile ! Avec l'irruption de Michel de Bourges,
c'est toute sa vie de femme qui se trouve remise en
question. Le fougueux tribun bouscule toutes ses
quiétudes politiques. Avant et après Sandeau, « *répu-
blicaine comme tous les diables* », elle avait connu la
guerre en dentelles des épigrammes contre le régime.
Michel dont le républicanisme viscéral se nourrit de la
haine des royalistes qui ont massacré son père en 1797,
sept mois avant sa naissance, l'emporte, plus loin
qu'elle ne le désire parfois, sur la Montagne où se

1. Lettre à François Buloz, 24 avril 1837. Voir « Genèse de
Mauprat », p. 448.

dresse l'échafaud régicide. L'ardent défenseur des accusés d'avril 1834 donne à la spleenétique Lélia la conscience d'une réalité sociale qu'elle n'avait qu'entrevue ou jugée selon les rassurants critères de la classe moyenne. Son fanatisme l'effraie mais elle le croit atteint du « mal des grandes âmes [1] *» ; dans ses bras elle est une femme qui découvre enfin la plénitude de l'amour physique. Il n'était pas son premier amant et elle n'avait pas attendu de le connaître pour mener le bon combat. Mais elle a cru trouver en lui l'homme fort ou plutôt l'homme complet qui serait au cœur de la mêlée un soutien et surtout un compagnon de lutte. Le 22 mai 1837 elle lui écrit : « Je t'aime parce que je te crois capable de m'aimer heureusement, saintement, réellement. » Plus lucide le bilan du 21 janvier contient ces reproches : « Nul autre homme n'avait exercé sur moi une influence morale ; mon esprit toujours libre et sauvage n'avait accepté aucune direction. J'étais restée moi, doutant de tout, n'admettant que ce qui ne venait que de moi-même, haïssant toutes les erreurs. J'étais vierge par l'intelligence ; j'attendais qu'un homme de bien parût et m'enseignât. Tu es venu et tu m'as enseignée, et cependant tu n'es pas l'homme de bien que j'avais rêvé. Il me semble même parfois que tu es l'esprit du mal, tant je te vois un fonds de cruauté froide et d'insigne tyrannie envers moi... » Le malentendu est profond car George ne tarde pas à souffrir de ce qui fait le fond du comportement de Michel à son égard, son mépris ou sa jalousie? de l'artiste en elle. Son austère sectarisme bafoue l'artiste et partant humilie la femme à qui il refuse le droit de penser selon sa démarche propre, fût-ce en tentant de suivre envers et contre tout la logique du sentiment.*

1. Cette expression est appliquée à Simon, personnage qu'on peut croire inspiré de Michel (*Simon*, Michel Lévy, 1864, p. 18).

*Quand aux calculs de l'ambition Michel ajoutera les
duplicités du cœur, George aura pris la conscience
douloureuse d'une nouvelle impasse. Epouse ou maîtresse, la femme est victime. Casimir ou Michel, même
jeu, masques différents. D'avril-mai 1837, ce cri de
révolte :*

*« Le monde trouve fort naturel et fort excusable
qu'on se joue avec les femmes de ce qu'il y a de plus
sacré : les femmes ne comptent ni dans l'ordre social ni
dans l'ordre moral! J'en fais le serment, et voici la
première lueur de courage et d'ambition de ma vie! Je
relèverai la femme de son abjection, et dans ma
personne et dans mes écrits, Dieu m'aidera.*

*« Adieu les ignobles passions et l'imbécile métier de
dupe! Que le nom de quiconque sait mentir soit effacé
à jamais de mon souvenir, mais que le mensonge soit
flétri, et que l'esclavage féminin ait aussi son Sparta-
cus. Je le serai ou je mourrai à la peine[1]. »*

*Du 12 février au 27 mars 1837, George Sand
égrène dans* Le Monde *de Lamennais ses* Lettres à
Marcie *dont le féminisme résolu épouvante l'abbé[2]. La
question du divorce ne peut être abordée et les
réticences qu'il manifeste devant ses hardiesses refroi-
dissent la romancière. Elle se refuse à donner des
fleurs alors qu'elle espérait placer un brûlot. « Après
m'avoir poussée en avant, il a trouvé que je marchais
trop vite. » Dans son laconisme, ce lucide diagnostic*

---

1. Lettre à Frédéric Girerd.
2. Les *Lettres à Marcie* devaient être « une sorte de roman sans
événements » dont l'héroïne aurait été « une femme qu'on n'eût
même pas vue, qui n'eût jamais écrit, et qu'on n'eût connue que
par les lettres et les réflexions de son ami ». George Sand voulait
y traiter « des questions relatives aux femmes ». Mécontente de la
censure exercée par Lamennais sur la troisième lettre notamment
et devant le refus de l'abbé de la voir traiter du divorce, Sand
laissa l'œuvre inachevée.

porté dans Histoire de ma vie *dit l'ampleur d'une
déception qui, sans entamer l'admiration pour le
réfractaire, marque les limites d'une amitié frustrée.
Les* Lettres à Marcie *qui font concurrence à* Mauprat, *au grand dam de Buloz, ont sans doute été le
vase d'expansion où s'est déversé le trop-plein de
« thèse » qui aurait nui à* Mauprat; *mais l'avortement
du projet a enrichi la psychologie de l'abbé Aubert à
travers qui s'esquisse une critique du solitaire de La
Chênaie : « Les persécutions dont il avait été si
longtemps l'objet, avaient développé en lui ce sentiment
de crainte instinctive qu'il conserva toute sa vie, et qui
rendit toujours sa confiance si difficile, et d'autant
plus flatteuse et plus touchante peut-être. »*

*Tout autre le lien qui se noue à la même époque
entre Pierre Leroux et George Sand. C'est lui aussi un
des défenseurs des accusés d'avril et c'est à son
initiative que Lamennais a été enrôlé bien que
« calotin ». Cela en dit long sur l'exceptionnelle
ouverture d'esprit de ce philosophe, un des phares du
parti républicain dont la bonté et la science sont alors
également proverbiales. Ce fils de limonadier après de
brillantes études a délibérément choisi de ne pas faire
carrière quand autour de Guizot ou de Victor Cousin
se plaçaient tous ceux qui de près ou de loin avaient
collaboré au* Globe. *Leroux avait en effet fondé ce
journal avec son ancien condisciple Dubois et manifesté
son opposition à la monarchie restaurée. Mais bien
qu'il eût été un des premiers à signer la protestation
des journalistes contre les ordonnances, la révolution
faite, il avait poursuivi au sein du saint-simonisme
puis à la tête d'une équipe de dissidents sa quête d'une
nouvelle synthèse de l'esprit humain. Lectrice attentive
de son article « Bonheur » publié dans la* Revue des
Deux Mondes *le 15 février 1836, Sand est en train
de se laisser gagner par l'optimisme indéfectible du*

*maître. Sa confiance dans un avenir serein d'une
humanité réconciliée vouée par Dieu même à la
perfectibilité indéfinie réconcilie George avec elle-
même. Leroux en effet est convaincu, lui qui proclame
que « l'homme vit à l'état d'aspiration », que les
déplorations des écrivains ne signifient pas autre chose
que l'immense appétit de foi d'une époque en rupture
de tradition. Dans l'article « Conscience » de l'*Ency-
clopédie nouvelle *qu'il dirige avec Jean Reynaud et
qui passionne Sand au moins depuis décembre 1836,
Leroux écrit : « Il y a [...], dans Lélia, un beau
symbole. Elle est dans une abbaye en ruine, au milieu
d'une forêt : l'œuvre humaine est en ruine, mais la
nature est puissante ; la vie végétative coule à flots
autour de Lélia et l'inonde, mais elle en est inondée
sans en être touchée, ou plutôt elle se sent périr
d'inanition au milieu de cet océan de vie ; car cette vie
qui remplit la nature extérieure ne saurait la nourrir.
Lélia, c'est une âme qui demande sa nourriture. »
Ainsi comme Leroux l'avait affirmé dès 1831 des
artistes qui chantaient les douleurs de l'époque, par son
œuvre antérieure Sand avait « semé abondamment des
germes de renaissance » et, « chantre de la mort de
l'ancien ordre social », avait « en même temps appelé
la vie nouvelle et préludé sans en voir [elle-même]
l'aurore aux destinées promises à l'humanité ». Enfin
Leroux après l'artiste comblait la femme. Seul de tous
les socialistes à n'être pas en quelque façon misogyne,
Pierre Leroux défendait un féminisme exigeant qui
sans détruire la famille visait à instaurer l'égalité de
l'homme et de la femme dans le mariage et dans la
société, arrachant la femme à sa condition objective de
prolétaire social, victime d'une législation et de mœurs
qui dissocient le droit et le fait.*

Quand George Sand compose Mauprat, *elle n'est
pas encore « le vulgarisateur à la plume diligente » de*

la pensée de Leroux; mais cette œuvre retentit de l'écho de conversations familières et de méditations communes. Cela est si vrai que se relisant en 1851 la romancière ajoute une morale *à son histoire qu'on croirait sortie du* Discours aux philosophes.

Selon le mot de Jean Gaulmier « il n'est pas un seul des romans sandiens qui ne résulte d'une rêverie lyrique en marge de la réalité existentielle[1] *».* Mauprat *redit dans son registre et comme* a contrario *les tumultes et les échecs de deux années décisives dans la maturité de l'écrivain. Et l'espoir qui luit.*

Quand le 17 juin 1835 Pierre Leroux passe pour la première fois le seuil de la « mansarde bleue », George Sand a sur le métier, et l'image n'est pas gratuite, depuis plus de trois mois « une nouvelle appelée Mauprat ».* Histoire de ma vie *a fixé le souvenir de cette rencontre et en décrit l'éblouissement :*

« Il était dès lors le plus grand critique possible dans la philosophie de l'histoire, et s'il ne vous faisait pas bien nettement entrevoir le but de sa philosophie personnelle, du moins il faisait apparaître le passé dans une si vive lumière, et il en promenait une si belle sur tous les chemins de l'avenir, qu'on se sentait arracher le bandeau des yeux comme avec la main. »

Mais George n'est qu'illuminée; elle n'est pas encore convertie :

« A cette première rencontre avec lui, j'étais trop dérangée par la vie extérieure. Il me fallait produire sans repos, tirer de moi-même, sans le secours d'aucune philosophie, des histoires de cœur, et cela pour suffire à l'éducation de ma fille, à mes devoirs envers les autres et envers moi-même. Je sentis alors l'effroi de cette vie de travail dont j'avais accepté toutes les responsabili-

---

1. Jean Gaulmier, « Présence de George Sand », Travaux du Centre de Philologie romane de Strasbourg, V, 2, 1967, p. 72.

*tés. Il ne m'était plus permis de m'arrêter un instant,
de revoir mon œuvre, d'attendre l'inspiration, et
j'avais des accès de remords en songeant à tout ce
temps consacré à un travail frivole, quand mon
cerveau éprouvait le besoin de me livrer à de salutaires
méditations. »*

On pourrait prétendre qu'en reconstruisant sa vie
George valorise à l'excès un épisode dont elle fait un
événement cardinal de sa biographie intellectuelle et
de sa création. Mais la chronologie ne la contredit
pas qui situe au mois de juillet 1835 le séjour à « la
maison déserte ». La longue et difficile genèse de
Mauprat paraît, avec cette interruption avouée de
près d'un an et demi, d'août 1835 à janvier 1837,
s'accorder à cette appréciation rétrospective : le temps
d'une incubation, le temps que naisse et grandisse une
amitié unique dans les lettres françaises, celui de
changer une « histoire de cœur » en roman protéiforme.

Mauprat se présente d'abord selon la technique du
récit enchâssé comme la narration de la vie de Bernard
de Mauprat faite par lui-même à ses visiteurs dont
l'un, George Sand, est ce « petit jeune homme »
romancier de son état qui rapporte toute fraîche cette
relation. Bernard est âgé de quatre-vingts ans quand il
prend la parole et sa perspective est celle d'un
autobiographe plus que celle d'un mémorialiste.

Dans la préface-manifeste du Secrétaire intime, à
la date du 15 mars 1834, Sand écrit : « L'auteur s'est
depuis longtemps résolu à ne jamais peindre que les
spectacles qui ont éveillé ses sympathies. Il laisse aux
plumes plus heureuses ou plus habiles le domaine de
l'histoire. [...] Il s'en tient à ce qu'il a vu, aux émotions
dont il a été le témoin, aux douleurs et aux espérances
qu'il a pu comprendre. » Ce parti pris est celui de
Bernard qui ne veut pas faire revivre l'Histoire mais
sa propre histoire ; et encore, de celle-ci, ce qu'il lui

plaît de narrer comme exemplaire, ce sont les étapes de
sa formation et les méandres de ses relations amou-
reuses. Au fond Bernard n'a pas cessé d'interroger sa
destinée. L'occasion lui est offerte moins de se justifier
que de tenter de formuler une réponse cohérente aux
deux questions qui le hantent : quand Edmée l'a-t-elle
aimé? quand a-t-il été digne de cet amour? Mais
l'introspection le conduit bien vite à envisager non plus
le quand mais le comment, voire le pourquoi. Dès lors
un retour aux origines s'impose puisqu'il s'agit pour
Bernard de montrer comment de loup il est devenu
homme et de dégager le sens de sa « terrible vie ».

Bernard n'est pas maître des impressions qui
renaissent à l'appel du passé. Les émotions restituées
ainsi le bouleversent autant qu'elles frappent son
auditoire. « Versez-moi un verre de vin d'Espagne, car
je sens le froid qui me gagne. Ce n'est rien, c'est l'effet
que me produisent mes souvenirs quand je commence à
les dérouler [...]. Il avala un grand verre de vin, et
nous en fîmes autant; car nous avions froid aussi en
regardant sa figure austère, et en écoutant sa parole
brève et saccadée. »

Assurément la romancière se plaît à susciter ces
sortes de réactions. Pour ne se vouloir pas Walter
Scott, elle n'en joue pas moins à Ann Radcliffe.
L'épouvante que ses romans distillent a très tôt fasciné
Aurore Dupin. La fameuse visite des caves du couvent
des dames Augustines anglaises s'effectue dans Histoire de ma vie sous ses terribles auspices : « J'avais
lu avec délices, avec terreur, à Nohant, le Château
des Pyrénées de madame Radcliffe. » Jeune femme, la
future baronne Dudevant nuance son opinion sur le
roman gothique, comme en témoigne ce jugement sur
Le Moine de Lewis porté à l'intention d'Aurélien de
Sèze : « J'ai repris [...] le noir roman que j'avais
laissé à la moitié, ennuyée et dégoûtée des crimes et des

absurdités qui en marquaient chaque page [...] *J'ai toujours été de votre avis que la conception en était hardie et le but estimable. Les détails me paraissent dégoûtants et j'avoue que je ne saurais m'accoutumer encore à l'idée de ces crimes odieux* [...] *Le dernier volume surtout m'a paru plein de force et de beautés* [...] *Mais que je haïrais l'auteur d'un semblable livre! Quel esprit assez sombre, quel cœur assez ennemi du genre humain peut avoir rêvé ce tissu d'horreurs*[1] ? »

Ces lignes préjugent excellemment l'attitude ambiguë de George Sand quand elle exploite à son heure la veine gothique. « *En combien d'endroits dans son œuvre ne mène-t-elle pas ses personnages dans les souterrains?* » note Jean Pommier à propos de Spiridion[2]. Mais ce ne sont là qu'accessoires d'un décor obligé pour une technique romanesque parfaitement maîtrisée. Avec Mauprat, George Sand inaugure un traitement original du gothique. Elle utilise tout le matériau propre au genre, en met en scène tout le personnel coutumier : orage, ténèbres, flammes, poisons, ruines, châteaux moyenâgeux, chambres secrètes, tribunal, juges prévaricateurs, moines, seigneurs cruels et en reprend les situations : les périls et les malheurs de la vertu en proie aux mauvais traitements, affrontée au danger et à la violence, au risque de se perdre. Cependant George Sand joue moins sur ces procédés, somme toute mécaniques, créateurs d'horreur ou de terreur que sur une utilisation déjà très neuve du gothique. Les sources profondes de l'émotion ressortissent davantage de l'atmosphère que du concret d'un lieu ou d'une situation. En outre de véritables leitmotive maintiennent tout au long de l'ouvrage un

1. Lettre du 19 octobre 1825.
2. *George Sand et le rêve monastique*, Nizet, 1966, p. 36.

accompagnement qui réveille par un phénomène de surimpression l'imagination du lecteur. Il faudrait notamment dresser le catalogue des métaphores qui rappellent sans cesse la bestialité latente du héros « ours, blaireau, loup, milan » et la fragilité propre à Edmée dès qu'elle est en situation de victime, colombe, passereau, biche... Le regard « étrange » d'Edmée, le « mystérieux » qui ne laisse pas d'inquiéter Bernard, l'onirisme de certaines scènes, délicieuses vignettes de keepsakes, se font écho et agissent par leur contraste même. Enfin, et surtout, comme le font les véritables tenants de la tradition gothique, je pense en particulier à Emily Brontë, George Sand joue avec une parfaite maîtrise du pressentiment, *ressort primordial du grand roman noir dès que l'on va au-delà des apparences. C'est lui qui impose le souvenir de la « nuit sanglante » et en réactive l'angoisse prégnante.*

*Dès les premières pages, « sombre ravin » et « triste castel », un site, la Roche-Mauprat manifeste une présence menaçante. Mais le lecteur n'en connaîtra que les ruines effroyables ; en effet, quand Bernard esquisse le cadre de son enfance, il se dispense de le décrire puisqu'il est familier à ses hôtes ; se contentant d'en souligner l'ironique délabrement : « Jamais ce séjour n'a été aussi agréable qu'il l'est maintenant. » L'exclamation d'*Un Hiver à Majorque : « *Pleure donc qui voudra sur les ruines ! » et son commentaire sont en germe ici : « Presque tous ces monuments dont nous déplorons la chute sont des cachots où a langui durant des siècles, soit l'âme, soit le corps de l'humanité. »*

Le château de Sainte-Sévère, accueillant car aménagé, est aussi au cœur de son parc hospitalier une demeure féodale, mais la présence d'Edmée, de l'abbé Aubert, la bonté du chevalier Hubert, le voisinage de Patience exorcisent en quelque sorte ce qu'il symbolise et en font l'antithèse de son rival. Car « il est des lieux

maudits ». *Bernard associe par ce cri la tour Gazeau à
la Roche-Mauprat dont l'ombre délétère assombrit les
dernières péripéties du livre. L'éclatement du récit est
ici encore une fois manifeste. Le décor gothique
rappelle au début et à la fin de la narration de
Bernard l'obsédante présence du mal et la nécessité de
la vigilance.*

*Autre déviation du schéma traditionnel, l'orpheline,
hôtesse ordinaire des lieux funèbres chers au roman
noir, est ici un orphelin ; mieux, ce personnage pivot du
roman gothique commun est dédoublé. Bernard a sur les
épaules le poids d'un passé dont il n'est qu'en partie
comptable, mais qui pèse suffisamment pour le mainte-
nir aux frontières du passage à l'acte et le garder à la
merci de sa native violence. Sa pureté objective lui est
donnée par la grâce du sourire à peine entrevu d'une
mère et surtout par celle d'une rencontre ; elle n'est pas
état de nature. Et cet innocent est bien près de se faire
bourreau. Edmée en revanche n'assume pleinement que
le temps de deux heures le rôle de victime dont sa
« coquetterie angélique » et son énergie la préservent.
Cependant son destin s'est joué en cette « nuit fatale »
où elle est allée à la Roche-Mauprat « non y subir la
mort mais se fiancer avec elle ». Sa perte, elle est près
de la trouver dans ces « bois maudits » où elle « s'égare
toujours », et sa folie bien que prostrée et muette est un
temps d'épreuve qui l'apparente à ses sœurs lyriques,
Lucia di Lammermoor, Elvira d'*I Puritani *ou* Amina
de *La Sonnambula. *Au même moment Bernard expie
dans les affres d'un procès précipité un crime qu'il n'a
pas perpétré, avant que le témoignage décisif de
Patience et le sublime sursaut d'Edmée ne mènent à la
découverte des coupables.*

*Enfin, et c'est là l'essentiel et le neuf, si le gothique
sandien retrouve naturellement l'antipapisme radclif-
féen, si l'intolérance, la superstition, l'oppression et*

l'injustice sont consubstantielles au monde des ténèbres que représentent à des degrés divers tous les tenants — spatiaux ou incarnés — d'une société révolue, le renversement des valeurs opéré va beaucoup plus loin qu'un symbolisme usé et d'ailleurs patent. Dans Mauprat *les héros, et Bernard singulièrement, traversent une nuit physique, morale et sociale; et ce passage est un parcours initiatique où se trouvent imbriqués l'historique et l'individuel, le personnel et le collectif. L'horreur et la terreur visent moins à impressionner, à inspirer un dégoût qu'à susciter une espérance, exprimer une confiance, dresser un rassurant constat : l'Homme est apte à faire reculer l'ombre, disperser les fantômes ou les fantasmes, racheter ses fautes, bref à se civiliser. La parfaite assimilation par George Sand des techniques du roman noir lui permet une magistrale déconstruction du genre. Ce qui était finalité esthétique ou édifiante devient moyen. Emouvoir pour éveiller, avertir, créer les conditions d'une lecture ironique, distanciée et démystifiante, pour tout dire moderne.*

Ainsi George Sand modifie l'orientation traditionnelle du roman noir. Par une série de subtils glissements, sans que la dramatisation du récit y perde en intérêt, elle donne au projet gothique une autre dimension, celle de la prophétie. Est annoncé l'avènement de temps véritablement modernes, esquissée une vision de l'avenir du monde et de l'homme.

Du cauchemar au rêve, telle pourrait être la devise de ce moderne citoyen appelé à construire sur les débris de l'ancien un autre monde équitable, juste, lumineux. Patience est « le premier ignorant » qui ait appris qu'il est permis de rêver. Cette attitude contemplative peut être évasion d'un réel trop lourd mais elle est avant tout un acte de foi en la possibilité d'une société où les hommes s'accorderont dans l'amour mutuel après avoir

*uni leurs intelligences dans l'admiration de l'œuvre
divine. Patience, et à sa suite Marcasse sur un mode
plus pacifique, parlent ce langage des âmes droites qui
vont à la lumière par la vérité. Sur quelles complicités
— gouvernement, Eglise —, sur quelles injustices
repose l'ordre social, telles sont les méditations du
Socrate de la Varenne, quand au seuil de sa cabane il
regarde « les étoiles rouges sortir de l'horizon ».*

*Rien ne dégage mieux la tonalité propre de l'utopie
de Patience qu'une comparaison avec les revendica-
tions en apparence toutes semblables exprimées par les
paysans de Balzac. « Patience! Patience! », l'exclamation qui a valu son sobriquet au « sorcier de la tour
Gazeau », exprime bien l'attente d'une revanche mais
elle n'affirme pas la revendication égoïste de l'intérêt
personnel. Elle peut revêtir une forme brutale :
« Patience! patience! un temps n'est peut-être pas loin
où les manants ne couperont aux nobles ni les jarrets ni
les oreilles, mais la tête et la bourse... » Mais elle pré-
dit avant toutes choses la manifestation de la justice
providentielle. Patience n'attend rien pour lui-même.
Il espère seulement pour ses frères le rétablissement
d'un ordre bafoué. Ainsi George Sand avait le même
accent messianique quand devant le château de Talley-
rand elle s'écriait : « Patience! patience! les apôtres
sont en route[1] ! »*

*Chez Balzac au contraire la menace n'a pas d'autre
mobile qu'une arrière-pensée de profit prochain et de
vengeance privée même si elle proclame une haine de
classe : « C'est vrai! C'est le bourgeois des Aigues qui
fait tout cela... Mais patience. » Et de fait les paysans
balzaciens iront jusqu'au crime pour provoquer le
départ du général Montcornet, le châtelain des Aigues
dont la propriété sera vendue et dépecée.*

---

1. *Lettres d'un voyageur,* lettre VIII.

Dans Mauprat, *Patience évoque en termes d'expiation les démembrements à venir dont l'instrument sera
le courroux du peuple mais qui ouvriront une ère
de partage et de commun labeur :* « Il y aura
dix chaumières à la place de ce parc, et dix familles
vivront de son revenu. Il n'y aura plus ni valets, ni
maîtres, ni vilains, ni seigneurs. »

*Emile Blondet, préfet nouvellement promu et nouvel
époux de la veuve de M. de Montcornet, repasse avec
elle par* Les Aigues. *Il déplore comme une catastrophe*
« la mise en culture de ce beau parc, si soigné, si
voluptueux naguère », *souillé par les* « misérables
maisonnettes bâties tout autour, comme bâtissent les
paysans ».

« Voilà le progrès! [...] C'est une page du Contrat
social de Jean-Jacques! » *s'écrie l'* « amoureux
Emile » *effrayé d'être* « attelé à la machine sociale qui
fonctionne ainsi!... Mon Dieu! Que deviendront les
rois dans peu! » *Mais il ajoute à l'intention de sa
femme :* « Auprès de toi, vive le présent! [...] et au
diable l'avenir! » *Pour Patience comme pour Marcasse dont le narrateur prend soin de souligner la
chimérique candeur, les remous qu'ils espèrent seront
les prodromes de l'établissement d'un ordre pacifique
où les hommes vivront dans la même harmonie que les
étoiles.*

*Mais Bernard Mauprat jette en son grand âge un
˞gard lucide sur l'histoire. Qui lit rapidement* Mauprat *n'y voit que l'annonce naïve de la fin des temps
d'oppression. Or, toutes saisissantes qu'elles sont, les
visions de Patience ne sont jamais données par
Bernard comme accomplies. L'admirable et effrayant
symbole de la chouette ensanglantée s'égouttant sur la
tête de Bernard en prolonge l'impression mais suggère
aussi l'aversion du narrateur pour les excès révolu-
naires. Cette apocalypse a préludé, mais préludé*

seulement, à un avenir dont les promesses n'ont été que partiellement tenues. Les changements politiques récents — la révolution de juillet 1830 — les ont escamotées ou démenties après que l'Empire et le leurre odieux de la Restauration ont consommé l'anéantissement de la République.

Il n'empêche que l'esprit de l'utopie est à l'œuvre dans Mauprat. Patience notamment y est un de ces « hommes de désir » que Leroux identifie aux poètes parce que « leur pensée engendre ». Mais faut-il encore comprendre que Dieu a besoin des hommes?

Bernard en effet ne met pas en cause le bien-fondé théorique des espoirs sociopolitiques de Patience et de Marcasse. S'il les juge à plusieurs reprises « romanesques », il en conteste seulement, selon qu'il songe à l'un plutôt qu'à l'autre, l'idyllisme lénifiant ou la conception simplificatrice. Les convictions d'Edmée elle-même n'échappent pas à la critique amoureusement ironique du vieux Bernard. Il a admis à sa date la quasi-nécessité de la Terreur, dont sa femme admirait « la grandeur saintement fanatique ». Mais il n'adopte pas ses thèses d'égalitarisme absolu et rejette son babouvisme implicite. Pourtant c'est bien à Edmée que Bernard doit d'être ce qu'il est devenu. Elle a inondé son esprit des lumières de la philosophie et dessillé ses yeux qu'aveuglait la taie des préjugés. Malgré lui, contre lui, elle s'est battue pour le convaincre de la nécessité de recevoir une éducation pertinente. Imbue de la pédagogie du maître cher à son cœur, Jean-Jacques Rousseau, directement ou par l'intermédiaire de l'abbé Aubert, elle a entrepris de transformer en honnête homme un butor inculte et inéduqué. Cette obstination a profité à Bernard mais l'élève a dépassé l'institutrice. Le rousseauisme impénitent et invincible d'Edmée est à la fois glorifié et remis en question par Bernard qui se permet d'en sourire. Mauprat, *pétri de* La Nouvelle Héloïse, *des* Confessions, *du* Contrat social, *des* Rêveries, *de* l'Emile, *des* Discours, *auxquels on pourrait multiplier les renvois en notes, est une apologie mais aussi un règlement de comptes; sinon un adieu, du moins un congé donné à saint Jean-Jacques* [1].

Roman de formation, Mauprat *l'est donc en un sens strict, mais cette fois encore George Sand innove. Car au terme de cette éducation plénière, sentimentale, philosophique et mondaine, Bernard a appris tout le contraire de ses prédécesseurs : que l'important n'est pas d'arriver mais d'être en route, non pas de réussir mais d'œuvrer, qu'il vaut mieux être dupe que manquer de générosité, être vrai que flatteur ou bas. Cette transparence du cœur, cet accord parfait de l'être et du paraître, Edmée les manifeste si naturellement qu'elle mérite d'être saluée par Patience, l'inspiré, d' « étoile du firmament ».*

Mais Arthur, le naturaliste philadelphien et patriote que Bernard, serviteur au Nouveau Monde de la cause de la liberté, prend pour ami, baptise Edmea sylvestris *un spécimen de la flore américaine. Cette nomination symbolique confère à la figure romanesque d'Edmée une autre dimension. Elle est chez elle sur cette terre déjà libre et il est naturel que Bernard unifie dans sa mémoire les paysages d'outre-Atlantique et le parc de Sainte-Sévère, comme si Edmée incarnait l'allégorie triomphante de deux révolutions jumelles.*

L'ubiquité d'Edmée, cette omniprésence souveraine, Bernard la ressent comme constitutive de l'univers où il se meut et comme sa raison de vivre. Il ne sait pas clairement lui-même à qui il doit la miraculeuse

1. Sand canonise en effet le philosophe dans « Quelques réflexions sur Jean-Jacques Rousseau » (*Revue des Deux Mondes,* 1er juin 1841).

*métamorphose qui l'a fait « homme ». Tantôt il décrit
la « lutte » qu'il a menée « pour se transformer » et « sa
victoire ». Tantôt il invoque « la fée qui [l']a transformé ». L'agent efficace de cette mutation, Bernard le
reconnaît enfin dans la passion qui les a emportés,
Edmée et lui, au-delà d'eux-mêmes dans cette héroïque
ascèse au terme de laquelle ils se sont prouvé qu'il
existe « un amour exclusif, éternel, avant, pendant et
après le mariage ».*

*Cette conviction, Edmée l'exprime comme la morale
de leur commun combat : « A mesure que tu as grandi
à mes yeux, j'ai senti que je pouvais attendre, parce
que j'avais à t'aimer longtemps, et que je ne craignais
pas de voir évanouir ma passion avant de l'avoir
satisfaite, comme font les passions dans les âmes
faibles. » Bernard qui rapporte ces paroles avoue à son
tour comme pour conclure : « Elle fut la seule femme
que j'aimai ; jamais aucune autre n'attira mon regard
et ne connut l'étreinte de ma main. »*

*S'il fallait lui chercher des sœurs fictives, je la
placerais entre l'*Hélène de La Femme* de trente ans
et Mathilde de La Mole. D'elle, comme de l'héroïne
balzacienne, on peut admirer l'impressionnante dispo-
nibilité : « Esclave et souveraine, elle voulait obéir
parce qu'elle pouvait régner. » D'autre part sa justifi-
cation est toute stendhalienne : « Il nous fallait des
amours héroïques. » Ame à l'espagnole, elle marcherait
à l'échafaud sans renier les élans de son cœur.*

*Mais le coup de génie de George Sand a été de
couler l'intrigue amoureuse, ou plutôt cette problèma-
tique du couple, à l'intérieur d'un conflit familial ;
deux Mauprat, deux violences égales. De là l'insolite
du titre de l'ouvrage dans la séquence des premières
œuvres sandiennes. Mauprat, ce vocable surprend. Ce
n'est ni un prénom comme* Valentine, Indiana, Lélia,
Jacques, Simon, *ni l'indice d'un rang comme* La

Marquise, *ni celui d'une fonction comme* Le Secrétaire intime. *Patronyme dont l'étymologie effraie :*
Male *pratum, il désigne un lignage double et antithé-
tique mais qui n'en constitue pas moins pour ceux qui
le portent une tare originelle.* « On tue de naissance
dans notre famille » se plaît à dire Edmée « *dans ses
jours de gaieté mélancolique* ». *Or cette lourde hérédité
est revendiquée par Edmée autant que déplorée par
Bernard.* « *A Mauprat, Mauprat et demie !* » *Par un
paradoxe de sa nature, Edmée a su faire d'une pulsion
criminelle un instrument de rédemption. Elle tient de
ses ancêtres cette énergie qui galvanise les criminels et
les martyrs. De sa noblesse, péché social, elle fait
sainteté en l'authentifiant et en la validant par un
combat quotidien où elle expie les vanités et les fautes
de ceux de sa caste. Si prompte à rêver ce que l'histoire
est si lente à construire, elle sait le prix des menues
conquêtes et n'autorise aucune défaillance. Céder sur
un point, c'est perdre tout l'acquis. Le sang des
Mauprat qui coule dans ses veines la préserve d'un
préjugé dommageable aux femmes :* « *Par la raison que
je suis une Mauprat et que j'ai un inflexible orgueil, je
ne souffrirai jamais la tyrannie de l'homme.* » *Cette
profession de foi fonde toute la pédagogie amoureuse
d'Edmée.*

*Ne connaître que par Bernard, grâce à la technique
choisie de narration continue à la première personne,
les abandons, les hésitations, les retours et les douleurs
d'Edmée, confère au récit l'essentiel de son efficacité
dramatique. Mais au terme, quand Bernard a dressé le
bilan de sa dure vie, il ne se demande plus si l'organisation des individus est fatale. En 1837, le mot de la fin
était :* « *Ne croyez pas à la fatalité* », *leçon typique-
ment leroussienne. Quand elle relit son œuvre en 1851,
Sand la complète de cette certitude intime :* « *Tout le
monde a besoin d'être aimé pour valoir quelque chose.* »

Tant d'orages traversés n'ont entraîné aucun renie-
ment.

Bernard, par l'amour, reçoit une autre illumination.
Cette pesanteur héréditaire à vaincre, ces entraves à
défaire pour mériter l'élue, ne doivent pas le signaler à
ses auditeurs comme un être d'exception mais comme
un symbole exemplaire. De Patience à lui, la diffé-
rence tient « aux circonstances fortuites de la naissance
et de la richesse » si bien que, par la médiation de
Patience, Bernard, le noble arraché « aux ténèbres de
l'ignorance », est une image du peuple opprimé et
souffrant. L'Histoire est en marche et pour obscures
que soient ses voies, elles obéissent à une pédagogie
divine. Cet enseignement providentiel, cette lecture du
dessein de Dieu sur l'Homme, n'est pas aisément
discernable. L'éducation dont précisément Patience
suppose qu'elle va « se perfectionnant » prépare
l'humanité à cette compréhension de l'avenir. Un jour
se vérifiera l'adage que la voix du Peuple, c'est la voix
de Dieu. Telle est, dans Mauprat, *la dimension ultime*
de l'utopie individuelle et collective ; et sa formule : la
patience des impatients.

Sand enfin proclame une nouvelle tout aussi révolu-
tionnaire, en fait c'est la même, pour l'ordre social. Sa
pensée sur le mâle n'a pas changé depuis Lélia *:*
« L'homme est brutal et ne sait pas où commence le
dévouement de la femme » assurait Pulchérie à Lélia
qui stigmatisait l'« infâme égoïsme masculin », et
trouvait « la misère et l'asservissement de la femme
tellement dans la nature que la société aurait dû
s'efforcer au moins de [les] adoucir ». Mauprat *part*
des mêmes prémices mais proclame qu'il est au pouvoir
de l'homme et de la femme de refuser cet état de choses
en restituant au mariage sa finalité idéale.

Ce féminisme sage va peut-être moins loin que celui
de Fourier ou de Saint-Simon. Mais plus réaliste,

dans une société où la femme, même mariée, surtout mariée, est traitée en mineure, il n'en demande pas moins à l'homme de reconnaître que la cause des femmes est la sienne et que l'esclavage de la femme est la mesure de sa propre servitude.

Jean-Pierre Lacassagne

Mauprat

NOTICE

Quand j'écrivis le roman de *Mauprat* à Nohant, en 1846[1], je crois, je venais de plaider en séparation[2]. Le mariage, dont jusque-là j'avais combattu les abus, laissant peut-être croire, faute d'avoir suffisamment développé ma pensée, que j'en méconnaissais l'essence, m'apparaissait précisément dans toute la beauté morale de son principe.

A quelque chose malheur est bon, pour qui sait réfléchir : plus je venais de voir combien il est pénible et douloureux d'avoir à rompre de tels liens, plus je sentais que ce qui manque au mariage, ce sont des éléments de bonheur et d'équité d'un ordre trop élevé pour que la société actuelle s'en préoccupe. La société s'efforce, au contraire, de rabaisser cette institution sacrée, en l'assimilant à un contrat d'intérêts matériels ; elle l'attaque de tous les côtés à la fois, par l'esprit de ses mœurs, par ses préjugés, par son incrédulité hypocrite.

Tout en faisant un roman pour m'occuper et me distraire, la pensée me vint de peindre un amour exclusif, éternel, avant, pendant et après le mariage. Je fis donc le héros de mon livre proclamant à quatre-vingts ans sa fidélité pour la seule femme qu'il eût aimée.

L'idéal de l'amour est certainement la fidélité

éternelle. Les lois morales et religieuses ont voulu consacrer cet idéal; les faits matériels le troublent, les lois civiles sont faites de manière à le rendre souvent impossible ou illusoire; mais ce n'est pas ici le lieu de le prouver. Le roman de *Mauprat* n'a pas été alourdi par cette préoccupation; seulement le sentiment qui me pénétrait particulièrement à l'époque où je l'écrivis, se résume dans ces paroles de Mauprat vers la fin de l'ouvrage : « Elle fut la seule femme que j'aimai dans toute ma vie; jamais aucune autre n'attira mon regard et ne connut l'étreinte de ma main. »

GEORGE SAND.

5 juin 1851.

A GUSTAVE PAPET [3]

Quoique la mode proscrive peut-être l'usage patriarcal des dédicaces, je te prie, frère et ami, d'accepter celle d'un conte qui n'est pas nouveau pour toi. Je l'ai recueilli en partie dans les chaumières de notre Vallée Noire. Puissions-nous vivre et mourir là, en redisant chaque soir notre invocation chérie :

Sancta simplicitas!

GEORGE SAND.

Sur les confins de la Marche[4] et du Berry, dans le pays qu'on appelle la Varenne[5], et qui n'est qu'une vaste lande coupée de bois de chênes et de châtaigniers[6], on trouve, au plus fourré et au plus désert de la contrée, un petit château en ruines, tapi dans un ravin, et dont on ne découvre les tourelles ébréchées qu'à environ cent pas de la herse principale. Les arbres séculaires qui l'entourent et les roches éparses qui le dominent l'ensevelissent dans une perpétuelle obscurité, et c'est tout au plus si, en plein midi, on peut franchir le sentier abandonné qui y mène, sans se heurter contre les troncs noueux et les décombres qui l'obstruent à chaque pas. Ce sombre ravin et ce triste castel, c'est la Roche-Mauprat[7].

Il n'y a pas longtemps que le dernier des Mauprat, à qui cette propriété tomba[8] en héritage, en fit enlever la toiture et vendre tous les bois de charpente; puis, comme s'il eût voulu donner un soufflet à la mémoire de ses ancêtres[9], il fit jeter à terre le portail, éventrer la tour du nord, fendre de haut en bas le mur d'enceinte, et partit avec ses ouvriers, secouant la poussière de ses pieds, et abandonnant son domaine aux renards, aux orfraies et aux vipères[10]. Depuis ce temps, quand les bûcherons et les charbonniers qui habitent les huttes éparses aux environs passent dans la journée sur le haut du ravin de la Roche-Mauprat, ils sifflent d'un air arrogant ou envoient à ces ruines quelque énergique malédiction; mais quand le jour baisse et que l'engoulevent[11] commence à glapir[12] du haut des meurtrières, bûcherons et charbonniers passent en silence, pressant le pas, et de temps en temps font[13] un signe de croix pour conjurer les mauvais esprits qui règnent sur ces ruines[14].

J'avoue que moi-même je n'ai jamais côtoyé ce ravin, la nuit, sans éprouver un certain malaise[15]; et je n'oserais pas affirmer par serment que, dans certaines nuits orageuses[16], je n'aie pas fait sentir l'éperon à mon cheval pour en finir plus vite avec l'impression désagréable que me causait ce voisinage.

C'est que, dans mon enfance, j'ai placé le nom de Mauprat[17] entre ceux de Cartouche et de la Barbe-Bleue, et qu'il m'est souvent arrivé alors de confondre, dans des rêves effrayants, les légendes surannées de l'Ogre et de Croquemitaine avec les faits tout récents qui ont donné une sinistre illustration, dans notre province, à cette famille des Mauprat[18].

Souvent, à la chasse, lorsque mes camarades et moi nous quittions l'affût pour aller nous réchauffer au tas de charbons allumés que les ouvriers surveillent toute la nuit, j'ai entendu ce nom fatal expirer sur leurs lèvres à notre approche. Mais, lorsqu'ils nous avaient reconnus, et qu'ils s'étaient bien assurés que le spectre d'aucun de ces brigands n'était caché parmi nous, ils nous racontaient, à demi-voix, des histoires à faire dresser les cheveux sur la tête, et que je me garderai bien de vous communiquer, désolé que je suis d'en avoir noirci et endolori ma mémoire.

Ce n'est pas que le récit que j'ai à vous faire soit précisément agréable et riant. Je vous demande pardon, au contraire, de vous envoyer aujourd'hui une narration si noire; mais, dans l'impression qu'elle m'a faite, il se mêle quelque chose de si consolant, et, si j'ose m'exprimer ainsi, de si sain à l'âme, que vous m'excuserez, j'espère, en faveur des conclusions. D'ailleurs, cette histoire vient de m'être racontée; vous en demandez une : l'occasion est trop belle pour ma paresse ou pour ma stérilité.

C'est la semaine dernière que j'ai enfin rencontré Bernard Mauprat, ce dernier de la famille, qui, ayant depuis longtemps fait divorce avec son infâme parenté, a voulu constater, par la démolition de son manoir, l'horreur que lui causaient les souvenirs de son enfance. Ce Bernard est un des hommes les plus estimés du pays; il habite une jolie maison de campagne vers Châteauroux, en pays de plaine. Me trouvant près de chez lui, avec un de mes amis qui le connaît, j'exprimai le désir de le voir; et mon ami, me promettant une bonne réception, m'y conduisit sur-le-champ.

Je savais en gros l'histoire remarquable de ce vieillard; mais j'avais toujours vivement souhaité d'en connaître les détails, et surtout de les tenir de lui-même. C'était pour moi tout un problème philosophique à résoudre que cette étrange destinée. J'observai donc ses traits, ses manières et son intérieur avec un intérêt particulier.

Bernard Mauprat n'a pas moins de quatre-vingts ans, quoique sa santé robuste, sa taille droite, sa démarche ferme et l'absence de toute infirmité annoncent quinze ou vingt ans de moins. Sa figure m'eût semblé extrêmement belle sans une expression de dureté qui faisait passer, malgré moi, les ombres de ses pères devant mes yeux. Je crains fort

qu'il ne leur ressemble physiquement. C'est ce que
lui seul eût pu nous dire, car ni mon ami ni moi
n'avons connu aucun des Mauprat; mais c'est ce
que nous nous gardâmes bien de lui demander.

Il nous sembla que ses domestiques le servaient
avec une promptitude et une ponctualité fabuleuses
pour des valets berrichons. Néanmoins, à la
moindre apparence de retard, il élevait la voix,
fronçait un sourcil encore très noir sous ses cheveux
blancs, et murmurait quelques paroles d'impatience
qui donnaient des ailes aux plus lourds. J'en fus
presque choqué d'abord; je trouvais que cette
manière d'être sentait un peu trop le Mauprat.
Mais, à la manière douce et quasi paternelle dont il
leur parlait un instant après, et à leur zèle, qui me
sembla bien différent de la crainte, je me réconciliai
bientôt avec lui. Il avait d'ailleurs pour nous une
exquise politesse, et s'exprimait dans les termes les
plus choisis. Malheureusement, à la fin du dîner,
une porte qu'on négligeait de fermer, et qui
amenait un vent froid sur son vieux crâne, lui
arracha un jurement si terrible, que mon ami et moi
nous échangeâmes un regard de surprise. Il s'en
aperçut. « Pardon, messieurs, nous dit-il; je vois
bien que vous me trouvez un peu inégal; vous
voyez peu de chose; je suis un vieux rameau
heureusement détaché d'un méchant tronc et transplanté dans la bonne terre, mais toujours noueux et
rude, comme le houx sauvage de sa souche. J'ai eu
encore bien de la peine avant d'en venir à l'état de
douceur et de calme où vous me trouvez. Hélas! je
ferais, si je l'osais, un grand reproche à la Providence : c'est de m'avoir mesuré la vie aussi courte
qu'aux autres humains [19]. Quand, pour se transformer de loup en homme, il faut une lutte de
quarante ou cinquante ans, il faudrait vivre cent ans

par delà pour jouir de sa victoire. Mais à quoi cela
pourrait-il me servir ? ajouta-t-il avec un accent de
tristesse. La fée qui m'a transformé n'est plus là
pour jouir de son ouvrage. Bah ! il est bien temps
d'en finir ! » Puis, il se tourna vers moi, et, me
regardant avec ses grands yeux noirs étrangement
animés : « Allons, *petit* jeune homme, me dit-il, je
sais ce qui vous amène : vous êtes curieux de mon
histoire. Venez près du feu, et soyez tranquille.
Tout Mauprat que je suis, je ne vous y mettrai pas
en guise de bûche. Vous ne pouvez me faire un plus
grand plaisir que de m'écouter. Votre ami vous dira
pourtant que je ne parle pas facilement de moi, je
crains trop souvent d'avoir affaire à des sots ; mais
j'ai entendu parler de vous, je sais votre caractère et
votre profession : vous êtes observateur et narrateur, c'est-à-dire, excusez-moi, curieux et bavard. »
Il se prit à rire, et je m'efforçai de rire aussi, tout en
commençant à craindre qu'il ne se moquât de nous ;
et malgré moi je pensai aux mauvais tours que son
grand-père s'amusait à jouer aux curieux impru-
dents qui allaient le voir. Mais il mit amicalement
son bras sous le mien, et me faisant asseoir devant
un bon feu, auprès d'une table chargée de tasses :
« Ne vous fâchez pas, me dit-il ; je ne peux pas à
mon âge guérir de l'ironie héréditaire ; la mienne
n'a rien de féroce. A parler sérieusement, je suis
charmé de vous recevoir et de vous confier l'histoire de ma vie. Un homme aussi infortuné que je
l'ai été mérite de trouver un historiographe fidèle,
qui lave sa mémoire de tout reproche. Ecoutez-moi
donc et buvez du café. »

Je lui en offris une tasse en silence ; il la refusa
d'un geste et avec un sourire qui semblait dire :
« Cela est bon pour votre génération efféminée. »
Puis il commença son récit en ces termes.

I

Vous ne demeurez pas très loin de la Roche-Mauprat, vous avez dû passer souvent le long de ces ruines; je n'ai donc pas besoin de vous en faire la description. Tout ce que je puis vous apprendre, c'est que jamais ce séjour n'a été aussi agréable qu'il l'est maintenant. Le jour où j'en fis enlever le toit, le soleil éclaira pour la première fois les humides lambris où s'était écoulée mon enfance, et les lézards auxquels je les ai cédés y sont beaucoup mieux logés que je ne le fus jadis. Ils peuvent au moins contempler la lumière du jour et réchauffer leurs membres froids au rayon de midi.

Il y avait la branche aînée et la branche cadette des Mauprat. Je suis de la branche aînée. Mon grand-père était ce vieux Tristan de Mauprat qui mangea sa fortune, déshonora son nom, et fut si méchant que sa mémoire est déjà entourée de merveilleux. Les paysans croient encore voir apparaître son spectre alternativement dans le corps d'un sorcier qui enseigne aux malfaiteurs le chemin des habitations de la Varenne, et dans celui d'un vieux lièvre blanc qui se montre aux gens tentés de quelque mauvais dessein. La branche cadette n'existait plus, lorsque je vins au monde, que dans la personne de M. Hubert de Mauprat, qu'on appelait *le chevalier* parce qu'il était dans l'ordre de Malte, et qui était aussi bon que son cousin l'était peu. Cadet de famille, il s'était voué au célibat; mais, resté seul de plusieurs frères et sœurs, il se fit relever de ses vœux, et prit femme un an avant ma naissance. Avant de changer ainsi son existence, il avait fait, dit-on, de grands efforts pour trouver dans la branche aînée un héritier digne de relever son nom flétri, et de conserver la fortune qui avait prospéré dans les mains de la branche cadette. Il avait essayé de remettre de l'ordre dans les affaires de son cousin Tristan[20], et plusieurs fois apaisé ses créanciers. Mais voyant que ses bontés ne servaient qu'à favoriser les vices de la famille, et qu'au lieu de déférence et de gratitude, il ne trouverait jamais là que haine secrète et grossière jalousie, il renonça à tout accord, rompit avec ses cousins, et malgré son âge avancé (il avait plus de soixante ans), il se maria afin d'avoir des héritiers. Il eut une fille, et là dut finir son espoir de postérité; car sa femme mourut peu de temps après, d'une maladie violente que les médecins appelèrent colique de *miserere*. Il quitta le pays et ne revint plus que très rarement habiter ses terres qui étaient situées à six lieues de la Roche-Mauprat, sur la lisière de la Varenne et du *Fromental*[21]. C'était un homme sage et juste, parce qu'il était éclairé, parce que son père n'avait pas repoussé l'esprit de son siècle et lui avait fait donner de l'éducation. Il n'en avait pas moins gardé un caractère ferme et un esprit entreprenant; et, comme ses aïeux, il se faisait gloire de porter en guise de prénom, le surnom chevaleresque de *Casse-tête*, héréditaire dans l'antique tige des Mauprat. Quant à la branche aînée, elle avait si mal tourné, ou plutôt elle avait gardé de telles habitudes de brigandage féodal, qu'on l'avait surnommée Mauprat Coupe-Jarret. Mon père, qui était le fils aîné de Tristan, fut le seul qui se maria. Je fus son unique enfant. Il est nécessaire de dire ici un fait que je n'ai su que fort tard. Hubert Mauprat, en apprenant ma naissance, me demanda à mes parents, s'engageant, si on le laissait absolument maître de mon éducation, à me constituer son héritier. Mon père fut tué par accident à la chasse à cette époque, et mon grand-père refusa l'offre du chevalier, déclarant que ses enfants étaient les seuls héritiers légitimes de la branche cadette, qu'il s'opposerait par conséquent de tout son pouvoir à une substitution en ma faveur. C'est alors que Hubert eut une fille. Mais lorsque, sept ans plus tard [22], sa femme mourut en lui laissant ce seul enfant, le désir qu'avaient les nobles de cette époque de perpétuer leur nom, l'engagea de renouveler sa demande à ma mère. Je ne sais ce qu'elle répondit ; elle tomba malade et mourut. Les médecins de campagne mirent encore en avant la colique de *miserere*. Mon grand-père était demeuré chez elle les deux derniers jours qu'elle passa en ce monde...

« Versez-moi un verre de vin d'Espagne, car je sens le froid qui me gagne. Ce n'est rien, c'est l'effet que me produisent mes souvenirs quand je commence à les dérouler. Cela va se passer. »

Il avala un grand verre de vin, et nous en fîmes autant ; car nous avions froid aussi en regardant sa figure austère, et en écoutant sa parole brève et saccadée. Il continua :

Je me trouvai donc orphelin à sept ans. Mon grand-père pilla dans la maison de ma mère tout l'argent et les nippes qu'il put emporter ; puis, laissant le reste, et disant qu'il ne voulait point avoir affaire aux gens de loi, il n'attendit pas que la morte fût ensevelie, et, me prenant par le collet de ma veste, il me jeta sur la croupe de son cheval, en me disant : « Ah çà! mon pupille, venez chez nous, et tâchez de ne pas pleurer longtemps; car je n'ai pas beaucoup de patience avec les marmots. »

En effet, au bout de quelques instants il m'appliqua de si vigoureux coups de cravache que je cessai de pleurer, et que, me rentrant en moi-même comme une tortue sous son écaille, je fis le voyage sans oser respirer.

C'était un grand vieillard, osseux et louche. Je crois le voir encore tel qu'il était alors. Cette soirée a laissé en moi d'ineffaçables traces. C'était la réalisation soudaine de toutes les terreurs que ma mère m'avait inspirées en me parlant de son exécrable beau-père et de ses brigands de fils. La lune, je m'en souviens, éclairait de temps à autre au travers du branchage serré de la forêt. Le cheval de mon grand-père était sec, vigoureux et méchant comme lui. Il ruait à chaque coup de cravache, et son maître ne les lui épargnait pas. Il franchissait, rapide comme un trait, les ravins et les petits torrents qui coupent la Varenne en tout sens. A chaque secousse je perdais l'équilibre, et je me cramponnais avec frayeur à la croupière du cheval ou à l'habit de mon grand-père. Quant à lui, il s'inquiétait si peu de moi que, si je fusse tombé, je doute qu'il eût pris la peine de me ramasser. Parfois, s'apercevant de ma peur, il m'en raillait, et, pour l'augmenter faisait caracoler de nouveau son cheval. Vingt fois le découragement me prit, et je faillis me jeter à la renverse, mais l'amour instinctif de la vie m'empêcha de céder à ces instants de désespoir. Enfin, vers minuit, nous nous arrêtâmes brusquement devant une petite porte aiguë, et bientôt le pont-levis se releva derrière nous. Mon grand-père me prit, tout baigné que j'étais d'une sueur froide, et me jeta à un grand garçon estropié, hideux, qui me porta dans la maison. C'était mon oncle Jean, et j'étais à la Roche-Mauprat.

Mon grand-père était dès lors avec ses huit fils, le dernier débris que notre province eût conservé de cette race de petits tyrans féodaux dont la France avait été couverte et infestée pendant tant de siècles. La civilisation, qui marchait rapidement vers la grande convulsion révolutionnaire, effaçait de plus en plus ces exactions et ces brigandages organisés. Les lumières de l'éducation, une sorte de bon goût, reflet lointain d'une cour galante, et peut-être le pressentiment d'un réveil prochain et terrible du peuple, pénétraient dans les châteaux et jusque dans le manoir à demi rustique des gentillâtres. Même dans nos provinces du centre [23], les plus arriérées par leur situation, le sentiment de l'équité sociale l'emportait déjà sur la coutume barbare. Plus d'un mauvais garnement avait été obligé de s'amender en dépit de ses privilèges, et en certains endroits les paysans, poussés à bout, s'étaient débarrassés de leur seigneur, sans que les tribunaux eussent songé à s'emparer de l'affaire, et sans que les parents eussent osé demander vengeance.

Malgré cette disposition des esprits, mon grand-père s'était longtemps maintenu dans le pays sans éprouver de résistance. Mais, ayant eu une nombreuse famille à élever, laquelle était pourvue comme lui de bon nombre de vices, il se vit enfin tourmenté et obsédé de créanciers que n'effarouchaient plus ses menaces, et qui menaçaient eux-mêmes de lui faire un mauvais parti. Il fallut songer à éviter les recors d'un côté, et de l'autre les querelles qui naissaient à chaque instant, et dans lesquelles, malgré leur nombre, leur bon accord et leur force herculéenne, les Mauprat ne brillaient plus, toute la population se joignant à ceux qui les insultaient et se mettant en devoir de les lapider. Alors Tristan, ralliant sa lignée autour de lui, comme le sanglier rassemble après la chasse ses marcassins dispersés, se retira dans son castel, en fit lever le pont et s'y renferma avec dix ou douze manants, ses valets, tous braconniers ou déserteurs, qui avaient intérêt comme lui à se retirer du monde (c'était son expression) et à se mettre en sûreté derrière de bonnes murailles. Un énorme faisceau d'armes de chasse, canardières, carabines, escopettes, pieux et coutelas, fut dressé sur la plate-forme, et il fut enjoint au portier de ne jamais laisser approcher plus de deux personnes en deçà de la portée de son fusil.

Depuis ce jour, Mauprat et ses enfants rompirent avec les lois civiles comme ils avaient rompu avec les lois morales. Ils s'organisèrent en bande d'aventuriers. Tandis que leurs amés et féaux braconniers pourvoyaient la maison de gibier, ils levaient des taxes illégales sur les métairies environnantes. Sans être lâches (et tant s'en faut), nos paysans, vous le savez, sont doux et timides par nonchalance, et par méfiance de la loi que dans aucun temps ils n'ont comprise, et qu'aujourd'hui encore ils connaissent à peine. Aucune province de France n'a conservé plus de vieilles traditions et souffert plus longtemps les abus de la féodalité. Nulle part ailleurs peut-être on n'a maintenu, comme on l'a fait chez nous jusqu'ici, le titre de seigneur de la commune à certains châtelains, et nulle part il n'est aussi facile d'épouvanter le peuple par la nouvelle de quelque fait politique absurde et impossible. Au temps dont je vous parle, les Mauprat, seule famille puissante dans un rayon de campagnes éloignées des villes et privées de communications avec l'extérieur, n'eurent pas de peine à persuader à leurs vassaux que le servage allait être rétabli, et que les récalcitrants seraient malmenés. Les paysans hésitèrent, écoutèrent avec inquiétude quelques-uns d'entre eux qui prêchaient l'indépendance, puis réfléchirent et prirent le parti de se soumettre. Les Mauprat ne demandaient pas d'argent. Les valeurs monétaires sont ce que le paysan de ces contrées réalise avec le plus de peine, ce dont il se dessaisit avec le plus de répugnance. *L'argent est cher* est un de ses proverbes, parce que l'argent représente pour lui autre chose qu'un travail physique. C'est un commerce avec les choses et les hommes du dehors, un effort de prévoyance ou de circonspection, un marché, une sorte de lutte intellectuelle qui l'enlève à ses habitudes d'incurie, en un mot, un travail de l'esprit; et, pour lui, c'est le plus pénible et le plus inquiétant.

Les Mauprat, connaissant bien le terrain et n'ayant plus de grands besoins d'argent, puisqu'ils avaient renoncé à payer leurs dettes, réclamèrent seulement des denrées. L'un subit la surtaxe sur ses chapons, un autre sur ses veaux, un troisième fournit le blé, un quatrième le fourrage, et ainsi de suite. On avait soin de rançonner avec discernement, de demander à chacun ce qu'il pouvait donner sans se gêner outre mesure; on promettait à tous aide et protection, et jusqu'à un certain point on tenait parole. On détruisait les loups et les renards, on accueillait et on cachait les déserteurs, on aidait à frauder l'Etat, en intimidant les employés de la gabelle et les collecteurs de l'impôt.

On usa de la facilité d'abuser le pauvre sur ses

véritables intérêts et de corrompre les gens simples
en déplaçant le principe de leur dignité et de leur
liberté naturelle. On fit entrer toute la contrée dans
l'espèce de scission qu'on avait faite avec la loi, et
on effraya tellement les fonctionnaires chargés de la
faire respecter qu'elle tomba en peu d'années dans
une véritable désuétude : de sorte que, tandis qu'à
une faible distance de ce pays la France marchait à
grands pas vers l'affranchissement des classes
pauvres, la Varenne suivait une marche rétrograde,
et retournait à plein collier vers l'ancienne tyrannie
des hobereaux. Il fut bien aisé aux Mauprat de
pervertir ces pauvres gens : ils affectèrent de se
populariser, afin de contraster avec les autres
nobles de la province, qui conservaient dans leurs
manières la hauteur de leur antique puissance. Mon
grand-père ne perdait pas surtout cette occasion
de faire partager aux paysans son animadversion
contre son cousin Hubert de Mauprat. Tandis que
celui-ci donnait audience à ses chevanciers, lui assis
dans son fauteuil, eux debout et la tête nue, Tristan
de Mauprat les faisait asseoir à sa table, goûtait
avec eux le vin qu'ils lui apportaient en hommage
volontaire, et les faisait reconduire par ses gens au
milieu de la nuit, tous ivres-morts, la torche en
main et faisant retentir la forêt de refrains obscènes.
Le libertinage acheva la démoralisation des paysans. Les Mauprat eurent bientôt dans toutes les
familles des accointances que l'on toléra parce
qu'on y trouva du profit, et, faut-il le dire ? hélas !
des satisfactions de vanité ! La dispersion des
habitations favorisait le mal. Là, point de scandale,
point de censure. Le plus petit village eût suffi
pour faire éclore et régner une opinion publique ;
mais il n'y avait que des chaumières éparses, des
métairies isolées ; des landes et des taillis mettaient

entre les familles des distances assez considérables pour qu'elles ne pussent exercer mutuellement leur contrôle. La honte fait plus que la conscience. Il est inutile de vous dire quels nombreux liens d'infamie s'établirent entre les maîtres et les esclaves : la débauche, l'exaction et la banqueroute furent l'exemple et le précepte de ma jeunesse, et l'on menait joyeuse vie. On se moquait de toute équité, on ne remboursait aux créanciers ni intérêts ni capitaux, on rossait les gens de loi qui se hasardaient à venir faire des sommations, on canardait la maréchaussée lorsqu'elle approchait trop des tourelles ; on souhaitait la peste au parlement, la famine aux hommes imbus de philosophie nouvelle, la mort à la branche cadette des Mauprat, et on se donnait par-dessus tout des airs de paladins du douzième siècle. Mon grand-père ne parlait que de sa généalogie et des prouesses de ses ancêtres ; il regrettait le bon temps où les châtelains avaient chez eux des instruments pour la torture, des oubliettes et surtout des canons. Pour nous, nous n'avions que des fourches, des bâtons et une mauvaise couleuvrine, que mon oncle Jean pointait du reste fort bien, et qui suffisait pour tenir en respect la chétive force militaire du canton.

II

Le vieux Mauprat était un animal perfide et carnassier qui tenait le milieu entre le loup-cervier et le renard. Il avait, avec une élocution abondante et facile, un vernis d'éducation qui aidait en lui à la ruse. Il affectait beaucoup de politesse et ne manquait pas de moyens de persuasion avec les objets de ses vengeances. Il savait les attirer chez lui et leur faire subir des traitements affreux que, faute de témoins, il leur était impossible de prouver en justice. Toutes ses scélératesses portaient un caractère d'habileté si grande, que le pays en fut frappé d'une consternation qui ressemblait presque à du respect. Jamais il ne fut possible de le saisir hors de sa tanière, quoiqu'il en sortît souvent et sans beaucoup de précautions apparentes. C'était un homme qui avait le génie du mal, et ses fils, à défaut de l'affection dont ils étaient incapables, subissaient l'ascendant de sa détestable supériorité, et lui obéissaient avec une discipline et une ponctualité presque fanatiques. Il était leur sauveur dans tous les cas désespérés, et, lorsque l'ennui de la réclusion commençait à planer sous nos voûtes glacées, son esprit, facétieusement féroce, le combattait chez eux par l'attrait de spectacles dignes d'une caverne de voleurs. C'était parfois de pauvres moines quêteurs qu'on s'amusait à effrayer et à tourmenter : on leur brûlait la barbe, on les descendait dans des puits et on les tenait suspendus entre la vie et la mort; jusqu'à ce qu'ils eussent chanté quelque gravelure ou proféré quelque blasphème. Tout le pays connaît l'aventure du greffier qu'on laissa entrer avec quatre huissiers [24], et qu'on reçut avec tous les empressements d'une hospitalité fastueuse. Mon grand-père feignit de consentir de bonne grâce à l'exécution de leur mandat, et les aida poliment à faire l'inventaire de son mobilier, dont la vente était décrétée; après quoi, le dîner étant servi et les gens du roi attablés, Tristan dit au greffier : « Eh! mon Dieu, j'oubliais une pauvre haridelle que j'ai à l'écurie. Ce n'est pas grand-chose; mais encore vous pourriez être réprimandé pour l'avoir omise, et comme je vois que vous êtes un brave homme, je ne veux point vous induire en erreur. Venez avec moi la voir, ce sera l'affaire d'un instant. » Le greffier suivit Mauprat sans défiance, et, au moment où ils entraient ensemble dans l'écurie, Mauprat, qui marchait le premier, lui dit d'avancer seulement la tête, ce que fit le greffier, désireux de montrer beaucoup d'indulgence dans l'exercice de ses fonctions, et de ne point examiner les choses scrupuleusement. Alors Mauprat poussa brusquement la porte et lui serra si fortement le cou entre le battant et la muraille, que le malheureux en perdit la respiration. Tristan, le jugeant assez puni, rouvrit la porte, et, lui demandant pardon de son inadvertance avec beaucoup de civilité, lui offrit son bras pour le reconduire à table; ce que le greffier ne jugea pas à propos de refuser. Mais aussitôt qu'il fut rentré dans la salle où étaient ses confrères, il se jeta sur une chaise, et, leur montrant sa figure livide et son cou meurtri, il demanda justice contre le guet-apens où on venait de l'entraîner. C'est alors que mon grand-père, se livrant à sa fourbe railleuse, joua une scène de comédie d'une audace singulière. Il reprocha gravement au greffier de l'accuser injustement, et, affectant de lui parler toujours avec beaucoup de politesse et de douceur, il prit les autres à témoin de sa conduite, les suppliant de l'excuser si sa position précaire l'empêchait de les mieux recevoir, et leur faisant les honneurs de son dîner d'une manière splendide. Le pauvre greffier n'osa pas insister et fut forcé de dîner, quoique à demi mort. Ses confrères furent si complètement dupes de l'assurance de Mauprat, qu'ils burent et mangèrent gaiement en traitant le greffier de fou et de malhonnête. Ils sortirent de la Roche-Mauprat tous ivres, chantant les louanges du châtelain et raillant le greffier, qui tomba mort sur le seuil de sa maison en descendant de cheval.

Les huit garçons, l'orgueil et la force du vieux Mauprat, lui ressemblaient tous également par la vigueur physique, la brutalité des mœurs, et plus ou moins par la finesse et la méchanceté moqueuse. Il faut le dire, c'étaient de vrais coquins, capables de tout mal, et complètement idiots devant une noble idée ou devant un bon sentiment; cependant il y avait en eux une sorte de bravoure désespérée, qui parfois n'était pas pour moi sans une apparence de grandeur. Mais il est temps que je vous parle de moi, et que je vous raconte le développement de mon âme au sein du bourbier immonde où il avait plu à Dieu de me plonger au sortir de mon berceau.

J'aurais tort si, pour forcer votre commisération à me suivre dans ces premières années de ma vie, je vous disais que je naquis avec une noble organisation, avec une âme pure et incorruptible. Quant à cela, monsieur, je n'en sais rien. Il n'y a peut-être pas d'âmes incorruptibles, et peut-être qu'il y en a. C'est ce que ni vous ni personne ne saurez jamais. C'est une grande question à résoudre que celle-ci : « Y a-t-il en nous des penchants invincibles, et l'éducation peut-elle les modifier seulement ou les détruire? » Moi, je n'oserais prononcer; je ne suis ni métaphysicien, ni psychologue, ni philosophe; mais j'ai eu une terrible vie, messieurs; et, si j'étais législateur, je ferais arracher la langue ou couper le bras à celui qui oserait prêcher ou écrire que l'organisation des individus est fatale, et qu'on ne refait pas plus le caractère d'un homme que l'appétit d'un tigre. Dieu m'a préservé de le croire.

Tout ce que je puis vous dire, c'est que j'avais reçu de ma mère de bonnes notions sans avoir peut-être naturellement ses bonnes qualités. Chez elle, j'étais déjà violent, mais d'une violence sombre et concentrée, aveugle et brutal dans la colère, méfiant jusqu'à la poltronnerie à l'approche du danger, hardi jusqu'à la folie quand j'étais aux prises avec lui, c'est-à-dire à la fois timide et brave par amour de la vie. J'étais d'une opiniâtreté révoltante; pourtant ma mère seule réussissait à me vaincre; et, sans bien raisonner, car mon intelligence fut très tardive dans son développement, je lui obéissais comme à une sorte de nécessité magnétique. Avec ce seul ascendant, dont je me souviens, et celui d'une autre femme que j'ai subi par la suite, il y avait et il y a eu de quoi me mener à bien. Mais je perdis ma mère avant qu'elle eût pu m'enseigner sérieusement quelque chose; et, quand je fus transplanté à la Roche-Mauprat, je ne pus éprouver pour le mal qui s'y faisait qu'une répulsion

instinctive, assez faible peut-être, si la peur ne s'y
fût mêlée.

Mais je remercie le ciel du fond du cœur pour les
mauvais traitements dont j'y fus accablé, et surtout
pour la haine que mon oncle Jean conçut pour moi.
Mon malheur me préserva de l'indifférence en face
du mal, et mes souffrances m'aidèrent à détester
ceux qui le commettaient.

Ce Jean était certainement le plus détestable de
sa race : depuis qu'une chute de cheval l'avait
rendu contrefait, sa méchante humeur s'était développée en raison de l'impossibilité de faire autant
de mal que ses compagnons. Obligé de rester au
logis quand les autres partaient pour leurs expéditions, car il ne pouvait monter à cheval, il n'avait de
plaisir que lorsque le château recevait un de ces
petits assauts inutiles que la maréchaussée lui
donnait quelquefois comme pour l'acquit de sa
conscience. Retranché derrière un rempart en
pierres de taille qu'il avait fait construire à sa guise,
Jean, assis tranquillement auprès de sa couleuvrine,
effleurait de temps en temps un gendarme, et
retrouvait tout à coup, disait-il, le sommeil et
l'appétit que lui ôtait son inaction. Même il
n'attendait pas les cas d'attaque pour grimper à sa
chère plate-forme; et là, accroupi comme un chat
qui fait le guet, dès qu'il voyait un passant se
montrer au loin sans faire de signal, il exerçait son
adresse sur ce point de mire et le faisait rebrousser
chemin. Il appelait cela donner un coup de balai
sur la route.

Mon jeune âge me rendant incapable de suivre
mes oncles à la chasse et à la maraude, Jean devint
naturellement mon gardien et mon instituteur,
c'est-à-dire mon geôlier et mon bourreau [25]. Je ne
vous raconterai pas les détails de cette infernale

existence. Pendant près de dix ans, j'ai subi le froid,
la faim, l'insulte, le cachot et les coups, selon les
caprices plus ou moins féroces de ce monstre. Sa
grande haine pour moi vint de ce qu'il ne put
parvenir à me dépraver; mon caractère rude,
opiniâtre et sauvage, me préserva de ses viles
séductions. Peut-être n'avais-je en moi aucune
force pour la vertu, mais j'en avais heureusement
pour la haine. Plutôt que de complaire à mon tyran,
j'aurais souffert mille morts; je grandis donc sans
concevoir aucun attrait pour le vice. Cependant
j'avais de si étranges notions sur la société, que le
métier de mes oncles ne me causait par lui-même
aucune répugnance. Vous pensez bien qu'élevé
derrière les murs de la Roche-Mauprat, et vivant en
état de siège perpétuel, j'avais absolument les idées
qu'eût pu avoir un servant d'armes au temps de la
barbarie féodale. Ce qui, hors de notre tanière,
s'appelait, pour les autres hommes, assassiner,
piller, et torturer, on m'apprenait à l'appeler
combattre, vaincre et soumettre. Je savais, pour
toute histoire des hommes, les légendes et les
ballades de la chevalerie que mon grand-père me
racontait le soir lorsqu'il avait le temps de songer à
ce qu'il appelait mon éducation; et quand je lui
adressais quelque question sur le temps présent, il
me répondait que les temps étaient bien changés,
que tous les Français étaient devenus traîtres et
félons, qu'ils avaient fait peur aux rois, et que ceux-
ci avaient abandonné lâchement la noblesse,
laquelle, à son tour, avait eu la couardise de
renoncer à ses privilèges et de se laisser faire la loi
par les manants. J'écoutais avec surprise, et presque
avec indignation, cette peinture de l'époque où je
vivais, époque pour moi indéfinissable. Mon grand-
père n'était pas fort sur la chronologie : aucune

espèce de livres ne se trouvait à la Roche-Mauprat, si ce n'est l'histoire des fils d'Aymon et quelques chroniques du même genre, rapportées des foires du pays par nos valets. Trois noms surnageaient seuls dans le chaos de mon ignorance, Charlemagne, Louis XI et Louis XIV, parce que mon grand-père les faisait souvent intervenir dans ses commentaires sur les droits méconnus de la noblesse. Et moi, en vérité, je savais à peine la différence d'un règne à une race; et je n'étais pas bien sûr que mon grand-père n'eût pas vu Charlemagne, car il en parlait plus souvent et plus volontiers que de tout autre.

Mais, en même temps que mon énergie instinctive me faisait admirer les faits d'armes de mes oncles et m'inspirait le désir d'y prendre part, les froides cruautés que je leur voyais exercer au retour de leurs campagnes, et les perfidies au moyen desquelles ils attiraient des dupes chez eux pour les rançonner ou les torturer, me causaient des émotions pénibles, étranges, et dont il me serait difficile, aujourd'hui que je parle en toute sincérité, de me rendre compte bien clairement. Dans l'absence de tout principe de morale, il eût été naturel que je me contentasse de celui du droit du plus fort, que je voyais mettre en pratique; mais les humiliations et les souffrances qu'en raison de ce droit mon oncle Jean m'imposait m'avaient appris à ne pas m'en contenter. Je comprenais le droit du plus brave, et je méprisais sincèrement ceux qui, pouvant mourir, acceptaient la vie au prix des ignominies qu'on leur faisait subir à la Roche-Mauprat. Mais ces affronts, ces terreurs, imposés à des prisonniers, à des femmes, à des enfants, ne me semblaient expliqués et autorisés que par des appétits sanguinaires. Je ne sais si j'étais assez

susceptible d'un bon sentiment pour qu'ils m'inspi-
rassent de la pitié pour les victimes; mais il est
certain que j'éprouvais ce sentiment de commisération égoïste qui est dans la nature, et qui, perfec-
tionné et ennobli, est devenu la charité chez les
hommes civilisés. Sous ma grossière enveloppe,
mon cœur n'avait sans doute que des tressaille-
ments de peur et de dégoût à l'aspect des supplices
que, d'un jour à l'autre, je pouvais subir pour mon
compte au moindre caprice de mes oppresseurs;
d'autant plus que Jean avait l'habitude, lorsqu'il me
voyait pâlir à ces affreux spectacles, de me dire
d'un air goguenard : « Voilà ce que je te ferai quand
tu désobéiras. » Tout ce que je sais, c'est que
j'éprouvais un affreux malaise en présence de ces
actions iniques; mon sang se figeait dans mes
veines, ma gorge se serrait, et je m'enfuyais pour ne
pas répéter les cris qui frappaient mon oreille.
Cependant, avec le temps, je me blasai un peu sur
ces impressions terribles. Ma fibre s'endurcit,
l'habitude me donna des forces pour cacher ce
qu'on appelait ma lâcheté. J'eus honte des signes de
faiblesse que je donnais, et je forçai mon visage au
sourire d'hyène que je voyais sur le visage de mes
proches. Mais je ne pus jamais réprimer des
frémissements convulsifs qui me passaient de temps
en temps dans tous les membres et un froid mortel
qui descendait dans mes veines au retour de ces
scènes d'angoisse. Les femmes traînées, moitié de
gré, moitié de force, sous le toit de la Roche-
Mauprat, me causaient un trouble inconcevable. Je
commençais à sentir le feu de la jeunesse s'éveiller
en moi, et à jeter un regard de convoitise sur cette
part des captures de mes oncles; mais il se mêlait à
ces naissants désirs des angoisses inexprimables.
Les femmes n'étaient qu'un objet de mépris pour

tout ce qui m'entourait; je faisais de vains efforts pour séparer cette idée de celle du plaisir qui me sollicitait. Ma tête était bouleversée, et mes nerfs irrités donnaient un goût violent et maladif à toutes mes sensations.

Du reste, j'avais le caractère aussi mal fait que mes compagnons; et, si mon cœur valait mieux, mes manières n'étaient pas moins arrogantes ni mes plaisanteries de meilleur goût. Un trait de ma méchanceté adolescente n'est pas inutile à rapporter ici, d'autant plus que les suites de ce fait eurent de l'influence sur le reste de ma vie.

III

A trois lieues de la Roche-Mauprat, en tirant
vers le Fromental, vous devez avoir vu, au milieu
des bois, une vieille tour isolée, célèbre par la mort
tragique d'un prisonnier que le bourreau[26], étant
en tournée, trouva bon de pendre, il y a une
centaine d'années, sans autre forme de procès, pour
complaire à un ancien Mauprat, son seigneur.

A l'époque dont je vous parle, la tour Gazeau[27]
était déjà abandonnée, menaçant ruine; elle était
domaine de l'Etat, et on y avait toléré, par oubli
plus que par bienfaisance, la retraite d'un vieil
indigent, homme fort original, vivant complètement
seul, et connu dans le pays sous le nom du
bonhomme Patience.

— J'en ai entendu parler à la grand-mère de ma
nourrice, repris-je; elle le tenait pour sorcier.

— Précisément; et, puisque nous voici sur ce
sujet, il faut que je vous dise au juste quel homme
était ce Patience; car j'aurai plus d'une fois
occasion de vous en parler dans le cours de mon
récit, et j'ai eu aussi celle de le connaître à fond.

Patience était un philosophe rustique[28]. Le ciel
lui avait départi une haute intelligence; mais
l'éducation lui avait manqué, et, par une sorte de

fatalité inconnue, son cerveau avait été complètement rebelle au peu d'instruction qu'il avait été à
même de recevoir. Ainsi il avait été à l'école chez
les Carmes de ★★★ [29], et, au lieu de ressentir ou de
montrer de l'aptitude, il avait fait l'école buisson-
nière avec plus de délices qu'aucun de ses camarades. C'était une nature éminemment contemplative, douce et indolente, mais fière, et poussant
jusqu'à la sauvagerie l'amour de l'indépendance ;
religieuse, mais ennemie de toute règle ; un peu
ergoteuse, très méfiante, implacable aux hypocrites.
Les pratiques du cloître ne lui en imposèrent pas,
et, pour avoir eu une ou deux fois son franc-parler
avec les moines, il fut chassé de l'école [30]. Depuis ce
temps, il fut grand ennemi de ce qu'il appelait la
monacaille, et se déclara ouvertement pour le curé
de Briantes, qu'on accusait d'être janséniste. Mais
le curé ne réussit pas mieux que les moines à
instruire Patience. Le jeune paysan, quoique doué
d'une force herculéenne et d'une grande curiosité
pour la science, montrait une aversion insurmontable pour toute espèce de travail, soit physique, soit
intellectuel. Il professait une philosophie naturelle à
laquelle il était bien difficile au curé de répondre.
« On n'avait pas besoin de travailler, disait-il,
quand on n'avait pas besoin d'argent, et on n'avait
pas besoin d'argent quand on n'avait que des
besoins modérés. » Patience prêchait d'exemple ;
dans l'âge des passions, il eut des mœurs austères,
ne but jamais que de l'eau, n'entra jamais dans un
cabaret, ne sut point danser, et fut toujours fort
gauche et timide avec les femmes, auxquelles
d'ailleurs son caractère bizarre, sa figure sévère et
son esprit un peu railleur ne plurent point. Comme
s'il eût aimé à se venger, par le dédain, de cette
défaveur, ou à s'en consoler par la sagesse, il se

plaisait, comme autrefois Diogène, à dénigrer les
vains plaisirs d'autrui; et si quelquefois on le voyait
passer sous la ramée, au milieu des fêtes, c'était
pour y jeter quelque saillie ingénue, éclair de son
inexorable bon sens. Quelquefois aussi son intolé-
rante moralité s'exprima d'une manière acerbe, et
laissa derrière lui un nuage de tristesse ou d'effroi
dans les consciences troublées. C'est ce qui lui
suscita de violents ennemis; et les efforts d'une
haine inepte, joints à l'espèce d'étonnement qu'inspirait son allure excentrique, lui attirèrent la
réputation de sorcier.

Quand je vous ai dit que l'instruction manqua à
Patience, je me suis mal exprimé. Avide de
connaître les hauts mystères de la nature, son
intelligence voulut escalader le ciel au premier vol;
et, dès les premières leçons, le curé janséniste se vit
tellement troublé et effarouché de l'audace de son
élève, il eut tant à lui dire pour le calmer et le
soumettre, il fallut soutenir un tel assaut de
questions hardies et d'objections superbes, qu'il
n'eut pas le loisir de lui enseigner l'alphabet, et
qu'au bout de dix ans d'études interrompues et
reprises au gré du caprice ou de la nécessité,
Patience ne savait pas lire. C'est à grand-peine
qu'en suant sur son livre il déchiffrait une page en
deux heures, et encore ne comprenait-il pas le sens
de la plupart des mots qui exprimaient des idées
abstraites. Et pourtant ces idées abstraites étaient
en lui, on les pressentait en le voyant, en l'écoutant;
et c'était merveille que la manière dont il parvenait
à les rendre dans son langage rustique, animé d'une
poésie barbare; si bien qu'on était, en l'entendant,
partagé entre l'admiration et la gaieté.

Lui, toujours grave, toujours absolu, ne voulait
composer avec aucune dialectique. Stoïcien par

nature et par principe, passionné dans la propagande de sa doctrine du détachement des faux biens, mais inébranlable dans la pratique de la résignation, il battait en brèche le pauvre curé; et c'était à ces discussions, comme il me l'a raconté souvent dans ses dernières années, qu'il avait acquis ses connaissances en philosophie. Pour résister aux coups de bélier de la logique naturelle, le bon janséniste était forcé d'invoquer le témoignage de tous les pères de l'Eglise et de les opposer, souvent même de les corroborer avec la doctrine de tous les sages et savants de l'Antiquité. Alors les yeux ronds de Patience *grossissaient dans sa tête* (c'était son expression), la parole expirait sur ses lèvres, et, charmé d'apprendre sans se donner la peine d'étudier, il se faisait longuement expliquer la doctrine de ces grands hommes et raconter leur vie. En voyant son attention et son silence, l'adversaire triomphait; mais, au moment où il croyait avoir convaincu cette âme rebelle, Patience, entendant sonner minuit à l'horloge du village, se levait, prenait congé de son hôte avec affection, et, reconduit par lui jusqu'au seuil du presbytère, le consternait avec quelque réflexion laconique et mordante qui confondait saint Jérôme et Platon, Eusèbe tout autant que Sénèque, Tertullien non moins qu'Aristote.

Le curé ne s'avouait pas trop la supériorité de cette intelligence inculte. Néanmoins il était tout étonné de passer tant de soirs d'hiver au coin de son feu avec ce paysan, sans éprouver ni ennui ni fatigue; et il se demandait pourquoi le magister du village, et même le prieur du couvent, quoique sachant grec et latin, lui semblaient l'un ennuyeux, l'autre erroné dans tous leurs discours. Il connaissait toute la pureté des mœurs de Patience, et il

s'expliquait l'ascendant de son esprit par le pouvoir
et le charme que la vertu exerce et répand autour
d'elle. Puis il s'accusait humblement chaque soir
devant Dieu de n'avoir pas disputé avec son élève à
un point de vue assez chrétien. Il confessait à son
ange gardien que l'orgueil de sa science et le plaisir
qu'il avait goûté à se voir écouté si religieusement,
l'avaient un peu emporté au-delà des limites de
l'enseignement religieux; qu'il avait cité trop complaisamment les auteurs profanes; qu'il avait même
trouvé un dangereux plaisir à se promener avec son
auditeur dans les champs du passé, pour y cueillir
des fleurs païennes que l'eau du baptême n'avait
pas arrosées et qu'il n'était pas permis à un prêtre
de respirer avec tant de charme.

De son côté, Patience chérissait le curé. C'était
son seul ami, le seul lien qu'il eût avec la société, le
seul aussi qu'il eût avec Dieu par la lumière de la
science. Le paysan s'exagérait beaucoup le savoir de
son pasteur. Il ne savait pas que même les plus
éclairés des hommes civilisés prennent souvent à
rebours, ou ne prennent pas du tout, le cours des
connaissances humaines. Patience eût été délivré
de grandes anxiétés d'esprit s'il eût pu découvrir, à
coup sûr, que son maître se trompait fort souvent,
et que c'était l'homme et non la vérité qui faisait
défaut. Ne le sachant pas et voyant l'expérience des
siècles en désaccord avec le sentiment inné de la
justice, il était en proie à des rêveries continuelles;
et, vivant seul, errant dans la campagne à toutes les
heures du jour et de la nuit, absorbé dans des
préoccupations inconnues à ses pareils, il donnait
de plus en plus crédit aux fables de sorcellerie
débitées contre lui.

Le couvent n'aimait pas le pasteur. Quelques
moines que Patience avait démasqués haïssaient

Patience. Le pasteur et l'élève furent persécutés. Les moines ignares ne reculèrent pas devant la possibilité d'accuser le curé auprès de son évêque de s'adonner aux sciences occultes, de concert avec le magicien Patience. Une sorte de guerre religieuse s'établit dans le village et dans les alentours. Tout ce qui n'était pas pour le couvent fut pour le curé, et réciproquement. Patience dédaigna d'entrer dans cette lutte. Un beau matin, il alla embrasser son ami en pleurant, et lui dit : « Je n'aime que vous au monde, je ne veux donc pas vous être un sujet de persécution ; comme, après vous, je ne connais et n'aime personne, je m'en vais vivre dans les bois à la manière des hommes primitifs. J'ai pour héritage un champ qui rapporte cinquante livres de rente ; c'est la seule terre que j'aie jamais remuée de mes mains, et la moitié de son chétif revenu a été employée à payer la dîme de travail que je dois au seigneur ; j'espère mourir sans avoir fait pour autrui le métier de bête de somme. Cependant, si on vous suspend de vos fonctions, si on vous ôte votre revenu, et que vous ayez un champ à labourer, faites-moi dire un mot, et vous verrez que mes bras ne se seront pas engourdis dans l'inaction. »

Le pasteur combattit en vain cette résolution. Patience partit, emportant pour tout bagage la veste qu'il avait sur le dos, et un abrégé de la doctrine d'Épictète, pour laquelle il avait une grande prédilection, et dans laquelle, grâce à de fréquentes études, il pouvait lire jusqu'à trois pages par jour, sans se fatiguer outre mesure. L'anachorète rustique alla vivre au désert. D'abord il se construisit dans les bois une cahute de ramée. Mais, assiégé par les loups, il se réfugia dans une salle basse de la tour Gazeau, où il se fit, avec un lit de mousse et des troncs d'arbres, un ameublement splendide ;

avec des racines, des fruits sauvages et le laitage d'une chèvre, un ordinaire très peu inférieur à celui qu'il avait eu au village. Ceci n'est point exagéré. Il faut voir le paysan de certaines parties de la Varenne pour se faire une idée de la sobriété au sein de laquelle un homme peut vivre en état de santé. Au milieu de ces habitudes stoïques, Patience était encore une exception. Jamais le vin n'avait rougi ses lèvres, et le pain lui avait toujours semblé une superfluité. Il ne haïssait pas d'ailleurs la doctrine de Pythagore, et, dans les rares entrevues qu'il avait désormais avec son ami, il lui disait que, sans croire précisément à la métempsycose, et sans se faire une loi d'observer le régime végétal, il éprouvait involontairement une secrète joie de pouvoir s'y adonner, et de n'avoir plus occasion de voir donner la mort tous les jours à des animaux innocents.

Patience avait pris cette étrange résolution à l'âge de quarante ans ; il en avait soixante lorsque je le vis pour la première fois, et il jouissait d'une force physique extraordinaire. Il avait bien quelques habitudes de promenade chaque année ; mais, à mesure que je vous dirai ma vie, j'entrerai dans le détail de la vie cénobitique de Patience.

A l'époque dont je vais vous parler, après de nombreuses persécutions, les gardes forestiers, par crainte de se voir *jeter un sort*, plutôt que par compassion, lui avaient enfin concédé la libre occupation de la tour Gazeau, non sans le prévenir qu'elle pourrait bien lui tomber sur la tête au premier vent d'orage ; à quoi Patience avait philosophiquement répondu que, si sa destinée était d'être écrasé, le premier arbre de la forêt serait tout aussi bon pour cela que les combles de la tour Gazeau.

Avant de vous mettre en scène mon personnage

de Patience, et tout en vous demandant pardon de la longueur trop complaisante de cette biographie préliminaire, je dois encore vous dire que, dans l'espace de ces vingt années, l'esprit du pasteur avait suivi une nouvelle direction. Il aimait la philosophie, et malgré lui, le cher homme, il reportait cet amour sur les philosophes, même sur les moins orthodoxes. Les ouvrages de Jean-Jacques Rousseau le transportèrent, malgré toute sa résistance intérieure, dans des régions nouvelles ; et un matin qu'au retour d'une visite à des malades, il avait rencontré Patience herborisant pour son dîner sur les rochers de Crevant, il s'était assis près de lui sur la pierre druidique, et il avait fait à son propre insu la profession de foi du vicaire savoyard. Patience mordit beaucoup plus volontiers à cette religion poétique qu'à l'ancienne orthodoxie. Le plaisir avec lequel il écouta le résumé des doctrines nouvelles engagea le curé à lui donner secrètement quelques rendez-vous sur des points isolés de la Varenne, où ils devaient se rencontrer comme par hasard. Dans ces conciliabules mystérieux, l'imagination de Patience, restée si fraîche et si ardente dans la solitude, s'enflamma de toute la magie des idées et des espérances qui fermentaient alors en France depuis la cour de Versailles jusqu'aux bruyères les plus inhabitées. Il s'éprit de Jean-Jacques, et s'en fit lire tout ce qu'il lui fut possible d'en écouter sans compromettre les devoirs du curé. Puis il se fit donner un exemplaire du *Contrat social*, et alla l'épeler sans relâche à la tour Gazeau. D'abord le curé ne lui avait communiqué cette manne qu'avec des restrictions, et, tout en lui faisant admirer les grandes pensées et les grands sentiments du philosophe, il avait cru le mettre en garde contre les poisons de l'anarchie. Mais toute l'ancienne science, toutes les heureuses citations d'autrefois, en un mot, toute la théologie du bon prêtre fut emportée comme un pont fragile par le torrent d'éloquence sauvage et d'enthousiasme irréfrénable que Patience avait amassé dans son désert. Il fallut que le curé cédât et repliât effrayé sur lui-même. Alors il y trouva le for intérieur lézardé et craquant de toutes parts. Le nouveau soleil qui montait sur l'horizon politique et qui bouleversait toutes les intelligences, fondit la sienne comme une neige légère au premier souffle du printemps. L'exaltation de Patience, le spectacle de sa vie étrange et poétique qui lui donnait un air inspiré, la tournure romanesque que prenaient leurs relations mystérieuses (les ignobles persécutions du couvent ennoblissant l'esprit de révolte), tout cela s'empara si fort du prêtre, qu'en 1770 il était déjà bien loin du jansénisme, et cherchait vainement dans toutes les hérésies religieuses un point où se retenir avant de tomber dans l'abîme de philosophie, si souvent ouvert devant lui par Patience, si souvent refermé en vain par les exorcismes de la théologie romaine.

IV

Après ce récit de la vie philosophique de Patience, rédigée par l'homme d'aujourd'hui, continua Bernard après une pause, j'ai quelque peine à retourner aux impressions bien différentes que reçut l'homme d'autrefois en rencontrant le sorcier [31] de la tour Gazeau. Je vais m'efforcer cependant de ressaisir fidèlement mes souvenirs.

Ce fut un soir d'été, qu'au retour d'une pipée où plusieurs petits paysans m'avaient accompagné, je passai devant la tour Gazeau pour la première fois. J'étais âgé d'environ treize ans; j'étais le plus grand et le plus fort de mes compagnons, et en outre j'exerçais sur eux, à la rigueur, l'ascendant de mes prérogatives seigneuriales. C'était entre nous un mélange de familiarité et d'étiquette assez bizarre. Parfois, quand l'ardeur de la chasse ou la fatigue de la journée les gouvernait plus que moi, j'étais forcé de céder à leurs avis, et déjà je savais me rendre à point comme font les despotes, afin de n'avoir jamais l'air d'être commandé par la nécessité; mais j'avais ma revanche dans l'occasion, et je les voyais bientôt trembler devant l'odieux nom de ma famille.

La nuit se faisait, et nous marchions gaiement,

sifflant, abattant des cormes à coups de pierre, imitant le cri des oiseaux, lorsque celui qui marchait devant s'arrêta tout à coup, et, revenant sur ses pas, déclara qu'il ne passerait pas par le sentier de la tour Gazeau, et qu'il allait prendre à travers bois. Cet avis fut accueilli par deux autres. Un troisième objecta que l'on risquait de se perdre si on quittait le sentier, que la nuit était proche et que les loups étaient en nombre. « Allons, canaille ! m'écriai-je d'un ton de prince en poussant le guide, suis le sentier, et laisse-nous tranquilles avec tes sottises. — *Non, moi* *, dit l'enfant, je viens de voir le sorcier qui dit *des paroles* sur sa porte, et je n'ai pas envie d'avoir la fièvre toute l'année. — Bah ! dit un autre, il n'est pas méchant avec tout le monde. Il ne fait pas de mal aux enfants ; et d'ailleurs nous n'avons qu'à passer bien tranquillement sans lui rien dire ; qu'est-ce que vous voulez qu'il nous fasse ? — Oh ! c'est bien, reprit le premier, si nous étions seuls !... Mais M. Bernard est avec nous, nous sommes sûrs d'avoir *un sort*. — Qu'est-ce à dire, imbécile ? m'écriai-je en levant le poing. — Ce n'est pas ma faute, *monseigneur*, reprit l'enfant. Ce vieux *chétif* n'aime pas les *monsieu*, et il a dit qu'il voudrait voir M. Tristan et tous ses enfants pendus au bout de la même branche. — Il a dit cela ? Bon ! repris-je, avançons, et vous allez voir. Qui m'aime me suive ; qui me quitte est un lâche. »

Deux de mes compagnons se laissèrent entraîner par la vanité. Tous les autres feignirent de les imiter ; mais, au bout de quatre pas, chacun avait pris la fuite en s'enfonçant dans le taillis, et je continuai fièrement ma route, escorté de mes deux acolytes. Le petit Sylvain, qui allait le premier, ôta

* Locution du pays.

son chapeau du plus loin qu'il vit Patience, et lorsque nous fûmes vis-à-vis de lui, quoiqu'il eût la tête baissée, et qu'il semblât ne faire aucune attention à nous, l'enfant, frappé de terreur, lui dit d'une voix tremblante : « Bonsoir et bonne nuit, maître Patience ! »

Le sorcier, sortant de sa rêverie, tressaillit comme un homme qui s'éveille, et je vis, non sans une certaine émotion, sa figure basanée, à demi couverte d'une épaisse barbe grise. Sa grosse tête était tout à fait dépouillée, et la nudité du front contrastait avec l'épaisseur du sourcil derrière lequel un œil rond, et enfoncé profondément dans l'orbite, lançait des éclairs comme on en voit à la fin de l'été derrière le feuillage pâlissant. C'était un homme de petite taille, mais large des épaules et bâti comme un gladiateur. Il était couvert de haillons orgueilleusement malpropres. Sa figure était courte et commune comme celle de Socrate, et, si le feu du génie brillait dans ses traits fortement accusés, il m'était impossible de m'en apercevoir. Il me fit l'effet d'une bête féroce, d'un animal immonde. Un sentiment de haine s'empara de moi, et, résolu de venger l'affront fait par lui à mon nom, je mis une pierre dans ma fronde, et, sans autres préliminaires, je la lançai avec vigueur [32].

Au moment où la pierre partit, Patience était en train de répondre à la salutation de l'enfant. « Bonsoir, enfants, Dieu soit avec vous... » nous disait-il, lorsque la pierre siffla à son oreille et alla frapper une chouette apprivoisée qui faisait les délices de Patience et qui commençait à s'éveiller avec la nuit dans le lierre dont la porte était couronnée. La chouette jeta un cri aigu et tomba sanglante aux pieds de son maître, qui lui répondit

par un rugissement, et resta immobile de surprise
et de fureur pendant quelques secondes. Puis, tout
à coup, prenant la victime palpitante par les pieds,
il l'enleva de terre, et venant à notre rencontre :
« Lequel de vous, malheureux, s'écria-t-il d'une
voix tonnante, a lancé cette pierre ? » Celui de mes
compagnons qui marchait le dernier s'enfuit avec la
rapidité du vent ; mais Sylvain, saisi par la large
main du sorcier, tomba les deux genoux en terre, en
jurant par la sainte Vierge et par sainte Solange,
patronne du Berry, qu'il était innocent du meurtre
de l'oiseau. J'avais, je l'avoue, une forte démangeaison de le laisser se tirer d'affaire comme il pourrait,
et d'entrer dans le fourré. Je m'étais attendu à voir
un vieux jongleur décrépit, et non à tomber dans
les mains d'un ennemi robuste ; mais l'orgueil me
retint.

« Si c'est toi, disait Patience à mon compagnon
tremblant, malheur à toi, car tu es un méchant
enfant, et tu seras un malhonnête homme ! Tu as
fait une mauvaise action, tu as mis ton plaisir à
causer de la peine à un vieillard qui ne t'a jamais
nui, et tu l'as fait avec perfidie, avec lâcheté, en
dissimulant et en lui disant le bonsoir avec politesse. Tu es un menteur, un infâme, tu m'as
arraché ma seule société, ma seule richesse, tu t'es
réjoui dans le mal. Que Dieu te préserve de vivre si
tu dois continuer ainsi.

— O monsieur Patience ! criait l'enfant en joignant les mains, ne me maudissez pas, ne me
charmez pas, ne me donnez pas de maladie, ce n'est
pas moi ! Que Dieu m'extermine si c'est moi !...

— Si ce n'est pas toi, c'est donc celui-là ? dit
Patience en me prenant au collet de mon habit, et
en me secouant comme un arbrisseau qu'on va
déraciner.

— Oui, c'est moi, répondis-je avec hauteur ; et si vous voulez savoir mon nom, apprenez qu'on m'appelle Bernard Mauprat, et qu'un vilain qui touche à un gentilhomme mérite la mort.

— La mort ? toi, tu me donneras la mort, Mauprat ? s'écria le vieillard pétrifié de surprise et d'indignation. Et que serait donc Dieu si un morveux comme toi avait le droit de menacer un homme de mon âge ? La mort ! ah ! tu es bien un Mauprat, et tu chasses de race, chien maudit ! Cela parle de donner la mort, et tout au plus si cela est né ! La mort, mon louveteau ? sais-tu que c'est toi qui mérites la mort, non pas pour ce que tu viens de faire, mais pour être fils de ton père et neveu de tes oncles ? Ah ! je suis content de tenir un Mauprat dans le creux de ma main, et de savoir si un coquin de gentilhomme pèse autant qu'un chrétien. » Et en même temps il m'enlevait de terre comme il eût fait d'un lièvre. « Petit, dit-il à mon compagnon, va-t'en chez toi, et ne crains rien. Patience ne se fâche guère contre ses pareils, et il pardonne à ses frères, parce que ses frères sont des ignorants comme lui, et ne savent pas ce qu'ils font ; mais un Mauprat, vois-tu, ça sait lire et écrire, et ça n'en est que plus méchant. Va-t'en... Mais non, reste, je veux qu'une fois dans ta vie tu voies un gentilhomme recevoir le fouet de la main d'un vilain. Tu vas voir cela, et je te prie de ne pas l'oublier, petit, et de le raconter à tes parents. »

J'étais pâle de colère, mes dents se brisaient dans ma bouche ; je fis une résistance désespérée. Patience, avec un sang-froid effrayant, m'attacha à un arbre avec un brin de ramée. Il n'avait qu'à m'effleurer de sa main large et calleuse pour me plier comme un roseau, et cependant j'étais remarquablement vigoureux pour mon âge. Il accrocha la

chouette à une branche au-dessus de ma tête, et le
sang de l'oiseau, s'égouttant sur moi, me pénétrait
d'horreur; car, quoiqu'il n'y eût là qu'une correction usitée avec les chiens de chasse qui mordent le
gibier, mon cerveau, troublé par la rage, par le
désespoir et par les cris de mon compagnon,
commençait à croire à quelque affreux maléfice;
mais je pense que j'eusse été moins puni s'il m'eût
métamorphosé en chouette que je ne le fus en
subissant la correction qu'il m'infligea. En vain je
l'accablai de menaces, en vain je fis d'effroyables
serments de vengeance, en vain le petit paysan se
jeta encore à genoux, en répétant avec angoisse :
« Monsieur Patience, pour l'amour de Dieu, pour
l'amour de vous-même, ne lui faites pas de mal; les
Mauprat vous tueront. » Il se prit à rire en haussant
les épaules, et, s'armant d'une poignée de houx, il
me fustigea, je dois l'avouer, d'une manière plus
humiliante que cruelle; car à peine vit-il quelques
gouttes de mon sang couler, qu'il s'arrêta, jeta ses
verges, et même je remarquai une subite altération
dans ses traits et dans sa voix, comme s'il se fût
repenti de sa sévérité. « Mauprat, me dit-il en
croisant ses bras sur sa poitrine et en me regardant
fixement, vous voilà châtié; vous voilà insulté, mon
gentilhomme, cela me suffit. Vous voyez que je
pourrais vous empêcher de me jamais nuire, en
vous ôtant le souffle d'un coup de pouce, et en vous
enterrant sous la pierre de ma porte. Qui s'aviserait
de venir chercher ce bel enfant de noble chez le
bonhomme Patience? Mais vous voyez que je
n'aime pas la vengeance, car, au premier cri de
douleur qui vous est échappé, j'ai cessé. Je n'aime
pas à faire souffrir, moi, je ne suis pas un Mauprat.
Il était bon pour vous d'apprendre par vous-même
ce que c'est que d'être une fois la victime. Puisse

cela vous dégoûter du métier de bourreau que l'on
fait de père en fils dans votre famille! Bonsoir,
allez-vous-en, je ne vous en veux plus, la justice du
bon Dieu est satisfaite. Vous pouvez dire à vos
oncles de me mettre sur le gril; ils mangeront un
méchant morceau, et ils avaleront une chair qui
reprendra vie dans leur gosier pour les étouffer. »

Alors il ramassa sa chouette morte, et, la contem-
plant d'un air sombre : « Un enfant de paysan n'eût
pas fait cela, dit-il. Ce sont plaisirs de gentilhomme. » Et, se retirant sur sa porte, il fit
entendre l'exclamation qui lui échappait dans les
grandes occasions, et qui lui avait fait donner le
surnom qu'il portait : « Patience, patience!... »
s'écria-t-il. C'était, selon les bonnes femmes, une
formule cabalistique dans sa bouche, et toutes les
fois qu'on la lui avait entendu prononcer, il était
arrivé quelque malheur à la personne qui l'avait
offensé. Sylvain se signa pour conjurer le mauvais
esprit. La terrible parole résonna sous la voûte de la
tour où Patience venait de rentrer, puis la porte se
referma sur lui avec fracas [33].

Mon compagnon était si pressé de fuir qu'il faillit
me laisser là sans prendre le temps de me détacher.
Dès qu'il l'eut fait : « Un signe de croix, me dit-il,
pour l'amour du bon Dieu, un signe de croix! Si
vous ne voulez pas faire le signe de la croix, vous
voilà ensorcelé : nous serons mangés par les loups
en nous allant, ou bien nous rencontrerons *la
grand'bête*. — Imbécile! lui dis-je, il s'agit bien de
cela! Ecoute, si tu as jamais le malheur de parler à
qui que ce soit de ce qui vient d'arriver, je
t'étrangle. — Hélas! monsieur, comment donc
faire? reprit-il avec un mélange de naïveté et de
malice, le sorcier m'a commandé de le dire à mes
parents. » Je levai le bras pour le frapper, mais la

force me manqua. Suffoqué de rage par le traitement que je venais d'essuyer, je tombai presque
évanoui, et Sylvain en profita pour s'enfuir.

Quand je revins à moi-même, je me trouvais seul,
je ne connaissais pas cette partie de la Varenne; je
n'y étais jamais venu, et elle était horriblement
déserte. Toute la journée j'avais vu des traces de
loups et de sangliers sur le sable. La nuit régnait
déjà; j'avais encore deux lieues à faire pour arriver
à la Roche-Mauprat. Les portes seraient fermées, le
pont levé; je serais reçu à coups de fusil si je
n'arrivais avant neuf heures. Il y avait à parier cent
contre un que, ne connaissant pas le chemin, il me
serait impossible de faire deux lieues en une heure.
Cependant j'eusse mieux aimé subir mille morts
que de demander asile à l'habitant de la tour
Gazeau, me l'eût-il accordé avec grâce. Mon
orgueil saignait plus que ma chair [34].

Je me lançai à la course à tout hasard. Le sentier
faisait mille détours; mille autres sentiers s'entre-
croisaient. J'arrivai à la plaine par un pâturage
fermé de haies. Là, toute trace de sentier disparais-
sait. Je franchis la haie au hasard et tombai dans un
champ. La nuit était noire; eût-il fait jour, il n'y
avait pas moyen de s'orienter à travers des *héritages* * encaissés dans des talus hérissés d'épines.
Enfin je trouvai des bruyères, puis des bois, et mes
terreurs un peu calmées se renouvelèrent; car, je
l'avoue, j'étais en proie à des terreurs mortelles.
Dressé à la bravoure comme un chien à la chasse, je
faisais bonne contenance sous les yeux d'autrui. Mû
par la vanité, j'étais audacieux quand j'avais des
spectateurs; mais livré à moi-même dans la pro-

* C'est le nom qu'on donne à la petite propriété.

fonde nuit, épuisé de fatigue et de faim, quoique je ne sentisse nulle envie de manger, bouleversé par les émotions que je venais d'éprouver, assuré d'être battu par mes oncles en rentrant, et pourtant aussi désireux de rentrer que si j'eusse dû trouver le paradis terrestre à la Roche-Mauprat, j'errai jusqu'au jour dans des angoisses impossibles à décrire. Les hurlements des loups, heureusement lointains, vinrent plus d'une fois frapper mon oreille et glacer mon sang dans mes veines; et, comme si ma position n'eût pas été assez précaire en réalité, mon imagination frappée venait y joindre mille images fantastiques. Patience passait pour un *meneur de loups*. Vous savez que c'est une spécialité cabalistique accréditée en tout pays. Je m'imaginais donc voir paraître ce diabolique petit vieillard escorté de sa bande affamée, ayant revêtu lui-même la figure d'une *moitié de loup*, et me poursuivant à travers les taillis. Plusieurs fois des lapins me partirent entre les jambes, et de saisissement je faillis tomber à la renverse. Là, comme j'étais bien sûr de n'être pas vu, je faisais force signes de croix; car, en affectant l'incrédulité, j'avais nécessairement au fond de l'âme toutes les superstitions de la peur.

Enfin j'arrivai à la Roche-Mauprat avec le jour. J'attendis dans un fossé que les portes fussent ouvertes, et je me glissai à ma chambre sans être vu de personne. Comme ce n'était pas précisément une tendresse assidue qui veillait sur moi, mon absence n'avait pas été remarquée durant la nuit; je fis croire à mon oncle Jean, que je rencontrai dans un escalier, que je venais de me lever; et, ce stratagème ayant réussi, j'allai dormir tout le jour dans l'abat-foin.

V

N'ayant plus rien à craindre pour moi-même, il m'eût été facile de me venger de mon ennemi; tout m'y conviait. Le propos qu'il avait tenu contre ma famille eût suffi, sans même invoquer l'outrage fait à ma personne, et que je répugnais à avouer. Je n'avais donc qu'un mot à dire : sept Mauprat eussent été à cheval au bout d'un quart d'heure, charmés d'avoir un exemple à faire en maltraitant un homme qui ne leur fournissait aucune redevance, et qui ne leur eût semblé bon qu'à être pendu pour effrayer les autres.

Mais, les choses n'eussent-elles pas été aussi loin, je ne sais comment il se fit que je sentis une répugnance insurmontable à demander vengeance à huit hommes contre un seul. Au moment de le faire (car dans ma colère je me l'étais bien promis), je fus retenu par je ne sais quel instinct de loyauté que je ne me connaissais pas, et que je ne pus guère m'expliquer à moi-même. Et puis les paroles de Patience avaient peut-être fait naître en moi, à mon insu, un sentiment de honte salutaire. Peut-être ses justes malédictions contre les nobles m'avaient-elles fait entrevoir quelque idée de justice. Peut-être, en un mot, ce que j'avais pris jusque-là en moi pour des mouvements de faiblesse et de pitié commença-t-il dès lors sourdement à me sembler plus grave et moins méprisable.

Quoi qu'il en soit, je gardai le silence. Je me contentai de rosser Sylvain pour le punir de m'avoir abandonné et pour le déterminer à se taire sur ma mésaventure. Cet amer souvenir était assoupi, lorsque, vers la fin de l'automne, il m'arriva de battre les bois avec Sylvain. Ce pauvre Sylvain avait de l'attachement pour moi; car, en dépit de mes brutalités, il venait toujours se placer sur mes talons, dès que j'étais hors du château. Il me défendait contre tous ses compagnons en soutenant que je n'étais qu'un peu vif et point méchant. Ce sont les âmes douces et résignées du peuple qui entretiennent l'orgueil et la rudesse des grands. Nous chassions donc les alouettes au lacet, lorsque mon page ensabotté, qui furetait toujours à l'avant-garde, revint vers moi en disant textuellement : « *J'avise* * *eul* ** *meneu' d'loups anc* *** *eul preneu' d'taupes.* »

Cet avertissement fit passer un frisson dans tous mes membres. Cependant je sentis le ressentiment faire réaction dans mon cœur, et je marchai droit à la rencontre de mon sorcier, un peu rassuré peut-être aussi par la présence de son compagnon, qui était un habitué de la Roche-Mauprat, et que je supposais devoir me porter respect et assistance.

Marcasse, dit *preneur de taupes*, faisait profession de purger de fouines, belettes, rats et autres animaux malfaisants les habitations et les champs de la contrée. Il ne bornait pas au Berry les

---

* Je vois.
** Le.
*** Avec.

bienfaits de son industrie; tous les ans il faisait le tour de la Marche, du Nivernais, du Limousin et de la Saintonge, parcourant seul et à pied tous les lieux où on avait le bon esprit d'apprécier ses talents; bien reçu partout, au château comme à la chaumière, car c'était un métier qui se faisait avec succès et probité de père en fils dans sa famille, et que ses descendants font encore. Il avait un gîte et une besogne assurée pour tous les jours de l'année. Aussi régulier dans sa tournée que la terre dans sa rotation, on le voyait à époque fixe reparaître dans les mêmes lieux où il avait passé l'année précédente, toujours accompagné du même chien et de la même longue épée.

Ce personnage était aussi curieux et plus comique, dans son genre, que le sorcier Patience. C'était un homme bilieux et mélancolique, grand, sec, anguleux, plein de lenteur, de majesté et de réflexion dans toutes ses manières. Il aimait si peu à parler qu'il répondait à toutes les questions par monosyllabes; toutefois il ne s'écartait jamais des règles de la plus austère politesse, et il disait peu de mots sans élever la main vers la corne de son chapeau en signe de révérence et de civilité. Etait-il ainsi par caractère? ou bien, dans son métier ambulant, la crainte de s'aliéner quelques-unes de ses nombreuses pratiques par des propos inconsidérés lui inspira-t-elle cette sage réserve? On ne le savait point. Il avait l'œil et le pied dans toutes les maisons, il avait le jour la clef de tous les greniers, et place le soir au foyer de toutes les cuisines. Il savait tout, d'autant plus que son air rêveur et absorbé inspirait l'abandon en sa présence, et pourtant jamais il ne lui était arrivé de rapporter dans une maison ce qui se passait dans une autre.

Si vous voulez savoir comment ce caractère

m'avait frappé, je vous dirai que j'avais été témoin
des efforts de mes oncles et de mon grand-père
pour le faire parler. Ils espéraient savoir de lui ce
qui se passait au château de Sainte-Sévère, chez
M. Hubert de Mauprat, l'objet de leur haine et de
leur envie. Quoique don Marcasse (on l'appelait
don parce qu'on lui trouvait la démarche et la fierté
d'un hidalgo ruiné), quoique don Marcasse, dis-je,
eût été impénétrable à cet égard comme à tous les
autres, les Mauprat *Coupe-Jarrets* ne manquaient
pas de l'amadouer toujours davantage, espérant
tirer de lui quelque chose de relatif à Mauprat
Casse-Tête.

Nul ne pouvait donc savoir les sentiments de
Marcasse sur quoi que ce soit ; le plus court eût été
de supposer qu'il ne se donnait pas la peine d'en
avoir aucun. Cependant l'attrait que Patience semblait éprouver pour lui, jusqu'à l'accompagner
durant plusieurs semaines dans ses voyages, donnait à penser qu'il y avait quelque sortilège dans
son air mystérieux, et que ce n'était pas seulement
la longueur de son épée et l'adresse de son chien
qui faisaient si merveilleuse déconfiture de taupes
et de belettes. On parlait tout bas d'herbes enchan-
tées, au moyen desquelles il faisait sortir de leurs
trous ces animaux méfiants pour les prendre au
piège ; mais, comme on se trouvait bien de cette
magie, on ne songeait pas à lui en faire un crime.

Je ne sais si vous avez assisté à ce genre de
chasse. Elle est curieuse, surtout dans les greniers à
fourrage. L'homme et le chien grimpant aux
échelles, et courant sur les bois de charpente avec
un aplomb et une agilité surprenants ; le chien
flairant les trous des murailles, faisant l'office de
chat, se mettant à l'affût, et veillant en embuscade
jusqu'à ce que le *gibier* se livre à la rapière du

chasseur; celui-ci lardant des bottes de paille, et passant l'ennemi au fil de l'épée : tout cela, accompli et dirigé avec gravité et importance par don Marcasse, était, je vous assure, aussi singulier que divertissant.

Lorsque j'aperçus ce féal, je crus pouvoir braver le sorcier, et j'approchai hardiment. Sylvain me regardait avec admiration, et je remarquai que Patience lui-même ne s'attendait pas à tant d'audace. J'affectai d'aborder Marcasse et de lui parler, afin de braver mon ennemi. Ce que voyant, il écarta doucement le preneur de taupes; et, posant sa lourde main sur ma tête, il me dit fort tranquillement :

« Vous avez grandi depuis quelque temps, mon beau monsieur! »

La rougeur me monta au visage, et reculant avec dédain :

« Prenez garde à ce que vous faites, manant, lui dis-je; vous devriez vous rappeler que, si vous avez encore vos deux oreilles, c'est à ma bonté que vous le devez. — Mes deux oreilles! » dit Patience en riant avec amertume. Et, faisant allusion au surnom de ma famille, il ajouta : « Vous voulez dire mes deux jarrets? *Patience! patience!* un temps n'est peut-être pas loin où les manants ne couperont aux nobles ni les jarrets ni les oreilles, mais la tête et la bourse... — Taisez-vous, maître Patience, dit le preneur de taupes d'un ton solennel, vous ne parlez pas en philosophe. — Tu as raison, toi, répliqua le sorcier; et, au fait, je ne sais pas pourquoi je querelle ce petit *gars*. Il aurait dû me faire mettre en bouillie par ses oncles; car je l'ai fouetté, l'été dernier, pour une sottise qu'il m'avait faite; et je ne sais pas ce qui est arrivé dans la famille, mais les Mauprat ont perdu une belle occasion de faire du

mal au prochain. — Apprenez, paysan, lui dis-je,
qu'un noble se venge toujours noblement; je n'ai
pas voulu faire punir mes injures par des gens plus
forts que vous; mais attendez deux ans, et je vous
promets de vous pendre, de ma propre main, à un
certain arbre que je reconnaîtrai bien, et qui est
devant la porte de la tour Gazeau. Si je ne le fais, je
veux cesser d'être gentilhomme; si je vous épargne,
je veux être appelé meneur de loups. »

Patience sourit, et, tout d'un coup devenant
sérieux, il attacha sur moi ce regard profond qui
rendait sa physionomie si remarquable. Puis, se
tournant vers le chasseur de belettes : « C'est
singulier, dit-il, il y a quelque chose dans cette race.
Voyez le plus méchant noble : il a encore plus de
cœur dans certaines choses que le plus brave
d'entre nous. Ah! c'est tout simple, ajouta-t-il en se
parlant en lui-même; on les élève comme ça, et
nous, on nous dit que nous naissons pour obéir...
Patience! » Il garda un instant le silence; puis il
sortit de sa rêverie pour me dire d'un ton de
bonhomie un peu railleuse : « Vous voulez me
pendre, monseigneur *Brin de chaume?* Mangez
donc beaucoup de soupe; car vous n'êtes pas encore
assez haut pour atteindre à la branche qui me
portera; et, jusque-là... il passera peut-être sous le
pont bien de l'eau dont vous ne savez pas le goût.
— Mal parlé, mal parlé, dit le preneur de taupes
d'un air grave; allons, la paix. Monsieur Bernard,
pardon pour Patience; c'est un vieux, un fou.

— Non, non, dit Patience, je veux qu'il me
pende; il a raison, il me doit cela, et, au fait, cela
arrivera peut-être plus vite que tout le reste. Ne
vous dépêchez pas trop de grandir, monsieur, car,
moi, je me dépêche de vieillir plus que je ne
voudrais; et, puisque vous êtes si brave, vous ne

voudrez pas attaquer un homme qui ne pourrait
plus se défendre. — Vous avez bien usé de votre
force avec moi! m'écriai-je; ne m'avez-vous pas fait
violence? dites! n'est-ce pas une lâcheté, cela? »

Il fit un geste de surprise. « Oh! les enfants, les
enfants! dit-il, voyez comme cela raisonne! La
vérité est dans la bouche des enfants. » Et il
s'éloigna en rêvant et en se disant des sentences à
lui-même, comme il avait l'habitude de faire.
Marcasse m'ôta son chapeau, et me dit d'un ton
impassible : « Il a tort... il faut la paix... pardon...
repos... salut! »

Ils disparurent et là cessèrent mes rapports avec
Patience. Ils ne furent renoués que longtemps
après.

VI

J'avais quinze ans quand mon grand-père mourut; sa mort ne causa point de douleur, mais une
véritable consternation à la Roche-Mauprat. Il était
l'âme de tous les vices qui y régnaient, et il est
certain qu'il y avait en lui quelque chose de plus
cruel et de moins vil que dans ses fils. Après lui,
l'espèce de gloire que son audace nous avait acquise
s'éclipsa. Ses enfants, jusque-là bien disciplinés,
devinrent de plus en plus ivrognes et débauchés.
D'ailleurs les expéditions furent chaque jour plus
périlleuses.

Excepté le petit nombre de féaux que nous
traitions bien et qui nous étaient tous dévoués, nous
étions de plus en plus isolés et sans ressources. Le
pays d'alentour avait été abandonné à la suite de
nos violences. La frayeur que nous inspirions
agrandissait chaque jour le désert autour de nous. Il
fallait aller loin et se hasarder sur les confins de la
plaine. Là, nous n'avions pas le dessus, et mon
oncle Laurent, le plus hardi de tous, fut grièvement
blessé dans une escarmouche. Il fallut chercher
d'autres ressources. Jean les suggéra. Ce fut de se
glisser dans les foires sous divers déguisements et
d'y commettre des vols habiles. De brigands nous

devînmes filous, et notre nom détesté s'avilit de plus en plus. Nous établîmes des accointances avec tout ce que la province recélait de gens tarés, et, par un échange de services frauduleux, nous échappâmes encore une fois à la misère.

Je dis nous, car je commençais à faire partie de cette bande de coupe-jarrets quand mon grand-père mourut. Il avait cédé à mes prières et m'avait associé à quelques-unes des dernières courses qu'il tenta. Je ne vous ferai point d'excuses ; mais vous voyez devant vous un homme qui a fait le métier de bandit. C'est un souvenir qui ne me laisse nul remords, pas plus qu'à un soldat d'avoir fait campagne sous les ordres de son général. Je croyais encore vivre au moyen âge. La force et la sagesse des lois établies étaient pour moi des paroles dépourvues de sens. Je me sentais brave et vigoureux ; je me battais. Il est vrai que les résultats de nos victoires me faisaient souvent rougir ; mais n'en profitant pas, je m'en lavais les mains, et je me souviens avec plaisir d'avoir aidé plus d'une victime terrassée [35] à se relever et à s'enfuir.

Cette existence m'étourdissait par son activité, ses dangers et ses fatigues. Elle m'arrachait aux douloureuses réflexions qui eussent pu naître en moi. En outre elle me soustrayait à la tyrannie immédiate de Jean. Mais quand mon grand-père fut mort, et notre bande dégradée par un autre genre d'exploits, je retombai sous cette odieuse domination. Je n'étais nullement propre au mensonge et à la fraude. Je montrais non seulement de l'aversion, mais encore de l'incapacité pour cette industrie nouvelle. On me regarda comme un membre inutile, et les mauvais procédés recommencèrent. On m'eût chassé si on n'eût craint que, me réconciliant avec la société, je ne devinsse un

ennemi dangereux. Dans cette alternative de me
nourrir ou d'avoir à me redouter, il fut souvent
délibéré (je l'ai su depuis) de me chercher querelle
et de me forcer à une rixe dans laquelle on se
déferait de moi. C'était l'avis de Jean; mais
Antoine, celui qui avait perdu le moins de l'énergie
et de l'espèce d'équité domestique de Tristan,
opina et prouva que j'étais plus précieux que
nuisible. J'étais un bon soldat, on pouvait avoir
besoin encore de bras dans l'occasion. Je pouvais
aussi me former à l'escroquerie; j'étais bien jeune et
bien ignorant; mais si Jean voulait me prendre par
la douceur, rendre mon sort moins malheureux, et
surtout m'éclairer sur ma véritable situation, en
m'apprenant que j'étais perdu pour la société et que
je ne pouvais y reparaître sans être pendu aussitôt,
peut-être mon obstination et ma fierté plieraient-
elles devant le bien-être, d'une part, et la nécessité,
de l'autre. Il fallait au moins le tenter avant de se
débarrasser de moi; « car, disait Antoine pour
conclure son homélie, nous étions dix Mauprat
l'année dernière; notre père est mort, et, si nous
tuons Bernard, nous ne serons plus que huit. »

Cet argument l'emporta. On me tira de l'espèce
de cachot où je languissais depuis plusieurs mois;
on me donna des habits neufs; on changea mon
vieux fusil pour une belle carabine que j'avais
toujours désirée; on me fit l'exposé de ma situation
dans le monde; on me versa du meilleur vin à mes
repas. Je promis de réfléchir, et, en attendant, je
m'abrutis un peu plus dans l'inaction et dans
l'ivrognerie que je n'avais fait dans le brigandage.

Cependant ma captivité me laissa de si tristes
impressions que je fis le serment, à part moi, de
m'exposer à tout ce qui pourrait m'advenir sur les
terres du roi de France, plutôt que de supporter le

retour de ces mauvais traitements. Un méchant point d'honneur me retenait seul à la Roche-Mauprat. Il était évident que l'orage s'amassait sur nos têtes. Les paysans étaient mécontents, malgré tout ce que nous faisions pour nous les attacher; des doctrines d'indépendance s'insinuaient sourdement parmi eux; nos plus fidèles serviteurs se lassaient d'avoir le pain et les vivres en abondance; ils demandaient de l'argent, et nous n'en avions pas. Plusieurs sommations nous avaient été faites sérieusement de payer à l'État les impôts du fisc; et nos créanciers se joignant aux gens du roi et aux paysans révoltés, tout nous menaçait d'une catastrophe semblable à celle dont le seigneur de Pleumartin venait d'être victime dans le pays *.

Mes oncles avaient longtemps projeté de s'adjoindre aux rapines et à la résistance de ce hobereau. Mais au moment où Pleumartin, près de tomber au pouvoir de ses ennemis, nous avait donné sa parole de nous accueillir comme amis et alliés si nous marchions à son secours, nous avions appris sa défaite et sa fin tragique. Nous étions donc à toute heure sur nos gardes. Il fallait quitter le pays ou traverser une crise décisive. Les uns conseillaient le premier parti; les autres s'obstinaient à suivre le conseil du père mourant, et à s'enterrer sous les ruines du donjon. Ils traitaient

---

* Le seigneur de Pleumartin a laissé dans le pays des souvenirs qui préserveront le récit de Mauprat du reproche d'exagération. La plume se refuserait à tracer les féroces obscénités et les raffinements de torture qui signalèrent la vie de cet insensé, et qui perpétuèrent les traditions du brigandage féodal dans le Berry jusqu'aux derniers jours de l'ancienne monarchie. On fit le siège de son château, et, après une résistance opiniâtre, il fut pris et pendu. Plusieurs personnes encore vivantes, et d'un âge qui n'est même pas très avancé, l'ont connu [36].

de lâcheté et de couardise toute idée de fuite ou de transaction. La crainte d'encourir un pareil reproche, et peut-être un peu l'amour instinctif du danger, me retenaient donc encore; mais mon aversion pour cette existence odieuse sommeillait en moi, toujours prête à éclater violemment.

Un soir que nous avions largement soupé, nous restâmes à table, continuant à boire et à converser, Dieu sait dans quels termes et sur quels sujets! Il faisait un temps affreux, l'eau ruisselait sur le pavé de la salle par les fenêtres disjointes, l'orage ébranlait les vieux murs. Le vent de la nuit sifflait à travers les crevasses de la voûte et faisait ondoyer la flamme de nos torches de résine. On m'avait beaucoup raillé, pendant le repas, de ce qu'on appelait ma vertu; on avait traité ma sauvagerie envers les femmes de continence, et c'était surtout à ce propos qu'on me poussait à mal par la mauvaise honte. Comme, tout en me défendant de ces moqueries grossières et en ripostant sur le même ton, j'avais bu énormément, ma farouche imagination s'était enflammée, et je me vantais d'être plus hardi et mieux venu auprès de la première femme qu'on amènerait à la Roche-Mauprat qu'aucun de mes oncles. Le défi fut accepté avec de grands éclats de rire. Les roulements de la foudre répondirent à cette gaieté infernale.

Tout à coup le cor sonna à la herse. Tout rentra dans le silence. C'était la fanfare dont les Mauprat se servaient entre eux pour s'appeler et se reconnaître. C'était mon oncle Laurent qui avait été absent tout le jour et qui demandait à rentrer. Nous avions tant de sujets de méfiance que nous étions nous-mêmes porte-clefs et guichetiers de notre forteresse. Jean se leva en agitant les clefs; mais il resta immobile aussitôt pour écouter le cor qui

annonçait, par une seconde fanfare, qu'il amenait
une prise, et qu'il fallait aller au-devant de lui. En
un clin d'œil, tous les Mauprat furent à la herse
avec des flambeaux, excepté moi, dont l'indifférence était profonde, et les jambes sérieusement
avinées. « Si c'est une femme, s'écria Antoine en
sortant, je jure sur l'âme de mon père qu'elle te sera
adjugée, vaillant jeune homme ! et nous verrons si
ton audace répond à tes prétentions. » Je restai les
coudes sur la table, plongé dans un malaise stupide.

Lorsque la porte se rouvrit, je vis entrer une
femme d'une démarche assurée et revêtue d'un
costume étrange. Il me fallut un effort pour ne pas
tomber dans une sorte de divagation, et pour
comprendre ce que l'un des Mauprat vint me dire à
l'oreille. Au milieu d'une battue aux loups, à
laquelle plusieurs seigneurs des environs avec leurs
femmes, avaient voulu prendre part, le cheval de
cette jeune personne s'était effrayé et l'avait emportée loin de la chasse. Lorsqu'il s'était calmé après
une pointe de près d'une lieue, elle avait voulu
retourner en arrière; mais ne connaissant pas le
pays de Varenne, où tous les sites se ressemblent,
elle s'était de plus en plus écartée. L'orage et la nuit
avaient mis le comble à son embarras. Laurent,
l'ayant rencontrée, lui avait offert de la conduire au
château de Rochemaure, qui était en effet à plus de
six lieues de là, mais qu'il disait très voisin et dont
il feignait d'être le garde-chasse. Cette dame avait
accepté son offre. Sans connaître la dame de
Rochemaure, elle était un peu sa parente, et se
flattait d'être bien accueillie. Elle n'avait jamais
rencontré la figure d'aucun Mauprat, et ne songeait
guère être si près de leur repaire. Elle avait donc
suivi son guide sans défiance, et, n'ayant vu de sa
vie la Roche-Mauprat, ni de près, ni de loin, elle

fut introduite dans la salle de nos orgies sans avoir
le moindre soupçon du piège où elle était tombée.

Quand je frottai mes yeux appesantis et regardai
cette femme si jeune et si belle, avec un air de
calme, de franchise et d'honnêteté que je n'avais
jamais trouvé sur le front d'aucune autre (toutes
celles qui avaient passé la herse de notre manoir
étant d'insolentes prostituées ou des victimes stu-
pides), je crus faire un rêve.

J'avais vu des fées figurer dans mes légendes de
chevalerie. Je crus presque que Morgane ou
Urgande venait chez nous pour faire justice; et
j'eus envie un instant de me jeter à genoux et de
protester contre l'arrêt qui m'eût confondu avec
mes oncles. Antoine, à qui Laurent avait rapidement donné le mot, s'approcha d'elle avec autant de
politesse qu'il était capable d'en avoir, et la pria
d'excuser son costume de chasse et celui de ses
amis. Ils étaient tous neveux ou cousins de la dame
de Rochemaure, et ils attendaient pour se mettre à
table que cette dame, qui était fort dévote, fût
sortie de la chapelle où elle était en conférence
pieuse avec son aumônier. L'air de candeur et de
confiance avec lequel l'inconnue écouta ce mensonge ridicule me serra le cœur; mais je ne me rendis
pas compte de ce que j'éprouvais. « Je ne veux pas,
dit-elle à mon oncle Jean qui faisait l'assidu d'un
air de satyre auprès d'elle, déranger cette dame; je
suis trop inquiète de l'inquiétude que je cause moi-
même à mon père et à mes amis dans ce moment
pour vouloir m'arrêter ici. Dites-lui que je la
supplie de me prêter un cheval frais et un guide,
afin que je retourne vers le lieu où je présume qu'ils
peuvent avoir été m'attendre. — Madame, répondit
Jean avec assurance, il est impossible que vous vous
remettiez en route par le temps qu'il fait; d'ailleurs

cela ne servirait qu'à retarder le moment de rejoindre ceux qui vous cherchent. Dix de nos gens bien montés et armés de torches partent à l'instant même par dix routes différentes, et vont parcourir la Varenne sur tous les points. Il est donc impossible que, dans deux heures au plus, vos parents n'aient pas de vos nouvelles, et que bientôt vous ne les voyiez arriver ici, où ils seront hébergés le mieux possible. Tenez-vous donc en repos, et acceptez quelques cordiaux pour vous remettre; car vous êtes mouillée et accablée de fatigue. — Sans l'inquiétude que j'éprouve, je serais affamée, répondit-elle en souriant. Je vais essayer de manger quelque chose; mais ne faites rien d'extraordinaire pour moi. Vous avez déjà mille fois trop de bonté. »

Elle s'approcha de la table où j'étais resté accoudé, et prit un fruit tout près de moi sans m'apercevoir. Je me retournai et la regardai effrontément d'un air abruti. Elle supporta mon regard avec arrogance. Voilà du moins ce qu'il me sembla. J'ai su depuis qu'elle ne me voyait seulement pas; car, tout en faisant effort sur elle-même pour paraître calme et répondre avec confiance à l'hospitalité qu'on lui offrait, elle était fort troublée de la présence inattendue de tant d'hommes étranges, de mauvaise mine et grossièrement vêtus. Pourtant nul soupçon ne lui venait. J'entendis un des Mauprat dire près de moi à Jean : « Bon ! tout va bien; elle donne dans le panneau; faisons-la boire, elle causera. — Un instant, répondit Jean, surveillez-la, l'affaire est sérieuse; il y a mieux à faire ici qu'à se divertir. Je vais tenir conseil, on vous appellera pour dire votre avis; mais ayez l'œil un peu sur Bernard. — Qu'est-ce qu'il y a? dis-je brusquement en me retournant vers lui. Est-ce que cette

fille ne m'appartient pas? N'a-t-on pas juré sur
l'âme de mon grand-père?... — Ah! c'est parbleu
vrai! dit Antoine en s'approchant de notre groupe,
tandis que les autres Mauprat entouraient la dame.
Ecoute, Bernard, je tiendrai ma parole à une
condition. — Laquelle? — C'est bien simple; d'ici
à dix minutes, tu ne diras pas à cette *donzelle*
qu'elle n'est pas chez la vieille Rochemaure. —
Pour qui me prenez-vous? répondis-je en enfonçant
mon chapeau sur mes yeux. Croyez-vous que je sois
une bête? Attendez, voulez-vous que j'aille prendre
la robe de ma grand-mère qui est là-haut, et que je
me fasse passer pour la dévote de Rochemaure? —
Bonne idée, dit Laurent. — Mais, avant tout, j'ai à
vous parler », reprit Jean. Et il les entraîna dehors
après avoir fait un signe aux autres. Au moment où
ils sortaient tous, je crus voir que Jean voulait
engager Antoine à me surveiller; mais Antoine,
avec une insistance que je ne compris pas, s'obstina
à les suivre. Je restai seul avec l'inconnue.

Je demeurai un instant étourdi, bouleversé, et
plus embarrassé que satisfait du tête-à-tête; puis, en
cherchant à me rendre compte de ce qui se passait
de mystérieux autour de moi, je parvins à m'imaginer, à travers les fumées du vin, quelque chose
d'assez vraisemblable, quoique pourtant ce fût une
erreur complète.

Je crus expliquer tout ce que je venais de voir et
d'entendre, en supposant 1º que cette dame si tranquille et si parée était une de ces filles de Bohême
que j'avais vues quelquefois dans les foires; 2º que
Laurent, l'ayant rencontrée par les champs, l'avait
amenée pour divertir la compagnie; 3º qu'on lui
avait fait confidence de mon état d'ivresse fanfa-
ronne, et qu'on l'amenait pour mettre ma galanterie
à l'épreuve, tandis qu'on me regarderait par le trou

de la serrure. Mon premier mouvement, dès que cette pensée se fut emparée de moi, fut de me lever et d'aller droit à la porte que je fermai à double tour, et dont je tirai les verrous ; puis je revins vers la dame, déterminé que j'étais à ne pas lui donner lieu de railler ma timidité.

Elle était assise sous le manteau de la cheminée ; et, comme elle était occupée à sécher ses habits mouillés, et penchée vers le foyer, elle ne s'était pas rendu compte de ce que je faisais ; mais l'expression étrange de mon visage la fit tressaillir lorsque je m'approchai d'elle. J'étais déterminé à l'embrasser pour commencer ; mais je ne sais par quel prodige, dès qu'elle eut levé ses yeux sur moi, cette familiarité me devint impossible. Je ne me sentis que le courage de lui dire : « Ma foi ! mademoiselle, vous êtes charmante, et vous me plaisez aussi vrai que je m'appelle Bernard Mauprat. — Bernard Mauprat ! s'écria-t-elle en se levant, vous êtes Bernard Mauprat, vous ? En ce cas, changez de langage et sachez à qui vous parlez ; ne vous l'a-t-on pas dit ? — On ne me l'a pas dit, mais je le devine, répondis-je en ricanant et en m'efforçant de lutter contre le respect que m'inspiraient sa pâleur subite et son attitude impérieuse. — Si vous le devinez, dit-elle, comment est-il possible que vous me parliez comme vous faites ? Mais on m'avait bien dit que vous étiez mal élevé, et pourtant j'avais toujours désiré vous rencontrer. — En vérité ? dis-je en ricanant toujours. Vous ! princesse de grandes routes, qui avez connu tant de gens en votre vie ? Laissez mes lèvres rencontrer les vôtres, s'il vous plaît, ma belle, et vous saurez si je suis aussi bien élevé que messieurs mes oncles, que vous écoutiez si bien tout à l'heure.

— Vos oncles ! s'écria-t-elle en saisissant brusquement sa chaise et en la plaçant entre nous comme par un instinct de défense. O mon Dieu! mon Dieu! je ne suis pas chez madame de Roche-maure! — Le nom commence toujours de même, et nous sommes d'aussi bonne roche que qui que ce soit. — La Roche-Mauprat!... » murmura-t-elle en frissonnant de la tête aux pieds comme une biche qui entend hurler les loups; et ses lèvres devinrent toutes blanches. L'angoisse passa dans tous ses traits. Par une involontaire sympathie, je frémis moi-même, et je faillis changer tout à coup de manières et de langage. « Qu'est-ce que cela a donc de surprenant pour elle? me disais-je; n'est-ce pas une comédie qu'elle joue? et si les Mauprat ne sont pas là derrière quelque boiserie à nous écouter, ne leur racontera-t-elle pas mot pour mot tout ce qui se sera passé? Cependant elle tremble comme une feuille de peuplier... Mais si c'est une comédienne? J'en ai vu une qui faisait Geneviève de Brabant et qui pleurait à s'y méprendre. » J'étais dans une grande perplexité, et je promenais des yeux hagards tantôt sur elle, tantôt sur les portes que je croyais toujours prêtes à s'ouvrir toutes grandes, aux éclats de rire de mes oncles.

Cette femme était belle comme le jour. Je ne crois pas que jamais il ait existé une femme aussi jolie que celle-là. Ce n'est pas moi seulement qui l'atteste; elle a laissé une réputation de beauté qui n'est pas encore oubliée dans le pays. Elle était d'une taille assez élevée, svelte, et remarquable par l'aisance de ses mouvements. Elle était blanche avec des yeux noirs et des cheveux d'ébène. Ses regards et son sourire avaient une expression de bonté et de finesse dont le mélange était incompréhensible; il semblait que le ciel lui eût donné deux âmes, une toute d'intelligence, une toute de sentiment.

Elle était naturellement gaie et brave ; c'était un ange que les chagrins de l'humanité n'avaient pas encore osé toucher. Rien ne l'avait fait souffrir, rien ne lui avait appris la méfiance et l'effroi. C'était donc là la première souffrance de sa vie, et c'était moi, brute, qui la lui inspirais. Je la prenais pour une bohémienne, et c'était un ange de pureté.

C'était ma jeune tante à la mode de Bretagne, Edmée de Mauprat, fille de M. Hubert, mon grand-oncle (à la mode de Bretagne aussi [37]), qu'on appelait le chevalier, et qui s'était fait relever de l'ordre de Malte pour se marier dans un âge déjà mûr ; car ma tante et moi nous étions du même âge. Nous avions dix-sept ans tous deux, à quelques mois de différence ; et ce fut là notre première entrevue. Celle que j'aurais dû protéger au péril de ma vie envers et contre tous, était là, devant moi, palpitante et consternée comme une victime devant le bourreau.

Elle fit un grand effort, et s'approchant de moi, qui marchais avec préoccupation dans la salle, elle se nomma et ajouta : « Il est impossible que vous soyez un infâme comme tous ces brigands que je viens de voir et dont je sais la vie infernale. Vous êtes jeune ; votre mère était bonne et sage. Mon père voulait vous élever et vous adopter. Encore aujourd'hui il regrette de ne pouvoir vous tirer de l'abîme où vous êtes plongé. N'avez-vous pas reçu plusieurs messages de sa part ? Bernard, vous êtes mon proche parent, songez aux liens du sang ; pourquoi voulez-vous m'insulter ? Veut-on m'assassiner ici ou me donner la torture ? Pourquoi m'a-t-on trompée en me disant que j'étais à Rochemaure ? Pourquoi s'est-on retiré d'un air de mystère ? Que prépare-t-on ? que se passe-t-il ? » La parole expira sur ses lèvres ; un coup de fusil venait de se

faire entendre au dehors. Une décharge de la
coulevrine y répondit, et la trompe d'alarme
ébranla de sons lugubres les tristes murailles du
donjon. Mademoiselle de Mauprat retomba sur sa
chaise. Je restai immobile, ne sachant si c'était là
une nouvelle scène de comédie imaginée pour se
divertir de moi, et décidé à ne point me mettre en
peine de cette alarme jusqu'à ce que j'eusse la
preuve certaine qu'elle n'était pas simulée.

« Allons, lui dis-je en me rapprochant d'elle,
convenez que tout ceci est une plaisanterie. Vous
n'êtes pas mademoiselle de Mauprat, et vous voulez
savoir si je suis un apprenti capable de faire
l'amour. — J'en jure par le Christ, répondit-elle en
prenant mes mains dans ses mains froides comme la
mort, je suis Edmée, votre parente, votre prisonnière, votre amie ; car je me suis toujours intéressée
à vous, j'ai toujours supplié mon père de ne pas
vous abandonner... Mais écoutez, Bernard, on se
bat, on se bat à coups de fusil ! C'est mon père qui
vient me chercher sans doute, et on va le tuer ! Ah !
s'écria-t-elle en tombant à genoux devant moi, allez
empêcher cela, Bernard, mon enfant ! Dites à vos
oncles de respecter mon père, le meilleur des
hommes, si vous saviez ! dites-leur que, s'ils nous
haïssent, s'ils veulent verser du sang, eh bien ! qu'ils
me tuent, qu'ils m'arrachent le cœur, mais qu'ils
respectent mon père... »

On m'appela du dehors d'une voix véhémente :
« Où est ce poltron ? où est cet enfant de malheur ? »
disait mon oncle Laurent. On secoua la porte ; je
l'avais si bien fermée qu'elle résista à des secousses
furieuses. « Ce misérable lâche s'amuse à faire
l'amour pendant qu'on nous égorge ! Bernard, la
maréchaussée nous attaque. Votre oncle Louis
vient d'être tué. Venez, pour Dieu, venez, Bernard !

— Que le diable vous emporte tous! m'écriai-je, et soyez tué vous-même, si je crois un mot de tout cela; je ne suis pas si sot que vous pensez; il n'y a de lâches ici que ceux qui mentent. Moi, j'ai juré que j'aurais la femme, et je ne la rendrai que quand il me plaira. — Allez au diable! répondit Laurent, vous faites semblant... » Les décharges de mousqueterie redoublèrent. Des cris affreux se firent entendre. Laurent quitta la porte et se mit à courir vers le bruit. Son empressement marquait tant de vérité que je n'y pus résister. L'idée qu'on m'accuserait de lâcheté l'emporta; je m'avançai vers la porte. « O Bernard! ô monsieur de Mauprat! s'écria Edmée en se traînant après moi, laissez-moi aller avec vous; je me jetterai aux pieds de vos oncles, je ferai cesser ce combat, je leur céderai tout ce que je possède, ma vie, s'ils la veulent... pour que celle de mon père soit sauvée. — Attendez, lui dis-je en me retournant vers elle, je ne peux pas savoir si on ne se moque pas de moi. Je crois que mes oncles sont là derrière la porte, et que, pendant que nos valets de chiens tiraillent dans la cour, on tient une couverture pour me berner. Vous êtes ma cousine, ou vous êtes une... Vous allez me faire un serment, et je vous en ferai un à mon tour. Si vous êtes une princesse errante, et que, vaincu par vos grimaces, je sorte de cette chambre, vous allez jurer d'être ma maîtresse et de ne souffrir personne auprès de vous avant que j'aie usé de mes droits; ou bien, moi, je vous jure que vous serez corrigée comme j'ai corrigé ce matin Flore, ma chienne mouchetée. Si vous êtes Edmée[38], et que je vous jure de me mettre entre votre père et ceux qui voudraient le tuer, que me promettrez-vous, que me jurerez-vous? — Si vous sauviez mon père, s'écriat-elle, je vous jure que je vous épouserais. — Oui-da ! lui dis-je, enhardi par son enthousiasme dont je ne comprenais pas la sublimité. Donnez-moi donc un gage, afin qu'en tout cas je ne sorte pas d'ici comme un sot. » Elle se laissa embrasser sans faire résistance ; ses joues étaient glacées. Elle s'attachait machinalement à mes pas pour sortir ; je fus obligé de la repousser. Je le fis sans rudesse, mais elle tomba comme évanouie. Je commençai à comprendre la réalité de ma situation, car il n'y avait personne dans le corridor, et les bruits du dehors devenaient de plus en plus alarmants. J'allais courir vers mes armes, lorsqu'un dernier mouvement de méfiance, ou peut-être un autre sentiment, me fit revenir sur mes pas et fermer à double tour la porte de la salle où je laissais Edmée. Je mis la clef dans ma ceinture, et j'allai aux remparts, armé de mon fusil que je chargeai en courant.

C'était tout simplement une attaque de la maréchaussée ; il n'y avait là rien de commun avec mademoiselle de Mauprat. Nos créanciers avaient obtenu prise de corps contre nous. Les gens de loi, battus et maltraités, avaient requis de l'avocat du roi au présidial de Bourges un mandat d'amener, que la force armée exécutait de son mieux, espérant s'emparer de nous avec facilité au moyen d'une surprise nocturne. Mais nous étions en meilleur état de défense qu'ils ne pensaient ; nos gens étaient braves et bien armés, et puis nous nous battions pour notre existence tout entière ; nous avions le courage du désespoir, et c'était un avantage immense. Notre troupe montait à vingt-quatre personnes, la leur à plus de cinquante militaires. Une vingtaine de paysans lançaient des pierres sur les côtés, mais ils faisaient plus de mal à leurs alliés qu'à nous.

Le combat fut acharné pendant une demi-heure,

puis notre résistance effraya tellement l'ennemi qu'il se replia et suspendit ses hostilités; mais il revint bientôt à la charge, et fut de nouveau repoussé avec perte. Les hostilités furent encore suspendues. On nous somma de nous rendre pour la troisième fois, en nous promettant la vie sauve. Antoine Mauprat leur répondit par une moquerie obscène. Ils restèrent indécis, mais ne se retirèrent pas.

Je m'étais battu bravement; j'avais fait ce que j'appelais mon devoir. La trêve se prolongeait. Nous ne pouvions plus juger de la distance de l'ennemi, et nous n'osions risquer une décharge dans l'obscurité, car nos munitions de guerre étaient précieuses. Tous mes oncles étaient cloués aux remparts dans l'incertitude d'une nouvelle attaque. L'oncle Louis était grièvement blessé. Ma prisonnière me revint en mémoire. J'avais, au commencement du combat, entendu dire à Jean Mauprat qu'il fallait, en cas de défaite, l'offrir à condition qu'on lèverait le siège, ou la pendre aux yeux de l'ennemi. Je ne pouvais plus douter de la vérité de ce qu'elle m'avait dit. Quand la victoire parut se déclarer pour nous, on oublia la captive. Seulement le rusé Jean se détacha de sa chère couleuvrine qu'il pointait avec tant d'amour, et se glissa comme un chat dans les ténèbres. Un mouvement de jalousie incroyable s'empara de moi. Je jetai mon fusil, et je m'élançai sur ses traces, le couteau dans la main, et résolu, je crois, à le poignarder s'il touchait à ce que je regardais comme ma capture. Je le vis approcher de la porte, essayer de l'ouvrir, regarder avec attention par le trou de la serrure, pour s'assurer que sa proie ne lui avait pas échappé. Les coups de fusil recommencèrent. Il tourna sur ses talons inégaux avec l'agilité surpre-

nante dont il était doué, et courut aux remparts.
Pour moi, caché dans l'ombre, je le laissai passer et
ne le suivis pas. Un autre instinct que celui du
carnage venait de s'emparer de moi. Un éclair de
jalousie avait enflammé mes sens. La fumée de la
poudre, la vue du sang, le bruit, le danger, et
plusieurs rasades d'eau-de-vie avalées à la ronde
pour entretenir l'activité, m'avaient singulièrement
échauffé la tête. Je pris la clef dans ma ceinture,
j'ouvris brusquement la porte, et, quand je reparus
devant la captive, je n'étais plus le novice méfiant et
grossier qu'elle avait réussi à ébranler; j'étais le
brigand farouche de la Roche-Mauprat, cent fois
plus dangereux cette fois que la première. Elle
s'élança vers moi avec impétuosité. J'ouvris mes
bras pour la saisir; mais, au lieu de s'en effrayer,
elle s'y jeta en criant : « Eh bien! mon père? —
Ton père, lui dis-je en l'embrassant, n'est pas là. Il
n'est pas plus question de lui que de toi sur la
brèche à l'heure qu'il est. Nous avons *descendu* une
douzaine de gendarmes, et voilà tout. La victoire se
déclare pour nous comme de coutume. Ainsi ne
t'inquiète plus de ton père; moi, je ne m'inquiète
plus des gens du roi. Vivons en paix et fêtons
l'amour. » En parlant ainsi, je portai à mes lèvres
un broc de vin qui restait sur la table. Mais elle me
l'ôta des mains d'un air d'autorité qui m'enhardit.
« Ne buvez plus, me dit-elle; songez à ce que vous
dites. Est-ce vrai ce que vous avez dit? en
répondez-vous sur l'honneur, sur l'âme de votre
mère? — Tout cela est vrai, je le jure sur votre
belle bouche toute rose, lui répondis-je en essayant
de l'embrasser encore. Mais elle recula avec terreur.
— O mon Dieu! dit-elle, il est ivre! Bernard!
Bernard! souvenez-vous de ce que vous avez
promis, gardez votre parole. Vous savez bien à

présent que je suis votre parente, votre sœur. —
Vous êtes ma maîtresse ou ma femme, lui répondis-
je en la poursuivant toujours. — Vous êtes un
misérable! reprit-elle en me repoussant de sa
cravache. Qu'avez-vous fait pour que je vous sois
quelque chose? avez-vous secouru mon père? —
J'ai juré de le secourir, et je l'aurais fait s'il eût été
là; c'est donc comme si je l'avais fait. Savez-vous
que si je l'avais fait et que j'eusse échoué, il n'y
aurait pas eu à la Roche-Mauprat de supplice assez
cruel et assez lent pour me punir à petit feu de cette
trahison? J'ai juré assez haut, on peut l'avoir
entendu. Ma foi, je ne m'en soucie guère, et je ne
tiens pas à vivre deux jours de plus ou de moins;
mais je tiens à vos faveurs, ma belle, et à n'être pas
un chevalier langoureux dont on se moque. Allons,
aimez-moi tout de suite, ou, ma foi, je m'en
retourne là-bas, et, si je suis tué, tant pis pour vous.
Vous n'aurez plus de chevalier, et vous aurez
encore sept Mauprat à tenir en bride. Je crains que
vous n'ayez pas les mains assez fortes pour cela, ma
jolie petite linotte. »

Ces paroles, que je débitais au hasard et sans y
attacher d'autre importance que de la distraire pour
m'emparer de ses mains ou de sa taille, firent une
vive impression sur elle. Elle s'enfuit à l'autre bout
de la salle, et s'efforça d'ouvrir la fenêtre; mais ses
petites mains ne purent seulement en ébranler le
châssis de plomb aux ferrures rouillées. Sa tentative
me fit rire. Elle joignit les mains avec anxiété, et
resta immobile; puis tout à coup l'expression de
son visage changea; elle sembla prendre son parti, et
vint à moi l'air riant et la main ouverte. Elle était si
belle ainsi, qu'un nuage passa devant mes yeux, et,
pendant un instant, je ne la vis plus.

Passez-moi une puérilité. Il faut que je vous dise

comment elle était habillée. Elle ne remit jamais ce
costume depuis cette nuit étrange, et pourtant je
me le rappelle minutieusement. Il y a longtemps de
cela. Eh bien! je vivrais encore autant que j'ai vécu
que je n'oublierais pas un seul détail, tant j'en fus
frappé au milieu du tumulte qui se faisait au dedans
et au dehors de moi, au milieu des coups de fusil
qui battaient le rempart, des éclairs qui sillonnaient
le ciel, et des palpitations violentes qui précipitaient
mon sang de mon cœur à mon cerveau, et de ma
tête à ma poitrine.

Oh! qu'elle était belle! Il me semble que son
spectre passe encore devant mes yeux. Je crois la
voir, vous dis-je, avec son costume d'amazone
qu'on portait dans ce temps-là. Ce costume consistait en une jupe de drap très ample; le corps serré
dans un gilet de satin gris de perle boutonné, et une
écharpe rouge autour de la taille; en dessus on
portait la veste de chasse galonnée, courte et
ouverte par devant; un chapeau de feutre gris à
grands bords, relevé sur le front et ombragé d'une
demi-douzaine de plumes rouges, surmontait des
cheveux sans poudre, retroussés autour du visage et
tombant par derrière en deux longues tresses,
comme ceux des Bernoises. Ceux d'Edmée étaient
si longs qu'ils descendaient presque à terre. Cette
parure fantastique pour moi, cette fleur de jeunesse
et ce bon accueil qu'elle semblait faire à mes
prétentions, c'en était bien assez pour me rendre
fou d'amour et de joie. Je ne comprenais rien de
plus agréable qu'une belle femme qui se donnait
sans paroles grossières et sans larmes de honte.
Mon premier mouvement fut de la saisir dans mes
bras; mais, comme vaincu par ce besoin irrésistible
d'adoration qui caractérise le premier amour, même
chez les êtres les plus grossiers, je tombai à ses

genoux, et je les pressai contre ma poitrine; c'était pourtant, dans cette hypothèse, à une grande dévergondée que s'adressait cet hommage. Je n'en étais pas moins prêt à m'évanouir.

Elle prit ma tête dans ses deux belles mains, en s'écriant : « Ah! je le voyais bien, je le savais bien, que vous, vous n'étiez pas un de ces réprouvés; oh! vous allez me sauver. Dieu merci, soyez béni, ô Dieu! et vous, mon cher enfant[39], dites de quel côté? vite, fuyons; faut-il sauter par la fenêtre? Oh! je n'ai pas peur, mon cher monsieur, allons! »

Je crus sortir d'un rêve, et j'avoue que cela me fut horriblement désagréable. « Qu'est-ce à dire? lui répondis-je en me relevant, vous jouez-vous de moi? ne savez-vous pas où vous êtes, et croyez-vous que je sois un enfant?

— Je sais que je suis à la Roche-Mauprat, répondit-elle en redevenant pâle, et que je vais être outragée et assassinée dans deux heures si d'ici là je n'ai pas réussi à vous inspirer quelque pitié. Mais j'y réussirai, s'écria-t-elle en tombant à son tour à mes genoux, vous n'êtes pas un de ces hommes-là. Vous êtes trop jeune pour être un monstre comme eux; vous avez eu l'air de me plaindre; vous me ferez évader, n'est-ce pas, n'est-ce pas, *mon cher cœur?* »

Elle prenait mes mains et les baisait avec ardeur pour me fléchir; je l'écoutais et je la regardais avec une stupidité peu faite pour la rassurer. Mon âme n'était guère accessible par elle-même à la générosité et à la compassion, et, dans ce moment, une passion plus violente que tout le reste faisait taire en moi ce qu'elle essayait d'y trouver. Je la dévorais des yeux sans rien comprendre à ses discours. Toute la question pour moi était de savoir si je lui avais plu, ou si elle avait voulu se servir de moi pour la délivrer.

« Je vois bien que vous avez peur, lui dis-je; vous avez tort d'avoir peur de moi; je ne vous ferai certainement pas de mal. Vous êtes trop jolie pour que je songe à autre chose qu'à vous caresser.

— Oui, mais vos oncles me tueront, s'écria-t-elle, vous le savez bien. Est-il possible que vous vouliez me laisser tuer? Puisque je vous plais, sauvez-moi, je vous aimerai après.

— Oh oui! après, après! lui répondis-je en riant d'un air niais et méfiant, après que vous m'aurez fait pendre par les gens du roi que je viens d'étriller si bien. Allons, prouvez-moi que vous m'aimez tout de suite, je vous sauverai après; après, moi aussi. » Je la poursuivis autour de la chambre; elle fuyait. Cependant elle ne me témoignait pas de colère et me résistait avec des paroles douces. La malheureuse ménageait en moi son seul espoir et craignait de m'irriter. Ah! si j'avais pu comprendre ce que c'était qu'une femme comme elle, et ce qu'était ma situation! Mais j'en étais incapable et je n'avais qu'une idée fixe, l'idée qu'un loup peut avoir en pareille occasion.

Enfin, comme à toutes ses prières je répondais toujours la même chose : « M'aimez-vous ou vous moquez-vous? » elle vit à quelle brute elle avait affaire, et, prenant son parti, elle se retourna vers moi, jeta ses bras autour de mon cou, cacha son visage dans mon sein, et me laissa baiser ses cheveux. Puis elle me repoussa doucement en me disant : « Eh mon Dieu! ne vois-tu pas que je t'aime et que tu m'as plu dès le moment où je t'ai vu? Mais ne comprends-tu pas que je hais tes oncles et que je ne veux appartenir qu'à toi? — Oui, lui répondis-je obstinément, parce que vous avez dit : Voilà un imbécile à qui je persuaderai tout ce que je voudrai en lui disant que je l'aime; il le croira, et je le mènerai pendre. Voyons, il n'y a qu'un mot qui serve, si vous m'aimez. » Elle me regardait d'un air d'angoisse, tandis que je cherchais à rencontrer ses lèvres quand elle ne détournait pas la tête. Je tenais ses mains dans les miennes, elle ne pouvait plus que reculer l'instant de sa défaite. Tout à coup sa figure pâle se colora, elle se mit à sourire, et avec une expression de coquetterie angélique : « Et vous, dit-elle, m'aimez-vous ? »

De ce moment la victoire fut à elle. Je n'eus plus la force de vouloir ce que je désirais; ma tête de loup-cervier fut bouleversée, ni plus ni moins que celle d'un homme, et je crois que j'eus l'accent de la voix humaine en m'écriant pour la première fois de ma vie : « Oui, je t'aime! oui, je t'aime!

— Eh bien! dit-elle d'un air fou et avec un ton caressant, aimons-nous et sauvons-nous. — Oui, sauvons-nous, lui répondis-je, je déteste cette maison et mes oncles. Il y a longtemps que je veux me sauver. Mais on me pendra, tu sais bien. — On ne te pendra pas, reprit-elle en riant, mon prétendu est lieutenant-général. — Ton prétendu! m'écriai-je, saisi d'un nouvel accès de jalousie plus vif que le premier, tu vas te marier? — Pourquoi non? » répondit-elle en me regardant avec attention. Je pâlis et je serrai les dents. « En ce cas... lui dis-je en essayant de l'emporter dans mes bras. — En ce cas, reprit-elle en me donnant une petite tape sur la joue, je vois que tu es jaloux; mais c'est un singulier jaloux que celui qui veut posséder sa maîtresse à dix heures pour la céder à minuit à huit hommes ivres qui la lui rendront demain aussi sale que la boue des chemins. — Ah! tu as raison,

m'écriai-je, va-t'en! va-t'en! je te défendrais
jusqu'à la dernière goutte de mon sang; mais je
succomberais sous le nombre et je périrais avec la
pensée que tu leur restes. Quelle horreur! tu m'y
fais penser; me voilà triste. Allons, pars! — Oh!
oui! oh! oui! mon ange », s'écria-t-elle en m'embrassant sur les joues avec effusion [40].

Cette caresse, la première qu'une femme m'eût
faite depuis mon enfance, me rappela, je ne sais
comment ni pourquoi, le dernier baiser de ma mère;
et, au lieu de plaisir, elle me causa une tristesse
profonde. Je me sentis les yeux pleins de larmes [41].
Ma suppliante s'en aperçut et baisa mes larmes en
répétant toujours : « Sauve-moi! sauve-moi! — Et
ton mariage [42]? lui dis-je; oh! écoute, jure-moi que
tu ne te marieras pas avant que je meure; ce ne sera
pas long, car mes oncles font bonne justice et
courte justice, comme ils disent. — Est-ce que tu
ne vas pas me suivre? reprit-elle. — Te suivre?
non! pendu là-bas pour avoir fait le métier de
bandit [43], pendu ici pour t'avoir fait évader, ce sera
toujours bien la même chose, et du moins je n'aurai
pas la honte de passer pour un délateur et d'être
pendu en place publique. — Je ne te laisserai pas
ici, s'écria-t-elle, dussé-je y mourir; viens avec moi,
tu ne risques rien, crois-en ma parole. Je réponds
de toi devant Dieu. Tue-moi si je mens, mais
partons vite. Mon Dieu! je les entends chanter! Ils
viennent! Ah! si tu ne veux pas me défendre, tue-
moi de suite! »

Elle se jeta dans mes bras. L'amour et la jalousie
gagnaient de plus en plus en moi; j'eus en effet
l'idée de la tuer, et j'eus la main sur mon couteau
de chasse tout le temps que j'entendis du bruit et
des voix dans le voisinage de la salle. C'étaient des
cris de victoire. Je maudis le ciel de ne l'avoir pas

donnée à nos ennemis. Je pressai Edmée sur ma poitrine, et nous restâmes immobiles dans les bras l'un de l'autre, jusqu'à ce qu'un nouveau coup de fusil annonçât que le combat recommençait. Alors je la serrai avec passion sur mon cœur. « Tu me rappelles, lui dis-je, une pauvre tourterelle qui, étant poursuivie par le milan, vint un jour se jeter dans ma veste et se cacher jusque dans mon sein. — Et tu ne l'as pas livrée au milan, n'est-ce pas? reprit Edmée. — Non, de par tous les diables! pas plus que je ne te livrerai, toi, le plus joli des oiseaux des bois, à ces méchants oiseaux de nuit qui te menacent.

— Mais comment fuirons-nous? dit-elle en écoutant avec terreur la fusillade. — Aisément, lui dis-je, suis-moi. » Je pris un flambeau, et, levant une trappe, je la fis descendre avec moi dans la cave. De là, nous gagnâmes un souterrain creusé dans le roc et qui servait autrefois à risquer un grand moyen de défense quand la garnison était plus considérable; on sortait dans la campagne par une extrémité opposée à la herse, et on tombait sur les derrières des assiégeants qui se trouvaient pris entre deux feux. Mais il y avait longtemps que la garnison de la Roche-Mauprat ne pouvait plus se diviser en deux corps, et d'ailleurs, durant la nuit, il y aurait eu folie à se risquer hors de l'enceinte. Nous arrivâmes donc sans encombre à la sortie du souterrain, mais au dernier moment je fus saisi d'un accès de fureur. Je jetai ma torche par terre, et m'appuyant contre la porte : « Tu ne sortiras pas d'ici, dis-je à la tremblante Edmée, sans être à moi. » Nous étions dans les ténèbres, le bruit du combat ne venait plus jusqu'à nous. Avant qu'on vînt nous surprendre en ce lieu, nous avions mille fois le temps d'échapper. Tout m'enhardissait,

Edmée ne dépendait plus que de mon caprice. Quand elle vit que les séductions de sa beauté ne pouvaient plus agir sur moi pour me porter à l'enthousiasme, elle cessa de m'implorer et fit quelques pas en arrière dans l'obscurité. « Ouvre la porte, me dit-elle, et sors le premier, ou je me tue; car j'ai pris ton couteau de chasse au moment où tu l'oubliais sur le bord de la trappe, et pour retourner chez tes oncles, tu seras obligé de marcher dans mon sang. » L'énergie de sa voix m'effraya. « Rendez ce couteau, lui dis-je, ou à tout risque je vous l'ôte de force. — Crois-tu que j'aie peur de mourir? dit-elle avec calme. Si j'avais tenu ce couteau là-bas, je ne me serais pas humiliée devant toi. — Eh bien! malheur! m'écriai-je, vous me trompez, vous ne m'aimez pas! Partez, je vous méprise, je ne vous suivrai pas. » En même temps j'ouvris la porte.

« Je ne veux pas partir sans vous, dit-elle; et vous, vous ne voulez pas que nous partions sans que je sois déshonorée[44]. Lequel de nous est le plus généreux? — Vous êtes folle, lui dis-je, vous m'avez menti, et vous ne savez que faire pour me rendre imbécile. Mais vous ne sortirez pas d'ici sans jurer que votre mariage avec le lieutenant-général ou avec tout autre ne se fera pas avant que vous ayez été ma maîtresse. — Votre maîtresse? dit-elle, y pensez-vous? Ne pouvez-vous du moins, pour adoucir l'insolence, dire votre *femme?* — C'est ce que diraient tous mes oncles à ma place, parce qu'ils ne se soucieraient que de votre dot. Moi, je n'ai envie de rien autre que de votre beauté. Jurez que vous serez à moi d'abord, et après vous serez libre; je le jure. Si je me sens trop jaloux pour le souffrir, un homme n'a qu'une parole, je me ferai sauter la cervelle. — Je jure, dit Edmée, de n'être à personne avant d'être à vous. — Ce n'est pas cela;

jurez d'être à moi avant d'être à qui que ce soit. —
C'est la même chose, répondit-elle, je le jure. —
Sur l'Evangile? sur le nom du Christ? sur le salut
de votre âme? sur le cercueil de votre mère? — Sur
l'Evangile, sur le nom du Christ, sur le salut de
mon âme, sur le cercueil de ma mère! — C'est bon.
— Un instant, reprit-elle : vous allez jurer que ma
promesse et son exécution resteront un secret entre
nous, que mon père ne le saura jamais ni personne
qui puisse le lui redire? — Ni qui que ce soit au
monde. Qu'ai-je besoin qu'on le sache, pourvu que
cela soit? » Elle me fit répéter la formule du
serment, et nous nous élançâmes dehors les mains
unies en signe de foi mutuelle.

Là, notre fuite devenait périlleuse. Edmée craignait presque autant les assiégeants que les assiégés.
Nous eûmes le bonheur de n'en rencontrer aucun;
mais il n'était pas facile d'aller vite : le temps était
si sombre que nous nous heurtions contre tous les
arbres, et la terre si glissante que nous ne pouvions
nous soutenir. Un bruit inattendu nous fit tressaillir; mais aussitôt, au son des chaînes qu'il traînait
aux pieds, je reconnus le cheval de mon grand-père,
animal extraordinairement vieux, mais toujours
vigoureux et ardent : c'était le même qui m'avait
amené dix ans auparavant à la Roche-Mauprat; il
n'avait qu'une corde autour du cou pour toute
bride. Je la lui passai dans la bouche avec un nœud
coulant; je jetai ma veste sur sa croupe, j'y plaçai
ma fugitive, je détachai les entraves, je sautai sur
l'animal, et, le talonnant avec fureur, je lui fis
prendre le galop à tout hasard. Heureusement pour
nous qu'il connaissait les chemins mieux que moi,
et n'avait pas besoin d'y voir pour en suivre les
détours sans se heurter aux arbres. Cependant il
glissait souvent, et pour se retenir, il nous donnait

des secousses qui nous eussent mille fois désarçonnés (équipés comme nous l'étions) si nous n'eussions été entre la vie et la mort. Dans de semblables situations, les entreprises désespérées sont les meilleures, et Dieu protège ceux que les hommes poursuivent. Nous semblions n'avoir plus rien à craindre, lorsque tout à coup le cheval heurta une souche, son pied se prit dans une racine à fleur de terre, et il s'abattit. Avant que nous fussions relevés il avait pris la fuite dans les ténèbres, et j'entendais ses pas rapides s'éloigner de plus en plus. J'avais reçu Edmée dans mes bras; elle n'eut aucun mal, mais je pris une entorse si grave qu'il me fut impossible de faire un pas. Edmée crut que j'avais la jambe cassée; je le croyais un peu moi-même tant je souffrais; mais je ne pensai bientôt plus ni à la souffrance ni à l'inquiétude. La tendre sollicitude que me témoignait Edmée me fit tout oublier. En vain je la pressais de continuer sa route sans moi; elle pouvait maintenant s'échapper. Nous avions fait beaucoup de chemin. Le jour ne tarderait pas à paraître. Elle trouverait des habitations, et partout on la protégerait contre les Mauprat. « Je ne te quitterai pas, répondit-elle avec obstination; tu t'es dévoué à moi, je me dévoue à toi de même; nous nous sauverons tous deux ou nous mourrons ensemble.

— Je ne me trompe pas, m'écriai-je; c'est une lumière que j'aperçois entre ces branches. Il y a là une habitation. Edmée, allez y frapper. Vous m'y laisserez sans inquiétude, et vous trouverez un guide pour vous conduire chez vous. — Quoi qu'il arrive, je ne vous quitterai pas, dit-elle, mais je vais voir si l'on peut vous secourir. — Non, lui dis-je, je ne vous laisserai pas frapper seule à cette porte. Cette lumière, au milieu de la nuit, dans une maison située au fond des bois, peut cacher quelque embûche. » Je me traînai jusqu'à la porte. Elle était froide comme du métal ; les murs étaient couverts de lierre. « Qui est là ? cria-t-on du dedans avant que nous eussions frappé. — Nous sommes sauvés, s'écria Edmée, c'est la voix de Patience. — Nous sommes perdus [45], lui dis-je, nous sommes ennemis mortels, lui et moi. — Ne craignez rien, dit-elle, suivez-moi ; c'est Dieu qui nous amène ici.

— Oui, c'est Dieu qui t'amène ici, fille du ciel, étoile du matin, dit Patience en ouvrant la porte, et quiconque te suit soit le bienvenu à la tour Gazeau. »

Nous pénétrâmes sous une voûte surbaissée, au milieu de laquelle pendait une lampe de fer. A la clarté de ce luminaire lugubre et des maigres broussailles qui flambaient dans l'âtre, nous vîmes avec surprise que la tour Gazeau était honorée d'une compagnie inusitée. D'un côté, la figure pâle et grave [46] d'un homme en habit ecclésiastique recevait le reflet de la flamme [47] ; de l'autre côté, un chapeau à grands bords ombrageait un cône olivâtre terminé par une maigre barbe, et le mur recevait la silhouette d'un nez tellement effilé [48] qu'il n'y avait rien au monde qui pût lui être comparé, si ce n'est une longue rapière posée en travers sur les genoux du personnage, et la face d'un petit chien qu'on eût prise à sa forme pointue pour celle d'un rat gigantesque : si bien qu'il régnait une harmonie mystérieuse entre ces trois pointes acérées, le nez de don Marcasse, le museau de son chien et la lame de son épée. Il se leva lentement, et porta la main à son chapeau. Ainsi fit le curé janséniste. Le chien allongea la tête entre les jambes de son maître, et, muet comme lui, montra les dents et coucha les oreilles sans aboyer. « Chut ! *Blaireau* », lui dit Marcasse.

VII

A peine le curé eut-il reconnu Edmée qu'il fit
trois pas en arrière avec une exclamation de
surprise ; mais ce ne fut rien auprès de la stupéfac-
tion de Patience, lorsqu'il eut promené sur mes
traits la lueur du tison enflammé qui lui servait de
torche. « La colombe en compagnie de l'ourson !
s'écria-t-il ; que se passe-t-il donc ? — Ami, répondit Edmée en mettant, à mon propre étonnement,
sa main blanche dans la main grossière du sorcier,
recevez-le aussi bien que moi-même. J'étais prisonnière à la Roche-Mauprat, et il m'a délivrée. —
Que les iniquités de sa race lui soient pardonnées
pour cette action ! » dit le curé. Patience me prit le
bras sans rien dire, et me conduisit auprès du feu.
On m'assit sur l'unique chaise de la résidence, et le
curé se mit en devoir d'examiner ma jambe, tandis
qu'Edmée racontait, jusqu'à certain point, notre
aventure, et s'informait de la chasse et de son père.
Patience ne put lui en donner aucune nouvelle. Il
avait entendu le cor résonner dans les bois, et la
fusillade contre les loups avait troublé son repos
plusieurs fois dans la journée. Mais, depuis l'orage,
le bruit du vent avait étouffé tous les autres bruits,
et il ne savait rien de ce qui se passait dans la

Varenne. Marcasse monta lestement une échelle qui, à défaut de l'escalier rompu, conduisait aux étages supérieurs de la tour; son chien le suivit avec une merveilleuse adresse. Ils redescendirent bientôt, et nous apprîmes qu'une lueur rouge montait sur l'horizon du côté de la Roche-Mauprat. Malgré la haine que j'avais pour cette demeure et pour ses hôtes, je ne pus me défendre d'une sorte de consternation en entendant dire que, selon toute apparence, le manoir héréditaire qui portait mon nom était pris et livré aux flammes; c'était la honte et la défaite, et cet incendie était comme un sceau de vasselage apposé sur mon blason par ce que j'appelais les manants et les vilains. Je me levai en sursaut, et, si je n'eusse été retenu par une violente douleur au pied, je crois que je me serais élancé dehors. « Qu'avez-vous donc? me dit Edmée qui était près de moi en cet instant. — J'ai, lui répondis-je brusquement, qu'il faut que je retourne là-bas; car mon devoir est de me faire tuer plutôt que de laisser mes oncles parlementer avec la canaille. — La canaille! s'écria Patience en m'adressant pour la première fois la parole, qui est-ce qui parle de canaille ici? J'en suis, moi, de la canaille; c'est mon titre, et je saurai le faire respecter. — Ma foi! ce ne sera pas de moi, dis-je en repoussant le curé qui m'avait fait rasseoir. — Ce ne serait pourtant pas pour la première fois, répondit Patience avec un sourire méprisant. — Vous me rappelez, lui dis-je, que nous avons de vieux comptes à régler ensemble. » Et, surmontant l'affreuse douleur de mon entorse, je me levai de nouveau, et, d'un revers de main, j'envoyai don Marcasse, qui voulut succéder au curé dans le rôle de pacificateur, tomber à la renverse au milieu des cendres. Je ne lui voulais aucun mal; mais j'avais les mouvements un peu brusques; et le pauvre homme était si grêle qu'il ne pesait pas plus dans ma main qu'une belette n'eût fait dans la sienne. Patience était debout devant moi, les bras croisés, dans une attitude de philosophe stoïcien; mais son regard sombre laissait jaillir la flamme de la haine. Il était évident que, retenu par ses principes d'hospitalité, il attendait, pour m'écraser, que je lui eusse porté le premier coup. Je ne l'eusse pas fait attendre, si Edmée, méprisant le danger qu'il y avait à s'approcher d'un furieux, ne m'eût saisi le bras en me disant d'un ton absolu : « Rasseyez-vous, tenez-vous tranquille, je vous l'ordonne. » Tant de hardiesse et de confiance me surprit et me plut en même temps. Les droits qu'elle s'arrogeait sur moi étaient comme une sanction de ceux que je prétendais avoir sur elle. « C'est juste », lui répondis-je en m'asseyant, et j'ajoutai en regardant Patience : « Cela se retrouvera. — *Amen* », répondit-il en levant les épaules. Marcasse s'était relevé avec beaucoup de sang-froid, et secouant les cendres dont il était sali, au lieu de s'en prendre à moi, il essayait à sa manière de sermonner Patience. La chose n'était pas facile en elle-même; mais rien n'était moins irritant que cette censure monosyllabique jetant sa note au milieu des querelles comme un écho dans la tempête. « A votre âge, disait-il à son hôte, pas patient du tout! Tout le tort, oui, tort, vous! — Que vous êtes méchant! me disait Edmée en laissant sa main sur mon épaule; ne recommencez pas, ou je vous abandonne. » Je me laissais gronder par elle avec plaisir, et sans m'apercevoir que depuis un instant nous avions changé de rôle. C'était elle maintenant qui commandait et menaçait; elle avait repris toute sa supériorité réelle sur moi en franchissant le seuil de la tour Gazeau; et ce lieu sauvage, ces témoins étrangers, cet hôte farouche, représentaient déjà la société où je venais de mettre le pied, et dont j'allais bientôt subir les entraves.

« Allons, dit-elle en se tournant vers Patience, nous ne nous entendons pas ici, et moi je suis dévorée d'inquiétude pour mon pauvre père qui me cherche et qui se tord les bras à l'heure qu'il est. Bon Patience! trouve-moi un moyen de le rejoindre avec ce malheureux enfant que je ne puis laisser à ta garde, puisque tu ne m'aimes pas assez pour être patient et miséricordieux avec lui. — Qu'est-ce que vous dites? s'écria Patience en posant sa main sur son front comme au sortir d'un rêve. Oui, vous avez raison; je suis un vieux brutal, un vieux fou. Fille de Dieu, dites à ce garçon... à ce gentilhomme que je lui demande pardon du passé, et que, pour le présent, je mets ma pauvre cellule à ses ordres; est-ce bien parlé? — Oui, Patience, dit le curé; d'ailleurs, tout peut s'arranger; mon cheval est doux et solide, mademoiselle de Mauprat va le monter; vous et Marcasse le conduirez par la bride, et moi je resterai ici près de notre blessé. Je réponds de le bien soigner et de ne l'irriter en aucune façon. N'est-ce pas, monsieur Bernard, vous n'avez rien contre moi, vous êtes bien sûr que je ne suis pas votre ennemi? — Je n'en sais rien, répondis-je, c'est comme il vous plaira. Ayez soin de *la cousine*, conduisez-la; moi, je n'ai besoin de rien et je ne me soucie de personne. Une botte de paille et un verre de vin, c'est tout ce que je voudrais, si c'était possible. — Vous aurez l'un et l'autre, dit Marcasse en me présentant sa gourde, et voici d'abord de quoi vous réconforter; je vais à l'écurie préparer le cheval. — Non, j'y vais moi-même, dit Patience; ayez soin de ce jeune homme. »

Et il passa dans une autre salle basse qui servait d'écurie au cheval du curé, durant les visites que celui-ci lui rendait. On fit passer l'animal par la chambre où nous étions, et Patience, arrangeant le manteau du curé sur la selle, y déposa Edmée avec un soin paternel. « Un instant, dit-elle avant de se laisser emmener ; monsieur le curé, vous me promettez sur le salut de votre âme de ne pas abandonner mon cousin avant que je sois revenue avec mon père pour le chercher ? — Je le jure, répondit le curé. — Et vous, Bernard, dit Edmée, vous jurez sur l'honneur que vous m'attendrez ici ? — Je n'en sais rien du tout, répondis-je ; cela dépendra du temps et de ma patience ; mais vous savez bien, cousine, que nous nous reverrons, fût-ce au diable, et, quant à moi, le plus tôt possible. » A la clarté du tison que Patience agitait autour d'elle pour examiner le harnais du cheval, je vis son beau visage rougir et pâlir ; puis elle releva sa tête penchée tristement et me regarda fixement d'un air étrange. « Partons-nous ? dit Marcasse en ouvrant la porte. — Marchons, dit Patience en prenant la bride. Ma fille Edmée, baissez-vous bien en passant sous la porte... — Qu'est-ce qu'il y a, Blaireau ? » dit Marcasse en s'arrêtant sur le seuil et en mettant en avant la pointe de son épée glorieusement rouillée dans le sang des animaux rongeurs.

Blaireau resta immobile, et, s'il n'eût été *muet de naissance*, comme disait son maître, il eût aboyé ; mais il avertit à sa manière en faisant entendre une sorte de toux sèche, qui était son plus grand signe de colère et d'inquiétude... « Quelque chose là-dessous », dit Marcasse. Et il avança fort courageusement dans les ténèbres en faisant signe à l'amazone de ne pas sortir. La détonation d'une arme à feu nous fit tous tressaillir. Edmée sauta

légèrement à bas du cheval, et, par un mouvement
instinctif qui ne m'échappa point, vint se placer
derrière ma chaise. Patience s'élança hors de la tour;
le curé courut au cheval épouvanté, qui se cabrait et
reculait sur nous; Blaireau réussit à aboyer. J'oubliai mon mal, et d'un saut je fus aux avant-postes.

Un homme, criblé de blessures et répandant un
ruisseau de sang, était couché en travers devant la
porte. C'était mon oncle Laurent, mortellement
blessé au siège de la Roche-Mauprat, qui venait
expirer sous nos yeux. Avec lui était son frère
Léonard, qui venait de tirer à tout hasard son
dernier coup de pistolet et qui heureusement
n'avait atteint personne. Le premier mouvement de
Patience fut de se mettre en défense; mais, en
reconnaissant Marcasse, les fugitifs, loin de se
montrer hostiles, demandèrent asile et secours, et
personne ne crut devoir leur refuser l'assistance que
réclamait leur déplorable situation. La maréchaussée était à leur poursuite. La Roche-Mauprat était
la proie des flammes; Louis et Pierre s'étaient fait
tuer sur la brèche; Antoine, Jean et Gaucher
étaient en fuite d'un autre côté. Peut-être étaient-ils
déjà prisonniers. Rien ne saurait rendre l'horreur
des derniers moments de Laurent. Son agonie fut
rapide, mais affreuse. Il blasphémait à faire pâlir le
curé. A peine la porte fut-elle refermée et le
moribond déposé à terre, qu'un râle horrible
s'empara de lui. Malgré nos représentations, Léonard, ne connaissant d'autre remède que l'eau-de-
vie, arrachant de mes mains (non sans m'adresser
en jurant un reproche insultant pour ma fuite) la
gourde de Marcasse, desserra de force, avec la lame
de son couteau de chasse, les dents contractées de
son frère, et lui versa la moitié de la gourde. Le
malheureux bondit, agita ses bras dans des convul-

sions désespérées, se releva de toute sa hauteur, et
retomba raide mort sur le carreau ensanglanté.
Nous n'eûmes pas le loisir d'une oraison funèbre;
la porte retentit sous les coups redoublés de
nouveaux assaillants. « Ouvrez, de par le roi!
crièrent plusieurs voix; ouvrez à la maréchaussée.
— A la défense! s'écria Léonard en relevant son
couteau et en s'élançant vers la porte. Vilains,
montrez-vous gentilshommes! et toi, Bernard,
répare ta faute, lave ta honte, ne souffre pas qu'un
Mauprat tombe vivant dans les mains des gendarmes! »

Commandé par l'instinct du courage et de la
fierté, j'allais l'imiter, quand Patience, s'élançant
sur lui et le terrassant avec une force herculéenne,
lui mit le genou sur la poitrine en criant à Marcasse
d'ouvrir la porte. Cela fut fait avant que j'eusse pu
prendre parti pour mon oncle contre son hôte
inexorable. Six gendarmes s'élancèrent dans la tour
et nous tinrent tous immobiles au bout de leurs
fusils. « Holà! messieurs! dit Patience, ne faites de
mal à personne et prenez ce prisonnier. Si j'eusse
été seul avec lui, je l'eusse défendu ou fait sauver;
mais il y a ici de braves gens qui ne doivent pas
payer pour un coquin, et je ne me soucie pas de les
exposer dans un engagement. Voilà le Mauprat.
Songez que votre devoir est de le remettre sain et
sauf dans les mains de la justice. Cet autre est mort.
— Monsieur, rendez-vous, dit le sous-officier de
maréchaussée en s'emparant de Léonard. — Jamais
un Mauprat ne traînera son nom sur les bancs d'un
présidial, répondit Léonard d'un air sombre. Je me
rends, mais vous n'aurez que ma peau. » Et il se
laissa asseoir sur une chaise sans faire de résistance.
Tandis qu'on se préparait à le lier : « Une seule,
une dernière charité, mon père, dit-il au curé.

Passez-moi le reste de la gourde; je me meurs de soif et d'épuisement. » Le bon curé lui passa la gourde qu'il avala d'un trait. Sa figure décomposée avait une sorte de calme effrayant. Il semblait absorbé, atterré, incapable de résistance. Mais au moment où on lui liait les pieds, il arracha un pistolet à la ceinture d'un des gendarmes, et se fit sauter la cervelle.

Je fus bouleversé de ce spectacle affreux. Plongé dans une morne stupeur, ne comprenant plus rien à ce qui m'entourait, je restai pétrifié, ne m'apercevant pas que depuis quelques instants j'étais l'objet d'un débat sérieux entre la maréchaussée et mes hôtes. Un gendarme prétendait me reconnaître pour un Mauprat Coupe-Jarret. Patience niait que je fusse autre chose qu'un garde-chasse de M. Hubert de Mauprat escortant sa fille. Ennuyé de ce débat, j'allais me nommer, lorsque je vis un spectre se lever à côté de moi. C'était Edmée qui s'était collée entre la muraille et le pauvre cheval effrayé du curé, lequel, les jambes étendues et l'œil en feu, lui faisait comme un rempart de son corps. Elle était pâle comme la mort, et ses lèvres étaient tellement contractées d'horreur, qu'elle fit d'abord des efforts inouïs pour parler, sans pouvoir s'exprimer autrement que par signes. Le sous-officier, touché de sa jeunesse et de sa situation, attendit avec déférence qu'elle réussît à s'expliquer. Enfin, elle obtint qu'on ne me traitât pas en prisonnier, et qu'on me conduisît avec elle au château de son père, où elle donnait sa parole d'honneur qu'on fournirait sur mon compte des explications et des garanties satisfaisantes. Le curé et les deux autres témoins appuyant cette promesse, nous partîmes tous ensemble, Edmée sur le cheval du sous-officier, qui prit celui d'un de ses hommes, moi

sur le cheval du curé, Patience et le curé à pied entre
nous, la maréchaussée sur nos flancs, Marcasse en
avant, toujours impassible au milieu de l'épouvante
et de la consternation générales. Deux gendarmes
restèrent à la tour pour garder les cadavres et
constater les faits.

VIII

Nous avions fait une lieue environ dans les bois, nous arrêtant à chaque embranchement de route pour appeler; car Edmée, convaincue que son père ne rentrerait pas chez lui sans l'avoir retrouvée, suppliait ses compagnons de voyage de l'aider à le rejoindre; ce à quoi les gendarmes répugnaient beaucoup, craignant d'être surpris et attaqués par quelques groupes des fuyards de la Roche-Mauprat. Chemin faisant, ils nous apprirent que le repaire avait été conquis à la troisième attaque. Jusque-là les assaillants avaient ménagé leurs forces. Le lieutenant de maréchaussée voulait qu'on s'emparât du donjon sans le détruire, et surtout des assiégés sans les tuer; mais cela fut impossible à cause de la résistance désespérée qu'ils firent. Les assiégeants furent tellement maltraités à leur seconde tentative, qu'ils n'avaient plus d'autre parti à prendre que le parti extrême ou la retraite. Le feu fut mis aux bâtiments d'enceinte, et, au troisième engagement, on ne ménagea plus rien. Deux Mauprat furent tués sur les débris de leur bastion; les cinq autres disparurent. Six hommes furent dépêchés à leur poursuite d'un côté, six de l'autre; car on avait trouvé sur-le-champ la trace des fugitifs, et ceux qui nous transmettaient ces détails avaient suivi de si près Laurent et Léonard, qu'ils avaient atteint de plusieurs balles le premier de ces infortunés, à peu de distance de la tour Gazeau. Ils l'avaient entendu crier qu'il était mort, et, selon toute apparence, Léonard l'avait porté jusqu'à la demeure du sorcier. Ce Léonard était le seul qui méritât quelque pitié; car c'était le seul qui eût peut-être été susceptible d'embrasser une meilleure vie. Il était parfois chevaleresque dans son brigandage, et son cœur farouche était capable d'affection. J'étais donc très touché de sa mort tragique, et je me laissais entraîner machinalement, plongé dans de sombres pensées, et résolu à finir mes jours de la même manière si l'on me condamnait aux affronts qu'il n'avait pas voulu subir.

Tout à coup le son des cors et les hurlements des chiens nous annoncèrent l'approche d'un groupe de chasseurs. Tandis qu'on leur répondait par des cris de notre côté, Patience courut à la découverte. Edmée, impatiente de retrouver son père et surmontant toutes les terreurs de cette nuit sanglante, fouetta son cheval et atteignit les chasseurs la première. Lorsque nous les eûmes rejoints, je vis Edmée dans les bras d'un homme de grande taille et d'une figure vénérable. Il était vêtu avec luxe; sa veste de chasse, galonnée d'or sur toutes les coutures, et le magnifique cheval normand qu'un piqueur tenait derrière lui, me frappèrent tellement que je me crus en présence d'un prince. Les témoignages de tendresse qu'il donnait à sa fille étaient si nouveaux pour moi que je faillis les trouver exagérés et indignes de la gravité d'un homme; en même temps ils m'inspiraient une sorte de jalousie brutale, et il ne me venait pas à l'esprit qu'un homme si bien mis pût être mon oncle.

Edmée lui parla bas et avec vivacité. Cette conférence dura quelques instants, au bout desquels le vieillard vint à moi et m'embrassa cordialement. Tout me paraissait si nouveau dans ces manières que je me tenais immobile et muet devant les protestations et les caresses dont j'étais l'objet. Un grand jeune homme, d'une belle figure et vêtu avec autant de recherche que M. Hubert, vint me serrer la main et m'adresser des remerciements auxquels je ne compris rien. Ensuite il entra en pourparlers avec les gendarmes, et je compris qu'il était le lieutenant-général de la province, et qu'il exigeait qu'on me laissât libre de suivre mon oncle le chevalier dans son château, où il répondait de moi sur son honneur. Les gendarmes prirent congé de nous; car le chevalier et le lieutenant-général étaient assez bien escortés par leurs gens pour n'avoir à craindre aucune mauvaise rencontre. Un nouveau sujet de surprise pour moi fut de voir le chevalier donner de vives marques d'amitié à Patience et à Marcasse. Quant au curé, il était avec ces deux seigneurs sur un pied d'égalité. Depuis quelques mois il était aumônier du château de Sainte-Sévère, les tracasseries du clergé diocésain lui ayant fait abandonner sa cure.

Toute cette tendresse dont Edmée était l'objet, ces affections de famille dont je n'avais pas l'idée, ces cordiales et douces relations entre des plébéiens respectueux et des patriciens bienveillants, tout ce que je voyais et entendais ressemblait à un rêve. Je regardais et n'avais le sens d'aucune appréciation sur quoi que ce soit. Mon cerveau commença cependant à travailler lorsque, la caravane s'étant remise en route, je vis le lieutenant-général (M. de La Marche) pousser son cheval entre celui d'Edmée et le mien, et se placer de droit à son côté. Je me souvins qu'elle m'avait dit à la Roche-Mauprat qu'il était son fiancé. La haine et la colère s'emparèrent de moi, et je ne sais quelle absurdité j'eusse faite, si Edmée, semblant deviner ce qui se passait dans mon âme farouche, ne lui eût dit qu'elle voulait me parler, et ne m'eût rendu ma place auprès d'elle. « Qu'avez-vous à me dire? lui demandai-je avec plus d'empressement que de politesse. — Rien, me répondit-elle à demi-voix. J'aurai beaucoup à vous dire plus tard; jusque-là, ferez-vous toutes mes volontés? — Et pourquoi diable ferais-je vos volontés, cousine? » Elle hésita un peu à me répondre, et, faisant un effort, elle dit : « Parce que c'est ainsi qu'on prouve aux femmes qu'on les aime. — Est-ce que vous croyez que je ne vous aime pas? repris-je brusquement. — Qu'en sais-je? » dit-elle. Ce doute m'étonna beaucoup, et j'essayai de le combattre à ma manière. « N'êtes-vous pas belle, lui dis-je, et ne suis-je pas un jeune homme? Peut-être croyez-vous que je suis trop enfant pour m'apercevoir de la beauté d'une femme, mais, à présent que j'ai la tête calme et que je suis triste et bien sérieux, je puis vous dire que je suis encore plus amoureux de vous que je ne pensais. Plus je vous regarde, plus je vous trouve belle. Je ne croyais pas qu'une femme pût me paraître aussi belle. Vrai, je ne dormirai pas tant que... — Taisez-vous, dit-elle sèchement. — Oh! vous craignez que ce monsieur ne m'entende, repris-je en lui désignant M. de La Marche. Soyez tranquille, je sais garder un serment, et j'espère qu'étant une fille bien née, vous saurez aussi garder le vôtre. » Elle se tut. Nous étions dans un chemin où l'on ne pouvait marcher que deux de front. L'obscurité était profonde, et, quoique le chevalier et le lieutenant-général fussent sur nos talons, j'allais m'enhardir à passer mon bras autour de sa taille, lorsqu'elle me dit d'une voix triste et affaiblie : « Mon cousin, je vous demande pardon si je ne vous parle pas. Je ne comprends pas même bien ce que vous me dites. Je me sens exténuée de fatigue, il me semble que je vais mourir. Heureusement nous voici arrivés. Jurez-moi que vous aimerez mon père, que vous céderez à tous ses conseils, que vous ne prendrez parti sur quoi que ce soit sans me consulter. Jurez-le-moi si vous voulez que je croie à votre amitié. — Oh! mon amitié, n'y croyez pas, j'y consens, répondis-je, mais croyez à mon amour. Je jure tout ce qu'il vous plaira; mais vous, ne me promettez-vous rien, là, de bonne grâce? — Que puis-je vous promettre qui ne vous appartienne? dit-elle d'un ton sérieux; vous m'avez sauvé l'honneur, ma vie est à vous. »

Les premières lueurs du matin blanchissaient alors l'horizon, nous arrivions au village de Sainte-Sévère, et bientôt nous entrâmes dans la cour du château. En descendant de cheval, Edmée tomba dans les bras de son père; elle était pâle comme la mort. M. de La Marche fit un cri et aida à l'emporter. Elle était évanouie. Le curé se chargea de moi. J'étais fort inquiet sur mon sort. La méfiance naturelle aux brigands se réveilla dès que je cessai d'être sous la fascination de celle qui avait réussi à me tirer de mon antre. J'étais comme un loup blessé, et je jetais des regards sombres autour de moi, prêt à m'élancer sur le premier qui ferait un geste ou dirait un mot équivoque. On me conduisit à un appartement splendide, et une collation, préparée avec un luxe dont je n'avais pas l'idée, me fut servie immédiatement. Le curé me témoigna beaucoup d'intérêt, et, ayant réussi à me rassurer un peu, il me quitta pour s'occuper de son ami Patience. Mon trouble et un reste d'inquiétude ne tinrent pas contre l'appétit généreux dont est douée la jeunesse. Sans les empressements et les respects d'un valet beaucoup mieux mis que moi, qui se tenait derrière ma chaise, et auquel je ne pouvais m'empêcher de rendre ses politesses chaque fois qu'il s'élançait au-devant de mes désirs, j'eusse fait un déjeuner effrayant, mais son habit vert et ses culottes de soie me gênaient beaucoup. Ce fut bien pis lorsque, s'étant agenouillé, il se mit en devoir de me déchausser pour me mettre au lit. Pour le coup, je crus qu'il se moquait de moi, et je faillis lui asséner un grand coup de poing sur la tête; mais il avait l'air si grave en s'acquittant de cette besogne que je restai stupéfait à le regarder.

Dans les premiers moments, me trouvant au lit, sans armes, et avec des gens qui allaient et venaient autour de moi en marchant sur la pointe du pied, il me vint encore des mouvements de méfiance. Je profitai d'un instant où j'étais seul pour me relever, et, prenant sur la table à demi desservie le plus long couteau que je pus choisir, je me couchai plus tranquille et m'endormis profondément en le tenant bien serré dans ma main.

Quand je m'éveillai, le soleil couchant jetait sur mes draps, d'une finesse extrême, le reflet adouci de mes rideaux de damas rouge, et faisait étinceler les grenades dorées qui ornaient les coins du dossier. Ce lit était si beau et si moelleux que je faillis lui faire des excuses de m'être couché dedans. En me soulevant, je vis une figure douce et vénérable qui entrouvrait ma courtine et qui me souriait. C'était le chevalier Hubert de Mauprat [49], qui m'interrogeait avec intérêt sur l'état de ma santé. J'essayai d'être poli et reconnaissant; mais les expressions dont je me servais ressemblaient si peu

aux siennes que je me troublai et souffris de ma
grossièreté sans pouvoir m'en rendre compte. Pour
comble de malheur, à un mouvement que je fis, le
couteau que j'avais pris pour camarade de lit tomba
aux pieds de M. de Mauprat, qui le ramassa, le
regarda, et me regarda ensuite avec une extrême
surprise. Je devins rouge comme le feu, et balbutiai je ne sais quoi. Je m'attendais à des reproches
pour cette insulte faite à son hospitalité; mais il
était trop poli pour pousser plus loin l'explication.
Il posa tranquillement le couteau sur la cheminée,
et, revenant à moi, il me parla ainsi :

« Bernard, je sais maintenant que je vous dois la
vie de ce que j'ai de plus cher au monde. Toute la
mienne sera consacrée à vous prouver ma reconnaissance et mon estime. Ma fille aussi a contracté
envers vous une dette sacrée. N'ayez donc aucune
inquiétude pour votre avenir. Je sais à quelles
persécutions et à quelles vengeances vous vous êtes
exposé pour venir à nous; mais je sais aussi à quelle
affreuse existence mon amitié et mon dévouement
sauront vous soustraire. Vous êtes orphelin, et je
n'ai pas de fils. Voulez-vous m'accepter pour votre
père? »

Je regardai le chevalier [50] avec des yeux égarés. Je
ne pouvais en croire mes oreilles. Toute impression
était paralysée chez moi par la surprise et la
timidité. Il me fut impossible de répondre un mot;
le chevalier éprouva lui-même un peu de surprise,
il ne s'attendait pas à trouver une nature aussi
brutalement inculte. « Allons, me dit-il, j'espère
que vous vous accoutumerez à nous. Donnez-moi
seulement une poignée de main pour me prouver
que vous avez confiance en moi. Je vais vous
envoyer votre domestique, commandez-lui tout ce
que vous voudrez, il est à vous. J'ai seulement une

promesse à exiger de vous, c'est que vous ne sortirez pas de l'enceinte du parc d'ici à ce que j'aie pris des mesures pour vous soustraire aux poursuites de la justice. On pourrait faire rejaillir sur vous les accusations qui pèsent sur la conduite de vos oncles [51].

— Mes oncles? dis-je en passant mes mains sur ma tête, est-ce un mauvais rêve que j'ai fait? Où sont-ils? Qu'est devenue la Roche-Mauprat?

— La Roche-Mauprat a été préservée des flammes, répondit-il. Quelques bâtiments accessoires ont été détruits; mais je me charge de réparer votre maison et de racheter votre fief aux créanciers dont il est aujourd'hui la proie. Quant à vos oncles... vous êtes probablement le seul héritier d'un nom qu'il vous appartient de réhabiliter.

— Le seul! m'écriai-je... Quatre Mauprat ont succombé cette nuit, mais les trois autres...

— Le cinquième, Gaucher, a péri dans sa fuite; on l'a retrouvé ce matin noyé dans l'étang des *Froids*. On n'a retrouvé ni Jean ni Antoine; mais le cheval de l'un et le manteau de l'autre, trouvés à peu de distance du lieu où gisait le cadavre de Gaucher, sont des indices sinistres de quelque événement semblable. Si l'un des Mauprat s'est échappé, c'est pour ne plus reparaître, car il n'y aurait plus d'espoir pour lui; et puisqu'ils ont attiré sur leur tête ces orages inévitables, mieux vaut pour eux et pour nous, qui avons le malheur de porter le même nom, qu'ils aient eu cette fin tragique les armes à la main que de subir une mort infâme au bout d'une potence. Acceptons ce que Dieu a décidé à leur égard. L'arrêt est rude. Sept hommes pleins de force et de jeunesse appelés, dans une seule nuit, à rendre un compte terrible!... Prions pour eux, Bernard, et, à force de bonnes œuvres, tâchons de réparer le mal qu'ils ont fait, et d'enlever les taches qu'ils ont imprimées à notre écusson. »

Ces dernières paroles résumaient tout le caractère du chevalier. Il était pieux, équitable, plein de charité ; mais, chez lui, comme chez la plupart des gentilshommes, les préceptes de l'humilité chrétienne venaient échouer devant l'orgueil du rang. Il eût volontiers fait asseoir un pauvre à sa table, et le vendredi saint il lavait les pieds à douze mendiants ; mais il n'en était pas moins attaché à tous les préjugés de notre caste. Il trouvait ses cousins beaucoup plus coupables d'avoir dérogé à leur dignité d'homme, étant gentilshommes, que s'ils eussent été plébéiens. Dans cette hypothèse, selon lui, leurs crimes eussent été de moitié moins graves. J'ai partagé longtemps cette conviction ; elle était dans mon sang, si je puis m'exprimer ainsi. Je ne l'ai perdue qu'à la suite des rudes leçons de ma destinée.

Il me confirma ensuite ce que sa fille m'avait dit. Il avait désiré vivement être chargé de mon éducation dès ma naissance ; mais son frère Tristan s'y était opposé avec acharnement. Ici le front du chevalier se rembrunit. « Vous ne savez pas, dit-il, combien cette velléité de ma part a eu des suites funestes pour moi et pour vous aussi. Mais ceci doit rester enveloppé dans le mystère... mystère affreux, sang des Atrides !... » Il me prit la main, et ajouta d'un air accablé : « Bernard, nous sommes victimes tous deux d'une famille atroce. Ce n'est pas le moment de récriminer contre ceux qui paraissent à cette heure devant le redoutable tribunal de Dieu ; mais ils m'ont fait un mal irréparable, ils m'ont brisé le cœur... Celui qu'ils vous ont fait sera réparé, j'en jure par la mémoire de votre mère. Ils vous ont privé d'éducation, ils vous ont associé à leurs brigandages; mais votre âme est restée grande et pure comme était celle de l'ange qui vous donna le jour. Vous réparerez les erreurs involontaires de votre enfance; vous recevrez une éducation conforme à votre rang; vous relèverez l'honneur de la famille, n'est-ce pas, vous le voulez? Moi, je le veux, je me mettrai à vos genoux pour obtenir votre confiance, et je l'obtiendrai, car la Providence vous destinait à être mon fils. Ah! j'avais rêvé jadis une adoption plus complète. Si, à ma seconde tentative, on vous eût accordé à ma tendresse, vous eussiez été élevé avec ma fille, et vous seriez certainement devenu son époux. Mais Dieu ne l'a pas voulu. Il faut que vous commenciez votre éducation, et la sienne s'achève. Elle est d'âge à être établie, et d'ailleurs elle a fait son choix; elle aime M. de La Marche, qu'elle est à la veille d'épouser; elle vous l'a dit. »

Je balbutiai quelques paroles confuses. Les caresses et les paroles généreuses de ce vieillard respectable m'avaient vivement ému, et je sentais comme une nouvelle nature se réveiller en moi. Mais lorsqu'il prononça le nom de son futur gendre, tous mes instincts sauvages se réveillèrent, et je sentis qu'aucun principe de loyauté sociale ne me ferait renoncer à la possession de celle que je regardais comme ma proie. Je pâlissais, je rougissais, je suffoquais. Nous fûmes heureusement interrompus par l'abbé Aubert (le curé janséniste), qui venait s'informer des suites de ma chute. Alors seulement le chevalier sut que j'étais blessé, circonstance qu'il n'avait pas eu le loisir d'apprendre dans l'agitation de tant d'événements plus graves. Il envoya chercher son médecin, et je fus entouré de soins affectueux qui me parurent assez puérils, et auxquels je me soumis pourtant par un instinct de reconnaissance.

Je n'avais pas osé demander au chevalier des nouvelles de sa fille. Je fus plus hardi avec l'abbé. Il m'apprit que la prolongation et l'agitation de son sommeil donnaient quelque inquiétude ; et le médecin, étant revenu le soir pour me faire un nouveau pansement, me dit qu'elle avait beaucoup de fièvre, et qu'il craignait pour elle une maladie grave.

Elle fut en effet assez mal pendant quelques jours pour donner de l'inquiétude. Dans les terribles émotions qu'elle avait éprouvées, elle avait déployé beaucoup d'énergie ; mais elle subit une réaction assez violente. De mon côté, je fus retenu au lit ; je ne pouvais faire un pas sans ressentir de vives douleurs, et le médecin me menaçait d'y rester cloué pour plusieurs mois si je ne me soumettais à l'immobilité pendant quelques jours. Comme j'étais d'ailleurs en pleine santé et que je n'avais jamais été malade de ma vie, la transition de mes habitudes actives à cette molle captivité me causa un ennui dont rien ne saurait rendre les angoisses. Il faut avoir vécu au fond des bois, dans toute la rudesse des mœurs farouches, pour comprendre l'espèce d'effroi et de désespoir que j'éprouvai en me trouvant enfermé pendant plus d'une semaine entre quatre rideaux de soie. Le luxe de mon appartement, la dorure de mon lit, les soins minutieux des laquais, tout, jusqu'à la bonté des aliments, puérilités auxquelles j'avais été assez sensible le premier jour, me devint odieux au bout de vingt-quatre heures. Le chevalier me faisait de tendres et courtes visites, car il était absorbé par la maladie de sa fille chérie. L'abbé fut excellent pour moi. Je n'osais dire ni à l'un ni à l'autre combien je me trouvais malheureux ; mais, lorsque j'étais seul, j'avais envie de rugir comme un lion mis en cage, et, la nuit, je faisais des rêves où la mousse des bois, le rideau des arbres de la forêt et jusqu'aux sombres créneaux de la Roche-Mauprat, m'apparaissaient comme le paradis terrestre. D'autres fois, les scènes tragiques qui avaient accompagné et suivi mon évasion se retraçaient si énergiquement à ma mémoire que, même éveillé, j'étais en proie à une sorte de délire.

Une visite de M. de La Marche augmenta le désordre et l'exaspération de mes idées. Il me témoigna beaucoup d'intérêt, me serra la main à plusieurs reprises, me demanda mon amitié, s'écria dix fois qu'il donnerait sa vie pour moi, et je ne sais combien d'autres protestations que je n'entendis guère ; car j'avais un torrent dans les oreilles tandis qu'il me parlait, et, si j'avais eu mon couteau de chasse, je crois que je me serais jeté sur lui. Mes manières farouches et mes regards sombres l'étonnèrent beaucoup, mais l'abbé lui ayant dit que j'avais l'esprit frappé des événements terribles advenus dans ma famille, il redoubla ses protestations, et me quitta de la manière la plus affectueuse et la plus courtoise.

Cette politesse que je trouvais dans tout le monde, depuis le maître de la maison jusqu'au dernier des serviteurs, me causait un malaise inouï, bien qu'elle me frappât d'admiration ; car, n'eût-elle pas été inspirée par la bienveillance qu'on me portait, il m'eût été impossible de comprendre qu'elle pouvait être une chose bien distincte de la bonté. Elle ressemblait si peu à la faconde gasconne et railleuse des Mauprat, qu'elle était pour moi comme une langue tout à fait nouvelle que je comprenais, mais que je ne pouvais parler.

Je retrouvai pourtant la faculté de répondre, lorsque l'abbé, m'ayant annoncé qu'il était chargé

de mon éducation, m'interrogea pour savoir où j'en
étais. Mon ignorance était tellement au-delà de tout
ce qu'il eût pu imaginer, que j'eus honte de la lui
révéler, et, ma fierté sauvage reprenant le dessus, je
lui déclarai que j'étais gentilhomme et que je
n'avais nulle envie de devenir *clerc*. Il ne me
répondit que par un éclat de rire qui m'offensa
beaucoup. Il me tapa doucement sur l'épaule d'un
air d'amitié, en disant que je changerais d'avis avec
le temps, mais que j'étais un drôle de corps. J'étais
pourpre de colère quand le chevalier[52] entra.
L'abbé lui rapporta notre entretien et ma réponse.
M. Hubert[53] réprima un sourire. « Mon enfant, me
dit-il avec affection, jamais je ne veux me rendre
fâcheux pour vous, même par amitié. Ne parlons
pas d'études aujourd'hui. Avant d'en concevoir le
goût, il faut que vous en compreniez la nécessité.
Vous avez l'esprit juste, puisque vous avez le cœur
noble ; l'envie de vous instruire vous viendra d'elle-
même. Soupons. Avez-vous faim ? aimez-vous le
bon vin ? — Beaucoup plus que le latin, répondis-
je. — Eh bien ! l'abbé, pour vous punir d'avoir fait
le cuistre, reprit-il gaiement, vous en boirez avec
nous. Edmée est tout à fait hors de danger. Le
médecin permet à Bernard de se lever et de faire
quelques pas. Nous souperons dans sa chambre. »

Le souper et le vin étaient si bons en effet que je
me grisai très lestement, selon la coutume de la
Roche-Mauprat. Je crois que l'on m'y aida, afin de
me faire parler et de connaître tout de suite à quelle
espèce de rustre[54] on avait affaire. Mon manque
d'éducation surpassait tout ce qu'on avait prévu ;
mais sans doute on augura bien du fond, car on ne
m'abandonna pas et on travailla à tailler ce
quartier de roc avec un zèle qui marquait de
l'espérance[55]. Dès que je pus sortir de la chambre,

mon ennui se dissipa. L'abbé se fit mon compagnon inséparable tout le premier jour. La longueur du second fut adoucie par l'espérance qu'on me donna de voir Edmée le lendemain, et par les bons traitements dont j'étais l'objet, et dont je commençais à sentir la douceur, à mesure que je m'habituais à ne plus m'en étonner. La bonté incomparable du chevalier était bien faite pour vaincre ma grossièreté; elle me gagna rapidement le cœur. C'était la première affection de ma vie. Elle s'installait en moi de pair avec un amour violent pour sa fille, et je ne songeais pas seulement à faire lutter un de ces deux sentiments contre l'autre. J'étais tout besoin, tout instinct, tout désir. J'avais les passions d'un homme dans l'âme d'un enfant.

IX

Enfin, un matin, M. Hubert, après déjeuner, m'emmena chez sa fille[56]. Quand la porte de sa chambre s'ouvrit, l'air tiède et parfumé qui me vint au visage faillit me suffoquer. Cette chambre était simple et charmante, tendue et meublée en toile de Perse à fond blanc, et toute parfumée de grands vases de Chine remplis de fleurs. Il y avait des oiseaux d'Afrique qui jouaient dans une cage dorée et qui chantaient d'une voix douce et amoureuse. Le tapis était plus moelleux aux pieds que la mousse des bois au mois de mars. J'étais si ému qu'à chaque instant ma vue se troublait ; mes pieds s'accrochaient gauchement l'un à l'autre, et je heurtais tous les meubles sans pouvoir avancer. Edmée était couchée sur une chaise longue et roulait nonchalamment un éventail de nacre entre ses doigts. Elle me sembla encore plus belle que je ne l'avais vue, mais si différente que je me sentis tout glacé de crainte au milieu de mon transport. Elle me tendit la main ; je ne savais pas que je pusse la lui baiser devant son père. Je n'entendis pas ce qu'elle me disait ; je crois que ce furent des paroles affectueuses. Puis, comme brisée de fatigue, elle pencha sa tête en arrière sur son oreiller et ferma les yeux à demi. « J'ai à travailler, me dit le chevalier, tenez-lui compagnie; mais ne la faites pas beaucoup parler, car elle est encore bien faible. »

Cette recommandation ressemblait vraiment à une raillerie; Edmée feignait d'être assoupie pour cacher peut-être un peu d'embarras intérieur; et quant à moi, j'étais si incapable de combattre cette réserve que c'était vraiment pitié de me recommander le silence.

Le chevalier ouvrit une porte au fond de l'appartement et la referma; mais, en l'entendant tousser de temps en temps, je compris que son cabinet n'était séparé que par une cloison de la chambre de sa fille. Néanmoins j'eus quelques instants de bien-être en me trouvant seul avec elle tant qu'elle parut dormir. Elle ne me voyait pas et je la regardais à mon aise; elle était aussi pâle et aussi blanche que son peignoir de mousseline et que ses mules de satin garnies de cygne; sa main fine et transparente était à mes yeux comme un bijou inconnu. Je ne m'étais jamais douté de ce que c'était qu'une femme; la beauté, pour moi, ç'avait été jusqu'alors la jeunesse et la santé [57], avec une sorte de hardiesse virile. Edmée, en amazone, s'était un peu montrée sous cet aspect la première fois, et je l'avais mieux comprise; maintenant je l'étudiais de nouveau, et je ne pouvais plus concevoir que ce fût là cette femme que j'avais tenue dans mes bras à la Roche-Mauprat [58]. Le lieu, la situation, mes idées elles-mêmes, qui commençaient à recevoir du dehors un faible rayon de lumière, tout contribuait à rendre ce second tête-à-tête bien différent du premier.

Mais le plaisir étrange et inquiet que j'éprouvais à la contempler fut troublé par l'arrivée d'une duègne qu'on appelait mademoiselle Leblanc [59], et

qui remplissait les fonctions de femme de chambre
dans les appartements particuliers, celles de demoiselle de compagnie au salon. Elle avait peut-
être reçu de sa maîtresse l'ordre de ne pas nous
quitter; il est certain qu'elle s'assit auprès de la
chaise longue, de manière à présenter à mon œil
désappointé son dos sec et long, à la place du beau
visage d'Edmée[60]; puis elle tira son ouvrage de sa
poche et se mit à tricoter tranquillement. Pendant
ce temps, les oiseaux gazouillaient, le chevalier
toussait, Edmée[61] dormait ou faisait semblant de
dormir, et j'étais à l'autre bout de l'appartement, la
tête penchée sur les estampes d'un livre que je
tenais à l'envers.

Au bout de quelque temps, je m'aperçus qu'Edmée ne dormait pas, et qu'elle causait à voix basse
avec sa suivante; je crus voir que celle-ci me
regardait en dessous de temps en temps et comme à
la dérobée. Pour éviter l'embarras de cet examen, et
aussi par un instinct de ruse qui ne m'était pas
étranger, j'appuyai mon visage sur le livre, et le
livre sur la console, et, dans cette posture, je restai
comme endormi ou absorbé. Alors elles élevèrent
peu à peu la voix, et j'entendis ce qu'elles disaient
de moi. « C'est égal, mademoiselle[62] a pris un drôle
de page. — Leblanc, tu me fais rire avec tes pages.
Est-ce qu'on a des pages à présent? Tu te crois
toujours avec ma grand-mère. Je te dis que c'est le
fils adoptif de mon père. — Certainement, M. le
chevalier fait bien d'adopter un fils; mais où diable
a-t-il pêché cette figure-là? »

Je jetai un regard de côté, et je vis qu'Edmée riait
sous son éventail; elle s'amusait du bavardage de
cette vieille fille, qui passait pour avoir de l'esprit et
à qui on laissait le droit de tout dire. Je fus très
blessé de voir que ma cousine se moquait de moi.

« Il a l'air d'un ours, d'un blaireau, d'un loup, d'un milan, de tout plutôt que d'un homme! continua la Leblanc. Quelles mains! quelles jambes! et encore ce n'est rien à présent qu'il est un peu décrassé. Il fallait le voir le jour où il est arrivé avec son sarrau et ses guêtres de cuir; ç'était à faire trembler! — Tu trouves? reprit Edmée; moi, je l'aimais mieux avec son costume de braconnier; cela allait mieux à sa figure et à sa taille. — Il avait l'air d'un bandit; mademoiselle[63] ne l'a donc pas regardé? — Si fait. »

Le ton dont elle prononça ce *si fait* me fit frémir, et je ne sais pourquoi l'impression du baiser qu'elle m'avait donné à la Roche-Mauprat me revint sur les lèvres.

« Encore s'il était coiffé! reprit la duègne, mais jamais on n'a pu le faire consentir à se laisser poudrer. Saint-Jean m'a dit qu'au moment où il avait approché la houppe de sa tête, il s'était levé furieux en disant : *Ah! tout ce que vous voudrez, excepté cette farine-là. Je veux pouvoir remuer la tête sans tousser et éternuer.* Dieu! quel sauvage! — Mais, au fond, il a bien raison : si la mode n'autorisait pas cette absurdité-là, tout le monde s'apercevrait que c'est laid et incommode. Regarde s'il n'est pas plus beau d'avoir de grands cheveux noirs. — Ces grands cheveux-là? quelle crinière! cela fait peur. — D'ailleurs, les enfants ne portent pas de poudre, et c'est encore un enfant que ce garçon-là. — Un enfant! tudieu! quel marmot! il en mangerait à son déjeuner, des enfants! c'est un ogre. Mais d'où sort ce gaillard-là? M. le chevalier[64] l'aura tiré de la charrue pour l'amener ici[65]. Est-ce qu'il s'appelle... Comment donc s'appelle-t-il? — Curieuse, je t'ai dit qu'il s'appelle Bernard. — Bernard! et rien avec? — Rien, pour le moment.

Que regardes-tu? — Il dort comme un loir! Voyez ce balourd! Je regarde s'il ressemble à M. le chevalier[66]. C'est peut-être un instant d'erreur; il aura eu un jour d'oubli avec quelque bouvière[67]. — Allons donc! Leblanc, vous allez trop loin... — Eh! mon Dieu! mademoiselle, est-ce que M. le chevalier n'a pas été jeune comme un autre? et cela empêche-t-il la vertu de venir avec l'âge? — Sans doute, tu sais ce qui en est par expérience. Mais écoute, ne t'avise pas de taquiner ce jeune homme. Tu as peut-être deviné juste; mon père[68] exige qu'on le traite comme l'enfant de la maison. — Eh bien! c'est agréable pour mademoiselle! Quant à moi, qu'est-ce que cela me fait? je n'ai pas affaire à ce monsieur-là. — Ah! si tu avais trente ans de moins[69]!... — Mais est-ce que monsieur a consulté mademoiselle pour installer ce grand brigand-là chez elle? — Est-ce que tu en doutes? Y a-t-il au monde un meilleur père que le mien[70]? — Mademoiselle est bien bonne aussi... Il y a bien des demoiselles à qui cela n'aurait guère convenu. — Et pourquoi donc? ce garçon-là n'a rien de déplaisant; quand il sera bien élevé... — Il sera toujours laid à faire peur. — Il s'en faut de beaucoup qu'il soit laid, ma chère Leblanc; tu es trop vieille, tu ne t'y connais plus. »

Leur conversation fut interrompue par le chevalier, qui vint chercher un livre. « Mademoiselle Leblanc est ici? dit-il d'un air très calme. Je vous croyais en tête-à-tête avec mon fils. Eh bien! avez-vous causé ensemble, Edmée? lui avez-vous dit que vous seriez sa sœur? Es-tu content d'elle, Bernard? » Mes réponses ne pouvaient compromettre personne; c'étaient toujours quatre ou cinq paroles incohérentes, estropiées par la honte. M. de Mauprat retourna à son cabinet, et je me rassis, espérant

que ma cousine allait renvoyer sa duègne et me
parler. Mais elles échangèrent quelques paroles tout
bas; la duègne resta, et deux mortelles heures
s'écoulèrent sans que j'osasse bouger de ma
chaise. Je crois qu'Edmée dormait réellement.
Quand la cloche sonna le dîner, son père revint me
prendre, et, avant de quitter son appartement, il lui
dit de nouveau : « Eh bien! avez-vous causé? —
Oui, mon bon père », répondit-elle avec une assurance qui me confondit.

Il me parut prouvé, d'après cette conduite de ma
cousine, qu'elle s'était jouée de moi et que maintenant elle craignait mes reproches. Et puis, l'espérance me revint lorsque je me rappelai le ton dont
elle avait parlé de moi avec mademoiselle Leblanc.
J'en vins même à penser qu'elle craignait les
soupçons de son père, et qu'elle n'affectait une
grande indifférence que pour m'attirer plus sûre-
ment dans ses bras quand le moment serait venu.
Dans l'incertitude, j'attendis. Mais les jours et les
nuits se succédèrent sans qu'aucune explication
arrivât et sans qu'aucun message secret m'avertît de
prendre patience. Elle descendait au salon une
heure le matin; le soir elle venait dîner et jouait au
piquet et aux échecs avec son père. Pendant tout ce
temps, elle était si bien gardée que je n'aurais pas
même pu échanger un regard avec elle; le reste du
jour elle était inabordable dans sa chambre. Plusieurs fois, voyant que je m'ennuyais de l'espèce de
captivité où j'étais forcé de vivre, le chevalier me
dit : « Va causer avec Edmée[71], monte à sa
chambre, dis-lui que c'est moi qui t'envoie. » Mais
j'avais beau frapper, sans doute on m'entendait
venir et on me reconnaissait à mon pas incertain et
lourd. Jamais la porte ne s'ouvrait pour moi; j'étais
désespéré, j'étais furieux[72].

Il est nécessaire que j'interrompe le récit de mes impressions personnelles pour vous dire ce qui se passait à cette époque dans la triste famille des Mauprat. Jean et Antoine avaient réellement pris la fuite, et, quoique les recherches eussent été sévères, il fut impossible de s'emparer de leurs personnes. Tous leurs biens furent saisis, et la vente du fief de la Roche-Mauprat fut décrétée par autorité de justice. Mais on n'alla pas jusqu'au jour de l'adjudication : M. Hubert de Mauprat fit cesser les poursuites. Il se porta adjudicataire; les créanciers furent satisfaits, et les titres de propriété de la Roche-Mauprat passèrent dans ses mains.

La petite garnison des Mauprat, composée d'aventuriers de bas étage, avait subi le même sort que ses maîtres. Elle était, comme on sait, réduite depuis longtemps à très peu d'individus. Deux ou trois périrent; d'autres prirent la fuite; un seul fut mis en prison. On instruisit son procès, et il paya pour tous. Il fut grandement question d'instruire aussi par contumace contre Jean et Antoine de Mauprat, dont la fuite paraissait prouvée, car on n'avait pas retrouvé leurs corps après le dessèchement du vivier où celui de Gaucher avait surnagé; mais le chevalier craignit pour l'honneur de son nom une sentence infamante, comme si cette sentence eût pu ajouter quelque chose à l'horreur du nom de Mauprat. Il usa de tout le crédit de M. de La Marche et du sien propre (qui était réel dans la province, surtout à cause de sa grande moralité) pour assoupir l'affaire, et il y réussit. Quant à moi, quoique j'eusse certainement trempé dans plus d'une des exactions de mes oncles, il ne fut pas question de m'accuser même au tribunal de l'opinion publique. Au milieu du déchaînement qu'excitaient mes oncles, on se plut à me considérer uniquement comme un jeune captif, victime de leurs mauvais traitements et plein d'heureuses dispositions. Le chevalier, dans sa générosité bienveillante et dans son désir de réhabiliter la famille, exagéra beaucoup, à coup sûr, mes mérites, et fit partout répandre le bruit que j'étais un ange de douceur et d'intelligence.

Le jour où M. Hubert se porta adjudicataire, il entra dès le matin dans ma chambre, accompagné de sa fille et de l'abbé, et, me montrant les actes par lesquels il consommait le sacrifice (la Roche-Mauprat valait environ deux cent mille livres), il me déclara que j'allais être mis sur-le-champ en possession, non seulement de ma part d'héritage qui n'était pas considérable, mais encore de la moitié du revenu de la propriété. En même temps, la propriété totale, fonds et produit, m'allait être assurée par testament du chevalier, le tout à *une seule condition* : c'est que je consentirais à recevoir une éducation *sortable à ma qualité*.

Le chevalier avait fait toutes ces dispositions avec bonté et simplicité, moitié par reconnaissance de ce qu'il savait de ma conduite envers Edmée, moitié par orgueil de famille ; mais il ne s'attendait pas à la résistance qu'il trouva en moi au sujet de l'éducation. Je ne saurais dire quel mécontentement souleva en moi le mot de *condition*. Je crus y voir surtout le résultat de quelque manœuvre d'Edmée pour se débarrasser de sa parole envers moi.

« Mon oncle, répondis-je après avoir écouté toutes ses offres magnifiques dans un silence absolu, je vous remercie de tout ce que vous voulez faire pour moi ; mais il ne me convient pas de l'accepter. Je n'ai pas besoin de fortune. A un homme comme moi, il ne faut que du pain, un fusil, un chien de chasse et le premier cabaret qui se trouvera sur la lisière des bois. Puisque vous avez la complaisance de me servir de tuteur, payez-moi la rente de mon huitième de propriété sur le fief, et n'exigez pas que j'apprenne vos sornettes de latin. Un gentilhomme en sait assez quand il peut abattre une sarcelle et signer son nom. Je ne tiens pas à être seigneur de la Roche-Mauprat; c'est assez d'y avoir été esclave. Vous êtes un brave homme, et sur mon honneur je vous aime; mais je n'aime guère les conditions. Je n'ai jamais rien fait par intérêt, et j'aime mieux rester ignorant que de devenir bel esprit aux gages du prochain. Quant à ma cousine, je ne consentirai jamais à faire une pareille brèche dans sa fortune. Je sais bien qu'elle ferait volontiers le sacrifice d'une partie de sa dot pour se dispenser... »

Edmée, qui était restée fort pâle et comme distraite jusque-là, me lança tout à coup un regard étincelant, et m'interrompit pour me dire avec assurance : « Pour me dispenser de quoi, s'il vous plaît, Bernard ? »

Je vis que, malgré son courage, elle était fort émue; car elle brisa son éventail en le fermant. Je lui répondis, avec un regard où l'honnête malice du campagnard devait se peindre : « Pour vous dispenser, cousine, de tenir certaine promesse que vous m'avez faite à la Roche-Mauprat. »

Elle devint plus pâle qu'auparavant, et son visage prit une expression de terreur que déguisait mal un sourire de mépris.

« Quelle promesse lui avez-vous donc faite, Edmée ? » dit le chevalier en se tournant vers elle avec candeur. En même temps le curé me serra le bras à la dérobée, et je compris que le confesseur de ma cousine était en possession de notre secret.

Je haussai les épaules; leurs craintes me faisaient

injure et pitié. « Elle m'a promis, repris-je en souriant, de me regarder toujours comme son frère et son ami. Ne sont-ce pas là vos paroles, Edmée, et croyez-vous que cela se prouve avec de l'argent ? »

Elle se leva avec vivacité, et, me tendant la main, elle me dit d'une voix émue : « Vous avez raison, Bernard, vous êtes un grand cœur, et je ne me pardonnerais pas si j'en doutais un instant. » Je vis une larme au bord de sa paupière, et je serrai sa main un peu trop fort sans doute, car elle laissa échapper un petit cri accompagné d'un charmant sourire. Le chevalier m'embrassa, et l'abbé dit à plusieurs reprises en s'agitant sur sa chaise : « C'est beau ! c'est noble ! c'est très beau ! On n'a pas besoin d'apprendre cela dans les livres, ajouta-t-il en s'adressant au chevalier. Dieu écrit sa parole et répand son esprit dans le cœur de ses enfants.

— Vous verrez, dit le chevalier vivement attendri, que ce Mauprat relèvera l'honneur de la famille. Maintenant, mon cher Bernard, je ne te parlerai plus d'affaires. Je sais comment je dois agir, et tu ne peux pas m'empêcher de faire ce que bon me semblera pour que mon nom soit réhabilité dans ta personne. La seule réhabilitation véritable m'est garantie par tes nobles sentiments ; mais il en est encore une autre que tu ne refuseras pas de tenter : c'est celle des talents et des lumières. Tu t'y prêteras par affection pour nous, je l'espère ; mais ce n'est pas encore le temps d'en parler. Je respecte ta fierté et veux assurer ton existence *sans condition*. Venez, l'abbé, vous allez m'accompagner à la ville chez mon procureur. La voiture est prête. Vous, enfants, vous allez déjeuner ensemble. Allons, Bernard, donne le bras à ta cousine, ou, pour mieux dire, à ta sœur. Apprends la courtoisie des manières, puisque, avec elle, c'est l'expression de ton cœur.

— Vous dites vrai, mon oncle », répondis-je en m'emparant un peu rudement du bras d'Edmée pour descendre l'escalier. Elle tremblait, mais ses joues avaient repris leur incarnat, et un sourire affectueux errait sur ses lèvres.

Quand nous fûmes vis-à-vis l'un de l'autre à table, notre bon accord se refroidit en peu d'instants. Nous redevînmes embarrassés tous les deux ; si nous eussions été seuls, je me serais tiré d'affaire par une de ces brusques sorties que je savais m'imposer à moi-même quand j'étais trop honteux de ma timidité ; mais la présence de Saint-Jean, qui nous servait, me condamnait au silence sur le point principal. Je pris le parti de parler de Patience et de demander à Edmée comment il se faisait qu'elle fût si bien avec lui, et ce que je devais penser du prétendu sorcier. Elle me raconta en gros l'histoire du philosophe rustique, et me dit que c'était l'abbé Aubert qui l'avait menée à la tour Gazeau. Elle avait été frappée de l'intelligence et de la sagesse du cénobite [73] stoïcien, et prenait à causer avec lui un plaisir extrême. De son côté, Patience avait conçu pour elle tant d'amitié, que depuis quelque temps il s'était relâché de ses habitudes, et venait assez souvent lui rendre visite en même temps qu'à l'abbé.

Vous pensez bien qu'elle eut quelque peine à rendre ces explications intelligibles pour moi. Je fus très frappé des éloges qu'elle donnait à Patience et de la sympathie qu'elle éprouvait pour ses idées révolutionnaires. C'était la première fois que j'entendais parler d'un paysan comme d'un homme. En outre, j'avais considéré jusque-là le sorcier de la tour Gazeau comme bien au-dessous d'un paysan

ordinaire, et voilà qu'Edmée le plaçait au-dessus de
la plupart des hommes qu'elle connaissait, et prenait parti pour lui contre la noblesse. Je réussis à
en tirer cette conclusion, que l'éducation n'était pas
si nécessaire que le chevalier et l'abbé voulaient
bien me le faire croire. « Je ne sais guère mieux lire
que Patience, ajoutai-je, et je voudrais bien que
vous eussiez autant de plaisir dans ma société que
dans la sienne; mais il n'y paraît guère, cousine, car
depuis que je suis ici... »

Comme nous quittions alors la table et que je me
réjouissais de me trouver enfin seul avec elle, j'allais
devenir beaucoup plus explicite, lorsqu'en entrant
dans le salon nous y trouvâmes M. de La Marche
qui venait d'arriver et qui entrait par la porte
opposée. Je le donnai, dans mon cœur, à tous les
diables.

M. de La Marche était un jeune seigneur tout à
fait à la mode de son époque. Epris de philosophie
nouvelle, grand voltairien, grand admirateur de
Franklin, plus honnête qu'intelligent, comprenant
moins ses oracles qu'il n'avait le désir et la
prétention de les comprendre; assez mauvais logi-
cien, car il trouva ses idées beaucoup moins bonnes
et ses espérances politiques beaucoup moins douces
le jour où la nation française se mit en tête de les
réaliser; au demeurant, plein de bons sentiments, se
croyant beaucoup plus confiant et romanesque qu'il
ne l'était en effet; un peu plus fidèle à ses préjugés
de caste et beaucoup plus sensible à l'opinion du
monde qu'il ne se flattait et se piquait de l'être :
voilà tout l'homme. Sa figure était charmante, mais
je la trouvais excessivement fade, car j'avais contre
lui la plus ridicule animosité. Ses manières gra-
cieuses me semblaient serviles auprès d'Edmée;
j'eusse rougi de les imiter, et pourtant je n'étais

occupé qu'à renchérir sur les petits services qu'il pouvait lui rendre. Nous sortîmes dans le parc, qui était considérable et coupé par l'Indre, qui n'est là qu'un joli ruisseau. Chemin faisant, il se rendit agréable de mille manières; il n'apercevait pas une violette qu'il ne la cueillît pour l'offrir à ma cousine. Mais quand nous arrivâmes au bord du ruisseau, nous trouvâmes la planche sur laquelle on le traversait en cet endroit rompue et emportée par les orages des jours précédents. Alors je pris Edmée dans mes bras sans lui en demander la permission, et je traversai tranquillement. J'avais de l'eau jusqu'à la ceinture, et je portais ma cousine à bras tendus avec tant de force et de précision qu'elle ne mouilla pas un de ses rubans. M. de La Marche, ne voulant pas paraître plus délicat que moi, n'hésita point à mouiller ses beaux habits et à me suivre avec des éclats de rire un peu forcés; mais, quoiqu'il ne portât aucun fardeau, il trébucha plusieurs fois sur les pierres dont le lit de la rivière était encombré et ne nous rejoignit qu'avec peine. Edmée ne riait pas; je crois qu'en faisant malgré elle cette épreuve de ma force et de ma hardiesse, elle fut très effrayée de songer à l'amour qu'elle m'inspirait. Elle était même irritée, et me dit, lorsque je la déposai doucement sur le rivage : « Bernard, je vous prie de ne jamais recommencer de pareilles plaisanteries. — Ah! bon, lui dis-je, vous ne vous en fâcheriez pas de la part de l'autre. — Il ne se les permettrait pas, reprit-elle. — Je le crois bien, répondis-je, il s'en garderait! Regardez comme le voilà fait... et moi, je ne vous ai pas dérangé un cheveu. Il ramasse très bien les violettes; mais, croyez-moi, dans un danger, ne lui donnez pas la préférence. »

M. de La Marche me fit de grands compliments

sur cet exploit. J'avais espéré qu'il serait jaloux; il
ne parut pas seulement y songer, et prit son parti
gaiement sur le pitoyable état de sa toilette. Il
faisait extrêmement chaud, et nous étions séchés
avant la fin de la promenade; mais Edmée demeura
triste et préoccupée. Il me sembla qu'elle faisait
effort pour me montrer autant d'amitié que pendant le déjeuner. J'en fus affecté; car je n'étais pas
seulement amoureux d'elle, je l'aimais. Il m'eût été
impossible de faire cette distinction; mais les deux
sentiments étaient en moi : la passion et la tendresse.

Le chevalier et l'abbé rentrèrent à l'heure du
dîner. Ils s'entretinrent à voix basse avec M. de La
Marche du règlement de mes affaires, et, au peu de
mots que j'entendis malgré moi, je compris qu'ils
venaient d'assurer mon existence dans les conditions brillantes qui m'avaient été annoncées le
matin. J'eus la mauvaise honte de ne point en
témoigner naïvement ma reconnaissance. Cette
générosité me troublait, je n'y comprenais rien; je
m'en méfiais presque comme d'une embûche qu'on
me tendait pour m'éloigner de ma cousine. Je
n'étais pas sensible aux avantages de la fortune. Je
n'avais pas les besoins de la civilisation, et les
préjugés nobiliaires étaient chez moi un point
d'honneur, nullement une vanité sociale. Voyant
qu'on ne me parlait pas ouvertement, je pris le parti
peu gracieux de feindre une complète ignorance.

Edmée devint toujours plus triste. Je remarquai
que ses regards se portaient alternativement sur
M. de La Marche et sur moi avec une inquiétude
vague. Toutes les fois que je lui adressais la parole,
ou même que j'élevais la voix en parlant aux autres
personnes, elle tressaillait, puis elle fronçait légèrement le sourcil, comme si ma voix lui eût causé une

douleur physique. Elle se retira aussitôt après le dîner; son père la suivit avec inquiétude. « Ne remarquez-vous pas, dit l'abbé en les voyant s'éloigner et en s'adressant à M. de La Marche, que mademoiselle de Mauprat est bien changée depuis ces derniers temps? — Elle est maigrie, répondit le lieutenant-général, mais je crois qu'elle n'en est que plus belle. — Oui, mais je crains qu'elle ne soit plus malade qu'elle ne l'avoue, repartit l'abbé. Son caractère est aussi changé que sa figure; elle est triste. — Triste? mais il me semble qu'elle n'a jamais été aussi gaie que ce matin; n'est-il pas vrai, monsieur Bernard? C'est depuis la promenade seulement qu'elle s'est plainte d'avoir un peu de migraine. — Je vous dis qu'elle est triste, reprit l'abbé. Quand elle est gaie maintenant, elle l'est plus que de raison; il y a quelque chose d'étrange alors et de forcé en elle, qui n'est pas du tout dans sa manière d'être accoutumée. Puis un instant après elle retombe dans une mélancolie que je n'avais jamais remarquée avant la fameuse nuit de la forêt. Soyez sûr que les émotions de cette nuit ont été graves. — Elle a été témoin, en effet, d'une scène affreuse à la tour Gazeau, dit M. de La Marche; et puis cette course de son cheval à travers la forêt, lorsqu'elle a été emportée loin de la chasse, a dû la fatiguer et l'effrayer beaucoup. Cependant elle est douée d'un courage si admirable!... Dites-moi, cher monsieur Bernard, lorsque vous la rencontrâtes dans la forêt, vous parut-elle très épouvantée? — Dans la forêt? repris-je; je ne l'ai point rencontrée dans la forêt. — Non, c'est dans la Varenne que vous l'avez rencontrée, dit l'abbé avec précipitation... A propos, monsieur Bernard, voulez-vous bien me permettre de vous dire un mot d'affaires en particulier sur votre propriété de... » Il m'entraîna hors du salon, et me dit à voix basse : « Il ne s'agit pas d'affaires, je vous supplie de ne laisser soupçonner à qui que ce soit, pas même à M. de La Marche, que mademoiselle de Mauprat ait été seulement l'espace d'une seconde à la Roche-Mauprat... — Et pourquoi donc? demandai-je; n'y a-t-elle pas été sous ma protection? n'en est-elle pas sortie pure, grâce à moi? et peut-on ignorer dans le pays qu'elle y ait passé deux heures? — On l'ignore entièrement, répondit-il; au moment où elle en sortait, la Roche-Mauprat tombait sous les coups des assiégeants, et aucun de ses hôtes ne reviendra du sein de la tombe ou du fond de l'exil pour raconter ce fait. Quand vous connaîtrez davantage le monde, vous comprendrez de quelle importance il est pour la réputation d'une jeune personne qu'on ne puisse pas supposer que l'ombre d'un danger ait seulement passé sur son honneur. En attendant, je vous adjure, au nom de son père, au nom de l'amitié que vous avez pour elle, et que vous lui avez exprimée ce matin d'une manière si noble et si touchante!... — Vous êtes très adroit, monsieur l'abbé, dis-je en l'interrompant; toutes vos paroles ont un sens caché que je comprends fort bien, tout grossier que je suis. Dites à ma cousine qu'elle se rassure. Je n'ai pas sujet de nier sa vertu, très certainement, et je ne suis d'ailleurs pas capable de faire manquer le mariage qu'elle désire. Dites-lui que je ne réclame d'elle qu'une chose, c'est cette promesse *d'amitié* qu'elle m'a faite à la Roche-Mauprat. — Cette promesse a donc à vos yeux une singulière solennité? dit l'abbé, et quelle méfiance peut-elle vous laisser en ce cas? » Je le regardai fixement, et, comme il me semblait troublé, je pris plaisir à le tourmenter, espérant qu'il rapporterait mes paroles à Edmée. « Aucune, répondis-je; seule-

ment je vois qu'on craint l'abandon de M. de La
Marche au cas où l'aventure de la Roche-Mauprat
viendrait à se découvrir. Si ce monsieur est capable
de soupçonner Edmée et de lui faire outrage à la
veille de ses noces, il me semble qu'il y a un moyen
bien simple de raccommoder tout cela. — Et lequel,
selon vous? — C'est de le provoquer et de le tuer.
— Je pense que vous ferez tout pour épargner cette
dure nécessité et ce péril affreux au respectable
M. Hubert. — Je les lui épargnerai de reste en me
chargeant de venger ma cousine. C'est mon droit,
monsieur l'abbé; je connais les devoirs d'un gentilhomme tout aussi bien que si j'avais appris le latin.
Vous pouvez le lui dire de ma part. Qu'elle dorme
en paix; je me tairai, et, si cela ne sert à rien, je me
battrai. — Mais, Bernard, reprit l'abbé d'un ton
insinuant et doux, songez-vous à l'attachement de
votre cousine pour M. de La Marche? — Eh bien!
raison de plus », m'écriai-je saisi d'un mouvement
de rage. Et je lui tournai le dos brusquement.

L'abbé rapporta toute cette conversation à la
pénitente. Le rôle de ce digne prêtre était fort
embarrassant; il avait reçu sous le sceau de la
confession une confidence à laquelle il ne pouvait
que faire des allusions très détournées en s'entrete-
nant avec moi. Cependant il espérait, au moyen de
ces délicates allusions, me faire comprendre le
crime de mon obstination, et m'amener à y
renoncer loyalement. Il augurait trop bien de moi;
tant de vertu était au-dessus de mes forces, comme
elle était au-dessus de mon intelligence [74].

X

Quelques jours se passèrent dans un calme apparent. Edmée se disait souffrante et sortait peu de sa chambre; M. de La Marche venait presque tous les jours, son château étant situé à peu de distance. Je le prenais de plus en plus en aversion, malgré les politesses dont il me comblait. Je ne comprenais rien à ses affectations de philosophie, et je le combattais avec toute la grossièreté de préjugés et d'expressions dont j'étais susceptible. Ce qui me consolait un peu de mes souffrances secrètes, c'était de voir qu'il n'était pas reçu plus que moi dans les appartements d'Edmée.

Le seul événement de cette semaine fut l'installation de Patience dans une cabane voisine du château. Depuis que l'abbé Aubert avait trouvé auprès du chevalier une existence à l'abri des persécutions ecclésiastiques, il n'y avait plus pour lui de nécessité à voir secrètement son ami le cénobite. Il l'avait donc vivement engagé à quitter le séjour des bois et à se rapprocher de lui. Patience s'était fait beaucoup prier. Tant d'années passées dans la solitude l'avaient tellement attaché à sa tour Gazeau qu'il hésitait à lui préférer la société de son ami. En outre, il disait que l'abbé allait se corrompre dans le *commerce des grands*, que bientôt il subirait à son insu l'influence des vieilles idées, et qu'il se refroidirait à l'égard de la *cause sainte*. Il est vrai qu'Edmée avait gagné le cœur de Patience, et qu'en lui offrant une petite habitation appartenant à son père, et située dans un ravin pittoresque, à la sortie de son parc, elle s'y était prise avec assez de grâce et de délicatesse pour ne pas blesser sa fierté chatouilleuse. C'était à l'effet de terminer cette grande négociation que l'abbé s'était rendu à la tour Gazeau avec Marcasse, le soir où, retenus par l'orage, ils avaient donné asile à Edmée et à moi. La scène affreuse qui suivit notre arrivée trancha toutes les irrésolutions de Patience. Enclin aux idées pythagoriciennes [75], il avait horreur du sang répandu. La mort d'une biche lui arrachait des larmes, comme au Jacques [76] de Shakespeare ; à plus forte raison les meurtres humains lui étaient impossibles à contempler, et du moment que la tour Gazeau eut été le théâtre de deux morts tragiques, elle lui sembla souillée, et rien n'eût pu le décider à y passer une nuit de plus. Il nous suivit à Sainte-Sévère, et bientôt il laissa vaincre ses scrupules philosophiques par les séductions d'Edmée. La maisonnette dont on lui fit accepter la jouissance était assez humble pour ne pas le faire rougir d'une transaction trop apparente avec la civilisation. Il y trouva une solitude moins profonde qu'à la tour Gazeau ; mais les fréquentes visites de l'abbé et celles d'Edmée ne lui laissèrent pas le droit de se plaindre. »

Ici le narrateur interrompit de nouveau son récit pour entrer dans le développement du caractère de mademoiselle de Mauprat.

« Edmée, dit-il, et croyez bien que ce n'est pas le langage de la prévention, était, au sein de sa modeste obscurité, une des femmes les plus parfaites qu'il y eût en France. Pour qu'elle fût citée et vantée entre toutes, il ne lui a manqué que le désir ou la nécessité de se faire connaître au monde. Mais elle était heureuse dans sa famille, et la plus douce simplicité couronnait ses facultés et ses hautes vertus. Elle ignorait son mérite comme je l'ignorais moi-même à cette époque, où, brute avide, je ne voyais que par les yeux du corps et croyais ne l'aimer que parce qu'elle était belle. Il faut dire aussi que son fiancé, M. de La Marche, ne la comprenait guère mieux. Il avait développé la pâle intelligence dont il était doué à la froide école de Voltaire et d'Helvétius. Edmée avait allumé sa vaste intelligence aux brûlantes déclamations de Jean-Jacques. Un temps est venu où j'ai compris Edmée; le temps où M. de La Marche l'aurait comprise ne fût jamais arrivé.

Edmée, privée de sa mère dès le berceau et abandonnée à ses jeunes inspirations par un père plein de confiance, de bonté et d'incurie, s'était formée à peu près seule. L'abbé Aubert, qui lui avait fait faire sa première communion, n'avait point proscrit de ses lectures les philosophes qui l'avaient séduit lui-même. Ne trouvant autour d'elle ni contradiction ni même discussion, car, en toutes choses, elle entraînait son père dont elle était l'idole, Edmée était restée fidèle à des principes en apparence bien opposés : la philosophie, qui préparait la ruine du christianisme, et le christianisme, qui proscrivait l'esprit d'examen. Pour expliquer cette contradiction, il faut que vous vous reportiez à ce que je vous ai dit de l'effet que produisit sur l'abbé Aubert la profession de foi du vicaire savoyard. Vous n'ignorez pas d'ailleurs que, dans les âmes poétiques, le mysticisme et le doute

règnent de pair. Jean-Jacques en fut un exemple
éclatant et magnifique, et vous savez quelles sympathies il éveilla chez les prêtres et chez les nobles,
alors même qu'il les gourmandait avec tant de
véhémence. Quels miracles n'opère pas la conviction, aidée d'une éloquence sublime! Edmée avait
bu à cette source vive avec toute l'avidité d'une âme
ardente. Dans ses rares voyages à Paris, elle avait
recherché les âmes sympathiques à la sienne. Mais
là elle avait trouvé tant de nuances, si peu d'accord,
et surtout, malgré la mode, tant de préjugés
indestructibles, qu'elle s'était rattachée avec amour
à sa solitude et à ses poétiques rêveries sous les
vieux chênes de son parc. Elle parlait déjà de ses
déceptions, et refusait avec un bon sens au-dessus
de son âge, et peut-être de son sexe, toutes les
occasions de se mettre en rapport direct avec ces
philosophes dont les écrits faisaient sa vie intellectuelle. « Je suis un peu sybarite, disait-elle en
souriant. J'aime mieux respirer un bouquet de roses
préparé pour moi dès le matin dans un vase, que
d'aller le chercher au milieu des épines et à l'ardeur
du soleil. »

Ce qu'elle disait de son sybaritisme n'était
d'ailleurs qu'une figure. Elevée aux champs, elle
était forte, active, courageuse, enjouée; elle joignait
à toutes les grâces de la beauté délicate toute
l'énergie de la santé physique et morale. C'était une
fière et intrépide jeune fille autant qu'une douce et
affable châtelaine. Je l'ai trouvée souvent bien
haute et bien dédaigneuse; Patience et les pauvres
de la contrée l'ont toujours trouvée humble et
débonnaire.

Edmée chérissait les poètes presque autant que
les philosophes spiritualistes; elle se promenait
toujours un livre à la main. Un jour qu'elle avait

pris le Tasse, elle rencontra Patience, et, selon sa coutume, il s'enquit avec curiosité et de l'auteur et du sujet. Il fallut qu'Edmée lui fît comprendre les croisades; ce ne fut pas le plus difficile. Grâce aux récits de l'abbé et à sa prodigieuse mémoire des faits, Patience connaissait passablement le canevas de l'histoire universelle. Mais, ce qu'il eut de la peine à saisir, ce fut le rapport et la différence de la poésie épique à l'histoire. D'abord il était indigné des fictions des poètes, et prétendait qu'on n'eût jamais dû souffrir de telles impostures. Puis, quand il eut compris que la poésie épique, loin d'induire les générations en erreur, donnait, avec de plus grandes proportions, une éternelle durée à la gloire des faits héroïques, il demanda pourquoi tous les faits importants n'avaient pas été chantés par les bardes, et pourquoi l'histoire de l'humanité n'avait pas trouvé une forme populaire qui pût, sans le secours des lettres, se graver dans toutes les mémoires. Il pria Edmée de lui expliquer une strophe de la *Jérusalem;* il y prit goût, et elle lui en lut un chant en français. Quelques jours plus tard, elle lui en fit connaître un second, et bientôt Patience connut tout le poème. Il se réjouit d'apprendre que ce récit héroïque était populaire en Italie, et essaya, en résumant ses souvenirs, de leur donner en prose grossière une forme abrégée; mais il n'avait nullement la mémoire des mots. Agité par ses vives impressions, mille images grandioses passaient devant ses yeux. Il les exprimait dans des improvisations où son génie triomphait de la barbarie de son langage; mais il lui était impossible de ressaisir ce qu'il avait dit. Il eût fallu qu'on pût l'écrire sous sa dictée, et encore cela n'eût servi de rien; car, au cas où il eût réussi à le lire, sa mémoire, n'étant exercée qu'au raisonnement,

n'avait jamais pu conserver un fragment quelconque précisé par la parole. Il citait pourtant
beaucoup, et son langage était parfois biblique;
mais au-delà de certaines expressions qu'il affec-
tionnait et d'un nombre de courtes sentences qu'il
trouvait encore moyen de s'approprier, il n'avait
rien retenu des pages qu'il s'était fait souvent relire
et qu'il écoutait toujours avec la même émotion que
la première fois. C'était un véritable plaisir que de
voir l'effet des beautés poétiques sur cette puissante
organisation. Peu à peu l'abbé, Edmée et moi-
même par la suite, nous vînmes à bout de lui faire
connaître Homère et Dante. Il était si frappé des
événements, qu'il pouvait faire l'analyse de la
Divine Comédie d'un bout à l'autre sans oublier ni
transposer la moindre partie du voyage, des rencontres et des émotions du poète : là se bornait sa
puissance. Quand il essayait de ressaisir quelques-
unes des expressions qui l'avaient charmé à l'audition, il arrivait à une abondance de métaphores et
d'images qui tenait du délire. Cette initiation de
Patience à la poésie marqua dans sa vie une époque
de transformation; elle lui donna en rêve l'action
qui manquait à son existence réelle. Il contempla
dans son miroir magique des combats gigantesques,
vit des héros hauts de dix coudées; il comprit
l'amour, qu'il n'avait jamais connu; il combattit, il
aima, il vainquit, il éclaira les peuples, pacifia le
monde, redressa les torts du genre humain et bâtit
des temples au grand esprit de l'univers. Il vit dans
la sphère étoilée tous les dieux de l'Olympe, pères de
la primitive humanité; il lut dans les constellations
l'histoire de l'âge d'or et celle des âges d'airain; il
entendit dans le vent d'hiver les chants de Morven,
et salua dans les nuées orageuses les spectres de
Fingal et de Comala. « Avant de connaître les

poètes, disait-il dans ses dernières années, j'étais comme un homme à qui manquerait un sens. Je voyais bien que ce sens était nécessaire, puisque tant de choses en sollicitaient l'exercice. Je me promenais seul la nuit avec inquiétude, me demandant pourquoi je ne pouvais dormir, pourquoi j'avais tant de plaisir à regarder les étoiles que je ne pouvais m'arracher à cette contemplation, pourquoi mon cœur battait tout d'un coup de joie en voyant certaines couleurs, ou s'attristait jusqu'aux larmes à l'audition de certains sons. Je m'en effrayais quelquefois jusqu'à m'imaginer, en comparant mon agitation continuelle à l'insouciance des autres hommes de ma classe, que j'étais fou. Mais je m'en consolais bientôt en me disant que ma folie m'était douce, et j'eusse mieux aimé n'être plus que d'en guérir. A présent il me suffit de savoir que ces choses ont été trouvées belles de tout temps par tous les hommes intelligents, pour comprendre ce qu'elles sont et en quoi elles sont utiles à l'homme. Je me réjouis dans la pensée qu'il n'y a pas une fleur, pas une nuance, pas un souffle d'air qui n'ait fixé l'attention et ému le cœur d'autres hommes, jusqu'à recevoir un nom consacré chez tous les peuples. Depuis que je sais qu'il est permis à l'homme, sans dégrader sa raison, de peupler l'univers et de l'expliquer avec ses rêves, je vis tout entier dans la contemplation de l'univers; et quand la vue des misères et des forfaits de la société brise mon cœur et soulève ma raison, je me rejette dans mes rêves; je me dis que, puisque tous les hommes se sont entendus pour aimer l'œuvre divine, ils s'entendront aussi un jour pour s'aimer les uns les autres. Je m'imagine que, de père en fils, les éducations vont en se perfectionnant. Peut-être suis-je le premier ignorant qui ait deviné ce dont il n'avait aucune idée communiquée du dehors. Peut-être aussi que bien d'autres avant moi se sont inquiétés de ce qui se passait en eux-mêmes, et sont morts sans en trouver le premier mot. Pauvres gens que nous sommes! ajoutait Patience; on ne nous défend ni l'excès du travail physique, ni celui du vin, ni aucune des débauches qui peuvent détruire notre intelligence. Il y a des gens qui payent cher le travail des bras, afin que les pauvres, pour satisfaire les besoins de leur famille, travaillent au-delà de leurs forces; il y a des cabarets et d'autres lieux plus dangereux encore, où le gouvernement prélève, dit-on, ses bénéfices; il y a aussi des prêtres qui montent en chaire pour nous dire ce que nous devons au seigneur de notre village, et jamais ce que notre seigneur nous doit. Il n'y a pas d'écoles où l'on nous enseigne nos droits, où l'on nous apprenne à distinguer nos vrais et honnêtes besoins des besoins honteux et funestes, où l'on nous dise enfin à quoi nous pouvons et devons penser quand nous avons sué tout le jour au profit d'autrui, et quand nous sommes assis le soir au seuil de nos cabanes à regarder les étoiles rouges sortir de l'horizon. »

Ainsi raisonnait Patience; et croyez bien qu'en traduisant sa parole dans notre langue méthodique je lui ôte toute sa grâce, toute sa verve et toute son énergie. Mais qui pourrait redire l'expression textuelle de Patience? Son langage n'appartenait qu'à lui seul; c'était un composé du vocabulaire borné, mais vigoureux, des paysans, et des métaphores les plus hardies des poètes, dont il enhardissait encore le tour poétique. A cet idiome mélangé, son esprit synthétique donnait l'ordre et la logique. Une incroyable abondance naturelle suppléait à la concision de l'expression propre. Il fallait voir quelle

lutte téméraire sa volonté et sa conviction livraient
à l'impuissance de ses formules; tout autre que lui
n'eût pu s'en tirer avec honneur; et je vous assure
que, pour qui songeait à quelque chose de plus
sérieux qu'à rire de ses solécismes et de ses
hardiesses, il y avait dans cet homme matière aux
plus importantes observations sur le développement
de l'esprit humain, et à la plus tendre admiration
pour la beauté morale primitive.

A l'époque où je compris entièrement Patience,
j'avais un lien sympathique avec lui dans ma
destinée exceptionnelle. Comme lui, j'avais été
inculte; comme lui, j'avais cherché au dehors
l'explication de mon être, comme on cherche le mot
d'une énigme. Grâce aux circonstances fortuites de
la naissance et de la richesse, j'étais arrivé à un
développement complet, tandis que Patience se
débattit jusqu'à la mort dans les ténèbres d'une
ignorance dont il ne voulait ni ne pouvait sortir;
mais ce ne fut pour moi qu'un sujet de plus de
reconnaître la supériorité de cette organisation
puissante qui se dirigeait plus hardiment à l'aide de
faibles lueurs instinctives, que moi à la clarté de
tous les flambeaux de la science, et qui n'avait pas
eu d'ailleurs un seul mauvais penchant à vaincre,
tandis que je les avais eus tous.

Mais, à l'époque dont j'ai à poursuivre le récit,
Patience n'était, à mes yeux, qu'un personnage
grotesque, objet d'amusement pour Edmée et de
compassion charitable pour l'abbé Aubert. Lorsqu'ils me parlaient de lui d'un ton sérieux, je ne les
comprenais plus, et je m'imaginais qu'ils prenaient
ce sujet comme une sorte de texte parabolique pour
me démontrer les avantages de l'éducation, la
nécessité de s'y prendre de bonne heure et les
regrets inutiles des vieilles années.

J'allais rôder cependant dans les taillis dont sa nouvelle demeure était entourée, parce que j'avais vu Edmée s'y rendre à travers le parc, et que j'espérais obtenir, par surprise, un tête-à-tête avec elle au retour. Mais elle était toujours accompagnée de l'abbé, quelquefois même de son père; et, si elle restait seule avec le vieux paysan, il l'escortait ensuite jusqu'au château. Souvent, caché dans les touffes d'un if monstrueux qui étendait ses nombreux rejets et ses branches pendantes à quelques pas de cette chaumière, je vis Edmée assise au seuil, un livre à la main, tandis que Patience l'écoutait les bras croisés, la tête courbée sur la poitrine et brisée en apparence par l'effort de l'attention. Je m'imaginais alors qu'Edmée essayait de lui apprendre à lire, et je la trouvais folle de s'obstiner à une éducation impossible. Mais elle était belle aux reflets du couchant, sous le pampre jaunissant de la chaumière, et je la contemplais en me disant qu'elle m'appartenait, en me jurant à moi-même de ne jamais céder à la force ni à la persuasion qui voudraient m'y faire renoncer.

Depuis quelques jours, ma souffrance était excitée au dernier point; je ne trouvais d'autres moyens de m'y soustraire qu'en buvant beaucoup à souper, afin d'être à peu près abruti à cette heure, si douloureuse et si blessante pour moi, où elle quittait le salon après avoir embrassé son père, donné sa main à baiser à M. de La Marche, et dit en passant devant moi : « Bonsoir, Bernard! » d'un ton qui semblait dire : « Aujourd'hui finit comme hier, et demain finira comme aujourd'hui. » C'est en vain que j'allais m'asseoir dans le fauteuil le plus voisin de la porte, de manière à ce qu'elle ne pût sortir sans que son vêtement effleurât le mien; je n'en obtenais jamais autre chose, et je n'avançais pas ma main pour solliciter la sienne, car elle me l'eût accordée d'un air négligent, et je crois que je l'eusse brisée dans ma colère.

Grâce aux larges libations du souper, je parvenais à m'enivrer silencieusement et tristement. Je m'enfonçais ensuite dans mon fauteuil de prédilection, et j'y restais sombre et assoupi jusqu'à ce que, les fumées du vin étant dissipées, j'allasse promener dans le parc mes rêves insensés et mes projets sinistres.

On ne semblait pas s'apercevoir de cette grossière habitude. Il y avait pour moi dans la famille tant d'indulgence et de bonté qu'on craignait de me faire la plus légitime observation; mais on avait très bien remarqué ma honteuse passion pour le vin, et le curé en avisa Edmée. Un soir, à souper, elle me regarda fixement à plusieurs reprises et avec une expression étrange. Je la regardai à mon tour, espérant qu'elle me provoquerait; mais nous en fûmes quittes pour un échange de regards malveillants. En sortant de table, elle me dit tout bas, très vite et d'un ton impérieux : « Corrigez-vous de boire, et apprenez tout ce que l'abbé vous enseignera. »

Cet ordre et ce ton d'autorité, loin de me donner de l'espérance, me parurent si révoltants que toute ma timidité se dissipa en un instant. J'attendis l'heure où elle montait à sa chambre, et je sortis un peu avant elle pour aller l'attendre sur l'escalier. « Croyez-vous, lui dis-je, que je sois dupe de vos mensonges, et que je ne m'aperçoive pas très bien, depuis un mois que je suis ici sans que vous m'adressiez la parole, que vous m'avez berné comme un sot[77]? Vous m'avez menti, et aujourd'hui vous me méprisez, parce que j'ai eu l'honnêteté de croire à votre parole. — Bernard, me dit-elle d'un ton froid, ce n'est pas ici le lieu et l'heure de nous expliquer. — Oh! je sais bien, repris-je, que ce ne sera jamais le lieu ni l'heure selon vous; mais je saurai les trouver, n'en doutez pas. Vous avez dit que vous m'aimiez; vous m'avez jeté les bras au cou, et vous m'avez dit en m'embrassant, ici, je sens encore vos lèvres sur ma joue : « Sauve-moi, et je jure par l'Evangile, par l'honneur, par le souvenir de ma mère et de la tienne, que je t'appartiendrai. » Je sais bien que vous avez dit tout cela parce que vous aviez peur de ma force; et ici je sais bien que vous me fuyez parce que vous avez peur de mon droit. Mais vous n'y gagnerez rien; je jure que vous ne vous jouerez pas longtemps de moi. — Je ne vous appartiendrai jamais, répondit-elle avec une froideur de plus en plus glaciale, si vous ne changez pas de langage, de manières et de sentiments. Tel que vous êtes, je ne vous crains pas. Je pouvais, lorsque vous me paraissiez bon et généreux, vous céder moitié par peur et moitié par sympathie, mais du moment que je ne vous aime plus, je ne vous crains pas davantage. Corrigez-vous, instruisez-vous, et nous verrons. — Fort bien, lui dis-je; voilà une promesse que j'entends. J'agirai en conséquence, et, ne pouvant être heureux, je serai vengé. — Vengez-vous tant qu'il vous plaira, dit-elle, cela fera que je vous mépriserai. »

Elle tira, en parlant ainsi, un papier de son sein, et le brûla tranquillement à la flamme de sa bougie. « Qu'est-ce que vous faites là? lui dis-je. — Je brûle une lettre que je vous avais écrite, répondit-elle. Je voulais vous faire entendre raison, mais c'est bien inutile; on ne s'explique pas avec les brutes. — Vous allez me donner cette lettre! » m'écriai-je en me jetant sur elle pour lui arracher le papier enflammé. Mais elle le retira brusquement, et, l'éteignant dans sa main avec intrépidité, elle jeta le flambeau à mes pieds et s'échappa dans les ténèbres. Je la poursuivis en vain. Elle gagna la porte de son appartement avant moi, et la poussa sur elle. J'entendis tirer les verrous, et la voix de mademoiselle Leblanc qui demandait à sa jeune maîtresse la cause de sa frayeur. « Ce n'est rien, répondit la voix tremblante d'Edmée, c'est une espièglerie. »

Je descendis au jardin et j'arpentai les allées d'un pas effréné. A cette fureur succéda la plus profonde tristesse. Edmée fière et audacieuse me paraissait plus belle et plus désirable que jamais. Il est de la nature de tous les désirs de s'irriter et de s'alimenter de la résistance. Je sentis que je l'avais offensée, qu'elle ne m'aimait pas, qu'elle ne m'aimerait peut-être jamais, et, sans renoncer à la criminelle résolution de la posséder par la force, je cédai à la douleur que me causait sa haine. J'allai m'appuyer au hasard contre un mur sombre, et, cachant ma tête dans mes mains, j'exhalai des sanglots désespérés. Ma robuste poitrine se brisait, et mes larmes ne la soulageaient pas à mon gré; j'aurais voulu rugir, et je mordais mon mouchoir pour ne pas céder à cette tentation. Le bruit sinistre de mes cris étouffés éveilla l'attention d'une personne qui priait dans la chapelle, de l'autre côté du mur où je m'étais adossé à tout hasard. Une fenêtre en ogive, garnie de ses *meneaux* de pierre surmontés d'un trèfle, était située immédiatement à la hauteur de ma tête. « Qui donc est là? » demanda une figure pâle qu'éclairait le rayon oblique de la lune à son lever. En reconnaissant Edmée, je voulus m'éloigner; mais elle passa son beau bras entre les meneaux et me saisit par le collet de mon habit en me disant : « Pourquoi donc pleurez-vous, Bernard? »

Je cédai à cette douce violence, moitié honteux d'avoir laissé surprendre le secret de ma faiblesse, moitié ravi de voir qu'Edmée n'y était pas insensible. « Quel chagrin avez-vous donc? reprit-elle. Qui peut vous arracher de tels sanglots? — Vous me méprisez, vous me haïssez, et vous demandez pourquoi je souffre, pourquoi je suis en colère? — C'est donc de colère que vous pleurez? dit-elle en retirant son bras. — C'est de colère et d'autre chose encore, répondis-je. — Mais quoi encore? dit Edmée. — Je n'en sais rien; peut-être de chagrin, comme vous avez dit. Le fait est que je souffre; ma poitrine se brise. Il faut que je vous quitte, Edmée, et que j'aille vivre au milieu des bois. Je ne puis pas rester ici. — Pourquoi souffrez-vous tant? Expliquez-vous, Bernard; voici l'occasion de nous expliquer. — Oui, avec un mur entre nous. Je conçois que vous n'ayez pas peur de moi ici. — Et pourtant je ne vous témoigne que de l'intérêt, il me semble, et n'ai-je pas été aussi affectueuse il y a une heure, lorsqu'il n'y avait pas un mur entre nous? — Je crois que vous n'êtes pas craintive, Edmée, parce que vous avez toujours la ressource d'éviter les gens ou de les attraper avec de belles paroles. Ah! on m'avait bien dit que toutes les femmes sont menteuses et qu'il n'en faut aimer aucune. — Qui est-ce qui vous disait cela? votre oncle Jean ou votre oncle Gaucher, ou votre grand-père Tristan? — Raillez, raillez-moi tant que vous voudrez! Ce n'est pas ma faute si j'ai été élevé par eux. Mais ils pouvaient dire parfois quelque chose de vrai. — Bernard, voulez-vous que je vous dise pourquoi ils croyaient les femmes menteuses? — Dites. — C'est qu'ils employaient la violence et la tyrannie avec des êtres plus faibles qu'eux. Toutes les fois qu'on se fait craindre on risque d'être trompé. Lorsque, dans votre enfance, Jean vous frappait, n'avez-vous jamais évité ses brutales corrections en déguisant vos petites fautes? — C'est vrai; c'était ma seule ressource. — La ruse est donc, sinon le droit, du moins la ressource des opprimés. Ne le sentez-vous pas? — Je sens que je vous aime, et qu'il n'y a pas là de motif pour que vous me trompiez. — Aussi qui vous dit que je vous trompe? — Vous m'avez trompé; vous m'avez dit que vous m'aimiez, vous ne m'aimiez pas. — Je vous aimais, parce que je vous voyais, partagé entre de détestables principes et un cœur généreux, pencher vers la justice et l'honnêteté. Et je vous aime parce que je vois que vous triomphez des mauvais principes, et que vos méchantes inspirations sont suivies des larmes d'un bon cœur. Voilà ce que je puis vous dire devant Dieu et la main sur la conscience, aux heures où je vous vois tel que vous êtes. Il y a d'autres moments où vous me semblez si au-dessous de vous-même que je ne vous reconnais plus, et que je crois ne pas vous aimer. Il ne tient qu'à vous, Bernard, que je ne doute jamais ni de vous ni de moi.

— Et comment faut-il faire pour cela?

— Vous corriger de vos mauvaises habitudes, ouvrir l'oreille aux bons conseils, le cœur aux préceptes de la morale. Vous êtes un sauvage, Bernard, et soyez bien sûr que ce n'est ni votre gaucherie à faire un salut ni votre ignorance à tourner un compliment qui me choquent en vous. Au contraire, ce serait à mes yeux un charme très grand s'il y avait de grandes idées et de nobles sentiments sous cette rudesse. Mais vos sentiments et vos idées sont comme vos manières, et c'est là ce que je ne puis souffrir. Je sais que ce n'est pas votre faute, et, si je vous voyais décidé à vous corriger, je vous aimerais autant à cause de vos défauts qu'à cause de vos qualités. La compassion entraîne l'affection ; mais je n'aime pas le mal, je ne peux pas l'aimer, et si vous le cultivez en vous-même, au lieu de l'extirper, je ne peux pas vous aimer. Comprenez-vous cela ? — Non. — Comment, non ? — Non, vous dis-je. Je ne sens pas qu'il y ait du mal en moi. Si vous n'êtes pas choquée du peu de grâce de mes jambes, et du peu de blancheur de mes mains, et du peu d'élégance de mes paroles, je ne sais plus ce que vous haïssez en moi. J'ai entendu de mauvais préceptes dès mon enfance, mais je ne les ai pas acceptés. Je n'ai jamais cru qu'il fût permis de commettre de mauvaises actions, ou du moins je ne l'ai jamais trouvé agréable. Quand j'ai fait le mal, j'ai été contraint par la force. J'ai toujours détesté mes oncles et leur conduite. Je n'aime pas la souffrance d'autrui ; je n'aime à dépouiller personne ; je méprise l'argent, dont on faisait un dieu à la Roche-Mauprat ; je sais être sobre, et je boirais de l'eau toute ma vie, quoique j'aime le vin, s'il fallait, comme mes oncles, répandre le sang pour me procurer un bon souper. Cependant j'ai combattu avec eux ; cependant j'ai bu avec eux ; pouvais-je faire autrement ? Aujourd'hui que je peux me conduire comme je veux, à qui fais-je du tort ? à qui souhaité-je du mal ? Votre abbé, qui parle de vertu, me prend-il pour un assassin et pour un voleur ? Ainsi, avouez-le, Edmée, vous savez bien que je suis honnête ; vous ne me croyez pas méchant ; mais je vous déplais parce que je n'ai pas d'esprit, et vous aimez M. de La Marche parce qu'il sait dire des niaiseries dont je rougirais.

— Et si, pour me plaire, dit-elle en souriant, après m'avoir écouté avec beaucoup d'attention, et sans retirer sa main que j'avais prise à travers le

grillage; si, pour être préféré à M. de La Marche, il
fallait acquérir de l'esprit, comme vous dites, ne le
feriez-vous pas?

— Je n'en sais rien, répondis-je après un instant
d'hésitation; peut-être serais-je assez fou pour cela,
car je ne comprends rien au pouvoir que vous avez
sur moi; mais ce serait une grande lâcheté et une
grande folie.

— Pourquoi, Bernard?

— Parce qu'une femme qui n'aime pas un
homme pour son bon cœur, mais pour son bel
esprit, ne vaut guère la peine que je me donnerais.
Voilà ce qu'il me semble. »

Elle garda le silence à son tour, et me dit ensuite
en me pressant la main : « Vous avez bien plus de
sens et d'esprit qu'on ne croirait. Me voilà forcée
d'être tout à fait sincère avec vous, et de vous
avouer que, tel que vous êtes, et quand même vous
ne devriez jamais changer, j'ai pour vous une
estime et une amitié qui dureront autant que ma
vie. Soyez sûr de cela, Bernard, quelque chose que
je puisse vous dire dans un moment de colère, car
vous savez que je suis très vive : cela est de famille.
Le sang des Mauprat ne coulera jamais aussi
tranquillement que celui des autres humains.
Ménagez donc ma fierté, vous qui savez si bien ce
que c'est que la fierté; ne vous targuez jamais avec
moi des droits acquis. L'affection ne se commande
pas, elle se demande ou s'inspire; faites que je vous
aime toujours; ne me dites jamais que je suis forcée
de vous aimer. — Cela est juste, en effet, répondis-
je; mais pourquoi me parlez-vous quelquefois
comme si j'étais forcé de vous obéir? Pourquoi, ce
soir, m'avez-vous *défendu* de boire et *ordonné*
d'étudier? — Parce que, si on ne peut commander
à l'affection qui n'existe pas, on peut du moins

commander à l'affection qui existe, et c'est parce
que je suis sûre de la vôtre que je lui commande. —
C'est bien! m'écriai-je avec transport; j'ai donc le
droit de commander à la vôtre aussi, puisque vous
m'avez dit qu'elle existait certainement... Edmée, je
vous commande de m'embrasser. — Laissez, Bernard, s'écria-t-elle, vous me cassez le bras. Voyez,
vous m'avez écorchée contre le grillage. — Pourquoi vous êtes-vous retranchée contre moi? lui dis-
je en couvrant de mes lèvres la légère blessure que
je lui avais faite au bras. Ah! que je suis malheureux! Maudit grillage! Edmée, si vous vouliez
pencher votre tête, je pourrais vous embrasser...
vous embrasser comme ma sœur. Edmée, que
craignez-vous? — Mon bon Bernard, répondit-elle,
dans le monde où je vis on n'embrasse même pas sa
sœur, et nulle part on ne s'embrasse en secret. Je
vous embrasserai devant mon père, tous les jours si
vous voulez, mais jamais ici. — Vous ne m'embras-
serez jamais! m'écriai-je, rendu à mes fureurs
accoutumées. Et votre promesse? et mes droits?...
— Si nous nous marions ensemble..., dit-elle avec
embarras, quand vous aurez reçu l'éducation que je
vous supplie de recevoir... — Mort de ma vie! vous
moquez-vous? Est-il question de mariage entre
nous? Nullement; je ne veux pas de votre fortune,
je vous l'ai dit. — Ma fortune et la vôtre ne font
plus qu'une, répondit-elle. Entre parents si proches
que nous le sommes, le tien et le mien sont des
mots sans valeur. Jamais la pensée ne me viendra
de vous croire cupide. Je sais que vous m'aimez,
que vous travaillerez à me le prouver, et qu'un jour
viendra où votre amour ne me fera plus peur, parce
que je pourrai l'accepter à la face du ciel et des
hommes.

— Si c'est là votre idée, repris-je, tout à fait

distrait de mes sauvages transports par la direction nouvelle qu'elle donnait à mes pensées, ma position est bien différente ; mais, à vous dire vrai, il faut que j'y réfléchisse... Je n'avais pas songé que vous l'entendriez ainsi... — Et comment voulez-vous que je puisse l'entendre différemment ? reprit-elle. Une demoiselle ne se déshonore-t-elle pas en se donnant à un autre homme qu'à son époux ? Je ne veux pas me déshonorer, vous ne le voudriez pas non plus, vous qui m'aimez. Vous ne voudriez pas me faire un tort irréparable. Si vous aviez cette intention, vous seriez mon plus mortel ennemi. — Attendez, Edmée, attendez, repris-je ; je ne puis rien vous dire de mes intentions, je n'en ai jamais eu d'arrêtées à votre égard. Je n'ai eu que des désirs, et jamais je n'ai pensé à vous sans devenir fou. Vous voulez que je vous épouse ? Eh ! pourquoi donc, mon Dieu ? — Parce qu'une fille qui se respecte ne peut appartenir à un homme sans la pensée, sans la résolution, sans la certitude de lui appartenir toujours. Ne savez-vous pas cela ? — Il y a tant de choses que je ne sais pas, ou auxquelles je n'ai jamais pensé. — L'éducation vous apprendrait, Bernard, ce que vous devez penser des choses qui vous intéressent le plus, de votre position, de vos devoirs, de vos sentiments. Vous ne voyez clair ni dans votre cœur, ni dans votre conscience. Moi, qui suis habituée à m'interroger sur toutes choses et à me gouverner moi-même, comment voulez-vous que je prenne pour maître un homme soumis à l'instinct et guidé par le hasard ? — Pour maître ! pour mari ! Oui, je comprends que vous ne puissiez soumettre votre vie tout entière à un animal de mon espèce... Mais je ne vous demandais pas cela, moi !... et je n'y puis penser sans frémir ! — Il faut que vous y pensiez cependant, Bernard ; pensez-y beaucoup, et, quand vous l'aurez fait, vous sentirez la nécessité de suivre mes conseils et de mettre votre esprit en rapport avec la nouvelle position où vous êtes entré en quittant la Roche-Mauprat; quand vous aurez reconnu cette nécessité, vous me le direz, et alors nous prendrons plusieurs résolutions nécessaires. »

Elle retira doucement sa main d'entre les miennes, et je crois qu'elle me dit bonsoir, mais je ne l'entendis pas. Je restai absorbé dans mes pensées, et, quand je relevai la tête pour lui parler, elle n'était plus là. J'allai à la chapelle; elle était rentrée dans sa chambre par une tribune supérieure qui communiquait avec ses appartements.

Je retournai dans le jardin, je m'enfonçai dans le parc, et j'y restai toute la nuit. Ma conversation avec Edmée m'avait jeté dans un monde nouveau. Jusque-là, je n'avais pas cessé d'être l'homme de la Roche-Mauprat, et je n'avais pas prévu que je pusse ou que je dusse cesser de l'être; sauf les habitudes qui avaient changé avec les circonstances, j'étais resté dans le cercle étroit de mes pensées. Au sein de toutes les choses nouvelles qui m'environnaient, je me sentais blessé de leur puissance réelle, et je roidissais ma volonté en secret, afin de ne pas me sentir humilié. Je crois qu'avec la persévérance et la force dont j'étais doué, rien n'eût pu me faire sortir de ce retranchement d'obstination, si Edmée ne s'en fût mêlée. Les biens vulgaires de la vie, les satisfactions du luxe, n'avaient pour moi d'autre charme que celui de la nouveauté. Le repos du corps me pesait, et le calme de cette maison, pleine d'ordre et de silence, m'eût écrasé, si la présence d'Edmée et l'orage de mes désirs ne l'eussent remplie de mes agitations et peuplée de mes fantômes. Je n'avais pas désiré un seul instant devenir le chef de cette maison, le maître de cette fortune, et je venais, avec plaisir, d'entendre Edmée rendre justice à mon désintéressement. Cependant je répugnais encore à l'idée d'associer deux buts si distincts, ma passion et mes intérêts. J'errai dans le parc en proie à mille incertitudes, et je gagnai la campagne sans m'en apercevoir. La nuit était magnifique. La pleine lune versait des flots de sa lumière sereine sur les guérets altérés par la chaleur du jour. Les plantes flétries se relevaient sur leur tige, chaque feuille semblait aspirer par tous ses pores l'humide fraîcheur de la nuit. Je ressentais aussi cette douce influence; mon cœur battait avec force, mais avec régularité. J'étais inondé d'une vague espérance; l'image d'Edmée flottait devant moi sur les sentiers des prairies, et n'excitait plus ces douloureux transports, ces fougueuses aspirations qui m'avaient dévoré.

Je traversais un lieu découvert où quelques massifs de jeunes arbres coupaient çà et là les verts steppes des pâturages. De grands bœufs d'un blond clair, agenouillés sur l'herbe courte, immobiles, paraissaient plongés dans de paisibles contemplations. Des collines adoucies montaient vers l'horizon, et leurs croupes veloutées semblaient jouer dans les purs reflets de la lune. Pour la première fois de ma vie, je sentis les beautés voluptueuses et les émanations sublimes de la nuit. J'étais pénétré de je ne sais quel bien-être inconnu; il me semblait que pour la première fois aussi je voyais la lune, les coteaux et les prairies. Je me souvenais d'avoir entendu dire à Edmée qu'il n'y avait pas de plus beau spectacle que celui de la nature, et je m'étonnais de ne l'avoir pas su jusque-là. J'eus par instants la pensée de me mettre à genoux et de prier Dieu; mais je craignais de ne pas savoir lui parler et de l'offenser en le priant mal. Vous avouerai-je une

singulière fantaisie qui me vint comme une révélation enfantine de l'amour poétique au sein du chaos
de mon ignorance ? La lune éclairait si largement
les objets que je distinguais dans le gazon les
moindres fleurettes. Une petite marguerite des prés
me sembla si belle, avec sa collerette blanche
frangée de pourpre et son calice d'or plein des
diamants de la rosée, que je la cueillis et la couvris
de baisers, en m'écriant, dans une sorte d'égarement délicieux : « C'est toi, Edmée ! oui, c'est toi !
te voilà ! tu ne me fuis plus ! » Mais quelle fut ma
confusion lorsqu'en me relevant je vis que j'avais
un témoin de ma folie ! Patience était debout devant
moi [78].

Je fus si mécontent d'avoir été surpris dans un tel
accès d'extravagance que, par un reste d'habitude
de coupe-jarret, je cherchai mon couteau à ma
ceinture ; mais je n'avais plus ni ceinture ni
couteau. Mon gilet de soie à poches me fit souvenir
que j'étais condamné à n'égorger plus personne.
Patience sourit.

« Eh bien ! eh bien ! qu'y a-t-il ? dit le solitaire
avec calme et douceur ; croyez-vous que je ne sache
pas bien ce qui en est ? Je ne suis pas si simple que
je ne comprenne ; je ne suis pas si vieux que je ne
voie clair. Qui est-ce qui secoue les branches de
mon if toutes les fois que la fille sainte est assise à
ma porte ? Qui est-ce qui nous suit comme un jeune
loup, à pas comptés, sous le taillis, quand je
reconduis la belle enfant chez son père ? Et quel
mal y a-t-il à cela ? Vous êtes jeunes tous deux, vous
êtes beaux tous deux, vous êtes parents, et, si vous
vouliez, vous seriez un digne et honnête homme,
comme elle est une digne et honnête fille. »

Tout mon courroux était tombé en écoutant
Patience parler d'Edmée. J'avais un si grand besoin

de m'entretenir d'elle que j'en aurais entendu dire
du mal pour le seul plaisir d'entendre prononcer
son nom. Je continuai ma promenade côte à côte
avec Patience. Le vieillard marchait pieds nus dans
la rosée. Il est vrai que ses pieds, ayant oublié
depuis longtemps l'usage des chaussures, étaient
arrivés à un degré de callosité qui les mettait à
l'abri de tout. Il avait pour tout vêtement un
pantalon de toile bleue qui, faute de bretelles,
tombait sur ses hanches, et une chemise grossière.
Il ne pouvait souffrir aucune contrainte dans ses
habits, et sa peau, endurcie par le hâle, n'était
sensible ni au chaud ni au froid. On l'a vu, jusqu'à
plus de quatre-vingts ans, aller tête nue au soleil le
plus ardent, et la veste entr'ouverte à la bise des
hivers. Depuis qu'Edmée veillait à tous ses besoins,
il était arrivé à une certaine propreté; mais, dans le
désordre de sa toilette et sa haine pour tout ce qui
dépassait les bornes du strict nécessaire, se retrouvait, sauf l'impudeur, qui lui avait toujours été
odieuse, le cynique des anciens jours. Sa barbe
brillait comme de l'argent. Son crâne chauve était si
luisant que la lune s'y reflétait comme dans l'eau. Il
marchait lentement, les mains derrière le dos, la
tête levée, comme un homme qui surveille son
empire. Mais le plus souvent ses regards se
perdaient vers le ciel, et il interrompait sa conversation pour dire en montrant la voûte étoilée :
« Voyez cela, voyez comme c'est beau! » C'est le
seul paysan que j'aie vu admirer le ciel, ou tout au
moins c'est le seul que j'aie vu se rendre compte de
son admiration.

« Pourquoi, maître Patience, lui dis-je, pensez-
vous que je serais un honnête homme *si je voulais?*
Croyez-vous donc que je ne le sois pas? — Oh! ne
soyez pas fâché, répondit-il; Patience a le droit de

tout dire. N'est-ce pas le fou du château ? — Edmée prétend que vous en êtes le sage, au contraire. — Prétend-elle cela, la sainte fille de Dieu ? Eh bien ! si elle le croit, je veux agir en sage et vous donner un bon conseil, maître Bernard Mauprat. Voulez-vous l'entendre ? — Il paraît que tout le monde ici se mêle de conseiller. N'importe, j'écoute. — Vous êtes amoureux de votre cousine ? — Vous êtes bien hardi de faire une pareille question. — Ce n'est pas une question, c'est un fait. Eh bien ! je vous dis, moi, faites-vous aimer de votre cousine et soyez son mari. — Et pourquoi me portez-vous cet intérêt, maître Patience ? — Parce que je sais que vous le méritez. — Qui vous l'a dit ? l'abbé ? — Non pas. — Edmée ? — Un peu. Et cependant elle n'est pas bien amoureuse de vous, au moins. Mais c'est votre faute. — Comment cela, Patience ? — Parce qu'elle veut que vous deveniez savant, et vous, vous ne le voulez pas. Ah ! si j'avais votre âge, moi, pauvre Patience, et si je pouvais, sans étouffer, me tenir enfermé dans une chambre seulement deux heures par jour, et si tous ceux que je rencontre s'occupaient de m'instruire ! si l'on me disait : « Patience, voilà ce qui s'est fait hier ; Patience, voilà ce qui se fera demain. » Mais, baste ! il faut que je trouve tout moi-même, et c'est si long que je mourrai de vieillesse avant d'avoir trouvé le dixième de ce que je voudrais savoir. Mais, écoutez, j'ai encore une raison pour désirer que vous épousiez Edmée. — Laquelle, bon monsieur Patience ? — C'est que ce La Marche ne lui convient pas. Je le lui ai dit, oui-da ! et à lui aussi, et à l'abbé, et à tout le monde. Ce n'est pas un homme, cela. Cela sent bon comme tout un jardin ; mais j'aime mieux le moindre brin de serpolet. — Ma foi ! je ne l'aime guère non plus, moi. Mais si ma cousine l'aime ? hein ! Patience ? —

Votre cousine ne l'aime pas. Elle le croit bon, elle le croit *véritable ;* elle se trompe, et il la trompe, et il trompe tout le monde. Je le sais, moi, c'est un homme qui n'a pas de *cela* (et Patience posait la main sur son cœur). C'est un homme qui dit toujours : « Moi, la vertu! moi, les infortunés! moi, les sages, les amis du genre humain, etc., etc. » Eh bien! moi, Patience, je sais qu'il laisse mourir de faim de pauvres gens à la porte de son château. Je sais que, si on lui disait : « Donne ton château, mange du pain noir, donne tes terres, fais-toi soldat, et il n'y aura plus d'infortunés dans le monde, le genre humain, comme tu dis, sera sauvé », l'*homme* dirait : « Merci, je suis seigneur de mes terres, et je ne suis pas soûl de mon château. » Oh! je les connais bien, ces *faux bons!* Quelle différence avec Edmée! Vous ne savez pas cela, vous! Vous l'aimez parce qu'elle est belle comme la marguerite des prés, et moi je l'aime parce qu'elle est bonne comme la lune qui éclaire tout le monde. C'est une fille qui donne tout ce qu'elle a, qui ne porterait pas un joyau, parce qu'avec l'or d'une bague on peut faire vivre un homme pendant un an. Et si elle rencontre dans son chemin un petit pied d'enfant blessé, elle ôtera son soulier pour le lui donner et s'en ira pied nu. Et puis c'est un cœur qui va droit, voyez-vous. Si demain le village de Sainte-Sévère allait la trouver en masse et lui dire : « Demoiselle, c'est assez vivre dans la richesse; donnez-nous ce que vous avez, et travaillez à votre tour. — C'est juste, mes bons enfants », dirait-elle. Et gaiement elle irait mener les troupeaux aux champs! Sa mère était de même; car, voyez-vous, j'ai connu sa mère toute jeune, comme elle est à présent, et la vôtre aussi, da! Et c'était une maîtresse femme, charitable, juste. Et vous en

tenez, à ce qu'on dit. — Hélas! non, répondis-je,
saisi d'attendrissement par le discours de Patience.
Je ne connais ni la charité ni la justice.

— Vous n'avez pu encore les pratiquer; mais
cela est écrit dans votre cœur, je le sais, moi. On dit
que je suis sorcier, et je le suis un peu. Je connais
un homme tout de suite. Vous souvenez-vous de ce
que vous m'avez dit un jour sur la fougère de
Validé? Vous étiez avec Sylvain, moi avec Marcasse. Vous me dîtes qu'un honnête homme ven-
geait ses querelles lui-même. Et à propos, monsieur
Mauprat, si vous n'êtes pas content des excuses que
je vous ai faites à la tour Gazeau, il faut le dire.
Voyez, il n'y a personne ici, et tout vieux que je
suis, j'ai encore le poignet aussi bon que vous; nous
pouvons nous allonger quelques bons coups, c'est le
droit de nature; et, quoique je n'approuve pas cela,
je ne refuse jamais de donner réparation à qui la
demande. Je sais qu'il y a des hommes qui
mourraient de chagrin s'ils n'étaient pas vengés, et
moi qui vous parle, il m'a fallu plus de cinquante
ans pour oublier un affront que j'ai reçu... et quand
j'y pense encore, ma haine pour les nobles se
réveille, et je me fais un crime d'avoir pu pardonner
dans mon cœur à quelques-uns.

— Je suis pleinement satisfait, maître Patience,
et je sens au contraire de l'amitié pour vous. — Ah!
c'est que je gratte l'œil qui vous démange! Bonne
jeunesse! Allons, Mauprat, du courage. Suivez les
conseils de l'abbé, c'est un juste. Tâchez de plaire à
votre cousine, c'est une étoile du firmament.
Connaissez la vérité; aimez le peuple; détestez ceux
qui le détestent; soyez prêt à vous sacrifier pour
lui... Écoutez, écoutez! Je sais ce que je dis; faites-
vous l'ami du peuple. — Le peuple est-il donc
meilleur que la noblesse, Patience? De bonne foi, et

puisque vous êtes un sage, dites la vérité. — Le peuple vaut mieux que la noblesse, parce que la noblesse l'écrase et qu'il le souffre! Mais il ne le souffrira peut-être pas toujours. Enfin, il faut que vous le sachiez; vous voyez bien ces étoiles? Elles ne changeront pas, elles seront à la même place et verseront autant de feu dans dix mille ans qu'aujourd'hui, mais avant cent ans, avant moins peut-être, il y aura bien des changements sur la terre. Croyez-en un homme qui pense à la vérité et qui ne se laisse pas égarer par les grands airs des forts. Le pauvre a assez souffert; il se tournera contre le riche, et les châteaux tomberont, et les terres seront dépecées. Je ne verrai pas cela, mais vous le verrez; il y aura dix chaumières à la place de ce parc, et dix familles vivront de son revenu. Il n'y aura plus ni valets, ni maîtres, ni vilains, ni seigneurs. Il y aura des nobles qui crieront haut et qui ne céderont qu'à la force, comme eussent fait vos oncles s'ils eussent vécu, comme fera M. de La Marche, malgré ses beaux discours. Il y en aura qui s'exécuteront généreusement comme Edmée, et comme vous, si vous écoutez la sagesse. Et alors il sera bon pour Edmée qu'elle ait pour mari un homme et non pas un brin de muguet. Il sera bon que Bernard Mauprat sache pousser une charrue ou tuer le gibier du bon Dieu, pour nourrir sa famille; car le vieux Patience sera couché sous l'herbe du cimetière et ne pourra rendre à Edmée les services qu'il aura reçus. Ne riez pas de ce que je dis, jeune homme; c'est la voix de Dieu qui dit cela. Voyez le ciel. Les étoiles vivent en paix, et rien ne dérange leur ordre éternel. Les grosses ne mangent pas les petites, et nulle ne se précipite sur ses voisines. Or, un temps viendra où le même ordre régnera parmi les hommes. Les méchants seront balayés par le vent du Seigneur. Assurez vos jambes, seigneur Mauprat, afin de rester debout et de soutenir Edmée; c'est Patience qui vous avertit, Patience qui ne vous veut que du bien. Mais il y en aura d'autres qui voudront le mal, et il faut que les bons se fassent forts. »

· Nous étions arrivés jusqu'à la chaumière de Patience. Il s'était arrêté à la barrière de son petit enclos, et une main appuyée sur les barreaux, gesticulant de l'autre, il parlait avec énergie. Son regard brillait comme la flamme, son front était baigné de sueur; il y avait en lui quelque chose de puissant comme la parole des vieux prophètes, et la simplicité plus que plébéienne de son accoutrement rehaussait encore la fierté de son geste et l'onction de sa voix. La révolution française a fait savoir depuis ce temps qu'il y avait dans le peuple de fougueuses éloquences et une implacable logique; mais ce que je voyais en ce moment était si neuf pour moi et me fit une telle impression que mon imagination sans règle et sans frein se laissa entraîner aux terreurs superstitieuses de l'enfance. Il me tendit la main, et j'obéis à cet appel avec plus d'effroi que de sympathie. Le sorcier de la tour Gazeau, suspendant sur ma tête la chouette ensanglantée, venait de repasser devant mes yeux.

XI

Lorsque, accablé de lassitude, je m'éveillai le lendemain, tous les incidents de la veille m'apparurent comme un songe. Il me sembla qu'Edmée, en me parlant de devenir ma femme, avait voulu reculer mes espérances indéfiniment par un leurre perfide ; et, quant à l'effet des paroles du sorcier, je ne me les rappelais pas sans une profonde humiliation. Quoi qu'il en soit, cet effet était produit. Les émotions de cette journée avaient laissé en moi une trace ineffaçable ; je n'étais déjà plus l'homme de la veille, et je ne devais jamais redevenir complètement celui de la Roche-Mauprat.

Il était tard, et j'avais réparé dans la matinée seulement les heures de mon insomnie. Je n'étais pas levé, et déjà j'entendais sur le pavé de la cour résonner le sabot du cheval de M. de La Marche. Tous les jours il arrivait à cette heure ; tous les jours il voyait Edmée aussi tôt que moi, et ce jour-là même, ce jour où elle avait voulu me persuader de compter sur sa main, il allait poser avant moi son fade baiser sur cette main qui m'appartenait. Cette pensée réveilla tous mes doutes. Comment Edmée souffrait-elle ses assiduités si elle avait réellement l'intention d'en épouser un autre que lui ? Peut-être n'osait-elle pas l'éloigner ; peut-être était-ce à moi de le faire. Je ne savais pas les usages du monde où j'entrais. L'instinct me conseillait de m'abandonner à mes impétueuses inspirations, et l'instinct parlait haut.

Je m'habillai à la hâte. J'entrai au salon pâle et en désordre; Edmée était pâle aussi. La matinée était pluvieuse et fraîche. On avait fait du feu dans la vaste cheminée. Etendue dans sa bergère, elle chauffait ses petits pieds en sommeillant. C'était l'attitude nonchalante et transie qu'elle avait eue durant ses jours de maladie. M. de La Marche lisait la gazette à l'autre bout de la chambre. En voyant Edmée brisée plus que moi par les émotions de la veille, je sentis ma colère tomber et, m'approchant d'elle, je m'assis sans bruit et la regardai avec attendrissement. « C'est vous, Bernard ? » me dit-elle sans faire un mouvement et sans ouvrir les yeux. Elle avait les coudes appuyés sur les bras de son fauteuil et les mains gracieusement entrelacées sous son menton. Les femmes avaient à cette époque et presque en toute saison les bras demi nus. J'aperçus à celui d'Edmée une petite bande de taffetas d'Angleterre qui me fit battre le cœur. C'était la légère blessure que je lui avais faite la veille contre le grillage de la croisée. Je soulevai doucement la dentelle qui retombait sur son coude, et, enhardi par son demi-sommeil, j'appuyai mes lèvres sur cette chère blessure. M. de La Marche pouvait me voir, et il me voyait en effet, et j'agissais à dessein. Je brûlais d'avoir une querelle avec lui. Edmée tressaillit et devint toute rouge; mais, reprenant aussitôt un air d'enjouement plein d'indolence : « En vérité, Bernard, me dit-elle, vous êtes galant ce matin comme un abbé de cour. N'auriez-vous pas fait quelque madrigal la nuit dernière ? »

Je fus singulièrement mortifié de cette raillerie;

mais, payant d'assurance à mon tour : « Oui, j'en ai fait un hier soir à la fenêtre de la chapelle, répondis-je ; et s'il est mauvais, cousine, c'est votre faute. — Dites que c'est la faute de votre éducation », reprit-elle en s'animant, et elle n'était jamais plus belle que lorsque sa fierté et sa vivacité naturelles se réveillaient. « M'est avis que j'ai beaucoup trop d'éducation, en effet, répondis-je, et que, si j'écoutais davantage mon bon sens naturel, vous ne me railleriez pas tant. — Il me semble, en vérité, que vous faites assaut d'esprit et de métaphores avec Bernard, dit M. de La Marche en pliant son journal d'un air indifférent et en se rapprochant de nous. — Je l'en tiens quitte, répondis-je, blessé de cette impertinence ; qu'elle garde son esprit pour vos pareils. »

Je me levai pour l'affronter, mais il ne parut pas s'en apercevoir ; et, s'adossant à la cheminée avec une incroyable aisance, il dit en se penchant vers Edmée d'une voix douce et presque affectueuse : « Qu'a-t-il donc ? » comme s'il se fût informé de la santé de son petit chien. « Que sait-on ? » répondit Edmée du même ton ; puis elle se leva en ajoutant : « J'ai trop mal à la tête pour rester là. Donnez-moi le bras pour remonter dans ma chambre. »

Elle sortit appuyée sur lui ; je restai stupéfait.

J'attendis, résolu à l'insulter dès qu'il serait revenu au salon ; mais l'abbé entra et peu après mon oncle Hubert. Ils se mirent à causer de sujets qui m'étaient tout à fait étrangers (et il en était ainsi de presque tous les sujets de conversation). Je ne savais que faire pour me venger, mais je n'osais me trahir en présence de mon oncle. Je sentais ce que je devais au respect et aux droits de l'hospitalité. Jamais je ne m'étais fait une telle violence à la Roche-Mauprat. L'outrage et la colère se manifestaient spontanément; je faillis mourir dans l'attente de ma vengeance. Plusieurs fois le chevalier, remarquant l'altération de mes traits, me demanda avec bonté si j'étais malade. M. de La Marche ne parut s'apercevoir ni se douter de rien. L'abbé seul m'examinait avec attention. Je surprenais ses yeux bleus, où la pénétration naturelle se voilait toujours sous une habitude de timidité, attachés sur moi avec inquiétude. L'abbé ne m'aimait pas. Il m'était facile de voir que ses manières douces et enjouées devenaient froides comme malgré lui dès qu'il s'adressait à moi; je remarquais même qu'en tout temps son visage s'attristait à mon approche.

Me sentant près de m'évanouir, tant la contrainte que je subissais était hors de mes habitudes et au-dessus de mes forces, j'allai me jeter sur l'herbe du parc. C'était là mon refuge dans toutes mes agitations. Ces grands chênes, cette mousse centenaire qui pendait à toutes les branches, ces fleurs de bois pâles et odorantes, emblèmes des douleurs cachées, c'étaient là les amis de mon enfance, les seuls que j'eusse retrouvés sans altération dans la vie sociale comme dans la vie sauvage. Je cachai mon visage dans mes mains; je ne me rappelle pas avoir souffert davantage dans aucune des calamités de ma vie. Pourtant j'en éprouvai de bien réelles par la suite, et à tout prendre j'eusse dû m'estimer heureux, au sortir du rude et périlleux métier de coupe-jarret, de trouver tant de biens inespérés, affection, sollicitude, richesse, liberté, enseignement, bons conseils et bons exemples. Mais il est certain que, pour passer d'un état de l'âme à un état opposé, même du mal au bien, même de la douleur à la jouissance et de la fatigue au repos, il faut que l'homme souffre, et que, dans cet enfantement d'une nouvelle destinée, tous les ressorts de son être se tendent jusqu'à se briser. Ainsi, à l'approche de l'été, le ciel se couvre de sombres nuées, et la terre frémissante semble prête à s'anéantir sous les coups de la tempête.

Je n'étais occupé en ce moment qu'à chercher un moyen d'assouvir ma haine contre M. de La Marche, sans trahir et sans laisser même soupçonner le lien mystérieux dont je me prévalais auprès d'Edmée. Quoique rien ne fût moins en vigueur à la Roche-Mauprat que la sainteté du serment, les seules lectures que j'eusse faites étant, comme je vous l'ai dit, quelques ballades de chevalerie, je m'étais pris d'un romanesque amour pour la fidélité des promesses, et c'était à peu près la seule vertu que j'eusse acquise. Le secret dû à Edmée me retenait donc invinciblement. « Mais ne trouverai-je pas, me disais-je, quelque prétexte plausible pour me jeter sur mon ennemi et pour l'étrangler ? » A dire vrai, cela n'était pas facile avec un homme qui semblait avoir un parti pris de politesse et de prévenances à mon égard.

Dans ces perplexités j'oubliai l'heure du dîner, et, quand je vis le soleil descendre derrière les tours du château, je me dis trop tard que mon absence avait dû être remarquée, et que je ne pourrais rentrer sans subir ou les brusques questions d'Edmée, ou ce clair et froid regard de l'abbé, qui semblait toujours éviter le mien, et que je surprenais tout à coup plongeant au plus profond de ma conscience.

Je résolus de ne rentrer qu'à la nuit, et je m'étendis sur l'herbe, essayant de dormir pour reposer ma tête brisée. Je m'endormis en effet. Quand je m'éveillai, la lune montait dans le ciel encore rouge des feux du soir. Le bruit qui m'avait fait tressaillir était bien léger ; mais il est des sons qui frappent le cœur avant de frapper l'oreille, et les plus subtiles émanations de l'amour pénètrent quelquefois la plus rude organisation. La voix d'Edmée venait de prononcer mon nom à peu de distance, derrière le feuillage. D'abord je crus avoir rêvé; je restai immobile, je retins mon haleine et j'écoutai. C'était elle qui se rendait chez le solitaire avec l'abbé. Ils s'étaient arrêtés dans le sentier couvert, à cinq ou six pas de moi, et ils causaient à demi-voix, mais de cette manière distincte qui, dans les confidences, donne à l'attention tant de solennité. « Je crains, disait Edmée, qu'il ne fasse un esclandre à M. de La Marche; quelque chose de plus sérieux encore, que sait-on? Vous ne connaissez pas Bernard.

— Il faut à tout prix l'éloigner d'ici, répondit l'abbé. Vous ne pouvez vivre de la sorte, continuellement exposée à la brutalité d'un brigand. — Il est certain que ce n'est pas vivre. Depuis qu'il a mis le pied ici, je n'ai pas eu un instant de liberté. Prisonnière dans ma chambre, ou forcée de recourir à la protection de mes amis, je n'ose faire un pas. C'est tout au plus si je puis descendre l'escalier, et je ne traverse pas la galerie sans envoyer Leblanc en éclaireur. La pauvre fille, qui m'a vue si brave, me croit folle. Cette contrainte est odieuse. Je ne dors plus que sous les verrous. Et voyez, l'abbé, je ne marche pas sans un poignard, ni plus ni moins qu'une héroïne de ballade espagnole. — Et si ce malheureux vous rencontre et vous effraie, vous vous en frapperez le sein, n'est-ce pas? De pareilles chances ne peuvent s'accepter. Edmée, il faut trouver le moyen de changer une position qui n'est pas tenable. Je conçois que vous ne vouliez pas lui ôter l'amitié de votre père, en confessant à celui-ci la monstrueuse transaction que vous avez été forcée de faire avec ce bandit à la Roche-Mauprat. Mais, quoi qu'il arrive... ah! ma pauvre Edmée, je ne suis pas un homme de sang, mais je me prends vingt fois le jour à déplorer que mon caractère de prêtre m'empêche de provoquer cet homme et de vous en débarrasser à jamais. »

Ce charitable regret, exprimé si naïvement à mon oreille, me donna une violente démangeaison de me montrer brusquement, ne fût-ce que pour mettre à l'épreuve l'humeur guerrière de l'abbé; mais j'étais enchaîné par le désir de surprendre enfin les véritables sentiments et les véritables desseins d'Edmée à mon égard.

« Soyez donc tranquille, dit-elle d'un air dégagé; s'il lasse ma patience, je n'hésiterai nullement à lui planter cette lame dans la joue. Je suis bien sûre qu'une petite saignée calmera son ardeur. »

Alors ils se rapprochèrent de quelques pas.

« Ecoutez-moi, Edmée, dit l'abbé en s'arrêtant de nouveau; nous ne pouvons parler de cela devant Patience; ne rompons pas cet entretien sans conclure quelque chose. Vous arrivez avec Bernard à la crise imminente. Il me semble, mon enfant, que vous ne faites pas tout ce que vous devriez faire pour prévenir les malheurs qui peuvent nous frapper; car tout ce qui vous sera funeste nous le sera à tous et nous frappera au fond du cœur.

— Je vous écoute, mon excellent ami, répondit Edmée, grondez-moi, conseillez-moi. »

En même temps, elle s'adossa contre l'arbre au pied duquel j'étais couché parmi les broussailles et les hautes herbes. Je pense qu'elle eût pu me voir, car je la voyais distinctement; mais elle était loin de soupçonner que je contemplais sa figure céleste, sur laquelle la brise faisait passer alternativement l'ombre des feuilles agitées et les pâles diamants que la lune sème dans les bois.

« Je dis, Edmée, reprit l'abbé en croisant ses bras sur sa poitrine et en se frappant le front par instants, que vous ne jugez pas nettement votre situation. Tantôt elle vous afflige au point que vous perdez toute espérance et que vous voulez vous laisser mourir (oui, ma chère enfant, au point que votre santé en est visiblement altérée); et tantôt, je dois vous le dire, au risque de vous fâcher un peu, vous envisagez vos périls avec une légèreté et un enjouement qui m'étonnent.

— Ce dernier reproche est délicat, mon ami, répondit-elle; mais laissez-moi me justifier. Votre étonnement vient de ce que vous ne connaissez pas bien la race Mauprat. C'est une race indomptable, incorrigible, et dont il ne peut sortir que des *casse-têtes* ou des *coupe-jarrets*. A ceux que l'éducation a le mieux rabotés, il reste encore bien des nœuds : une fierté souveraine, une volonté de fer, un profond mépris pour la vie. Vous voyez que, malgré sa bonté adorable, mon père est si vif parfois qu'il casse sa tabatière en la posant sur la table, lorsque vos arguments l'emportent sur les siens en politique, ou lorsque vous le gagnez aux échecs. Pour moi, je sens que mes veines sont aussi larges que si j'étais née dans les nobles rangs du peuple, et je ne crois pas que jamais aucun Mauprat ait brillé à la cour par la grâce de ses manières. Comment donc voudriez-vous que je fisse grand cas de la vie, étant née brave? Il est pourtant des instants de faiblesse où je me décourage de reste et m'apitoie sur mon sort comme une vraie femme que je suis. Mais que l'on me fâche, que l'on me menace, et le sang de la race forte se ranime; et alors, ne pouvant briser mon ennemi, je me croise les bras et me mets à rire de pitié de ce qu'il espère me faire peur. Tenez, l'abbé, que ceci ne vous paraisse pas une exagération ; car demain, ce soir peut-être, ce que je dis peut se réaliser : depuis que ce couteau de nacre, qui n'a pas l'air bien matamore, mais qui est bon, voyez, a été affilé par don Marcasse (qui s'y entend), je ne l'ai quitté ni jour ni nuit, et mon parti a été pris. Je n'ai pas le poignet bien ferme, mais je saurais me donner un coup de couteau aussi bien que je sais donner un coup de cravache à mon cheval. Eh bien ! cela posé, mon honneur est en sûreté ; ma vie seule tient à un fil, à un verre de vin de plus ou de moins qu'aura bu un de ces soirs Bernard, à une rencontre, à un regard qu'il aura cru surprendre entre M. de La Marche et moi ; à rien peut-être ! Qu'y faire ? Quand je me désolerais, effacerais-je le passé ? Nous ne pouvons arracher une seule page de notre vie, mais nous pouvons jeter le livre au feu. Quand je pleurerais du soir au matin, empêcherais-je que la destinée, dans un jour de méchante humeur, ne m'ait conduite à la chasse, qu'elle ne m'ait égarée dans les bois et fait rencontrer un Mauprat, qui m'a conduite dans son antre, où je n'ai échappé à l'opprobre et peut-être à la mort qu'en liant à jamais ma vie à celle d'un enfant sauvage qui n'avait aucun de mes principes, aucune de mes idées, aucune de mes sympathies, et qui peut-être (et qui sans doute, devrais-je dire) ne les aura jamais ? Tout cela, c'est un malheur. J'étais dans tout l'éclat d'une heureuse destinée, j'étais l'orgueil et la joie de mon vieux père, j'allais épouser un homme que j'estime et qui me plaisait ; aucune douleur, aucune appréhension n'avait approché de moi ; je ne connaissais ni les jours sans sécurité, ni les nuits sans sommeil. Eh bien ! Dieu n'a pas voulu qu'une si belle vie s'accomplît ; que sa

volonté soit faite! Il est des jours où la perte de
toutes mes espérances me semble tellement inévitable que je me considère comme morte et mon
fiancé comme veuf. Sans mon pauvre père, j'en
rirais vraiment; car la contrariété et la peur sont si
peu faites pour moi que je suis déjà lasse de la vie,
pour le peu de temps que je les ai connues.

— Ce courage est héroïque, mais il est affreux!
s'écria l'abbé d'une voix altérée. C'est presque la
détermination au suicide, Edmée! — Oh! je dispu-
terai ma vie, répondit-elle avec chaleur; mais je ne
marchanderai pas avec elle un instant si mon
honneur ne sort pas sain et sauf de tous ces risques.
Quant à cela, je ne suis pas assez pieuse pour
accepter jamais une vie souillée, par esprit de
mortification pour des fautes dont je n'eus jamais la
pensée. Si Dieu est sévère à ce point avec moi que
j'aie à choisir entre la mort et la honte... — Il ne
peut jamais y avoir de honte pour vous, Edmée;
une âme aussi chaste, une intention aussi pure... —
Oh! n'importe, cher abbé! je ne suis peut-être pas
aussi vertueuse que vous pensez, je ne suis pas très
orthodoxe en religion, ni vous non plus, l'abbé!...
Je me soucie peu du monde, je ne l'aime pas; je ne
crains ni ne méprise l'opinion, je n'aurai jamais
affaire à elle. Je ne sais pas trop quel principe de
vertu serait assez puissant pour m'empêcher de
succomber, si le mauvais esprit m'entreprenait. J'ai
lu *la Nouvelle Héloïse*[79], et j'ai beaucoup pleuré.
Mais, par la raison que je suis une Mauprat et que
j'ai un inflexible orgueil, je ne souffrirai jamais la
tyrannie de l'homme, pas plus la violence d'un
amant que le soufflet d'un mari; il n'appartient
qu'à une âme vassale et à un lâche caractère de
céder à la force ce qu'elle refuse à la prière. Sainte
Solange, *la belle pastoure*, se laissa trancher la tête

plutôt que de subir le droit du seigneur. Et vous savez que, de mère en fille, les Mauprat sont vouées au baptême sous les auspices de la patronne du Berry. — Oui, je sais que vous êtes fière et forte, dit l'abbé; et, parce que je vous estime plus qu'aucune femme au monde, je veux que vous viviez, que vous soyez libre, que vous fassiez un mariage digne de vous, afin de remplir, dans la famille humaine, le rôle que savent encore ennoblir les belles âmes. Vous êtes nécessaire à votre père, d'ailleurs; votre mort le précipiterait dans la tombe, tout vert et robuste qu'est encore le Mauprat. Chassez donc ces pensées lugubres et ces résolutions extrêmes. Il est impossible que cette étrange aventure de la Roche-Mauprat soit autre chose qu'un rêve sinistre. Nous avons tous eu le cauchemar dans cette nuit d'épouvante, mais il est temps de nous éveiller; nous ne pouvons rester accablés de stupeur comme des enfants; vous n'avez qu'un parti à prendre, celui que je vous ai dit. — Eh bien! l'abbé, c'est celui que je regarde comme le plus impossible de tous. J'ai juré par tout ce qu'il y a de plus sacré dans l'univers et dans le cœur humain. — Un serment arraché par la menace et la violence n'engage personne, les lois humaines l'ont décrété; les lois divines, dans des circonstances de ce genre principalement, en délient sans nul doute la conscience humaine. Si vous étiez orthodoxe, j'irais à Rome, et j'irais à pied, pour vous faire relever d'un vœu si téméraire; mais vous n'êtes pas soumise au pape, Edmée..., ni moi non plus. — Ainsi, vous voudriez que je fusse parjure? — Votre âme ne le serait pas. — Mon âme le serait! j'ai juré, sachant bien ce que je faisais, et pouvant me tuer sur l'heure; car j'avais dans la main un couteau trois fois grand comme celui-ci. J'ai voulu vivre, j'ai

voulu surtout revoir mon père et l'embrasser. Pour
faire cesser l'angoisse où ma disparition le laissait,
j'eusse engagé plus que ma vie, j'eusse engagé mon
âme immortelle. Et depuis, je vous l'ai dit encore
hier au soir, j'ai renouvelé mon engagement, et bien
librement encore; car il y avait un mur entre mon
aimable fiancé et moi. — Comment avez-vous pu
faire une telle imprudence, Edmée? voilà encore où
je ne vous comprends plus.

— Oh! pour cela, je le crois bien, car je ne me
comprends pas moi-même, dit Edmée avec une
expression singulière. — Ma chère enfant, il faut
que vous me parliez à cœur ouvert. Je suis le seul
ici qui puisse vous porter conseil, puisque je suis le
seul à qui vous puissiez tout dire sous le sceau
d'une amitié aussi sacrée que le secret de la
confession catholique peut l'être. Répondez-moi
donc. Vous ne regardez pas comme possible un
mariage entre vous et Bernard Mauprat! — Comment ce qui est inévitable serait-il impossible? dit
Edmée. Il n'est rien de plus possible que de se jeter
dans la rivière; rien de plus possible que de se
vouer au malheur et au désespoir; rien de plus
possible, par conséquent, que d'épouser Bernard
Mauprat. — Ce ne sera toujours pas moi qui
prêterai mon ministère à cette union absurde et
déplorable, s'écria l'abbé. Vous, la femme et
l'esclave de ce coupe-jarret! Edmée, vous disiez
tout à l'heure que vous ne supporteriez pas plus la
violence de l'amant que le soufflet du mari. —
Vous pensez qu'il me battrait? — S'il ne vous tuait
pas! — Oh! non, répondit-elle d'un air mutin en
faisant sauter son couteau dans sa main, je le tuerais
auparavant. A Mauprat, Mauprat et demie! —
Vous riez, Edmée, ô mon Dieu! vous riez à la
pensée d'un tel hymen! Mais quand même cet

homme aurait de l'affection et des égards pour vous, songez-vous à l'impossibilité de vous entendre, à la grossièreté de ses idées, à la bassesse de son langage? Le cœur se lève de dégoût à l'idée d'une telle association; et dans quelle langue lui parleriez-vous, grand Dieu? »

Je faillis encore une fois me lever et tomber sur mon panégyriste; mais je vainquis ma colère, Edmée parlait. Je redevins tout oreilles.

« Je sais fort bien qu'au bout de trois jours je n'aurai certainement rien de mieux à faire que de me couper la gorge; mais puisque, d'une manière ou de l'autre, il faut que cela arrive, pourquoi n'irais-je pas devant moi jusqu'à l'heure inévitable? Je vous avoue que j'ai un peu de regret à la vie. Tous ceux qui ont été à la Roche-Mauprat n'en sont pas revenus. Moi, j'ai été, non y subir la mort, mais me fiancer avec elle. Eh bien! j'irai jusqu'au jour de mes noces, et, si Bernard m'est trop odieux, je me tuerai après le bal.

— Edmée, vous avez la tête pleine de romans à présent, dit l'abbé fort impatienté. Votre père, Dieu merci, ne consentira pas à ce mariage; il a donné sa parole à M. de La Marche, et vous aussi vous l'aviez donnée. C'est cette promesse-là qui seule est valide. — Mon père souscrirait avec joie à un accord qui perpétuerait directement son nom et sa lignée. Quant à M. de La Marche, il me relèvera de ma parole sans que je prenne la peine de le lui demander; dès qu'il saura que j'ai passé deux heures à la Roche-Mauprat, il ne sera pas besoin d'autre explication. — Il faudrait qu'il fût bien indigne de l'estime que je lui porte s'il croyait votre nom souillé par une aventure malheureuse dont vous êtes sortie pure. — Grâce à Bernard! dit Edmée; car enfin je lui dois de la reconnaissance, et, malgré ses réserves et conditions, son action est grande et inconcevable de la part d'un coupe-jarret. — Dieu me préserve de nier les bonnes qualités que l'éducation eût pu développer dans ce jeune homme, et c'est à cause de ce bon côté qu'il est possible de lui faire entendre raison. — Pour s'instruire? jamais il n'y consentira; et, quand il s'y prêterait, il ne le pourrait pas plus que Patience. Quand le corps est fait à la vie animale, l'esprit ne peut plus se plier aux règles de l'intelligence. — Je le crois, aussi je ne parle pas de cela. Je parle d'avoir une explication avec lui et de lui faire comprendre que son honneur l'engage à vous rendre votre promesse et à prendre son parti sur votre mariage avec M. de La Marche; ou ce n'est qu'une brute indigne de toute estime et de tout ménagement, ou il sentira son crime et sa folie et s'exécutera honnêtement et sagement. Déliez-moi du secret que vous m'avez imposé, autorisez-moi à m'ouvrir à lui, et je vous réponds du succès.

— Je vous réponds du contraire, moi, dit Edmée, et d'ailleurs je n'y saurais consentir. Quel que soit Bernard, je tiens à sortir avec honneur de mon duel avec lui, et il aurait sujet, si j'agissais comme vous voulez, de croire que je l'ai indignement joué jusqu'ici. — Eh bien! il est un dernier moyen; c'est de vous confier à l'honneur et à la sagesse de M. de La Marche. Qu'il juge librement votre situation, et qu'il en décide. Vous avez bien le droit de lui confier votre secret, et vous êtes bien sûre de son honneur. S'il a la lâcheté de vous abandonner dans une pareille situation, il vous reste pour dernière ressource de vous mettre à l'abri des violences de Bernard derrière les grilles d'un couvent. Vous y resterez pendant quelques années; vous ferez mine de prendre le voile. Le jeune

homme vous oubliera; on vous rendra votre liberté.
— C'est en effet le seul parti raisonnable, et j'y ai
déjà songé; mais il n'est pas temps encore d'y
recourir. — Sans doute. Il faut tenter l'aveu à
M. de La Marche. S'il est homme de cœur, comme
je n'en doute pas, il vous prendra sous sa protection, et il se chargera d'éloigner Bernard, soit par
la persuasion, soit par l'autorité. — Quelle autorité,
l'abbé, s'il vous plaît? — L'autorité qu'un gentilhomme peut avoir sur son égal dans nos mœurs,
l'honneur et l'épée. — Ah! l'abbé, vous aussi, vous
êtes un homme de sang! Eh bien! voilà ce que j'ai
voulu éviter jusqu'ici, ce que j'éviterai, dût-il m'en
coûter la vie et l'honneur! Je ne veux pas de conflit
entre ces deux hommes. — Je le conçois; l'un des
deux vous est cher à juste titre. Mais évidemment,
dans ce conflit, le danger ne serait pas pour M. de
La Marche. — Il serait donc pour Bernard! s'écria
Edmée avec force. Eh bien! j'aurais horreur de
M. de La Marche s'il provoquait en duel ce pauvre
enfant, qui ne sait manier qu'un bâton ou une
fronde. Comment de telles idées peuvent-elles vous
venir, à vous, l'abbé! il faut que vous haïssiez bien
ce malheureux Bernard! Et moi, qui le ferais
égorger par mon mari[80] pour le remercier de
m'avoir sauvée au péril de sa vie! Non, non, je ne
souffrirai ni qu'on le provoque, ni qu'on l'humilie,
ni qu'on l'afflige. C'est mon cousin, c'est un
Mauprat, c'est presque un frère. Je ne souffrirai pas
qu'on le chasse de cette maison; j'en sortirai plutôt
moi-même. — Voilà de très généreux sentiments,
Edmée, répondit l'abbé. Mais avec quelle chaleur
vous les exprimez! J'en demeure confondu, et, si je
ne craignais de vous offenser, je vous avouerais que
cette sollicitude pour le jeune Mauprat me suggère
une étrange pensée. — Eh bien! dites-la donc,

reprit Edmée avec une certaine brusquerie. — Je la dirai si vous l'exigez; c'est que vous semblez porter à ce jeune homme un plus vif intérêt qu'à M. de La Marche, et j'aurais aimé à rester dans la persuasion contraire.

— Lequel a le plus besoin de cet intérêt, mauvais chrétien? dit Edmée en souriant; n'est-ce pas le pécheur endurci dont les yeux n'ont pas vu la lumière? — Mais enfin, Edmée, vous aimez M. de La Marche? Ne plaisantez pas, au nom du ciel! — Si par aimer, répondit-elle d'un ton sérieux, vous entendez avoir confiance et amitié, j'aime M. de La Marche; ou bien, si vous entendez avoir compassion et sollicitude, j'aime Bernard. Reste à savoir laquelle des deux affections est la plus vive. Cela vous regarde, l'abbé; moi, je m'en inquiète peu; car je sens que je n'aime qu'une personne avec passion, c'est mon père, et qu'une chose avec enthousiasme, c'est mon devoir. Je regretterai peut-être les soins et le dévouement du lieutenant-général; je souffrirai du chagrin que je serai forcée de lui faire bientôt, en lui annonçant que je ne puis être sa femme; mais cette nécessité ne me jettera dans aucune nuance du désespoir, parce que je sais que M. de La Marche se consolera aisément. Je ne plaisante pas, l'abbé; M. de La Marche est un homme léger et un peu froid. — Si vous ne l'aimez pas plus que cela, tant mieux; c'est une souffrance de moins parmi tant de souffrances; et pourtant je perds, en apprenant cette indifférence, le dernier espoir que j'eusse conservé de vous voir échapper à Bernard Mauprat. — Allons, ami, ne vous désolez point : ou Bernard sera sensible à l'amitié et à la loyauté, et il s'amendera, ou je lui échapperai. — Mais par quelle issue? — Par la porte du couvent ou par celle du cimetière. »

En parlant ainsi d'un air calme, Edmée secoua sa
longue chevelure noire, qui s'était déroulée sur ses
épaules, et dont une partie couvrait son visage pâle.
« Allons, dit-elle, Dieu viendra à notre aide ; c'est
folie et impiété que de douter de lui dans le danger.
Sommes-nous donc des athées pour nous découra-
ger ainsi ? Allons voir Patience, il nous dira quelque
sentence qui nous rassurera ; il est le vieux oracle [81]
qui résout toutes choses sans en savoir aucune. »

Ils s'éloignèrent, et je demeurai consterné.

Oh ! combien cette nuit fut différente de la
précédente ! Quel nouveau pas je venais de faire
dans la vie, non plus sur le sentier fleuri, mais
sur le roc aride ! Maintenant, je connaissais tout
l'odieux réel de mon rôle, et je venais de lire
jusqu'au fond du cœur d'Edmée la crainte et le
dégoût que je lui inspirais. Rien ne pouvait calmer
ma douleur, car rien ne pouvait plus exciter ma
colère. Elle n'aimait point M. de La Marche, elle
ne se jouait ni de lui ni de moi ; elle n'aimait aucun
de nous ; et comment avais-je pu croire que cette
pitié généreuse envers moi, ce dévouement sublime
à la foi jurée, fussent de l'amour ? Comment, aux
heures où cette présomptueuse chimère m'abandonnait, pouvais-je croire qu'elle eût besoin, pour
résister à ma passion, d'avoir de l'amour pour un
autre ? Enfin, je n'avais donc plus de ressource
contre mes propres fureurs ! Je ne pouvais en
obtenir autre chose que la fuite ou la mort
d'Edmée ! Sa mort ! A cette idée mon sang se glaçait
dans mes veines, mon cœur se serrait, et je sentais
tous les aiguillons du repentir le traverser. Cette
douloureuse soirée fut pour moi le plus énergique
appel de la Providence. Je compris enfin ces lois de
la pudeur et de la liberté sainte que mon ignorance
avait outragées et blasphémées jusque-là. Elles

m'étonnaient plus que jamais, mais je les voyais;
elles étaient prouvées par leur évidence. L'âme
forte et sincère d'Edmée était devant moi comme la
pierre du Sinaï, où le doigt de Dieu venait de tracer
la vérité immuable. Sa vertu n'était pas feinte, son
couteau était aiguisé et toujours prêt à laver la
souillure de mon amour! Je fus si effrayé du danger
que j'avais couru de la voir expirer dans mes bras,
si consterné de l'outrage que je lui avais fait en
espérant vaincre sa résistance, que je cherchai tous
les moyens extrêmes de réparer mes torts et de lui
rendre le repos.

Le seul qui parût au-dessus de mes forces fut de
m'éloigner; car, en même temps que le sentiment
de l'estime et du respect se révélait à moi, mon
amour, changeant pour ainsi dire de nature, gran-
dissait dans mon âme et s'emparait de mon être
tout entier. Edmée m'apparaissait sous un nouvel
aspect. Ce n'était plus cette belle fille dont la
présence jetait le désordre dans mes sens; c'était un
jeune homme de mon âge, beau comme un séra-
phin, fier, courageux, inflexible sur le point d'honneur, généreux, capable de cette amitié sublime
qui faisait les frères d'armes, mais n'ayant d'amour
passionné que pour la Divinité, comme ces baladins
qui, à travers mille épreuves, marchaient à la
Terre-Sainte sous une armure d'or [82].

Je sentis dès ce moment mon amour descendre
des orages du cerveau dans les saines régions du
cœur, et le dévouement ne me parut plus une
énigme. Je résolus de faire dès le lendemain acte de
soumission et de tendresse. Je rentrai fort tard,
accablé de lassitude, mourant de faim, brisé d'émotions. J'entrai dans l'office, je pris un morceau de
pain, et je le mangeai trempé de mes larmes. J'étais
appuyé contre le poêle éteint, à la lueur mourante

d'une lampe épuisée; Edmée entra sans me voir, prit quelques cerises dans le bahut, et s'approcha lentement du poêle; elle était pâle et absorbée. En me voyant, elle jeta un cri et laissa tomber ses cerises. « Edmée, lui dis-je, je vous supplie de n'avoir plus jamais peur de moi; c'est tout ce que je puis vous dire, car je ne sais pas m'expliquer; et pourtant j'avais résolu de vous dire bien des choses.

— Vous me direz cela une autre fois, mon bon cousin », me répondit-elle en essayant de me sourire; mais elle ne pouvait dissimuler la peur qu'elle éprouvait en se trouvant seule avec moi.

Je n'essayai pas de la retenir; je ressentais vivement la douleur et l'humiliation de sa méfiance, et je n'avais pas le droit de m'en plaindre; cependant jamais homme n'avait eu autant besoin d'être encouragé.

Au moment où elle quittait l'appartement, mon cœur se brisa, et je fondis en larmes, comme la veille à la fenêtre de la chapelle. Edmée s'arrêta sur le seuil, hésita un instant; puis, entraînée par la bonté de son cœur et surmontant ses craintes, elle revint vers moi, et, s'arrêtant à quelques pas de ma chaise : « Bernard, vous êtes malheureux, me dit-elle; est-ce donc ma faute? »

Je ne pus répondre, j'étais honteux de mes larmes; mais plus je faisais d'efforts pour les retenir, plus ma poitrine se gonflait de sanglots. Chez les êtres aussi physiquement forts que je l'étais, les pleurs sont des convulsions; les miens ressemblaient à une agonie.

« Voyons! dis donc ce que tu as! » s'écria Edmée avec la brusquerie de l'amitié fraternelle. Et elle osa poser sa main sur mon épaule. Elle me regardait d'un air d'impatience, et une grosse larme coulait sur sa joue. Je me jetai à genoux et j'essayai de lui parler, mais cela me fut encore impossible; je ne pus articuler que le mot *demain* à plusieurs reprises.

« Demain? quoi donc! demain? dit Edmée; est-ce que tu ne te plais pas ici, est-ce que tu veux t'en aller? — Je m'en irai si vous voulez, répondis-je; dites, voulez-vous ne me revoir jamais? — Je ne veux point de cela, reprit-elle; vous resterez ici, n'est-ce pas? — Commandez », répondis-je.

Elle me regarda avec beaucoup de surprise; je restais à genoux; elle s'appuya sur le dos de ma chaise.

« Moi, je suis sûre que tu es très bon, dit-elle, comme si elle eût répondu à une objection intérieure; un Mauprat ne peut rien être à demi, et du moment que tu as un bon quart d'heure, il est certain que tu dois avoir une noble vie. — Je l'aurai, répondis-je. — Vrai! dit-elle avec une joie naïve et bonne. — Sur mon honneur, Edmée, et sur le tien! Oses-tu me donner une poignée de main? — Certainement, » dit-elle. Elle me tendit la main; mais elle tremblait. « Vous avez donc pris de bonnes résolutions? me dit-elle. — J'en ai pris de telles que vous n'aurez jamais un reproche à me faire, répondis-je. Et maintenant retirez-vous dans votre chambre, Edmée, et ne tirez plus les verrous; vous n'avez plus rien à craindre de moi; je ne voudrai jamais que ce que vous voudrez. »

Elle attacha encore sur moi ses regards avec surprise, et, pressant ma main, elle s'éloigna, se retourna plusieurs fois pour me regarder encore, comme si elle n'eût pu croire à une si rapide conversion; puis enfin, s'étant arrêtée sur la porte, elle me dit d'une voix affectueuse : « Il faut aller vous reposer aussi; vous êtes fatigué, vous êtes triste et très changé depuis deux jours. Si vous ne voulez pas m'affliger, vous vous soignerez, Bernard. »

Elle me fit un signe de tête amical et doux. Il y avait dans ses grands yeux, creusés déjà par la souffrance, une expression indéfinissable, où la méfiance et l'espoir, l'affection et la curiosité, se peignaient alternativement et parfois tous ensemble.

« Je me soignerai, je dormirai, je ne serai pas triste, répondis-je. — Et vous travaillerez ? — Et je travaillerai... Mais vous, Edmée, vous me pardonnerez tous les chagrins que je vous ai causés, et vous m'aimerez un peu. — Et je vous aimerai beaucoup, répondit-elle, si vous êtes toujours comme ce soir. »

Le lendemain, dès le point du jour, j'entrai dans la chambre de l'abbé; il était déjà levé et lisait. « Monsieur Aubert, lui dis-je, vous m'avez proposé plusieurs fois de me donner des leçons; je viens vous prier de mettre à exécution votre offre obligeante. »

J'avais passé une partie de la nuit à préparer cette phrase de début et le maintien que je voulais garder vis-à-vis de l'abbé. Sans le haïr au fond, car je sentais bien qu'il était bon et n'en voulait qu'à mes défauts, je me sentais beaucoup d'amertume contre lui. Je reconnaissais bien intérieurement que je méritais tout le mal qu'il avait dit de moi à Edmée; mais il me semblait qu'il eût pu insister un peu plus sur ce *bon côté* dont il n'avait dit qu'un mot en passant, et qui n'avait pu échapper à un homme aussi sagace que lui. J'étais donc décidé à rester très froid et très fier à son égard. Pour cela, je pensais avec assez de logique que je devais montrer beaucoup de docilité tant que durerait la leçon, et qu'aussitôt après je devais le quitter avec un remerciement très bref. En un mot, je voulais

l'humilier dans son emploi de précepteur; car je
n'ignorais pas qu'il tenait son existence de mon
oncle, et qu'à moins de renoncer à cette existence
ou de se montrer ingrat, il ne pouvait se refuser à
faire mon éducation. En ceci je raisonnais très bien,
mais d'après un très mauvais sentiment; et par la
suite j'en eus tant de regret que je lui en fis une
sorte de confession amicale, avec demande d'absolution.

Mais, pour ne pas anticiper sur les événements,
je dirai que les premiers jours de ma conversion me
vengèrent pleinement des préventions trop bien
fondées, à beaucoup d'égards, de cet homme, qui
eût mérité le nom de juste, octroyé par Patience, si
une habitude de méfiance n'eût gêné ses premiers
mouvements. Les persécutions dont il avait été si
longtemps l'objet, avaient développé en lui ce
sentiment de crainte instinctive qu'il conserva toute
sa vie, et qui rendit toujours sa confiance difficile,
et d'autant plus flatteuse et plus touchante peut-
être. J'ai remarqué ce caractère, par la suite, chez
beaucoup de prêtres honnêtes. Ils ont généralement
l'esprit de charité, mais non le sentiment de
l'amitié.

Je voulais le faire souffrir, et j'y réussis. Le dépit
m'inspirait; je me conduisis en véritable gentilhomme vis-à-vis de son subalterne. J'eus une
excellente tenue, beaucoup d'attention, de politesse,
et une roideur glacée. Je ne lui laissai aucune
occasion de me faire rougir de mon ignorance; et
pour cela je pris le parti d'aller au-devant de toutes
ses observations, en m'accusant moi-même de ne
rien savoir et en l'engageant à m'enseigner les
choses à l'état le plus élémentaire. Quand j'eus pris
ma première leçon, je vis dans ses yeux pénétrants,
où j'étais arrivé à pénétrer moi-même, le désir de

passer de cette froideur à une sorte d'intimité; mais je ne m'y prêtai nullement. Il crut me désarmer en louant mon attention et mon intelligence. « Vous prenez trop de soin, monsieur l'abbé, lui répondis-je; je n'ai pas besoin d'encouragement. Je ne crois nullement à mon intelligence, mais je suis sûr de mon attention; et comme je ne rends service qu'à moi-même en m'appliquant de mon mieux à l'étude, il n'y a pas de raison pour que vous m'en fassiez compliment. » En parlant ainsi, je le saluai, et me retirai dans ma chambre, où je fis tout de suite le thème français qu'il m'avait donné.

Quand je descendis pour le déjeuner, je vis qu'Edmée était déjà informée de l'exécution de mes promesses de la veille. Elle me tendit sa main la première, et m'appela son bon cousin à plusieurs reprises durant le déjeuner, si bien que M. de La Marche, dont le visage n'exprimait jamais rien, exprima de la surprise ou quelque chose d'approchant. J'espérais qu'il chercherait l'occasion de me demander l'explication de mes grossières paroles de la veille, et, quoique je fusse déterminé à apporter beaucoup de modération à cet entretien, je me sentis très blessé du soin qu'il prit de l'éviter. Cette indifférence à une injure venant de moi impliquait une sorte de mépris dont je souffris beaucoup; mais la crainte de déplaire à Edmée me donna la force de me contenir.

Il est incroyable que la pensée de le supplanter ne fût pas un instant ébranlée par cet apprentissage humiliant qu'il me fallut faire avant d'arriver seulement à saisir les premières notions de toutes choses. Un autre que moi, pénétré comme je l'étais du repentir des maux qu'il avait causés, n'eût pas trouvé de manière plus certaine de les réparer qu'en s'éloignant et en rendant à Edmée sa parole, son indépendance, son repos absolu. Ce moyen fut le seul qui ne me vint pas; ou, s'il me vint, il fut repoussé avec mépris, comme l'aveu d'une défection. L'obstination, alliée à la témérité, coulait dans mes veines avec le sang des Mauprat. A peine avais-je entrevu un moyen de conquérir celle que j'aimais que je l'avais embrassé avec audace, et je pense qu'il n'en eût pas été autrement lors même que ses confidences à l'abbé dans le parc m'eussent appris qu'elle avait de l'amour pour mon rival. Une pareille confiance de la part d'un homme qui prenait à dix-sept ans sa première leçon de grammaire française, et qui s'exagérait de beaucoup la longueur et la difficulté des études nécessaires pour être l'égal de M. de La Marche, accusait, vous l'avouerez, une certaine force morale.

Je ne sais si j'étais heureusement doué sous le rapport de l'intelligence. L'abbé l'assura; mais je pense que je ne dois faire honneur de mes progrès rapides qu'à mon courage. Il était tel qu'il me fit trop présumer de mes forces physiques. L'abbé m'avait dit qu'avec une forte volonté on pouvait à mon âge, en un mois, connaître parfaitement les règles de la langue. Au bout d'un mois je m'exprimais avec facilité et j'écrivais purement. Edmée avait une sorte de direction occulte sur mes études; elle voulut que l'on ne m'enseignât pas le latin, assurant qu'il était trop tard pour consacrer plusieurs années à une science de luxe, et que l'important était de former mon cœur et ma raison avec des idées, au lieu d'orner mon esprit avec des mots.

Le soir, elle prétextait le désir de relire quelque livre favori, et elle lisait haut, alternativement avec l'abbé, des passages de Condillac, de Fénelon, de Bernardin de Saint-Pierre, de Jean-Jacques, de

Montaigne même et de Montesquieu. Ces passages étaient certainement choisis d'avance et appropriés à mes forces ; je les comprenais assez bien, et je m'en étonnais en secret ; car, si dans la journée j'ouvrais ces mêmes livres au hasard, il m'arrivait d'être arrêté à chaque ligne. Dans la superstition naturelle aux jeunes amours, je m'imaginais volontiers qu'en passant par la bouche d'Edmée les auteurs acquéraient une clarté magique, et que mon esprit s'ouvrait miraculeusement au son de sa voix. Du reste, Edmée ne me montrait pas ouvertement l'intérêt qu'elle prenait à m'instruire elle-même. Elle se trompait sans doute en pensant qu'elle devait me cacher sa sollicitude ; j'en eusse été d'autant plus stimulé et ardent au travail. Mais en ceci elle était imbue de l'*Emile,* et mettait en pratique les idées systématiques de son cher philosophe.

Au reste, je ne m'épargnais guère, et, mon courage ne souffrant pas la prévoyance, je fus bientôt forcé de m'arrêter. Le changement d'air, de régime et d'habitudes, les veilles, l'absence d'exercices violents, la contention de l'esprit, en un mot l'effroyable révolution que mon être était forcé d'opérer sur lui-même pour passer de l'état d'homme des bois à celui d'homme intelligent, me causa une maladie de nerfs qui me rendit presque fou pendant quelques semaines, idiot ensuite durant quelques jours, et qui enfin se dissipa, me laissant tout rompu, tout anéanti à l'égard de mon existence passée, mais pétri pour mon existence future.

Une nuit, à l'époque de mes plus violentes crises, dans un moment lucide, je vis Edmée dans ma chambre. Je crus d'abord faire un songe. La veilleuse jetait une lueur vacillante ; une forme pâle,

immobile, était couchée dans une grande bergère.
Je distinguai une longue tresse noire détachée et
tombant sur une robe blanche. Je me soulevai,
faible, pouvant à peine me mouvoir; j'essayai de
sortir de mon lit. Aussitôt Patience m'apparut et
m'arrêta doucement. Saint-Jean dormait dans un
autre fauteuil. Toutes les nuits, deux hommes
veillaient ainsi près de moi pour me tenir de force
lorsque j'étais en proie aux fureurs du délire.
Souvent c'était l'abbé, parfois le brave Marcasse,
qui, avant de quitter le Berry pour faire sa tournée
annuelle dans les provinces voisines, était revenu
faire une dernière chasse dans les greniers du
château, et qui obligeamment relayait les serviteurs
fatigués dans le pénible emploi de me garder.

N'ayant pas la conscience de mon mal, il était
fort naturel que la présence inopinée du solitaire
dans ma chambre me causât une grande surprise et
jetât le désordre dans mes idées. J'avais eu de si
violents accès ce soir-là qu'il ne me restait plus de
force. Je me laissai donc aller à des divagations
mélancoliques, et, prenant la main du bonhomme,
je lui demandai si c'était bien le cadavre d'Edmée
qu'il avait posé sur ce fauteuil auprès de moi.
« C'est Edmée bien vivante, me répondit-il à voix
basse; mais elle dort, mon cher monsieur, ne la
réveillons pas. Si vous avez désir de quelque chose,
je suis ici pour vous soigner, et c'est de bon cœur,
oui-da! — Mon bon Patience, tu me trompes, lui
dis-je; elle est morte, et moi aussi, et tu viens pour
nous ensevelir. Il faut nous mettre dans le même
cercueil, entends-tu? car nous sommes fiancés. Où
est son anneau? Prends-le et mets-le à mon doigt;
la nuit des noces est venue. »

Il voulut en vain combattre cette hallucination;
je persistai à croire qu'Edmée était morte, et je

déclarai que je ne m'endormirais pas dans mon
linceul tant que je n'aurais pas l'anneau de ma
femme. Edmée, qui avait passé plusieurs nuits à me
veiller, était si accablée qu'elle ne m'entendait pas.
D'ailleurs, je parlais bas, comme Patience, par un
instinct d'imitation qui ne se rencontre que chez les
enfants ou chez les idiots. Je m'obstinai dans ma
fantaisie, et Patience, qui craignait qu'elle ne se
changeât en fureur, alla doucement prendre une
bague de cornaline qu'Edmée avait au doigt et la
passa au mien. Aussitôt que je l'eus je la portai à
mes lèvres, puis je croisai mes mains sur ma
poitrine dans l'attitude qu'on donne aux cadavres
dans le cercueil, et je m'endormis profondément.

Le lendemain, quand on voulut me reprendre la
bague, j'entrai en fureur, et on y renonça. Je
m'endormis de nouveau, et l'abbé me l'ôta pendant
mon sommeil. Mais quand j'ouvris les yeux je
m'aperçus du rapt et je recommençai à divaguer.
Aussitôt Edmée, qui était dans la chambre, accou-
rut à moi et me passa l'anneau au doigt en
adressant quelques reproches à l'abbé. Je me calmai
sur-le-champ et dis en levant sur elle des yeux
éteints : « N'est-ce pas que tu es ma femme après ta
mort comme pendant ta vie ? — Certainement, me
dit-elle ; dors en paix. — L'éternité est longue, lui
dis-je, et je voudrais l'occuper du souvenir de tes
caresses. Mais j'ai beau chercher, je ne retrouve pas
la mémoire de ton amour. »

Elle se pencha sur moi et me donna un baiser.
« Vous avez tort, Edmée, dit l'abbé ; de tels remèdes
se changent en poison. — Laissez-moi, l'abbé, lui
répondit-elle avec impatience en s'asseyant près de
mon lit ; laissez-moi, je vous en prie. »

Je m'endormis une main dans les siennes, et lui
répétant par intervalles : « On est bien dans la

tombe; on est heureux d'être mort, n'est-ce pas? »

Durant ma convalescence Edmée fut beaucoup moins expansive, mais tout aussi assidue. Je lui racontai mes rêves, et j'appris d'elle ce qu'il y avait de réel parmi mes souvenirs; sans cette confirmation j'aurais toujours cru que j'avais tout rêvé. Je la suppliai de me laisser la bague, et elle y consentit. J'aurais dû ajouter, pour reconnaître tant de bontés, que je gardais cet anneau comme un gage d'amitié et non comme un anneau de fiançailles; mais l'idée d'une telle abnégation était au-dessus de mes forces.

Un jour, je demandai des nouvelles de M. de La Marche. Ce fut seulement à Patience que j'osai adresser cette question. « Parti, répondit-il. — Comment? parti! repris-je; pour longtemps? — Pour toujours, s'il plaît à Dieu! Je n'en sais rien, je ne fais pas de questions; mais j'étais dans le jardin par hasard quand il a fait ses adieux, et tout cela était froid comme une nuit de décembre. On s'est pourtant dit de part et d'autre *à revoir;* mais, quoique Edmée eût l'air bon et franc qu'elle a toujours, l'autre avait la figure d'un fermier qui voit venir la gelée en avril. Mauprat, Mauprat, on dit que vous êtes devenu *grand étudiant* et *grand bon sujet.* Souvenez-vous de ce que je vous ai dit : Quand vous serez vieux, il n'y aura peut-être plus de titres ni de seigneuries. Peut-être qu'on vous appellera le père Mauprat, comme on m'appelle le père Patience, bien que je n'aie jamais été ni moine ni père de famille. — Eh bien! où veux-tu en venir? — Souvenez-vous de ce que je vous ai dit, répéta-t-il; il y a bien des manières d'être sorcier, et on peut connaître l'avenir sans s'être donné au diable; moi, je donne ma voix à votre mariage avec la cousine. Continuez à vous bien conduire. Vous

voilà savant ; on dit que vous lisez couramment
dans le premier livre venu. Qu'est-ce qu'il faut de
plus ? Il y a ici tant de livres que la sueur me coule
du front rien qu'à les voir ; il me semble que je
recommence *à ne pouvoir pas apprendre à lire*. Vous
voilà bientôt guéri. Si M. Hubert voulait m'en
croire, on ferait la noce à la Saint-Martin. — Tais-
toi, Patience, lui dis-je, tu me fais de la peine ; ma
cousine ne m'aime pas. — Je vous dis que si, moi ;
vous mentez par la gorge ! comme disent les nobles.
Je sais comme elle vous a soigné, et Marcasse, étant
sur le toit, l'a vue à travers sa fenêtre, qui était à
genoux au milieu de sa chambre à cinq heures du
matin, le jour que vous étiez si mal. »

Les imprudentes assertions de Patience, les
tendres soins d'Edmée, le départ de M. de La
Marche, et, plus que tout le reste, la faiblesse de
mon cerveau, furent cause que je me persuadai ce
que je désirais ; mais, à mesure que je repris mes
forces, Edmée rentra dans les bornes de l'amitié
tranquille et prudente. Jamais personne ne recouvra
la santé avec moins de plaisir que moi ; car chaque
jour rendait les visites d'Edmée plus courtes, et
quand je pus sortir de ma chambre je n'eus plus
que quelques heures par jour à passer près d'elle,
comme avant ma maladie. Elle avait eu l'art
merveilleux de me témoigner la plus tendre affection sans jamais se laisser amener à une explication
nouvelle sur nos mystérieuses fiançailles. Si je
n'avais pas encore la grandeur d'âme de renoncer à
mes droits, du moins j'avais acquis assez d'honneur
pour ne plus les rappeler, et je me retrouvai
précisément dans les mêmes termes avec elle qu'au
moment où j'étais tombé malade. M. de La Marche
était à Paris ; mais, selon elle, il y avait été appelé
par les devoirs de sa charge, et il devait revenir à la

fin de l'hiver où nous entrions. Rien dans les discours du chevalier ou de l'abbé ne témoignait qu'il y eût rupture entre les fiancés. On parlait rarement du lieutenant-général, mais on en parlait naturellement et sans répugnance; je retombai dans mes incertitudes, et n'y trouvai d'autre remède que de ressaisir l'empire de ma volonté. « Je la forcerai à me préférer, » me disais-je en levant les yeux de dessus mon livre et en regardant les grands yeux impénétrables d'Edmée attachés avec calme sur les lettres de M. de La Marche, que son père recevait de temps en temps, et qu'il lui remettait après les avoir lues. Je me replongeai dans l'étude. Je souffris longtemps d'atroces douleurs à la tête, mais je les surmontai avec stoïcisme; Edmée reprit le cours d'études qu'elle faisait pour moi indirectement durant les soirs d'hiver. J'étonnai de nouveau l'abbé par mon aptitude et la rapidité de mes triomphes. Les soins qu'il avait eus de moi dans ma maladie m'avaient désarmé, et quoique je ne pusse encore l'aimer cordialement, sachant bien qu'il ne me servait pas auprès de ma cousine, je lui témoignai beaucoup plus de confiance et d'égards que par le passé. Ses longs entretiens me furent aussi utiles que mes lectures; on m'associa aux promenades du parc et aux visites philosophiques à la cabane couverte de neige de Patience. Ce fut un moyen de voir Edmée plus souvent et plus longtemps. Ma conduite fut telle que toute sa méfiance se dissipa et qu'elle ne craignit plus de se trouver seule avec moi. Mais je n'eus guère l'occasion de prouver là mon héroïsme; car l'abbé, dont rien ne pouvait endormir la prudence, était toujours sur nos talons. Je ne souffrais plus de cette surveillance; au contraire, elle me satisfaisait; car, malgré toutes mes résolutions, l'orage bouleversait mes sens dans le mystère, et une fois ou deux, m'étant trouvé en tête-à-tête avec Edmée, je la quittai brusquement et la laissai seule pour lui cacher mon trouble.

Notre vie était donc tranquille et douce en apparence, et pendant quelque temps elle le fut en effet; mais bientôt je la troublai plus que jamais par un vice que l'éducation développa en moi, et qui jusque-là était resté enfoui sous des vices plus choquants, mais moins funestes; ce vice, qui fit le désespoir de mes nouvelles années, fut la vanité.

Malgré leurs systèmes, l'abbé et ma cousine commirent la faute de me savoir trop de gré de mes progrès. Ils s'étaient si peu attendus à ma persévérance qu'ils en firent tout l'honneur à mes hautes facultés. Peut-être aussi y eut-il de leur part un peu de triomphe personnel à voir avec exagération le succès de leurs idées philosophiques appliquées à mon développement. Ce qu'il y a de certain, c'est que je me laissai facilement persuader que j'avais une haute intelligence et que j'étais un homme très au-dessus du commun. Bientôt mes chers instituteurs recueillirent le triste fruit de leur imprudence, et déjà il était trop tard pour arrêter l'essor de cet amour démesuré de moi-même.

Peut-être aussi cette passion funeste, comprimée par les mauvais traitements que j'avais subis dans mon enfance, ne fit-elle que se réveiller. Il est à croire que nous portons en nous, dès nos premiers ans, le germe des vertus et des vices que l'action de la vie extérieure féconde avec le temps. Quant à moi, je n'avais pas encore trouvé d'aliment à ma vanité; car de quoi aurais-je pu me pavaner dans les premiers jours que je passai auprès d'Edmée? Mais dès que cet aliment fut trouvé, la vanité souffrante se leva dans son triomphe, et m'inspira autant de présomption qu'elle m'avait suggéré de mauvaise honte et de farouche retenue. J'étais en outre aussi charmé de pouvoir enfin communiquer facilement ma pensée que le jeune faucon qui sort du nid et essaie ses aîles nouvellement poussées. Je devins donc aussi bavard que j'avais été silencieux. On se plut trop à mon babil. Je n'eus pas le bon sens de voir qu'on l'écoutait comme celui d'un enfant gâté; je me crus un homme, et, qui plus est, un homme remarquable. Je devins outrecuidant et souverainement ridicule.

Mon oncle le chevalier, qui ne s'était point mêlé de mon éducation, et qui avait seulement souri avec une bonté paternelle à mes premiers pas dans la carrière, fut le premier aussi qui s'aperçut de la fausse voie où je m'engageais. Il trouva déplacé que j'élevasse le ton aussi haut que lui, et en fit la remarque à sa fille. Elle m'avertit avec douceur, et me dit, pour me faire supporter ses remontrances, que j'avais raison dans la discussion, mais que son père n'était pas d'âge à être converti aux idées nouvelles, et que je devais à sa dignité patriarcale le sacrifice de mes assertions enthousiastes. Je promis de ne plus recommencer, mais je ne tins pas parole.

Le fait est que le chevalier était imbu de beaucoup de préjugés. Il avait reçu une très bonne éducation pour son temps et pour un noble campagnard; mais le siècle avait marché plus vite que lui. Edmée, ardente et romanesque; l'abbé, sentimental et systématique, avaient marché plus vite encore que le siècle; et si l'immense désaccord qui se trouvait entre eux et le patriarche ne se faisait guère sentir, c'était grâce au respect qu'il inspirait à juste titre et à la tendresse qu'il avait pour sa fille. Je me jetai à plein collier, comme vous pouvez croire, dans les idées d'Edmée; mais je n'eus pas, comme elle, la délicatesse de me taire à point. La violence de mon caractère trouvant une issue dans la politique et dans la philosophie, je goûtais un plaisir indicible à ces orageuses disputes qui préludaient alors en France, dans toutes les réunions et jusque dans le sein des familles, aux tempêtes révolutionnaires. Je pense qu'il n'était pas une maison, palais ou cabane, qui ne nourrît alors son orateur, âpre, bouillant, absolu, et prêt à descendre dans la lice parlementaire. J'étais donc l'orateur du château de Sainte-Sévère, et mon bon oncle, habitué à une apparence d'autorité qui l'empêchait de voir la révolte réelle des esprits, ne put souffrir une contradiction aussi ingénue que la mienne. Il était fier et bouillant, et de plus il avait une difficulté à s'exprimer qui augmentait son impatience naturelle, et qui lui donnait de l'humeur contre les autres, à force de lui en donner contre lui-même. Il frappait du pied sur les bûches enflammées de son foyer. Il mettait en pièces ses verres de lunettes, il répandait son tabac à grands flots sur le parquet, et faisait retentir des éclats de sa voix sonore les hauts plafonds de son manoir. Tout cela me divertissait cruellement ; car d'un mot tout fraîchement épelé dans mes livres, je renversais le fragile échafaudage des idées de toute sa vie. C'était une grande sottise et un fort sot orgueil de ma part ; mais ce besoin de lutte, ce plaisir de déployer intellectuellement l'énergie qui manquait à ma vie physique, m'emportaient sans cesse. En vain Edmée toussait pour m'avertir de me taire, et s'efforçait, pour sauver l'amour-propre de son père, de trouver, contre sa propre conscience, quelque raison en sa faveur ; la tiédeur de son assistance et l'espèce de concession qu'elle semblait me commander irritaient de plus en plus mon adversaire.

« Laissez-le donc dire, s'écriait-il, Edmée, ne vous mêlez pas de cela, je veux le battre sur tous les points. Si vous nous interrompez toujours, je ne pourrai jamais lui prouver son absurdité. » Et alors la bourrasque soufflait en crescendo de part et d'autre, jusqu'à ce que le chevalier, profondément blessé, sortît de l'appartement et allât passer sa mauvaise humeur sur son piqueur ou sur ses chiens de chasse.

Ce qui contribuait à ramener ces querelles déplacées et à nourrir mon obstination ridicule, c'était la bonté extrême et le rapide retour de mon oncle. Au bout d'une heure, il ne se souvenait plus de mes torts ni de sa contrariété; il me parlait comme de coutume, et s'enquérait de tous mes désirs et de tous mes besoins avec cette inquiétude paternelle qui le tenait toujours en haleine de générosité. Cet homme incomparable n'eût pas dormi tranquille, s'il n'eût, avant de se coucher, embrassé tous les siens, et s'il n'eût réparé, par une parole ou un regard bienveillant, les vivacités dont le dernier de ses valets avait eu à souffrir dans la journée. Cette bonté eût dû me désarmer et me fermer la bouche à jamais; j'en faisais le serment chaque soir, mais chaque matin je retournais, comme dit l'Ecriture, à *mon vomissement*.

Edmée souffrait chaque jour davantage du caractère qui se développait en moi, et elle chercha le moyen de m'en corriger. S'il n'y eut jamais de fiancée plus forte et plus réservée, jamais il n'y eut de mère plus tendre qu'elle. Après beaucoup de conférences avec l'abbé, elle résolut de décider son père à rompre un peu l'habitude de notre vie et à transporter notre établissement à Paris pendant les dernières semaines du carnaval. Le séjour de la campagne, le grand isolement où la position de

Sainte-Sévère et le mauvais état des chemins nous
laissaient depuis l'hiver, l'uniformité des habitudes,
tout contribuait à entretenir notre fastidieux ergo-
tage; mon caractère s'y corrompait de plus en plus;
mon oncle y prenait encore plus de plaisir que moi,
mais sa santé en souffrait, et ces puériles émotions
journalières hâtaient sa caducité. L'ennui avait
gagné l'abbé; Edmée était triste, soit par suite de
notre genre de vie, soit par suite de causes cachées.
Elle désira partir, et nous partîmes; car son père,
inquiet de sa mélancolie, n'avait d'autre volonté
que la sienne. Je tressaillais de joie à l'idée de
connaître Paris; et, tandis qu'Edmée se flattait de
voir le commerce du monde adoucir les aspérités de
mon pédantisme, je me rêvais une attitude de
conquérant dans ce monde décrit avec tant de
dénigrement par nos philosophes. Nous nous
mîmes en route par une belle matinée de mars, le
chevalier avec sa fille et mademoiselle Leblanc dans
une chaise de poste; moi dans une autre avec
l'abbé, qui dissimulait mal sa joie de voir la capitale
pour la première fois de sa vie, et mon valet de
chambre Saint-Jean, qui faisait de profonds saluts à
tous les passants pour ne pas perdre ses habitudes
de politesse.

Le vieux Bernard, fatigué d'avoir tant parlé, nous avait remis au lendemain. Sommé par nous, à l'heure dite, de tenir sa parole, il reprit son récit en ces termes :

Cette époque marqua dans ma vie une nouvelle phase. A Sainte-Sévère, j'avais été absorbé par mon amour et mes études. J'avais concentré sur ces deux points toute mon énergie. A peine arrivé à Paris, un épais rideau se leva devant mes yeux, et, pendant plusieurs jours, à force de ne rien comprendre, je ne me sentis étonné de rien. J'attribuais à tous les acteurs qui paraissaient sur la scène une supériorité très exagérée; mais je ne m'exagérais pas moins la facilité que j'aurais bientôt à égaler cette puissance idéale. Mon naturel entreprenant et présomptueux voyait partout un défi et nulle part un obstacle.

Logé à un étage séparé dans la maison qu'occupaient mon oncle et ma cousine, je passai désormais la plus grande partie de mon temps auprès de l'abbé. Je ne fus point étourdi des avantages matériels de ma position; mais, en voyant beaucoup de positions équivoques ou pénibles, je commençai à sentir le bien-être de la mienne. Je compris l'excellent caractère de mon gouverneur, et le

respect de mon laquais ne me sembla plus incommode. Avec la liberté dont je jouissais, l'argent qui
m'était fourni à discrétion et la vigueur athlétique
de ma jeunesse, il est étonnant que je ne sois pas
tombé dans quelque désordre, ne fût-ce que dans
celui du jeu, qui n'allait pas mal à mes instincts de
combativité. Ce fut mon ignorance de toutes choses
qui me préserva; elle me donnait une méfiance
excessive, et l'abbé, qui était très pénétrant et qui
se sentait responsable de mes actions, sut habilement exploiter ma sauvagerie dédaigneuse. Il l'augmenta à l'égard des choses qui m'eussent été
nuisibles, et la dissipa dans le cas contraire. Puis il
sut accumuler autour de moi les distractions
honnêtes, qui ne remplacent pas les joies de
l'amour, mais qui diminuent l'âcreté de ses blessures. Quant aux tentations de la débauche, je ne
les connus point. J'avais trop d'orgueil pour désirer
une femme qui ne m'eût pas semblé, comme
Edmée, la première de toutes.

L'heure du dîner nous réunissait, et le soir nous
allions dans le monde. En peu de jours j'en appris
plus, à examiner d'un coin de l'appartement ce qui
se faisait là, que je ne l'aurais fait en un an de
conjectures et de recherches. Je crois que je
n'aurais jamais rien compris à la société, vue d'une
certaine distance. Rien n'établissait des rapports
bien nets entre mon cerveau et ce qui occupait le
cerveau des autres hommes. Dès que je me trouvai
au milieu de ce chaos, le chaos fut forcé de se
débrouiller devant moi et de me laisser connaître
une grande partie de ses éléments. Cette route qui
me menait à la vie ne fut pas sans charmes, je m'en
souviens, à son point de départ. Je n'avais rien à
demander, à désirer ou à débattre dans les intérêts
sociaux; la fortune m'avait pris par la main. Un

beau matin, elle m'avait tiré d'un abîme pour m'asseoir sur l'édredon et pour me faire enfant de famille. Les agitations des autres étaient un amusement pour mes yeux. Mon cœur n'était intéressé à l'avenir que par un point mystérieux, l'amour que j'éprouvais pour Edmée.

La maladie, loin de diminuer ma force physique, l'avait retrempée. Je n'étais plus cet animal lourd et dormeur que la digestion fatiguait, que la fatigue abrutissait. Je sentais la vibration de toutes mes fibres élever dans mon âme des accords inconnus, et je m'étonnais de découvrir en moi des facultés dont pendant si longtemps je n'avais pas soupçonné l'usage. Mes bons parents s'en réjouissaient sans en paraître surpris. Ils avaient si complaisamment auguré de moi dès le principe, qu'ils semblaient n'avoir pas fait d'autre métier toute leur vie que de civiliser des barbares.

Le système nerveux qui venait de se développer en moi, et qui me fit payer pendant tout le reste de ma vie, par de vives et fréquentes souffrances, les jouissances et les avantages qu'il me procura, m'avait rendu surtout impressionnable ; et cette aptitude à ressentir l'effet des choses extérieures était aidée d'une puissance d'organes qu'on ne trouve que chez les animaux ou chez les sauvages. Je m'étonnais de l'étiolement des facultés chez les autres. Ces hommes en lunettes, ces femmes dont l'odorat était émoussé par le tabac, ces précoces vieillards, sourds et goutteux avant l'âge, me faisaient peine. Le monde me représentait un hôpital, et, quand je me trouvais avec mon organisation robuste au milieu de ces infirmes, il me semblait que d'un souffle je les aurais lancés dans les airs comme des graines de chardon.

Cela me donna le tort et le malheur de m'abandonner à un genre d'orgueil assez sot, qui est de se prévaloir des dons de la nature. Cela me porta à négliger longtemps leur perfectionnement véritable, comme un progrès de luxe. La préoccupation où je fus bientôt de la nullité d'autrui m'empêcha moi-même de m'élever au-dessus de ceux que je croyais désormais m'être inférieurs. Je ne voyais pas que la société est faite d'éléments de peu de valeur, mais que leur arrangement est si savant et si solide qu'avant d'y mettre la moindre pièce il faut être reçu praticien. Je ne savais pas qu'il n'y a pas de milieu dans cette société entre le rôle de grand artiste et celui de bon ouvrier. Or, je n'étais ni l'un ni l'autre, et, s'il faut dire vrai, toutes mes idées n'ont jamais abouti à m'affranchir de la routine, toute ma force ne m'a servi qu'à réussir à grand-peine à faire comme les autres.

Ainsi, en peu de semaines, je passai d'un excès d'admiration à un excès de dédain pour la société. Dès que j'eus saisi le sens de ses ressorts, ils me parurent si misérablement poussés par une génération débile que l'attente de mes maîtres fut déçue sans qu'ils s'en doutassent. Au lieu de me sentir dominé et de chercher à m'effacer dans la foule, je m'imaginai que je pourrais la dominer quand je voudrais, et je m'entretins secrètement dans des rêves dont le souvenir me fait rougir. Si je ne me rendis pas souverainement ridicule, c'est grâce à l'excès même de cette vanité, qui eût craint de se commettre en se manifestant.

Paris offrait alors un spectacle que je n'essaierai pas de vous retracer, parce que vous l'avez sans doute étudié maintes fois avec avidité dans les excellents tableaux qu'en ont tracés des témoins oculaires, sous forme d'histoire générale ou de mémoires particuliers. D'ailleurs une telle peinture sortirait des bornes de mon récit, et j'ai promis seulement de vous raconter le fait capital de mon histoire morale et philosophique. Pour que vous vous fassiez une idée du travail de mon esprit à cette époque, il suffira de vous dire que la guerre de l'indépendance éclatait en Amérique, que Voltaire recevait son apothéose à Paris, et que Franklin, prophète d'une religion politique nouvelle, apportait au sein même de la cour de France la semence de la liberté. La Fayette préparait secrètement sa romanesque expédition, et la plupart des jeunes patriciens étaient entraînés par la mode, par la nouveauté et par le plaisir inhérent à toute opposition qui n'est pas dangereuse.

L'opposition revêtait des formes plus graves et faisait un travail plus sérieux chez les vieux nobles et parmi les membres des parlements ; l'esprit de la ligue se retrouvait dans les rangs de ces antiques patriciens et de ces fiers magistrats, qui d'une épaule soutenaient encore pour la forme la monarchie chancelante, et de l'autre prêtaient un large appui aux envahissements de la philosophie. Les privilégiés de la société donnaient ardemment les mains à la ruine prochaine de leurs privilèges, par mécontentement de ce que les rois les avaient restreints. Ils élevaient leurs fils dans des principes constitutionnels, s'imaginant qu'ils allaient fonder une monarchie nouvelle où le peuple les aiderait à se replacer plus haut que le trône ; et c'est pour cela que les plus grandes admirations pour Voltaire et les plus ardentes sympathies pour Franklin furent exprimées dans les salons les plus illustres de Paris.

Une marche si insolite, et, il faut le dire, si peu naturelle de l'esprit humain, avait donné une impulsion toute nouvelle, une sorte de vivacité querelleuse aux relations froides et guindées des

vestiges de la cour de Louis XIV. Elle avait aussi
mêlé des formes sérieuses et donné une apparence
de fond aux frivoles manières de la régence. La vie
pure, mais effacée, de Louis XVI ne comptait pas
et n'imposait rien à personne ; jamais on ne vit tant
de grave babil, tant de maximes creuses, tant de
sagesse d'apparat, tant d'inconséquences entre les
paroles et la conduite, qu'il s'en débita à cette
époque parmi les castes soi-disant éclairées.

Il était nécessaire de vous rappeler ceci pour vous
faire comprendre l'admiration que j'eus d'abord
pour un monde en apparence si désintéressé, si
courageux, si ardent à la poursuite de la vérité ; le
dégoût que je ressentis bientôt pour tant d'affectation et de légèreté, pour un tel abus des mots les
plus sacrés et des convictions les plus saintes.
J'étais de bonne foi pour ma part, et j'appuyais ma
ferveur philosophique, ce sentiment de la liberté
nouvellement révélé qu'on appelait alors *le culte de
la raison*, sur les bases d'une inflexible logique.
J'étais jeune et bien constitué, condition première
peut-être de la santé du cerveau ; mes études
n'étaient pas étendues, mais elles étaient solides ; on
m'avait servi des aliments sains et d'une digestion
facile. Le peu que je savais me servait donc à voir
que les autres ne savaient rien ou qu'ils mentaient à
eux-mêmes [84].

Il ne vint pas beaucoup de monde dans les
commencements chez le chevalier. Ami d'enfance
de M. Turgot et de plusieurs hommes distingués, il
ne s'était point mêlé à la jeunesse dorée de son
temps, il avait vécu sagement à la campagne après
s'être loyalement conduit à la guerre. Sa société se
composait donc de quelques graves hommes de
robe, de plusieurs vieux militaires, et de quelques
seigneurs de sa province, vieux et jeunes, à qui une

fortune honnête permettait, comme à lui, de venir passer à Paris un hiver sur deux; mais il avait conservé de lointaines relations avec un monde plus brillant, où la beauté et les excellentes manières d'Edmée furent remarquées dès qu'elle y parut. Fille unique, convenablement riche, elle fut recherchée par les importantes maîtresses de maison, espèce d'entremetteuses de haut lieu qui ont toujours quelques jeunes protégés endettés à établir aux dépens d'une famille de province. Puis, quand on sut qu'elle était fiancée à M. de La Marche, rejeton à peu près ruiné d'une très illustre famille, on lui fit encore plus d'accueil, et peu à peu le petit salon qu'elle avait choisi pour les vieux amis de son père devint trop étroit pour les beaux esprits de qualité et de profession et les grandes dames à idées philosophiques, qui voulurent connaître la *jeune quakeresse* ou la *Rose du Berry* (ce furent les noms qu'une femme à la mode lui donna).

Ce rapide succès d'Edmée, dans un monde auquel jusque-là elle avait été inconnue, ne l'étourdit nullement; et l'empire qu'elle possédait sur elle-même était si grand que jamais, malgré toute l'inquiétude avec laquelle j'épiais ses moindres mouvements, je ne pus savoir si elle était flattée de produire tant d'effet. Ce que je pus remarquer, ce fut l'admirable bon sens qui présidait à toutes ses démarches et à toutes ses paroles. Son attitude à la fois naïve et réservée, un certain mélange d'abandon et de fierté modeste, la faisaient briller parmi les femmes les plus admirées et les plus habituées à capter l'attention; et c'est ici le lieu de dire que je fus extrêmement choqué, tout d'abord, du ton et de la tenue de ces femmes si vantées; elles me semblaient ridicules dans leurs grâces étudiées, et leur grande habitude du monde me faisait l'effet

d'une insupportable effronterie. Moi, si hardi
intérieurement et naguère si grossier dans mes
manières, je me sentais mal à l'aise et décontenancé
auprès d'elles ; et il me fallait tous les reproches et
toutes les remontrances d'Edmée pour ne pas me
livrer à un profond mépris pour cette courtisanerie
des regards, de la toilette et des agaceries, qui
s'appelait dans le monde la coquetterie *permise,* le
désir charmant de plaire, l'amabilité, la grâce. L'abbé
était de mon avis. Quand le salon était vide,
nous restions quelques instants en famille au coin
du feu avant de nous séparer. C'est le moment où
l'on sent le besoin de résumer ses impressions
éparses et de les communiquer à des êtres sympathiques. L'abbé rompait donc les mêmes lances que
moi contre mon oncle et ma cousine. Le chevalier,
galant admirateur du beau sexe, qu'il n'avait jamais
beaucoup pratiqué, prenait, en vrai chevalier français, la défense de toutes les beautés que nous
attaquions impitoyablement. Il accusait, en riant,
l'abbé de raisonner, à l'égard des femmes, comme
le renard de la fable à l'égard des raisins. Moi, je
renchérissais sur les critiques de l'abbé ; c'était une
manière de dire avec chaleur à Edmée combien je la
préférais à toutes les autres ; mais elle en paraissait
plus scandalisée que flattée, et me reprochait
sérieusement cette disposition à la malveillance, qui
prenait sa source, disait-elle, dans un immense
orgueil.

Il est vrai qu'après avoir généreusement embrassé
la défense des personnes mises en cause, elle se
rangeait à notre opinion dès que, Rousseau en
main, nous lui disions que les femmes du monde
avaient à Paris un air *cavalier* et une manière de
regarder un homme en face qui n'est pas tolérable
aux yeux d'un sage. Edmée ne savait rien objecter

quand Rousseau avait prononcé; elle aimait à reconnaître avec lui que le plus grand charme d'une femme est dans l'attention intelligente et modeste qu'elle donne aux discours graves; et je lui citais toujours la comparaison de la femme supérieure avec un bel enfant aux grands yeux pleins de sentiment, de douceur et de finesse, aux questions timides, aux objections pleines de sens, afin qu'elle se reconnût dans ce portrait, qui semblait avoir été tracé d'après elle. Je renchérissais sur le texte, et, continuant le portrait : « Une femme vraiment supérieure, lui disais-je en la regardant avec ardeur, est celle qui en sait assez pour ne jamais faire une question ridicule ou déplacée, et pour ne jamais tenir tête à des gens de mérite; cette femme sait se taire, surtout avec les sots qu'elle pourrait railler et les ignorants qu'elle pourrait humilier; elle est indulgente aux absurdités parce qu'elle ne tient pas à montrer son savoir, et elle est attentive aux bonnes choses parce qu'elle désire s'instruire. Son grand désir, c'est de comprendre et non d'enseigner; son grand art (puisqu'il est reconnu qu'il faut de l'art dans l'échange des paroles) n'est pas de mettre en présence deux fiers antagonistes, pressés d'étaler leur science et d'amuser la compagnie en soutenant chacun une thèse dont personne ne désire trouver la solution, mais d'éclaircir toute discussion utile en y faisant intervenir tous ceux qui peuvent à point y jeter du jour. C'est un talent que je ne vois point chez ces maîtresses de maison si prônées. Chez elles, je vois toujours deux avocats en vogue et un auditoire ébahi, où personne n'est juge; elles ont l'art de rendre le génie ridicule, le vulgaire muet et inerte; et l'on sort de là en disant : « C'est bien parlé », et rien de plus.

Je pense bien que j'avais raison; mais je me

souviens aussi que ma grande colère contre ces femmes venait de ce qu'elles ne faisaient aucune attention aux gens qui se croyaient du mérite et qui n'avaient pas de célébrité; et ces gens-là, c'était moi, comme vous pouvez bien l'imaginer. D'un autre côté, et maintenant que j'y songe sans prévention et sans vanité blessée, je suis certain que ces femmes avaient un système d'adulation pour les favoris du public, qui ressemblait beaucoup plus à une puérile vanité qu'à une sincère admiration ou à une franche sympathie. Elles étaient comme une sorte d'éditeurs de la conversation, écoutant de toutes leurs oreilles, et faisant impérieusement signe à l'auditoire d'écouter religieusement toute niaiserie sortant d'une bouche illustre, tandis qu'elles étouffaient un bâillement et faisaient claquer les branches de leur éventail à toute parole, si excellente qu'elle fût, dès qu'elle n'était pas signée d'un nom en vogue. J'ignore les airs des femmes beaux-esprits du dix-neuvième siècle; j'ignore même si cette race subsiste encore : il y a trente ans que je n'ai été dans le monde; mais, quant au passé, vous pouvez croire ce que je vous en dis. Il y en avait cinq ou six qui m'étaient réellement odieuses. L'une avait de l'esprit, et dépensait à tort et à travers ses bons mots, qui étaient aussitôt colportés dans tous les salons, et qu'il me fallait entendre répéter vingt fois dans un jour; une autre avait lu Montesquieu et faisait la leçon aux plus vieux magistrats; une troisième jouait de la harpe pitoyablement, mais il était convenu que ses bras étaient les plus beaux de France; et il fallait supporter l'aigre grincement de ses ongles sur les cordes, afin qu'elle pût ôter ses gants d'un air timide et enfantin. Que sais-je des autres? Elles rivalisaient d'affectation et de niaises hypocrisies dont tous les hommes consentaient puérilement à paraître dupes. Une seule était vraiment belle, ne disait rien, et plaisait par la nonchalance de ses attitudes. Celle-là eût trouvé grâce devant moi, parce qu'elle était ignorante; mais elle en faisait gloire, afin de contraster avec les autres par une piquante ingénuité. Un jour, je découvris qu'elle avait de l'esprit, et je la pris en aversion.

Edmée restait seule dans toute sa fraîcheur de sincérité, dans tout l'éclat de sa grâce naturelle. Assise sur un sofa auprès de M. de Malesherbes, elle était la même personne que j'avais contemplée tant de fois au soleil couchant, sur le banc de pierre au seuil de la chaumière de Patience.

XIII

Vous pensez bien que les hommages dont ma cousine était entourée rallumèrent dans mon sein la jalousie assoupie. Depuis qu'obéissant à son ordre je m'étais livré à l'étude, je ne saurais trop vous dire si j'osais compter sur la promesse qu'elle m'avait faite d'être ma femme lorsque je serais en état de comprendre ses idées et ses sentiments. Il me semblait bien que ce temps était venu; car il est certain que je comprenais Edmée, mieux peut-être qu'aucun des hommes qui lui faisaient la cour en prose et en vers. J'étais bien résolu à ne me plus prévaloir du serment arraché à la Roche-Mauprat; mais la dernière promesse faite librement à la fenêtre de la chapelle, et la conclusion que je pouvais tirer de l'entretien avec l'abbé, surpris par moi dans le parc de Sainte-Sévère; mais l'insistance qu'elle avait mise à m'empêcher de m'éloigner d'elle et à diriger mon éducation; mais les soins maternels qu'elle m'avait prodigués durant ma maladie, tout cela ne me donnait-il pas, sinon des droits, du moins des motifs d'espérance? Il est vrai que son amitié était glaciale dès que ma passion se trahissait dans mes paroles ou dans mes regards; il est vrai que, depuis le premier jour, je n'avais pas fait un pas de plus dans son intimité; il est vrai aussi que M. de La Marche venait souvent dans la maison, et qu'elle lui témoignait toujours la même amitié qu'à moi, avec moins de familiarité et plus d'égards, nuance que la différence de nos caractères et de nos âges amenait naturellement, et qui ne prouvait aucune préférence pour l'un ou pour l'autre. Je pouvais donc attribuer sa promesse à un arrêt de sa conscience; l'intérêt qu'elle prenait à m'instruire, au culte qu'elle rendait à la dignité humaine réhabilitée par la philosophie; son affection calme et continue pour M. de La Marche, à un regret profond, dominé par la force et la sagesse de son esprit. Ces perplexités étaient poignantes. L'espoir de forcer son amour par ma soumission et mon dévouement m'avait longtemps soutenu, mais cet espoir commençait à s'affaiblir; car, de l'aveu de tous, j'avais fait des progrès extraordinaires, des efforts prodigieux, et il s'en fallait de beaucoup que l'estime d'Edmée pour moi eût grandi dans la même proportion. Elle n'avait pas paru étonnée de ce qu'elle appelait *ma haute intelligence;* elle y avait toujours cru; elle l'avait louée plus que de raison. Mais elle ne s'aveuglait pas sur les défauts de mon caractère, sur les vices de mon âme; elle me les reprochait avec une douceur impitoyable, avec une patience faite pour me désespérer; car elle semblait avoir pris le parti de ne m'aimer jamais, ni plus ni moins, quoi qu'il arrivât désormais.

Cependant tous lui faisaient la cour, et nul n'était agréé. On avait bien dit dans le monde qu'elle était promise à M. de La Marche; mais on ne comprenait pas plus que moi le retard indéfini apporté à cette union. On en vint à dire qu'elle cherchait des prétextes pour se débarrasser de lui, et on ne trouva pas à motiver cette répugnance autrement qu'en lui supposant une grande passion pour moi. Mon histoire singulière avait fait du bruit, les femmes m'examinaient avec curiosité, les hommes me témoignaient de l'intérêt et une sorte de considération que j'affectais de mépriser, mais à laquelle j'étais assez sensible ; et, comme rien n'a crédit dans le monde sans être embelli de quelque fiction, on exagérait étrangement mon esprit, mon aptitude et mon savoir ; mais dès qu'on avait vu, en présence d'Edmée, M. de La Marche et moi, toutes les inductions étaient réduites à néant par le sang-froid et l'aisance de nos manières. Edmée était avec nous en public ce qu'elle était en particulier ; M. de La Marche, un mannequin sans âme et parfaitement dressé aux airs convenables ; moi, dévoré de passions diverses, mais impénétrable à force d'orgueil, et aussi, je dois l'avouer, de prétention à la sublimité du *maintien américain*. Il faut vous dire que j'avais eu le bonheur d'être présenté à Franklin comme un sincère adepte de la liberté. Sir Arthur Lee m'avait honoré d'une sorte de bienveillance et d'excellents conseils ; j'avais donc la tête tournée tout comme ceux que je raillais si durement, et au point même que cette petite gloriole apportait à mes tourments un allégement bien nécessaire. Ne hausserez-vous pas les épaules si je vous avoue que je prenais le plus grand plaisir du monde à ne point poudrer mes cheveux, à porter de gros souliers, à me présenter partout en habit plus que simple, rigidement propre et de couleur sombre ; en un mot, à singer autant qu'il était permis de le faire alors sans être confondu avec un *véritable roturier*, la mise et les allures du *bonhomme Richard !* J'avais dix-neuf ans, et je vivais dans un temps où chacun affectait un rôle ; c'est là toute mon excuse.

Je pourrais alléguer aussi que mon trop indulgent et trop naïf gouverneur m'approuvait ouvertement; que mon oncle Hubert, tout en se moquant de moi de temps en temps, me laissait faire, et qu'Edmée ne me disait absolument rien de ce ridicule et semblait ne pas s'en apercevoir.

Le printemps était revenu cependant, nous allions retourner à la campagne; les salons se dépeuplaient, et j'étais toujours dans la même incertitude. Je remarquai un jour que M. de La Marche montrait, malgré lui, le désir de se trouver seul avec Edmée. Je pris d'abord plaisir à le faire souffrir en restant immobile sur ma chaise; mais je crus voir au front d'Edmée ce léger pli que je connaissais si bien, et, après un dialogue muet avec moi-même, je sortis, décidé à voir les suites de ce tête-à-tête et à connaître mon sort quel qu'il fût.

Je revins au salon au bout d'une heure; mon oncle était rentré; M. de La Marche restait à dîner; Edmée était rêveuse, mais non triste; l'abbé lui adressait, avec les yeux, des questions qu'elle n'entendait pas ou ne voulait pas entendre.

M. de La Marche accompagna mon oncle à la Comédie-Française. Edmée dit qu'elle avait à écrire et demanda la permission de rester. Je suivis le comte et le chevalier; mais après le premier acte, je m'esquivai et je rentrai à l'hôtel. Edmée avait fait défendre sa porte, mais je ne pris pas cette défense pour moi; les domestiques trouvaient tout simple que j'agisse en enfant de la maison. J'entrai au salon, tremblant qu'Edmée ne fût dans sa chambre; là je n'aurais pu la poursuivre. Elle était près de la cheminée et s'amusait à effeuiller des asters bleus et blancs que j'avais cueillis dans une promenade au tombeau de Jean-Jacques Rousseau. Ces fleurs me rappelaient une nuit d'enthousiasme, un clair de lune, les seules heures de bonheur peut-être que je pusse mentionner dans ma vie.

« Déjà rentré ? me dit-elle sans se déranger. — Déjà est un mot bien dur, lui répondis-je ; voulez-vous que je me retire dans ma chambre, Edmée ? — Non pas, vous ne me gênez nullement ; mais vous auriez plus profité à la représentation de *Mérope* qu'en écoutant ma conversation de ce soir ; car je vous avertis que je suis idiote. — Tant mieux, cousine ; vous ne m'humilierez pas, et pour la première fois nous serons sur le pied de l'égalité. Mais voulez-vous me dire pourquoi vous méprisez tant mes asters ? Je croyais que vous les garderiez comme une relique. — A cause de Rousseau [85] ? dit-elle en souriant avec malice sans lever les yeux sur moi. — Oh ! c'est bien ainsi que je l'entends, repris-je. — Je joue un jeu très intéressant, dit-elle ; ne me dérangez pas. — Je le connais, lui dis-je ; tous les enfants de la Varenne le jouent, et toutes nos bergères croient à l'arrêt du sort que ce jeu révèle. Voulez-vous que je vous explique vos pensées, lorsque vous arrachez ces pétales quatre à quatre ? — Voyons, grand nécromant !

— *Un peu*, c'est ainsi que *quelqu'un* vous aime ; *beaucoup*, c'est ainsi que vous l'aimez ; *passionnément*, un autre vous aime ainsi ; *pas du tout*, voilà comme vous aimez celui-là.

— Et pourrait-on savoir, monsieur le devin, reprit Edmée, dont la figure devint plus sérieuse, ce que signifient *quelqu'un* et *un autre ?* Je crois que vous êtes comme les antiques pythonisses ; vous ne savez pas vous-même le sens de vos oracles. — Ne sauriez-vous deviner le mien, Edmée ? — J'essaierai d'interpréter l'énigme, si vous voulez me promettre de faire ensuite ce que fit le sphinx vaincu par Œdipe. — Oh ! Edmée, m'écriai-je, il y a long-

temps que je me casse la tête contre les murs à
cause de vous et de vos interprétations! et cependant vous n'avez pas deviné juste une seule fois. —
Oh! mon Dieu, si! dit-elle en jetant le bouquet sur
la cheminée; vous allez voir. J'aime *un peu* M. de
La Marche, et je vous aime *beaucoup*. Il m'aime
passionnément, et vous ne m'aimez *pas du tout*. Voilà
la vérité.

— Je vous pardonne de tout mon cœur cette
méchante interprétation à cause du mot *beaucoup* »,
lui répondis-je. Et j'essayai de prendre ses mains;
elle les retira brusquement, et, en vérité, elle eut
tort, car, si elle me les eût abandonnées, je me fusse
borné à les serrer fraternellement; mais cette sorte
de méfiance réveilla des souvenirs dangereux pour
moi. Je crois qu'elle avait ce soir-là dans son air et
dans ses manières beaucoup de coquetterie, et
jusque-là je ne lui en avais jamais vu la moindre
velléité. Je me sentis enhardi sans trop savoir
pourquoi, et j'osai lui faire des remarques piquantes
sur son tête-à-tête avec M. de La Marche. Elle ne
prit aucun soin pour repousser mes interprétations,
et se mit à rire lorsque je la priai de me remercier
de la politesse exquise avec laquelle je m'étais retiré
en lui voyant froncer le sourcil.

Cette légèreté superbe commençait à m'irriter un
peu, lorsqu'un domestique entra et lui remit une
lettre en lui disant qu'on attendait la réponse.
« Approchez la table et taillez-moi une plume », me
dit-elle. Et d'un air nonchalant elle décacheta et
parcourut la lettre, tandis que, sans savoir de quoi il
s'agissait, je préparais tout ce qui était nécessaire
pour écrire.

Depuis longtemps la plume de corbeau était
taillée; depuis longtemps le papier à vignettes de
couleur était sorti du portefeuille ambré, et Edmée,

n'y faisant aucune attention, ne se disposait point à en faire usage. La lettre dépliée était sur ses genoux, ses pieds étaient sur les chenets, ses coudes sur les bras de son fauteuil dans son attitude favorite de rêverie. Elle était complètement absorbée. Je lui parlai doucement; elle ne m'entendit pas. Je crus qu'elle avait oublié la lettre et qu'elle s'endormait. Au bout d'un quart d'heure le domestique rentra, et demanda, de la part du messager, s'il y avait une réponse.

« Certainement, répondit-elle; qu'il attende. »

Elle relut la lettre avec une attention extraordinaire et se mit à écrire avec lenteur; puis elle jeta au feu sa réponse, repoussa du pied son fauteuil, fit quelques tours dans l'appartement, et tout d'un coup s'arrêta devant moi et me regarda d'un air froid et sévère.

« Edmée, m'écriai-je en me levant avec impétuosité, qu'avez-vous donc, et quel rapport avec moi peut avoir cette lettre qui vous préoccupe si fortement? — Qu'est-ce que cela vous fait? répondit-elle. — Qu'est-ce que cela me fait! m'écriai-je. Et que me fait l'air que je respire? que m'importe le sang qui coule dans mes veines? Demandez-moi cela; à la bonne heure! mais ne me demandez pas en quoi une de vos paroles ou un de vos regards m'intéresse; car vous savez bien que ma vie en dépend. — Ne dites pas de folies, Bernard, reprit-elle en retournant à son fauteuil d'un air distrait; il y a temps pour tout. — Edmée! Edmée! ne jouez pas avec le lion endormi, ne rallumez pas le feu qui couve sous la cendre. »

Elle haussa les épaules et se mit à écrire avec beaucoup d'animation. Son teint était coloré, et de temps en temps elle passait ses doigts dans ses longs cheveux bouclés *en repentir* sur son épaule.

Elle était dangereusement belle dans ce désordre : elle avait l'air d'aimer ; mais qui ? celui-là sans doute à qui elle écrivait. La jalousie brûlait mes entrailles. Je sortis brusquement et je traversai l'antichambre ; je regardai l'homme qui avait apporté la lettre ; il était à la livrée de M. de La Marche. Je n'en doutais pas ; mais cette certitude augmenta ma fureur. Je rentrai au salon en jetant violemment la porte. Edmée ne tourna pas seulement la tête ; elle écrivait toujours. Je m'assis vis-à-vis d'elle ; je la regardai avec des yeux de feu. Elle ne daigna pas lever les siens sur moi. Je crus même remarquer sur ses lèvres vermeilles un demi-sourire qui me parut insulter à mon angoisse. Enfin elle termina sa lettre et la cacheta. Je me levai alors et m'approchai d'elle, violemment tenté de la lui arracher des mains. J'avais appris à me contenir un peu plus qu'autrefois ; mais je sentais qu'un seul instant peut, dans les âmes passionnées, renverser le travail de bien des jours.

« Edmée, lui dis-je avec amertume et avec une effroyable grimace qui s'efforçait d'être un sourire caustique, voulez-vous que je remette cette lettre au laquais de M. de La Marche, et que je lui dise en même temps à l'oreille à quelle heure son maître peut venir au rendez-vous ? — Mais il me semble, répondit-elle avec une tranquillité qui m'exaspéra, que j'ai pu indiquer l'heure dans ma lettre et qu'il n'est pas besoin d'en informer les valets. — Edmée, vous devriez me ménager un peu plus ! m'écriai-je. — Je ne m'en soucie pas le moins du monde », répondit-elle.

Et me jetant sur la table la lettre reçue, elle sortit pour remettre elle-même sa réponse au messager. Je ne sais si elle m'avait dit de lire cette lettre. Je

sais que le mouvement qui me porta à le faire fut
irrésistible. Elle était conçue à peu près ainsi :

« Edmée, j'ai enfin découvert le secret fatal qui a
mis, selon vous, un insurmontable obstacle à notre
union. Bernard vous aime; son agitation de ce
matin l'a trahi. Mais vous ne l'aimez pas, j'en suis
sûr... cela est impossible! Vous me l'eussiez dit avec
franchise. L'obstacle est donc ailleurs. Pardonnez-
moi! J'ai réussi à savoir que vous avez passé deux
heures dans la caverne des brigands! Infortunée,
votre malheur, votre prudence, votre sublime délicatesse vous ennoblissent encore à mes yeux. Et
pourquoi ne m'avoir pas dit, dès le commencement,
de quel malheur vous étiez victime? J'aurais d'un
mot calmé vos douleurs et les miennes. Je vous
aurais aidée à cacher votre secret. J'en aurais gémi
avec vous, ou plutôt j'en aurais effacé l'odieux
souvenir par le témoignage d'un attachement à
toute épreuve. Mais rien n'est désespéré; ce mot, il
est toujours temps de le dire, et le voici : Edmée, je
vous aime plus que jamais; plus que jamais je suis
décidé à vous offrir mon nom; daignez l'accepter. »

Ce billet était signé Adhémar de La Marche.

A peine en avais-je terminé la lecture qu'Edmée
rentra et s'approcha de la cheminée avec inquiétude, comme si elle eût oublié un objet précieux. Je
lui tendis la lettre que je venais de lire, mais elle la
prit d'un air distrait; et, se baissant vers le foyer,
elle saisit avec précipitation et avec une sorte de joie
un papier chiffonné que la flamme n'avait fait
qu'effleurer. C'était la première réponse qu'elle
avait faite au billet de M. de La Marche, et qu'elle
n'avait pas jugé à propos d'envoyer.

« Edmée, lui dis-je en me jetant à ses genoux,
laissez-moi voir ce papier. Quel qu'il soit, je me

soumettrai à l'arrêt dicté par votre premier mouvement.

— En vérité, dit-elle avec une expression indéfinissable, le feriez-vous? Si j'aimais M. de La Marche, si je vous faisais un grand sacrifice en renonçant à lui, seriez-vous assez généreux pour me rendre ma parole? »

J'eus un instant d'hésitation; une sueur froide parcourut mon corps. Je la regardai fixement; son œil impénétrable ne trahissait pas sa pensée. Si j'avais cru qu'elle m'aimât et qu'elle soumît ma vertu à une épreuve, j'aurais peut-être joué l'héroïsme; mais je craignis un piège; la passion l'emporta. Je ne me sentais pas la force de renoncer à elle de bonne grâce, et l'hypocrisie me répugnait. Je me levai tremblant de colère.

« Vous l'aimez, m'écriai-je, avouez que vous l'aimez! — Et quand cela serait, répondit-elle en mettant le papier dans sa poche, où serait le crime? — Le crime serait d'avoir menti jusqu'ici en me disant que vous ne l'aimiez pas. — *Jusqu'ici* est beaucoup dire, reprit-elle en me regardant fixement; nous n'avons pas eu d'explication à cet égard depuis l'année passée. A cette époque il était possible que je n'aimasse pas beaucoup Adhémar, et à présent il serait possible que je l'aimasse mieux que vous. Si je compare la conduite de l'un et de l'autre aujourd'hui, je vois d'un côté un homme sans orgueil et sans délicatesse, qui se prévaut d'un engagement que mon cœur n'a peut-être pas ratifié; de l'autre, je vois un admirable ami, dont le dévouement sublime brave tous les préjugés, et, me croyant souillée d'un affront ineffaçable, n'en persiste pas moins à couvrir cette tache de sa protection. — Quoi! ce misérable croit que je vous ai fait violence, et il ne me provoque pas en duel? — Il ne

le croit pas, Bernard; il sait que vous m'avez fait
évader de la Roche-Mauprat; mais il croit que vous
m'avez secourue trop tard et que j'ai été victime des
autres brigands. — Et il veut vous épouser, Edmée!
Ou c'est un homme sublime, en effet, ou il est plus
endetté qu'on ne pense. — Taisez-vous, dit Edmée
avec colère; cette odieuse explication d'une
conduite généreuse part d'une âme insensible et
d'un esprit pervers. Taisez-vous, si vous ne voulez
pas que je vous haïsse. — Dites que vous me
haïssez, Edmée, dites-le sans crainte, je le sais. —
Sans crainte! Vous devriez savoir aussi que je ne
vous fais pas l'honneur de vous craindre. Enfin,
répondez-moi; sans savoir ce que je prétends faire,
comprenez-vous que vous devez me rendre ma
liberté et renoncer à des droits barbares? — Je ne
comprends rien, sinon que je vous aime avec fureur
et que je déchirerai avec mes ongles le cœur de
celui qui osera vous disputer à moi. Je sais que je
vous forcerai à m'aimer, et que, si je ne réussis pas,
je ne souffrirai jamais, du moins, que vous apparte-
niez à un autre, moi vivant. On marchera sur mon
corps criblé de blessures et saignant par tous les
pores avant de vous passer au doigt un anneau de
mariage; encore vous déshonorerai-je à mon dernier soupir en disant que vous êtes ma maîtresse, et
je troublerai ainsi la joie de celui qui triomphera de
moi; et, si je puis vous poignarder en expirant, je le
ferai, afin que dans la tombe, du moins, vous soyez
ma femme. Voilà ce que je compte faire, Edmée. Et
maintenant jouez au plus fin avec moi, conduisez-
moi de piège en piège, gouvernez-moi par votre
admirable politique; je pourrai être dupe cent fois,
parce que je suis un ignorant; mais votre intrigue
arrivera toujours au même dénouement, parce que
j'ai juré par le nom de Mauprat!

— De Mauprat coupe-jarret ! » répondit-elle avec une froide ironie ; et elle voulut sortir.

J'allais lui saisir le bras lorsque la sonnette se fit entendre ; c'était l'abbé qui rentrait. Aussitôt qu'il parut, Edmée lui serra la main et se retira dans sa chambre sans m'adresser un seul mot.

Le bon abbé, s'apercevant de mon trouble, me questionna avec l'assurance que devaient lui donner désormais ses droits à mon affection ; mais ce point était le seul sur lequel nous ne nous fussions jamais expliqués. Il l'avait cherché en vain ; il ne m'avait pas donné une seule leçon d'histoire sans tirer des amours illustres un exemple ou un précepte de modération ou de générosité ; mais il n'avait pas réussi à me faire dire un mot à ce sujet. Je ne pouvais lui pardonner tout à fait de m'avoir desservi auprès d'Edmée. Je croyais deviner qu'il me desservait encore, et je me tenais en garde contre tous les arguments de sa philosophie et toutes les séductions de son amitié. Ce soir-là plus que jamais je fus inattaquable. Je le laissai inquiet et chagrin, et j'allai me jeter sur mon lit, où je cachai ma tête dans les couvertures, afin d'étouffer les anciens sanglots, impitoyables vainqueurs de mon orgueil et de ma colère.

XIV

Le lendemain mon désespoir fut sombre. Edmée fut de glace, M. de La Marche ne vint pas. Je crus m'apercevoir que l'abbé allait chez lui et entretenait Edmée du résultat de leur conférence. Ils furent, du reste, parfaitement calmes, et je dévorai mon inquiétude en silence ; je ne pus être seul un instant avec Edmée. Le soir je me rendis à pied chez M. de La Marche. Je ne sais pas ce que je voulais lui dire ; j'étais dans un état d'exaspération qui me poussait à agir sans but et sans plan. J'appris qu'il avait quitté Paris. Je rentrai. Je trouvai mon oncle fort triste. Il fronça le sourcil en me voyant, et, après avoir échangé avec moi quelques paroles oiseuses et forcées, il me laissa avec l'abbé, qui tenta de me faire parler et qui n'y réussit pas mieux que la veille. Je cherchai pendant plusieurs jours l'occasion de parler à Edmée ; elle sut l'éviter constamment. On faisait les apprêts du départ pour Sainte-Sévère ; elle ne montrait ni tristesse ni gaieté. Je me résolus à glisser dans les feuillets de son livre deux lignes pour lui demander un entretien. Je reçus la réponse suivante au bout de cinq minutes :

« Un entretien ne mènerait à rien. Vous persistez dans votre indélicatesse ; moi je persévérerai dans ma loyauté. Une conscience droite ne sait pas se dégager. J'ai juré de n'être jamais à un autre qu'à vous. Je ne me marierai pas ; mais je n'ai pas juré d'être à vous en dépit de tout. Si vous continuez à être indigne de mon estime, je saurai rester libre. Mon pauvre père décline vers la tombe ; un couvent sera mon asile quand le seul lien qui m'attache à la société sera rompu. »

Ainsi j'avais rempli les conditions imposées par Edmée, et, pour toute récompense, elle me prescrivait de les rompre. Je me trouvais au même point que le jour de son entretien avec l'abbé.

Je passai le reste de la journée enfermé dans ma chambre ; toute la nuit je marchai avec agitation ; je n'essayai pas de dormir. Je ne vous dirai pas quelles furent mes réflexions, elles ne furent pas indignes d'un honnête homme. Au point du jour j'étais chez La Fayette. Il me procura les papiers nécessaires pour sortir de France. Il me dit d'aller l'attendre en Espagne, où il devait s'embarquer pour les Etats-Unis. Je rentrai à l'hôtel pour prendre les effets et l'argent indispensables au plus modeste voyageur. Je laissai un mot pour mon oncle, afin qu'il ne s'inquiétât pas de mon absence, que je promettais de lui expliquer avant peu dans une longue lettre. Je le suppliais de ne pas me juger jusque-là, et de croire que ses bontés ne sortiraient jamais de mon cœur.

Je partis avant que personne fût levé dans la maison ; je craignais que ma résolution ne m'abandonnât au moindre signe d'amitié, et je sentais que j'avais abusé d'une affection trop généreuse. Je ne pus passer devant l'appartement d'Edmée sans coller mes lèvres sur la serrure ; puis, cachant ma tête dans mes mains, je me mis à courir comme un fou ; je ne m'arrêtai guère que de l'autre côté des

Pyrénées. Là, je pris un peu de repos, et j'écrivis à Edmée [86] qu'elle était libre et que je ne contrarierais aucune de ses résolutions, mais qu'il m'était impossible d'être témoin du triomphe de mon rival. J'avais l'intime persuasion qu'elle l'aimait; j'étais résolu à étouffer mon amour; je promettais plus que je ne pouvais tenir; mais les premiers effets de l'orgueil blessé me donnaient confiance en moi-même. J'écrivis aussi à mon oncle pour lui dire que je ne me croirais pas digne des bontés illimitées qu'il avait eues pour moi tant que je n'aurais pas gagné mes éperons de chevalier. Je l'entretenais de mes espérances de gloire et de fortune guerrière avec toute la naïveté de mon orgueil, et, comme je pensais bien qu'Edmée lirait cette lettre, j'affectais une joie sans trouble et une ardeur sans regret. Je ne savais pas si mon oncle avait connaissance des vrais motifs de mon départ; mais ma fierté ne put se soumettre à les lui avouer. Il en fut de même à l'égard de l'abbé, auquel j'écrivis, d'ailleurs, une lettre pleine de reconnaissance et d'affection. Je terminais en suppliant mon oncle de ne faire aucune dépense à mon intention au triste donjon de la Roche-Mauprat, assurant que je ne pourrais jamais me résoudre à l'habiter, et de considérer le fief racheté par lui comme la propriété de sa fille. Je lui demandais seulement de vouloir bien m'avancer deux ou trois années de revenu de ma part, afin que je pusse faire les frais de mon équipement, et ne pas rendre onéreux pour le noble La Fayette mon dévouement à la cause américaine.

On fut content de ma conduite et de mes lettres. Arrivé sur les côtes d'Espagne, je reçus de mon oncle une lettre pleine d'encouragements et de doux reproches sur mon brusque départ. Il me donnait sa bénédiction paternelle, déclarait sur son honneur que le fief de la Roche-Mauprat ne serait jamais repris par Edmée, et m'envoyait une somme considérable sans toucher à mon futur revenu. L'abbé joignait aux mêmes reproches des encouragements plus chauds encore. Il était facile de voir qu'il préférait le repos d'Edmée à mon bonheur, et qu'il éprouvait une joie véritable de mon départ. Cependant il m'aimait, et cette amitié s'exprimait d'une manière touchante à travers la satisfaction cruelle qui s'y mêlait. Il enviait mon sort, il était plein d'ardeur pour la cause de l'indépendance, et prétendait avoir été tenté plus d'une fois de jeter le froc aux orties et de prendre le mousquet; mais c'était de sa part une puérile affectation. Son naturel doux et timide resta toujours prêtre sous le manteau de la philosophie.

Un billet étroit et sans suscription se trouvait comme glissé après coup entre ces deux lettres. Je comprenais bien qu'il était de la seule personne qui m'intéressât réellement dans le monde, mais je n'avais pas le courage de l'ouvrir. Je marchais sur le sable au bord de la mer, retournant ce mince papier dans ma main tremblante, et craignant de perdre, en le lisant, l'espèce de calme désespéré que j'avais trouvé dans mon courage. Je craignais surtout des remerciements et l'expression d'une joie enthousiaste, derrière laquelle j'eusse aperçu un autre amour satisfait. « Que peut-elle m'écrire? disais-je; pourquoi m'écrit-elle? Je ne veux pas de sa pitié; encore moins de sa reconnaissance. » J'étais tenté de jeter ce fatal billet à la mer. Une fois même je l'élevai au-dessus des flots; mais je le serrai aussitôt contre mon cœur, et l'y laissai quelques instants caché, comme si j'eusse cru à cette vue occulte des partisans du magnétisme, qui prétendent lire avec les organes du sentiment et de la pensée aussi bien qu'avec les yeux.

Enfin je me décidai à rompre le cachet, et je lus ces mots : « Tu as bien agi, Bernard ; mais je ne te remercie pas, car je souffrirai de ton absence plus que je ne puis le dire. Va pourtant où ton honneur et l'amour de la sainte vérité t'appellent ; mes vœux et mes prières te suivront partout. Reviens quand ta mission sera accomplie, tu ne me retrouveras ni mariée ni religieuse. » Elle avait joint à ce billet la bague de cornaline qu'elle m'avait cédée durant ma maladie, et que je lui avais renvoyée en quittant Paris. Je fis faire une petite boîte d'or où j'enfermai le billet et cet anneau, et que je plaçai sur moi comme un scapulaire. La Fayette, arrêté en France par ordre du gouvernement qui s'opposait à son expédition, vint nous joindre bientôt après s'être évadé de prison. J'avais eu le temps de faire mes préparatifs, je mis à la voile plein de tristesse, d'ambition et d'espérance.

Vous n'attendez pas que je vous fasse le récit de la guerre d'Amérique. Encore une fois, j'isole mon existence des faits de l'histoire, en vous contant mes aventures. Mais ici je supprimerai même mes aventures personnelles ; elles forment dans ma mémoire un chapitre à part, où Edmée joue le rôle d'une madone constamment invoquée, mais invisible. Je ne puis croire que vous preniez le moindre intérêt à entendre les incidents d'une portion de récit d'où cette figure angélique, la seule digne d'occuper votre attention, et par elle-même d'abord, et par son action sur moi, serait entièrement absente. Je vous dirai seulement que des grades inférieurs, joyeusement acceptés par moi au début, dans l'armée de Washington, je parvins régulièrement, mais rapidement, au grade d'offi-

cier. Mon éducation militaire fut prompte. Là,
comme dans tout ce que j'ai entrepris durant ma
vie, je me mis tout entier; et, voulant obstinément,
je triomphai des difficultés.

J'obtins la confiance de mes chefs illustres. Mon
excellente constitution me rendait propre aux
fatigues de la guerre; mes anciennes habitudes de
brigand me furent même d'un secours immense; je
supportais les revers avec un calme que n'avaient
pas tous les jeunes Français débarqués avec moi,
quel que fût d'ailleurs l'éclat de leur courage. Le
mien fut froid et tenace, à la grande surprise de nos
alliés, qui doutèrent plus d'une fois de mon origine
en voyant combien je me familiarisais vite avec les
forêts, et comme je savais lutter de ruse et de
méfiance avec les sauvages qui inquiétèrent parfois
nos manœuvres.

Au milieu de mes travaux et de mes déplace-
ments, j'eus le bonheur de pouvoir cultiver mon
esprit dans l'intimité d'un jeune homme de mérite
que la Providence me donna pour compagnon et
pour ami. L'amour des sciences naturelles l'avait
jeté dans notre expédition, et il s'y conduisait en
bon militaire; mais il était facile de voir que la
sympathie politique ne jouait dans sa résolution
qu'un rôle secondaire. Il n'avait aucun désir
d'avancement, aucune aptitude aux études straté-
giques. Son herbier et ses observations zoologiques
l'occupaient bien plus que le succès de la guerre et
le triomphe de la liberté. Il se battait trop bien dans
l'occasion pour mériter jamais le reproche de
tiédeur; mais jusqu'à la veille du combat, et dès le
lendemain, il semblait ignorer qu'il fût question
d'autre chose que d'une excursion scientifique dans
les savanes du Nouveau Monde. Son porte-man-
teau était toujours rempli, non d'argent et de

nippes, mais d'échantillons d'histoire naturelle; et, tandis que, couchés sur l'herbe, nous étions attentifs aux moindres bruits qui pouvaient nous révéler l'approche de l'ennemi, il était absorbé dans l'analyse d'une plante ou d'un insecte. C'était un admirable jeune homme, pur comme un ange, désintéressé comme un stoïque, patient comme un savant, et avec cela enjoué et affectueux. Lorsqu'une surprise nous mettait en danger, il n'avait de soucis et d'exclamations que pour les précieux cailloux et les inappréciables brins d'herbe qu'il portait en croupe; et pourtant, lorsqu'un de nous était blessé, il le soignait avec une bonté et un zèle incomparables.

Il vit un jour la boîte d'or que je cachais sous mes habits, et il me supplia instamment de la lui céder pour y mettre quelques pattes de mouche et quelques ailes de cigale qu'il eût défendues jusqu'à la dernière goutte de son sang. Il me fallut tout le respect que je portais aux reliques de l'amour pour résister aux instances de l'amitié. Tout ce qu'il put obtenir de moi, ce fut de glisser dans ma précieuse boîte une petite plante fort jolie qu'il prétendait avoir découverte le premier, et qui n'eut droit d'asile à côté du billet et de l'anneau de ma fiancée qu'à la condition de s'appeler *Edmea sylvestris*. Il y consentit; il avait donné à un beau pommier sauvage le nom de Samuel Adams, celui de Franklin à je ne sais quelle abeille industrieuse, et rien ne lui plaisait comme d'associer ses nobles enthousiasmes à ses ingénieuses observations.

Je conçus pour lui un attachement d'autant plus vif que c'était ma première amitié pour un homme de mon âge. Le charme que je trouvais dans cette liaison me révéla une face de la vie, des facultés et des besoins de l'âme que je ne connaissais pas.

Comme je ne pus me détacher jamais des premières impressions de mon enfance, dans mon amour pour la chevalerie, je me plus à voir en lui mon frère d'armes, et je voulus qu'il me donnât ce titre, à l'exclusion de tout autre ami intime. Il s'y prêta avec un abandon de cœur qui me prouva combien la sympathie était vive entre nous. Il prétendait que j'étais né pour être naturaliste, à cause de mon aptitude à la vie nomade et aux rudes expéditions. Il me reprochait un peu de préoccupation, et me grondait sérieusement lorsque je marchais étourdiment sur des plantes intéressantes ; mais il assurait que j'étais doué de l'esprit de méthode, et que je pourrais inventer un jour, non pas une théorie de la nature, mais un *excellent* système de classification. Sa prédiction ne se réalisa point, mais ses encouragements réveillèrent en moi le goût de l'étude et empêchèrent mon esprit de retomber en paralysie dans la vie des camps. Il fut pour moi l'envoyé du ciel ; sans lui je fusse redevenu peut-être, sinon le coupe-jarret de la Roche-Mauprat, du moins le sauvage de la Varenne. Ses enseignements ranimèrent en moi le sentiment de la vie intellectuelle ; il agrandit mes idées, il ennoblit aussi mes instincts ; car, si une merveilleuse droiture et des habitudes de modestie l'empêchaient de se jeter dans les discussions philosophiques, il avait l'amour inné de la justice, et décidait avec une sagacité infaillible toutes les questions de sentiment et de moralité. Il prit sur moi un ascendant que n'eût jamais pu prendre l'abbé dans la position où notre méfiance mutuelle nous avait placés dès le principe. Il me révéla une grande partie du monde physique ; mais ce qu'il m'apprit de plus précieux fut de m'habituer à me connaître moi-même et à réfléchir sur mes impressions. Je parvins à gouverner mes

mouvements jusqu'à un certain point. Je ne me
corrigeai jamais de l'orgueil et de la violence. On ne
change pas l'essence de son être, mais on dirige vers
le bien ses facultés diverses; on arrive presque à
utiliser ses défauts; c'est au reste le grand secret et
le grand problème de l'éducation.

Les entretiens de mon cher Arthur m'amenèrent
à de telles réflexions, que je parvins à déduire
logiquement de tous mes souvenirs les motifs de la
conduite d'Edmée. Je la trouvai grande et généreuse, surtout dans les choses qui, mal vues et mal
appréciées, m'avaient le plus blessé. Je ne l'en aimai
pas davantage, c'était impossible; mais j'arrivai à
comprendre pourquoi je l'aimais invinciblement,
malgré tout ce qu'elle m'avait fait souffrir. Cette
flamme sainte brûla dans mon âme, sans pâlir un
seul instant, durant les six années de notre séparation. Malgré l'excès de vie qui débordait mon être,
malgré les excitations d'une nature extérieure
pleine de volupté, malgré les mauvais exemples et
les nombreuses occasions qui sollicitent la faiblesse
humaine dans la liberté de la vie errante et militaire, je prends Dieu à témoin que je conservai
intacte ma robe d'innocence et que je ne connus pas
le baiser d'une seule femme. Arthur, qu'une
organisation plus calme sollicitait moins vivement
et que le travail de l'intelligence absorbait presque
tout entier, ne fut pas toujours aussi austère; il
m'engagea même plusieurs fois à ne pas courir les
dangers d'une vie exceptionnelle, contraire au vœu
de la nature. Quand je lui confiai qu'une grande
passion éloignait de moi toute faiblesse et rendait
toute chute impossible, il cessa de combattre ce
qu'il appelait mon fanatisme (c'était un mot très en
vogue et qui s'appliquait à presque tout indifférem-
ment), et je remarquai qu'il avait pour moi une

estime plus profonde, je dirai même une sorte de respect qui ne s'exprimait point par des paroles, mais qui se révélait dans mille petits témoignages d'adhésion et de déférence.

Un jour qu'il me parlait de la grande puissance qu'exerce la douceur extérieure jointe à une volonté inébranlable, me citant pour exemple et le bien et le mal dans l'histoire des hommes, surtout la douceur des apôtres et l'hypocrisie des prêtres de toutes les religions, il me vint à l'idée de lui demander si, avec la fougue de mon sang et l'emportement de mon caractère, je pourrais jamais exercer une influence quelconque sur mes proches. En me servant de ce dernier mot, je ne songeais qu'à Edmée. Arthur me répondit que j'aurais un autre ascendant que celui de la douceur acquise. « Ce sera, dit-il, celui de la bonté naturelle. La chaleur de l'âme, l'ardeur et la persévérance de l'affection, voilà ce qu'il faut dans la vie de famille, et ces qualités font aimer nos défauts à ceux-là mêmes qui habituellement en souffrent le plus. Nous devons tâcher de nous vaincre par amour pour ceux qui nous aiment; mais se proposer un système de modération dans le sein de l'amour ou de l'amitié serait, je pense, une recherche puérile, un travail égoïste, et qui tuerait l'affection en nous-mêmes d'abord et bientôt après dans les autres. Je ne vous parlais de modération réfléchie que dans l'application de l'autorité sur les masses. Or, si vous avez jamais l'ambition...

— Or, vous croyez, lui dis-je sans écouter la dernière partie de son discours, que, tel que vous me connaissez, je puis rendre une femme heureuse et me faire aimer d'elle malgré tous mes défauts et les torts qu'ils entraînent?

— O cervelle amoureuse! s'écria-t-il, qu'il est

difficile de vous distraire!... Eh bien! si vous le
voulez, Bernard, je vous dirai ce que je pense de
vos amours. La personne que vous aimez si
ardemment vous aime, à moins qu'elle ne soit
incapable d'aimer ou tout à fait dépourvue de
jugement. »

Je lui assurai qu'elle était autant au-dessus de
toutes les autres femmes que le lion est au-dessus
de l'écureuil, le cèdre au-dessus de l'hysope, et, à
force de métaphores, je réussis à le convaincre.
Alors il m'engagea à lui confier quelques détails,
afin, disait-il, qu'il pût juger ma position à l'égard
d'Edmée. Je lui ouvris mon cœur sans réserve et lui
racontai mon histoire d'un bout à l'autre. Nous
étions alors sur la lisière d'une belle forêt vierge,
aux derniers rayons du couchant. Le parc de
Sainte-Sévère, avec ses beaux chênes seigneuriaux
qui n'avaient jamais subi l'outrage de la cognée, se
représentait à ma pensée, pendant que je regardais
les arbres du désert affranchis de toute culture,
s'épanouissant dans leur force et dans leur grâce
primitive au-dessus de nos têtes. L'horizon brûlant
me rappelait les visites du soir à la cabane de
Patience, Edmée assise sous les pampres dorés; et
le chant des perruches allègres me retraçait celui
des beaux oiseaux exotiques qu'elle élevait dans sa
chambre. Je pleurai en songeant à l'éloignement de
ma patrie, au large Océan qui nous séparait et qui a
englouti tant de pèlerins au moment où ils saluaient
la rive natale. Je pensai aussi aux chances de la
fortune, aux dangers de la guerre, et, pour la
première fois, j'eus peur de mourir; car mon cher
Arthur, serrant ma main dans les siennes, m'assurait
que j'étais aimé, et qu'il voyait une nouvelle preuve
d'affection dans chaque trait de rigueur et de
méfiance. « Enfant, me disait-il, si elle ne voulait

pas t'épouser, ne vois-tu pas qu'elle aurait eu cent manières de se débarrasser à jamais de tes prétentions ? Et si elle n'avait pour toi une tendresse inépuisable, se serait-elle donné tant de peine et imposé tant de sacrifices pour te tirer de l'abjection où elle t'avait trouvé et pour te rendre digne d'elle ? Eh bien ! toi qui ne rêves qu'aux antiques prouesses de la chevalerie errante, ne vois-tu pas que tu es un noble preux, condamné par ta dame à de rudes épreuves pour avoir manqué aux lois de la galanterie, en réclamant d'un ton impérieux l'amour qu'on doit implorer à genoux ? »

Il entrait alors dans un examen détaillé de mes crimes, et trouvait les châtiments rudes, mais justes ; il discutait ensuite les probabilités de l'avenir, et me donnait l'excellent conseil de me soumettre jusqu'à ce qu'on jugeât à propos de m'absoudre.

« Mais, lui disais-je, n'est-ce point une honte qu'un homme mûri, comme je le suis maintenant, par la réflexion et rudement éprouvé par la guerre, se soumette comme un enfant au caprice d'une femme ?

— Non, me répondait Arthur, ce n'est point une honte, et la conduite de cette femme n'est point dictée par le caprice. Il n'y a que de l'honneur à réparer le mal qu'on a fait, et combien peu d'hommes en sont capables ! Il n'y a que justice dans la pudeur offensée qui réclame ses droits et son indépendance naturelle. Vous vous êtes conduit comme Albion, ne vous étonnez pas qu'Edmée se conduise comme Philadelphie. Elle ne se rendra qu'à la condition d'une paix glorieuse, et elle aura raison. »

Il voulut savoir quelle conduite avait tenue Edmée à mon égard, depuis deux ans que nous

étions en Amérique. Je lui montrai les rares et
courtes lettres que j'avais reçues d'elle. Il fut
frappé du grand sens et de la parfaite loyauté qui
lui parurent ressortir de l'élévation et de la précision virile du style. Edmée ne me faisait aucune
promesse et ne m'encourageait même par aucune
espérance directe; mais elle témoignait un vif désir
de mon retour et me parlait du bonheur que nous
goûterions *tous*, réunis autour de l'âtre, quand mes
récits extraordinaires prolongeraient les veillées du
château; elle n'hésitait pas à me dire que j'étais,
avec son père, *l'unique sollicitude de sa vie.* Cependant, malgré une tendresse si soutenue, un terrible
soupçon m'obsédait. Dans ces courtes lettres de ma
cousine, comme dans celles de son père, comme
dans les longues épîtres tendres et fleuries de l'abbé
Aubert, on ne me faisait jamais part des événements qui pouvaient et qui devaient survenir dans
la famille. Chacun m'entretenait de soi-même, et
jamais ils ne me disaient un mot les uns des autres;
c'est tout au plus si on me parlait des attaques de
goutte du chevalier. Il y avait comme une convention passée entre chacun des trois, de ne me point
dire les occupations et la situation d'esprit des deux
autres.

« Eclaire-moi et rassure-moi, si tu peux, à cet
égard, dis-je à Arthur. Il y a des moments où je
m'imagine qu'Edmée est mariée, et qu'on est
convenu de ne me l'apprendre qu'à mon retour; car
enfin, qui l'en empêche? Est-il probable qu'elle
m'aime assez pour vivre dans la solitude par amour
pour moi, tandis que cet amour, soumis aux
principes d'une froide raison et d'une austère
conscience, se résigne à voir mon absence se
prolonger indéfiniment avec la guerre? J'ai des
devoirs à remplir ici, sans nul doute; l'honneur

exige que je défende mon drapeau jusqu'au jour du triomphe ou de la défaite irréparable de la cause que je sers; mais je sens que je préfère Edmée à ces vains honneurs et que, pour la voir une heure plus tôt, j'abandonnerais mon nom à la risée et aux malédictions de l'univers. — Cette dernière pensée vous est suggérée, répondit Arthur en souriant, par la violence de votre passion; mais vous n'agiriez point comme vous dites, l'occasion se présentant. Quand nous sommes aux prises avec une seule de nos facultés, nous croyons les autres anéanties; mais qu'un choc extérieur les réveille, et nous voyons bien que notre âme vit par plusieurs points à la fois. Vous n'êtes pas insensible à la gloire, Bernard, et si Edmée vous invitait à y renoncer, vous vous apercevriez que vous y tenez plus que vous ne pensiez; vous avez d'ardentes convictions républicaines, et c'est Edmée qui vous les a inspirées la première. Que penseriez-vous d'elle, et que serait-elle en effet si elle vous disait aujourd'hui : Il y a, au-dessus de la religion que je vous ai prêchée et des dieux que je vous ai révélés, quelque chose de plus auguste et de plus sacré; c'est mon bon plaisir? Bernard, votre amour est plein d'exigences contradictoires. L'inconséquence est d'ailleurs le propre de tous les amours humains. Les hommes s'imaginent que la femme n'a point d'existence par elle-même et qu'elle doit toujours s'absorber en eux, et pourtant ils n'aiment fortement que la femme qui paraît s'élever, par son caractère, au-dessus de la faiblesse et de l'inertie de son sexe. Vous voyez sous ce climat tous les colons disposer de la beauté de leurs esclaves, mais ils ne les aiment point, quelque belles qu'elles soient; et lorsque par hasard ils s'attachent à une d'elles, leur premier besoin est de l'affranchir. Jusque-là ils ne

croient pas avoir affaire à une créature humaine.
L'esprit d'indépendance, la notion de la vertu,
l'amour du devoir, privilège des âmes élevées, est
donc nécessaire dans une compagne ; et plus votre
maîtresse vous montre de force et de patience, plus
vous la chérissez, en dépit de vos souffrances.
Sachez donc distinguer l'amour du désir ; le désir
veut détruire les obstacles qui l'attirent, et il meurt
sur les débris d'une vertu vaincue ; l'amour veut
vivre, et pour cela il veut voir l'objet de son culte
longtemps défendu par cette muraille de diamant
dont la force et l'éclat font la valeur de la beauté. »

C'est ainsi qu'Arthur m'expliquait les ressorts
mystérieux de ma passion et projetait la lumière de
sa sagesse dans les orages ténébreux de mon âme.
Quelquefois il ajoutait : « Si le ciel m'eût donné la
femme que j'ai parfois rêvée, je crois que j'aurais su
faire de mon amour une passion noble et généreuse ; mais la science prend trop de temps : je n'ai
pas eu le loisir de chercher mon idéal, et, si je l'ai
rencontré, je n'ai pu ni l'étudier ni le reconnaître.
Ce bonheur vous est accordé, Bernard ; mais vous
n'approfondirez pas l'histoire naturelle : un seul
homme ne peut pas tout avoir. »

Quant à mon soupçon sur le mariage d'Edmée
que je redoutais, il le rejetait bien loin, comme une
obsession maladive. Il trouvait, au contraire, dans
le silence d'Edmée à cet égard, une admirable
délicatesse de conduite et de sentiments. « Une
personne vaine prendrait soin, disait-il, de vous
apprendre tous les sacrifices qu'elle vous fait, de
vous énumérer les titres et qualités des prétendants
qu'elle repousse ; mais Edmée est une âme trop
élevée, un esprit trop sérieux pour entrer dans ces
détails futiles. Elle regarde vos conventions comme
inviolables, et n'imite pas ces consciences faibles

qui parlent toujours de leurs victoires pour se faire un mérite de ce que la vraie force trouve facile. Elle est née si fidèle qu'elle n'imagine même pas qu'on puisse la soupçonner de ne pas l'être. »

Ces entretiens versaient un baume salutaire sur mes blessures. Lorsque la France accorda enfin ouvertement son alliance à la cause américaine, j'appris de l'abbé une nouvelle qui me rassura entièrement sur un point. Il m'écrivait que probablement je retrouverais au Nouveau Monde *un ancien ami*. Le comte de La Marche avait obtenu un régiment, et il partait pour les Etats-Unis. « *Entre nous soit dit*, ajoutait l'abbé, il lui était bien nécessaire de se créer une position. Ce jeune homme, quoique modeste et sage, a toujours eu la faiblesse de céder à un préjugé de famille. Il avait honte de sa pauvreté et la cachait comme on cache une lèpre, si bien qu'il a achevé de se ruiner en ne voulant pas laisser paraître les progrès de sa ruine. On attribue dans le monde la rupture d'Edmée avec lui à ces revers de fortune, et l'on va jusqu'à dire qu'il était peu épris de sa personne et beaucoup de sa dot. Je ne saurais me résoudre à lui supposer des vues basses, et je crois seulement qu'il a subi les souffrances auxquelles conduisent de faux principes sur le prix des biens de ce monde. Si vous le rencontrez, Edmée désire que vous lui témoigniez de l'intérêt, et que vous lui exprimiez celui qu'elle a toujours manifesté pour lui. La conduite de votre admirable cousine a été en ceci comme en toutes choses, pleine de douceur et de dignité. »

XV

La veille du départ de M. de La Marche, après
l'envoi de la lettre de l'abbé, il s'était passé [87] dans
la Varenne un petit événement qui me causa en
Amérique une surprise agréable et plaisante, et qui
d'ailleurs s'enchaîna d'une manière remarquable
aux événements les plus importants de ma vie, ainsi
que vous le verrez plus tard.

Quoique assez grièvement blessé à la malheureuse affaire de Savannah [88], j'étais activement
occupé en Virginie, sous les ordres du général
Greene [89], à rassembler les débris de l'armée de
Gates, qui était à mes yeux un héros bien supérieur
à son rival malheureux Washington. Nous venions
d'apprendre le débarquement de l'escadre de M. de
Ternay, et la tristesse qui nous avait gagnés à cette
époque de revers et de détresse commençait à se
dissiper devant l'espoir d'un secours plus considérable que celui qui nous arrivait en effet. Je me
promenais dans les bois, à peu de distance du
camp, avec Arthur, et nous profitions de ce
moment de répit pour nous entretenir enfin d'autre
chose que de Cornwallis et de l'infâme Arnolds.
Longtemps affligés par le spectacle des maux de la
nation américaine, par la crainte de voir l'injustice

et la cupidité triompher de la cause des peuples, nous nous abandonnions à une douce gaieté. Lorsque j'avais une heure de loisir, j'oubliais mes rudes travaux pour me réfugier dans l'oasis de mes pensées, dans la famille de Sainte-Sévère. Selon ma coutume, à ces heures-là, je racontais au complaisant Arthur quelque scène bouffonne de mes débuts dans la vie au sortir de la Roche-Mauprat. Je lui décrivais tantôt ma première toilette, tantôt le mépris et l'horreur de mademoiselle Leblanc pour ma personne, et ses recommandations à son ami Saint-Jean de ne jamais approcher de moi à la portée du bras. Je ne sais comment, au milieu de ces amusantes figures, celle du solennel hidalgo Marcasse se présenta à mon imagination, et je me mis à faire la peinture fidèle et détaillée de l'habillement, de la démarche et de la conversation de cet énigmatique personnage. Ce n'est pas que Marcasse fût réellement aussi comique qu'il m'apparaissait à travers ma fantaisie; mais, à vingt ans, un homme n'est qu'un enfant, surtout lorsqu'il est militaire, qu'il vient d'échapper à de grands périls, et que la conquête de sa propre vie le remplit d'un orgueil insouciant. Arthur riait de tout son cœur en m'écoutant, et m'assurait qu'il donnerait tout son bagage de naturaliste pour un animal aussi curieux que celui dont je lui faisais la description. Le plaisir qu'il trouvait à partager mes enfantillages me donnant de la verve, je ne sais si j'aurais pu résister au désir de charger un peu mon modèle, lorsque tout à coup, au détour du chemin, nous nous trouvâmes en présence d'un homme de haute taille, pauvrement vêtu, pitoyablement décharné, lequel marchait à nous d'un air grave et pensif, portant à la main une longue épée nue, dont la pointe était pacifiquement baissée jusqu'à terre. Ce personnage ressemblait si fort à celui que je venais de décrire qu'Arthur, frappé de l'à-propos, fut pris d'un rire inextinguible, et, se rangeant de côté pour laisser passer le sosie de Marcasse, se jeta sur le gazon au milieu d'une quinte de toux convulsive.

Quant à moi, je ne riais point, car rien de ce qui semble surnaturel ne manque de frapper vivement l'homme le plus habitué au danger. La jambe en avant, l'œil fixe, le bras étendu, nous nous approchions l'un vers l'autre, moi et lui, non pas l'ombre de Marcasse, mais la personne respectable, en chair et en os, de l'hidalgo preneur de taupes.

Pétrifié de surprise, lorsque je vis ce que je prenais pour un spectre porter lentement la main à la corne de son chapeau et le soulever sans perdre une ligne de sa taille, je reculai de trois pas, et cette émotion, qu'Arthur prit pour une facétie de ma part, augmenta sa gaieté. Le chasseur de belettes n'en fut aucunement ému; peut-être pensa-t-il, dans son calme judicieux, que c'était la manière d'aborder les gens sur l'autre rive de l'Océan.

Mais la gaieté d'Arthur faillit redevenir contagieuse lorsque Marcasse me dit avec un flegme incomparable : « Il y a longtemps, monsieur Bernard, que j'ai l'honneur de vous chercher. — Il y a longtemps en effet, mon bon Marcasse, répondis-je en serrant gaiement la main de cet ancien ami; mais dis-moi par quel pouvoir inouï j'ai eu le bonheur de t'attirer jusqu'ici. Autrefois tu passais pour sorcier; le serais-je devenu aussi sans m'en douter? — Je vous dirai tout cela, mon cher général, répondit Marcasse, que mon uniforme de capitaine éblouissait apparemment; veuillez me permettre d'aller avec vous, et je vous dirai bien des choses, bien des choses! »

En entendant Marcasse répéter son dernier mot

d'une voix affaiblie et comme se faisant écho à lui-même, manie qu'un instant auparavant j'étais en train de contrefaire, Arthur se remit à rire. Marcasse se retourna vers lui, et, l'ayant regardé fixement, le salua avec une gravité imperturbable. Arthur, reprenant tout à coup son sérieux, se leva et lui rendit son salut jusqu'à terre avec une dignité comique.

Nous retournâmes ensemble au camp. Chemin faisant, Marcasse me raconta son histoire dans ce style bref, qui, forçant l'auditeur à mille questions fatigantes, loin de simplifier le discours, le compliquait extraordinairement. Ce fut un grand divertissement pour Arthur ; mais, comme vous ne trouveriez pas le même plaisir à entendre une relation exacte de cet interminable dialogue, je me bornerai à vous dire comment Marcasse s'était décidé à quitter sa patrie et ses amis pour apporter à la cause américaine le secours de sa longue épée.

M. de La Marche partait pour l'Amérique à l'époque où Marcasse, installé à son château du Berry pour huit jours, faisait sa ronde annuelle sur les poutres et les solives des greniers. La maison du comte, bouleversée de ce départ, se livrait à de merveilleux commentaires sur ce pays lointain, plein de dangers, de prodiges, d'où l'on ne revenait jamais, suivant les beaux esprits du village, qu'avec une fortune si considérable et tant de lingots d'or et d'argent qu'il fallait dix vaisseaux pour les rapporter. Sous son extérieur glacé, don Marcasse, semblable aux volcans hyperboréens, cachait une imagination brûlante, un amour passionné pour l'extraordinaire. Habitué à vivre en équilibre sur les ais des charpentes, dans une région évidemment plus élevée que les autres hommes, et n'étant pas insensible à la gloire d'étonner chaque jour les

assistants par la hardiesse et la tranquillité de ses
manœuvres acrobatiques, il se laissa enflammer par
la peinture de l'El Dorado; et cette fantaisie fut
d'autant plus vive que, selon son habitude, il ne
s'en ouvrit à personne. M. de La Marche fut donc
fort surpris lorsque, la veille de son départ,
Marcasse se présenta devant lui, et lui proposa de
l'accompagner en Amérique en qualité de valet de
chambre. En vain M. de La Marche lui représenta
qu'il était bien vieux pour quitter son état et pour
courir les chances d'une existence nouvelle; Marcasse montra tant de fermeté qu'il finit par le
convaincre. Plusieurs raisons déterminèrent M. de
La Marche à faire ce singulier choix. Il avait résolu
d'emmener un domestique encore plus âgé que le
chasseur de belettes, et qui ne le suivait qu'avec
beaucoup de répugnance. Mais cet homme avait
toute sa confiance, faveur que M. de La Marche
accordait difficilement, n'ayant du train d'un
homme de qualité que l'apparence, et voulant être
servi avec économie, prudence et fidélité. Il
connaissait Marcasse pour un homme scrupuleusement honnête, et même singulièrement désintéressé; car il y avait du don Quichotte dans l'âme de
Marcasse tout aussi bien que dans sa personne. Il
avait trouvé dans une ruine une sorte de trésor,
c'est-à-dire un pot de grès renfermant une somme
de dix mille francs environ, en vieille monnaie d'or
et d'argent; et non seulement il l'avait remis au
possesseur de la ruine, qu'il aurait pu tromper à son
aise, mais encore il avait refusé une récompense,
disant avec emphase, dans son jargon abréviatif,
que *l'honnêteté mourrait se vendant.*

La frugalité de Marcasse, sa discrétion, sa
ponctualité devaient en faire un homme précieux,
s'il pouvait s'habituer à mettre ces qualités au

service d'autrui. Il y avait seulement à craindre qu'il ne pût s'habituer à la perte de son indépendance; mais, avant que l'escadre de M. de Ternay mît à la voile, M. de La Marche pensa qu'il aurait le temps de faire une épreuve suffisante de son nouvel écuyer.

De son côté, Marcasse éprouva bien quelque regret en prenant congé de ses amis et de son pays; car, s'il avait *des amis partout, partout une patrie*, comme il disait, faisant allusion à sa vie errante, il avait pour la Varenne une préférence bien marquée; et, de tous ses châteaux (car il avait pour coutume d'appeler siens tous ses gîtes), le château de Sainte-Sévère était le seul où il arrivât avec plaisir et dont il s'éloignât avec regret. Un jour que le pied lui avait manqué sur la toiture et qu'il avait fait une chute assez grave, Edmée, encore enfant, avait gagné son cœur par les pleurs que cet accident lui avait fait répandre et par les soins naïfs qu'elle lui avait donnés. Depuis que Patience habitait la lisière du parc, Marcasse sentait encore plus d'attrait pour Sainte-Sévère, car Patience était l'Oreste de Marcasse. Marcasse ne comprenait pas toujours Patience; mais Patience était le seul qui comprît parfaitement Marcasse et qui sût tout ce qu'il y avait d'honnêteté chevaleresque et de bravoure exaltée sous cette bizarre enveloppe. Prosterné devant la supériorité intellectuelle du solitaire, le chasseur de belettes s'arrêtait respectueusement, lorsque la verve poétique, s'emparant de Patience, devenait inintelligible pour son modeste ami. Alors Marcasse, avec une touchante douceur et s'abstenant de questions et de remarques déplacées, baissait les yeux, et faisant signe de la tête de temps à autre, comme s'il eût compris et approuvé, donnait du moins à son ami l'innocent plaisir d'être écouté sans contradiction.

Cependant Marcasse en avait compris assez pour embrasser les idées républicaines et pour partager les romanesques espérances de nivellement universel et de retour à l'égalité de l'âge d'or que nourrissait ardemment le bonhomme Patience. Ayant plusieurs fois ouï dire à son ami qu'il fallait cultiver ces doctrines avec prudence (précepte que d'ailleurs Patience n'observait guère pour son propre compte), l'hidalgo, puissamment aidé par son habitude et son penchant, ne parlait jamais de sa philosophie; mais il faisait une propagande plus efficace, en colportant du château à la chaumière et de la maison bourgeoise à la ferme ces petites éditions à bon marché de *la Science du bonhomme Richard,* et d'autres menus traités de patriotisme populaire, que, selon la société jésuitique, une société secrète de philosophes voltairiens, voués aux pratiques diaboliques de la franc-maçonnerie, faisait circuler gratis dans les basses classes.

Il y avait donc autant d'enthousiasme révolutionnaire que d'amour pour les aventures dans la subite résolution de Marcasse. Depuis longtemps le loir et la fouine lui paraissaient des ennemis trop faibles, et l'aire aux grains un champ trop resserré pour sa valeur inquiète. Il lisait chaque jour les journaux de la veille dans l'office des bonnes maisons qu'il parcourait, et cette guerre d'Amérique, qu'on signalait comme le réveil de la justice et de la liberté dans l'univers, lui avait semblé devoir amener une révolution en France. Il est vrai qu'il prenait au pied de la lettre cette influence des idées qui devaient traverser les mers et venir s'emparer des esprits sur notre continent. Il voyait en rêve une armée d'Américains victorieux descendant de

nombreux vaisseaux et apportant l'olivier de paix et
la corne d'abondance à la nation française. Il se
voyait dans ce même rêve commandant une légion
héroïque, et reparaissant dans la Varenne guerrier,
législateur, émule de Washington, supprimant les
abus, renversant les grandes fortunes, dotant
chaque prolétaire d'une portion convenable, et, au
milieu de ces vastes et rigoureuses mesures, proté-
geant les bons et loyaux nobles et leur conservant
une existence honorable. Il est inutile de dire que
les nécessités douloureuses des grandes crises politiques n'entraient point dans l'esprit de Marcasse,
et que pas une goutte de sang répandu ne venait
souiller le romanesque tableau que Patience dérou-
lait devant ses yeux.

Il y avait loin de ces espérances gigantesques au
métier de valet de chambre de M. de La Marche;
mais Marcasse n'avait pas d'autre chemin pour
arriver à son but. Les cadres du corps d'armée
destiné pour l'Amérique étaient remplis depuis
longtemps, et ce n'était qu'en qualité de passager
attaché à l'expédition qu'il pouvait prendre place
sur un bâtiment marchand à la suite de l'escadre. Il
avait questionné l'abbé sur tout cela sans lui dire
son projet. Son départ fut un coup de théâtre pour
tous les habitants de la Varenne.

A peine eut-il mis le pied sur le rivage de l'Union
qu'il sentit un besoin irrésistible de prendre son
grand chapeau et sa grande épée, et d'aller tout seul
devant lui à travers bois, comme il avait coutume
de faire dans son pays; mais sa conscience lui
défendait de quitter son maître après avoir
contracté l'engagement de le servir. Il avait compté
sur la fortune, et la fortune le seconda. La guerre
étant beaucoup plus meurtrière et plus active qu'on
ne s'y attendait, M. de La Marche craignit à tort

d'être embarrassé par la santé débile de son maigre écuyer. Pressentant d'ailleurs son désir de liberté, il lui offrit une somme d'argent et des lettres de recommandation pour qu'il pût se joindre comme volontaire aux troupes américaines. Marcasse, sachant la fortune de son maître, refusa l'argent, n'accepta que les recommandations, et partit léger comme la plus agile des belettes qu'il eût jamais occises.

Son intention était de se rendre à Philadelphie; mais un hasard inutile à raconter lui ayant fait savoir que j'étais dans le sud, comptant avec raison trouver en moi un conseil et un appui, il était venu me rejoindre, seul, à pied, à travers des contrées inconnues, presque désertes et souvent pleines de périls de toute espèce. Son habit seul avait souffert; sa figure jaune n'avait pas changé de nuance, et il n'était pas plus étonné de sa nouvelle destinée que s'il eût parcouru la distance de Sainte-Sévère à la tour Gazeau.

La seule chose insolite que je remarquai en lui fut qu'il se retournait de temps en temps et regardait en arrière, comme s'il eût été tenté d'appeler quelqu'un; puis aussitôt il souriait et soupirait presque au même instant. Je ne pus résister au désir de lui demander la cause de son inquiétude. « Hélas! répondit-il, habitude ne peut se perdre, un pauvre chien! un bon chien! Toujours dire : ici, Blaireau! Blaireau, ici!

— J'entends, lui dis-je, Blaireau est mort, et vous ne pouvez vous habituer à l'idée que vous ne le verrez plus sur vos traces?

— Mort! s'écria-t-il avec un geste d'épouvante. Non, Dieu merci! Ami Patience, grand ami! Blaireau heureux, mais triste comme son maître, son maître seul!

« — Si Blaireau est chez Patience, dit Arthur, il est heureux en effet, car Patience ne manque de rien ; Patience le chérira pour l'amour de vous, et certainement vous reverrez votre digne ami et votre chien fidèle. »

Marcasse leva les yeux sur la personne qui semblait si bien connaître sa vie ; mais, s'étant assuré qu'il ne l'avait jamais vue, il prit le parti qu'il avait coutume de prendre quand il ne comprenait pas ; il souleva son chapeau et salua respectueusement.

Marcasse fut, à ma prompte recommandation, enrôlé sous mes ordres, et peu de temps après il fut nommé sergent. Ce digne homme fit toute la campagne avec moi et la fit bravement, et lorsqu'en 1782 je passai sous le drapeau de ma nation et rejoignis l'armée de Rochambeau[90], il me suivit, voulant partager mon sort jusqu'à la fin. Dans les premiers jours, il fut pour moi un amusement plutôt qu'une société ; mais bientôt sa bonne conduite et son intrépidité calme lui méritèrent l'estime de tous, et j'eus lieu d'être fier de mon protégé. Arthur aussi le prit en grande amitié, et hors du service il nous accompagnait dans toutes nos promenades, portant la boîte du naturaliste, et perforant les serpents de son épée.

Mais lorsque j'essayai de le faire parler de ma cousine, il ne me satisfit point. Soit qu'il ne comprît pas l'intérêt que je mettais à savoir tous les détails de la vie qu'elle menait loin de moi, soit qu'il se fût fait à cet égard une de ces lois invariables qui gouvernaient sa conscience, jamais je ne pus obtenir une solution claire aux doutes qui me tourmentaient. Il me dit bien d'abord qu'il n'était question de son mariage avec personne ; mais quelque habitué que je fusse à la manière vague dont il s'exprimait, je m'imaginai qu'il avait fait cette réponse avec embarras et de l'air d'un homme qui s'est engagé à garder un secret. L'honneur me défendait d'insister au point de lui laisser voir mes espérances ; il y eut donc toujours entre nous un point douloureux auquel j'évitais de toucher, et sur lequel, malgré moi, je me trouvais revenir toujours. Tant qu'Arthur fut près de moi, je gardai ma raison, j'interprétai les lettres d'Edmée dans le sens le plus loyal ; mais quand j'eus la douleur de me séparer de lui, mes souffrances se réveillèrent, et le séjour de l'Amérique me pesa de plus en plus.

Cette séparation eut lieu lorsque je quittai l'armée américaine pour faire la guerre sous les ordres du général français. Arthur était Américain, et il n'attendait d'ailleurs que l'issue de la guerre pour se retirer du service et se fixer à Boston, auprès du docteur Cooper, qui l'aimait comme son fils, et qui se chargea de l'attacher à la bibliothèque de la société de Philadelphie, en qualité de bibliothécaire principal. C'était tout ce qu'Arthur avait désiré comme récompense de ses travaux.

Les événements qui remplirent ces dernières années appartiennent à l'histoire. Je vis la paix proclamer l'existence des Etats-Unis [91] avec une joie toute personnelle. Le chagrin s'était emparé de moi, ma passion n'avait fait que grandir et ne laissait point de place aux enivrements de la gloire militaire. J'allai avant mon départ embrasser Arthur, et je m'embarquai avec le brave Marcasse, partagé entre la douleur de quitter mon seul ami et la joie de revoir mes seules amours. L'escadre dont je faisais partie éprouva de grandes vicissitudes dans la traversée, et plusieurs fois je renonçai à l'espérance de mettre jamais un genou en terre devant Edmée, sous les grands chênes de Sainte-

Sévère. Enfin, après une dernière tempête essuyée sur les côtes de France, je mis le pied sur les grèves de la Bretagne, et je tombai dans les bras de mon pauvre sergent, qui avait supporté, sinon avec plus de force physique, du moins avec plus de tranquillité morale, les maux communs, et nos larmes se confondirent.

XVI

Nous partîmes de Brest sans nous faire précéder d'aucune lettre.

Lorsque nous approchâmes de la Varenne, nous mîmes pied à terre, et, envoyant la chaise de poste par le plus long chemin, nous prîmes à travers bois. Quand je vis les arbres du parc élever leurs têtes vénérables au-dessus des bois taillis comme une grave phalange de druides au milieu d'une multitude prosternée, mon cœur battit si fort que je fus forcé de m'arrêter. « Eh bien! » me dit Marcasse en se retournant d'un air presque sévère, et comme s'il m'eût reproché ma faiblesse; mais un instant après je vis sa physionomie également compromise par une émotion inattendue. Un petit glapissement plaintif et le frôlement d'une queue de renard dans ses jambes l'ayant fait tressaillir, il jeta un grand cri en reconnaissant Blaireau. Le pauvre animal avait senti son maître de loin, il était accouru avec l'agilité de sa première jeunesse pour se rouler à nos pieds. Nous crûmes un instant qu'il allait y mourir, car il resta immobile et comme crispé sous la main caressante de Marcasse; puis tout à coup, se relevant comme frappé d'une idée digne d'un homme, il repartit avec la rapidité de l'éclair et se dirigea vers la cabane de Patience.

« Oui, va avertir mon ami, brave chien! s'écria Marcasse, plus ami que toi serait plus qu'homme. » Il se retourna vers moi, et je vis deux grosses larmes rouler sur les joues de l'impassible hidalgo.

Nous doublâmes le pas jusqu'à la cabane. Elle avait subi de notables améliorations; un joli jardin rustique, clos par une haie vive adossée à des quartiers de roc, s'étendait autour de la maisonnette; nous arrivâmes, non plus par un sentier pierreux, mais par une belle allée, aux deux côtés de laquelle des légumes splendides s'étalaient en lignes régulières comme une armée en ordre de marche. Un bataillon de choux composait l'avant-garde; les carottes et les salades formaient le corps principal, et le long de la haie l'oseille modeste fermait le cortège. De jolis pommiers, déjà forts, inclinaient sur ces plantes leur parasol de verdure, et les poiriers en quenouille, alternant avec les poiriers en éventail, les bordures de thym et de sauge baisant le pied des tournesols et des giroflées, trahissaient dans Patience un singulier retour à des idées d'ordre social et à des habitudes de luxe.

Ce changement était si notable que je croyais ne plus trouver Patience dans cette habitation. Une inquiétude plus grave encore commençait à me gagner; elle se changea presque en certitude lorsque je vis deux jeunes gens du village occupés à tailler les espaliers. Notre traversée avait duré plus de quatre mois, et il y en avait bien six que nous n'avions entendu parler du solitaire. Mais Marcasse ne ressentait aucune crainte; Blaireau lui avait dit que Patience vivait, et les traces du petit chien fraîchement marquées sur le sable de l'allée attestaient la direction qu'il avait prise. Néanmoins, j'avais tellement peur de voir troubler la joie d'un

pareil jour que je n'osai pas faire une question aux
jardiniers de Patience, et que je suivis en silence
l'hidalgo, dont l'œil attendri se promenait sur ce
nouvel Eden, et dont la bouche discrète ne laissait
échapper que le mot *changement,* plusieurs fois
répété.

Enfin l'impatience me prit : l'allée était interminable, bien que très courte en réalité, et je me mis à
courir, le cœur bondissant d'émotion. « Edmée, me
disais-je, est peut-être là. »

Elle n'y était pourtant pas, et je n'entendis que la
voix du solitaire qui disait : « Ah çà! qu'est-ce qu'il
y a donc? ce pauvre vieux chien est-il devenu
enragé! A bas, Blaireau! Vous n'auriez pas tourmenté votre maître de la sorte. Ce que c'est que de
gâter les gens!

— Blaireau n'est pas enragé, dis-je en entrant;
êtes-vous donc devenu sourd à l'approche d'un
ami, maître Patience? »

Patience laissa retomber sur la table une pile
d'argent qu'il était en train de compter, et vint à
moi avec son ancienne cordialité. Je l'embrassai; il
fut surpris et touché de ma joie; puis, me regardant
de la tête aux pieds, il s'émerveillait du changement
opéré dans ma personne, lorsque Marcasse parut
sur le seuil de la porte.

Alors Patience, avec une expression sublime,
s'écria en levant sa large main vers le ciel : « Les
paroles du Cantique! Maintenant je puis mourir,
mes yeux ont vu celui que j'attendais. » L'hidalgo
ne dit rien; il leva son chapeau comme de coutume,
et, s'asseyant sur une chaise, il devint pâle et ferma
les yeux. Son chien sauta sur ses genoux en
témoignant sa tendresse par des essais de petits cris
qui se changeaient en éternuements multipliés
(vous savez qu'il était *muet de naissance*). Tout

tremblant de vieillesse et de joie, il allongea son nez pointu vers le long nez de son maître, mais son maître ne lui répondit pas comme à l'ordinaire : « A bas, Blaireau ! » Marcasse était évanoui.

Cette âme aimante, qui ne savait pas plus que celle de Blaireau se manifester par la parole, succombait sous le poids de son bonheur. Patience courut lui chercher un grand *pichet* de vin du pays, de seconde année, c'est-à-dire du plus vieux et du meilleur possible ; il lui en fit avaler quelques gouttes dont la verdeur le ranima. L'hidalgo excusa sa faiblesse en l'attribuant à la fatigue et à la chaleur ; il ne voulut ou ne sut pas l'attribuer à son véritable motif. Il est des âmes qui s'éteignent, après avoir brûlé pour tout ce qu'il y a de beau et de grand dans l'ordre moral, sans avoir trouvé le moyen et même sans avoir senti le besoin de se manifester aux autres.

Quand les premiers élans furent calmés chez Patience, qui était aussi expansif que son ami l'était peu : « Ah çà ! me dit-il, je vois, mon officier, que vous n'avez pas envie de rester ici longtemps. Allons donc vite où vous êtes pressé d'arriver. On va être bien surpris et bien content, je vous jure. » Nous pénétrâmes dans le parc, et en le traversant Patience nous expliqua le changement survenu dans son habitation et dans sa vie. « Quant à moi, vous voyez que je n'ai pas changé, nous dit-il. Même tenue, mêmes allures ; et si je vous ai servi du vin tout à l'heure, je n'ai pas cessé pour cela de boire de l'eau. Mais j'ai de l'argent et des terres, et des ouvriers, da ! Eh bien ! tout cela, c'est malgré moi, comme vous allez le savoir. Il y a trois ans environ, mademoiselle Edmée me parla de l'embarras où elle était pour faire la charité à propos. L'abbé était aussi malhabile qu'elle. On les trompait tous les jours en leur tirant de l'argent pour en faire un méchant usage, tandis que des journaliers fiers et laborieux manquaient de tout sans qu'on pût le savoir. Elle craignait de les humilier en allant s'enquérir de leurs besoins, et lorsque de mauvais sujets s'adressaient à elle, elle aimait mieux être leur dupe que de se tromper au détriment de la charité. De cette manière elle dépensait beaucoup d'argent et faisait peu de bien. Je lui fis alors entendre que l'argent était la chose la moins nécessaire aux nécessiteux; que ce qui rendait les hommes vraiment malheureux, ce n'était pas de ne pouvoir se vêtir mieux que les autres, aller au cabaret le dimanche, étaler à la grand-messe un bas bien blanc avec une jarretière rouge sur le genou, de ne pouvoir dire : Ma jument, ma vache, ma vigne, mon grenier, etc.; mais bien d'avoir *le corps faible et la saison dure,* de ne pouvoir se préserver du froid, du chaud, des maladies, *de la grand-soif et de la grand-faim.* Je lui dis donc de ne pas juger de la force et de la santé des paysans d'après moi, mais d'aller s'informer elle-même de leurs maladies et de ce qui manquait à leur ménage. Ces gens-là ne sont pas philosophes; ils ont de la vanité, ils aiment la *braverie,* mangent le peu qu'ils gagnent pour paraître, et n'ont pas la prévoyance de se priver d'un petit plaisir pour mettre en réserve une ressource contre les grands besoins. Enfin, ils ne savent pas gouverner l'argent; ils vous disent qu'ils ont des dettes, et s'il est vrai qu'ils en aient, il n'est pas vrai qu'ils emploient à les payer l'argent que vous leur donnez. Ils ne songent pas au lendemain, ils payent l'intérêt aussi haut qu'on veut le leur faire payer, et ils achètent avec votre argent une chènevière ou un mobilier, afin que les voisins s'étonnent et soient jaloux. Cependant les dettes

augmentent tous les ans, et au bout du compte il
faut vendre chènevière et mobilier, parce que le
créancier, qui est toujours un d'entre eux, veut son
remboursement ou de tels intérêts qu'on ne peut y
suffire. Tout s'en va, le fonds emporte le fonds ; les
intérêts ont emporté le revenu ; on est vieux, on ne
peut plus travailler. Les enfants vous abandonnent,
parce que vous les avez mal élevés et qu'ils ont les
mêmes passions et les mêmes vanités que vous ; il
vous faut prendre une besace et aller de porte en
porte demander du pain, parce que vous êtes
habitué au pain et ne sauriez sans mourir manger
des racines comme le sorcier Patience, rebut de la
nature, que tout le monde hait et méprise, parce
qu'il ne s'est pas fait mendiant. Le mendiant, au
reste, n'est guère plus malheureux que le journalier,
moins peut-être. Il n'a plus ni bonne ni sotte fierté,
il ne souffre plus. Les gens du pays sont bons ;
aucun *besacier* ne manque d'un gîte et d'un souper
en faisant sa ronde ; les paysans lui chargent le dos
de morceaux de pain, si bien qu'il peut nourrir
volaille et pourceau dans la petite cahute où il laisse
un enfant et une vieille parente pour soigner son
bétail. Il y revient toutes les semaines passer deux
ou trois jours à ne rien faire et à compter les pièces
de deux sous qu'il a reçues. Cette pauvre monnaie
lui sert souvent à satisfaire des besoins superflus
que l'oisiveté engendre. Un métayer prend bien
rarement du tabac ; beaucoup de mendiants ne
peuvent s'en passer et en demandent avec plus
d'avidité que du pain. Ainsi le mendiant n'est pas
plus à plaindre que le travailleur ; mais il est
corrompu et débauché quand il n'est pas méchant
et féroce, ce qui du reste est assez rare.

« Voici donc ce qu'il faudrait faire, disais-je à
Edmée ; et l'abbé m'a dit que cela était l'avis de vos

philosophes. Il faudrait que les personnes qui font comme vous beaucoup de charités particulières les fissent sans consulter la fantaisie de celui qui demande, mais bien après avoir reconnu ses véritables besoins. Edmée m'objecta que cette connaissance-là lui serait impossible, qu'il y faudrait passer toutes ses journées, et abandonner M. le chevalier qui se fait vieux, et qui ne peut plus lire ni rien faire sans les yeux et la tête de sa fille. L'abbé aimait trop à s'instruire pour son compte dans les livres des savants, pour avoir du temps de reste. « Voilà à quoi sert la belle science de la vertu, lui dis-je, elle fait qu'on oublie d'être vertueux. — Tu as bien raison, repartit Edmée, mais comment faire ? » Je promis d'y songer et voici ce que j'imaginai. Je me promenai tous les jours du côté des terres, au lieu de me promener comme d'habitude du côté des bois. Cela me coûta beaucoup ; j'aime à être seul, et partout je fuyais l'homme depuis tant d'années que je n'en sais plus le compte. Enfin, c'était un devoir, je le fis. J'approchai des maisons ; je m'enquis d'abord par-dessus la haie, et puis jusque dans l'intérieur des habitations, et comme par manière de conversation, de ce que je voulais savoir. D'abord on me reçut comme un chien perdu en temps de sécheresse, et je vis, avec un chagrin que j'eus bien de la peine à cacher, la haine et la méfiance sur toutes ces figures. Je n'avais pas voulu vivre avec les hommes, mais je les aimais ; je les savais plus malheureux que méchants ; j'avais passé tout mon temps à m'affliger de leurs maux, à m'indigner contre ceux qui les causaient ; et quand pour la première fois j'entrevoyais la possibilité de faire quelque chose pour quelques-uns, ceux-là fermaient bien vite leur porte du plus loin qu'ils m'apercevaient, et leurs enfants, de

beaux enfants que j'aime tant! se cachaient dans les
fossés pour n'avoir pas la fièvre que je donnais,
disait-on, avec le regard. Cependant, comme on
savait l'amitié qu'Edmée avait pour moi, on n'osa
pas me repousser ouvertement, et je vins à bout de
savoir ce qui nous intéressait. Elle apporta remède à
tous les maux que je lui fis connaître. Une maison
était lézardée, et tandis que la jeune fille portait un
tablier de cotonnade à quatre livres l'aune, la pluie
tombait sur le lit de la grand-mère et sur le berceau des petits enfants; on fit réparer les toits et
les murailles, les matériaux furent fournis et les
ouvriers payés par nous; mais plus d'argent pour
les beaux tabliers. Ailleurs une vieille femme était
réduite à mendier, parce qu'elle n'avait écouté que
son cœur en donnant son bien à ses enfants, qui la
mettaient à la porte ou lui rendaient la vie si dure à
la maison qu'elle aimait mieux vagabonder. Nous
nous fîmes les avocats de la vieille, avec menace de
porter, à nos frais, l'affaire devant les tribunaux, et
nous obtînmes pour elle une pension que nous
augmentâmes de nos deniers quand elle ne suffisait
pas. Nous amenâmes plusieurs vieillards, qui se
trouvaient dans la même position, à s'associer et à
se mettre en pension chez l'un d'entre eux, à qui
nous fîmes un petit fonds, et qui, ayant de
l'industrie et de l'ordre, fit de bonnes affaires, à tel
point que ses enfants vinrent faire leur paix et
demander à l'aider dans son établissement. Nous
fîmes bien d'autres choses encore dont le détail
serait trop long et que vous verrez de reste. Je dis
nous, parce que peu à peu, quoique je ne voulusse
me mêler de rien au-delà de ce que j'avais fait, je
fus entraîné et forcé à faire davantage, à me mêler
de beaucoup de choses, et finalement de tout. Bref,
c'est moi qui prends les informations, qui dirige les

travaux et qui fais les négociations. Mademoiselle Edmée a voulu qu'il y eût de l'argent dans mes mains, que je pusse en disposer sans la consulter d'avance; c'est ce que je ne me suis jamais permis, et aussi jamais elle ne m'a contredit une seule fois dans mes idées. Mais tout cela, voyez-vous, m'a donné bien de la fatigue et bien du souci. Depuis que les habitants savent que je suis un *petit Turgot,* ils se sont mis ventre à terre devant moi, et cela m'a fait de la peine. J'ai donc des amis dont je ne me soucie pas, et j'ai aussi des ennemis dont je me passerais bien. Les *faux besoigneux* m'en veulent de ne pas être leur dupe; il y a des indiscrets et des gens sans vertu qui trouvent qu'on fait toujours trop pour les autres, jamais assez pour eux. Au milieu de ce bruit et de ces tracasseries, je ne me promène plus la nuit, je ne dors plus le jour; je suis monsieur Patience, et non plus le sorcier de la tour Gazeau, mais je ne suis plus le solitaire; et croyez-moi, je voudrais de tout mon cœur être né égoïste, et jeter là le collier pour retourner à ma vie sauvage et à ma liberté. »

Patience nous ayant fait ce récit, nous lui fîmes compliment; mais nous nous permîmes une objection contre sa prétendue abnégation personnelle; ce jardin magnifique attestait une transaction avec les *nécessités superflues* dont il avait toute sa vie déploré l'usage chez les autres. « Cela? dit-il en allongeant le bras du côté de son enclos, cela ne me regarde pas; ils l'ont fait malgré moi; mais comme c'étaient de braves gens et que mon refus les affligeait, j'ai été forcé de le souffrir. Sachez que, si j'ai fait bien des ingrats, j'ai fait aussi quelques heureux reconnaissants. Or, deux ou trois familles auxquelles j'ai rendu service ont cherché tous les moyens possibles de me faire plaisir; et comme je refusais tout, on a imaginé de me surprendre. Une fois, j'avais été passer plusieurs jours à la Berthenoux pour une affaire de confiance dont on m'avait chargé; car on en est venu à me supposer un grand esprit, tant les gens sont portés à passer d'une extrémité à l'autre. Quand je revins, je trouvai ce jardin tracé, planté et fermé comme vous l'avez vu. J'eus beau me fâcher, dire que je ne voulais pas travailler, que j'étais trop vieux, et que le plaisir de manger quelques fruits de plus ne valait pas la peine que ce jardin allait me coûter à l'entretenir; on n'en tint compte et on l'acheva, en me déclarant que je n'aurais rien à y faire, parce qu'on se chargeait de le cultiver pour moi. En effet, depuis deux ans, les braves gens n'ont pas manqué de venir, tantôt celui-ci, tantôt celui-là, passer dans chaque saison le temps nécessaire à son parfait entretien. Au reste, quoique je n'aie rien changé à ma manière de vivre, le produit de ce jardin m'a été utile : j'ai pu nourrir pendant l'hiver plusieurs pauvres avec mes légumes; les fruits me servent à gagner l'amitié des petits enfants, qui ne crient plus *au loup* quand ils me voient, et qui s'enhardissent jusqu'à venir embrasser le sorcier. On m'a aussi forcé d'accepter du vin et de temps en temps du pain blanc et des fromages de vache; mais tout cela ne me sert qu'à faire politesse aux anciens du village, quand ils viennent m'exposer les besoins de l'endroit et me charger d'en informer le château. Ces honneurs ne me tournent pas la tête, voyez-vous; et même je puis dire que quand j'aurai fait à peu près tout ce que j'ai à faire, je laisserai là les soucis de la grandeur et je retournerai à la vie du philosophe, peut-être à la tour Gazeau, qui sait? »

Nous touchions au terme de notre marche. En mettant le pied sur le perron du château, je joignis

les mains, et, saisi d'un sentiment religieux, j'invo-
quai le ciel avec une sorte de terreur. Je ne sais quel
vague effroi se réveilla; j'imaginai tout ce qui
pouvait m'empêcher d'être heureux, et j'hésitai à
franchir le seuil de la maison, puis je m'élançai. Un
nuage passa devant mes yeux, un bourdonnement
remplit mes oreilles. Je rencontrai Saint-Jean, qui,
ne me reconnaissant pas, fit un grand cri et se jeta
devant moi pour m'empêcher d'entrer sans être
annoncé; je le poussai hors de mon chemin, et il
tomba consterné sur une chaise dans l'antichambre,
tandis que je gagnais la porte du salon avec
impétuosité. Mais au moment de la pousser brusquement, je m'arrêtai saisi d'un nouvel effroi, et
j'ouvris si timidement, qu'Edmée, occupée à broder
au métier, ne leva pas les yeux, croyant reconnaître
dans ce léger bruit la manière respectueuse de
Saint-Jean. Le chevalier dormait et ne s'éveilla pas.
Ce vieillard, grand et maigre comme tous les
Mauprat, était affaissé sur lui-même, et sa tête pâle
et ridée, que l'insensibilité du tombeau semblait
avoir déjà enveloppée, ressemblait à une des figures
anguleuses, en chêne sculpté, qui ornaient le
dossier de son grand fauteuil. Il avait les pieds
allongés devant un feu de sarment, quoique le soleil
fût chaud et qu'un clair rayon tombât sur sa tête
blanche et la fît briller comme l'argent. Comment
vous peindrais-je ce que me fit éprouver l'attitude
d'Edmée? Elle était penchée sur sa tapisserie, et de
temps en temps elle levait les yeux sur son père
pour interroger les moindres mouvements de son
sommeil. Mais que de patience et de résignation
dans tout son être! Edmée n'aimait pas les travaux
d'aiguille; elle avait l'esprit trop sérieux pour
attacher de l'importance à l'effet d'une nuance à
côté d'une nuance et à la régularité d'un point

pressé contre un autre point. D'ailleurs elle avait le
sang impétueux; et quand son esprit n'était pas
absorbé par le travail de l'intelligence, il lui fallait
de l'exercice et le grand air. Mais depuis que son
père, en proie aux infirmités de la vieillesse, ne
quittait presque plus son fauteuil, elle ne quittait
plus son père un seul instant; et, ne pouvant
toujours lire et vivre par l'esprit, elle avait senti la
nécessité d'adopter ces occupations féminines, « qui
sont, disait-elle, les amusements de la captivité ».
Elle avait donc vaincu son caractère d'une manière
héroïque. Dans une de ces luttes obscures qui
s'accomplissent souvent sous nos yeux sans que
nous en soupçonnions le mérite, elle avait fait plus
que de dompter son caractère, elle avait changé
jusqu'à la circulation de son sang. Je la trouvai
maigrie, et son teint avait perdu cette première
fleur de la jeunesse, qui est comme la fraîche
vapeur que l'haleine du matin dépose sur les fruits
et qui s'enlève au moindre choc extérieur, bien que
l'ardeur du soleil l'ait respectée. Mais il y avait dans
cette pâleur précoce et dans cette maigreur un peu
maladive un charme indéfinissable; son regard plus
enfoncé, et toujours impénétrable, avait moins de
fierté et plus de mélancolie qu'autrefois; sa bouche,
plus mobile, avait le sourire plus fin et moins
dédaigneux. Lorsqu'elle me parla, il me sembla voir
deux personnes en elle, l'ancienne et la nouvelle; et,
au lieu d'avoir perdu de sa beauté, je trouvai qu'elle
avait complété l'idéal de la perfection. J'ai pourtant
ouï dire alors à plusieurs personnes qu'elle avait
beaucoup changé; ce qui voulait dire, selon elles,
qu'elle avait beaucoup perdu. Mais la beauté est
comme un temple dont les profanes ne voient que
les richesses extérieures. Le divin mystère de la
pensée de l'artiste ne se révèle qu'aux grandes

sympathies, et le moindre détail de l'œuvre sublime renferme une inspiration qui échappe à l'intelligence du vulgaire. Un de vos modernes écrivains a dit cela, je crois, en d'autres termes et beaucoup mieux. Quant à moi, dans aucun moment de sa vie je n'ai trouvé Edmée moins belle que dans un autre moment; jusque dans les heures de souffrance où la beauté semble effacée dans le sens matériel, la sienne se divinisait à mes yeux et me révélait une nouvelle beauté morale dont le reflet éclairait son visage. Au reste, je suis doué médiocrement sous le rapport des arts, et, si j'avais été peintre, je n'aurais pu reproduire qu'un seul type, celui dont mon âme était remplie; car une seule femme m'a semblé belle dans le cours de ma longue vie : ce fut Edmée.

Je restai quelques instants à la regarder, pâle et touchante, triste, mais calme, vivante image de la piété filiale, de la force enchaînée par l'affection; puis je m'élançai et tombai à ses pieds sans pouvoir dire un mot. Elle ne fit pas un cri, pas une exclamation; mais elle entoura ma tête dans ses deux bras et la tint longtemps serrée contre sa poitrine. Dans cette forte étreinte, dans cette joie muette, je reconnus le sang de ma race, je sentis ma sœur. Le bon chevalier, réveillé en sursaut, l'œil fixe, le coude appuyé sur son genou et le corps plié en avant, nous regardait en disant : « Eh bien! qu'est-ce donc que cela? » Il ne pouvait voir mon visage caché dans le sein d'Edmée; elle me poussa vers lui, et il me serra dans ses bras affaissés avec un élan de tendresse généreuse qui lui rendit un instant la vigueur de la jeunesse.

Vous pouvez imaginer les questions dont on m'accabla et les soins qui me furent prodigués. Edmée était pour moi une mère véritable. Cette bonté expansive et confiante avait tant de sainteté

que, pendant toute cette journée, je n'eus pas
auprès d'elle d'autres pensées que celles que
j'aurais eues si j'avais été réellement son fils. Je fus
vivement touché du soin qu'on prit d'enjoliver à
l'abbé la surprise de mon retour; j'y vis une preuve
certaine de la joie qu'il en devait ressentir. On me
fit cacher sous le métier d'Edmée et on me couvrit
de la grande toile verte dont elle enveloppait son
ouvrage. L'abbé s'assit tout près de moi, et je lui
fis faire un cri en lui prenant les jambes. C'était
une plaisanterie que j'avais l'habitude de lui faire
autrefois; et lorsque je sortis de ma cachette, en
renversant le métier et en faisant rouler tous les
pelotons de laine sur le parquet, il y eut sur son
visage une expression de joie et de terreur tout à
fait bizarre.

Mais je vous tiens quittes de toutes ces scènes
d'intérieur, sur lesquelles ma mémoire se reporte
malgré moi avec trop de complaisance.

XVII

Un immense changement s'était opéré en moi dans le cours de six années. J'étais un homme à peu près semblable aux autres; les instincts étaient parvenus à s'équilibrer presque avec les affections, et les impressions avec le raisonnement. Cette éducation sociale s'était faite naturellement. Je n'avais eu qu'à accepter les leçons de l'expérience et les conseils de l'amitié. Il s'en fallait de beaucoup que je fusse un homme instruit, mais j'étais arrivé à pouvoir acquérir rapidement une instruction solide. J'avais sur toutes choses des notions aussi claires qu'on pouvait les avoir de mon temps. Je sais que, depuis cette époque, la science de l'homme a fait des progrès réels; je les ai suivis de loin, et je n'ai jamais songé à les nier. Or, comme je ne vois pas tous les hommes de mon âge se montrer aussi raisonnables, j'aime à croire que j'ai été mis de bonne heure dans une voie assez droite, puisque je ne me suis pas arrêté dans l'impasse des erreurs et des préjugés.

Les progrès de mon esprit et de ma raison parurent satisfaire Edmée. « Je n'en suis pas étonnée, me dit-elle; vos lettres me l'avaient appris; mais j'en jouis avec un orgueil maternel. »

Mon bon oncle n'avait plus la force de se livrer, comme autrefois, à d'orageuses discussions, et je crois vraiment que, s'il eût conservé cette force, il eût un peu regretté de ne plus retrouver en moi l'antagonisme infatigable qui l'avait tant contrarié jadis. Il fit même quelques essais de contradiction pour m'éprouver ; mais j'eusse regardé alors comme un crime de lui donner ce dangereux plaisir. Il eut un peu d'humeur et trouva que je le traitais trop en vieillard. Pour le consoler, je détournai la conversation vers l'histoire du passé qu'il avait traversé, et je l'interrogeai sur beaucoup de points où son expérience le servait mieux que mes lumières. De cette manière, j'acquis de bonnes notions sur l'esprit de conduite dans les affaires personnelles, et je satisfis pleinement son légitime amour-propre. Il me prit en amitié par sympathie comme il m'avait adopté par générosité naturelle et par esprit de famille. Il ne me cacha pas que son plus grand désir, avant de s'endormir du sommeil éternel, était de me voir devenir l'époux d'Edmée ; et, lorsque je lui répondis que c'était l'unique pensée de ma vie, l'unique vœu de mon âme : « Je le sais, je le sais, me dit-il ; tout dépend d'elle, et je crois qu'elle n'a plus de motifs d'hésitation. Je ne vois pas, ajouta-t-il après un instant de silence et avec un peu d'humeur, ceux qu'elle pourrait alléguer à présent. »

D'après cette parole, la première qui lui fût échappée sur le sujet qui m'intéressait le plus, je vis que depuis longtemps il était favorable à mes désirs, et que l'obstacle, s'il en existait encore un, venait d'Edmée. La dernière réflexion de mon oncle impliquait un doute que je n'osai pas chercher à éclaircir et qui me laissa beaucoup d'inquiétude. La fierté chatouilleuse d'Edmée m'inspirait tant de crainte, sa bonté ineffable m'imposait tant de respect, que je n'osai lui demander ouvertement de se prononcer sur mon sort. Je pris le parti d'agir comme si je n'eusse pas entretenu d'autre espérance que celle d'être à jamais son frère et son ami.

Un événement qui fut longtemps inexplicable vint faire diversion pendant quelques jours à mes pensées. Je m'étais d'abord refusé à aller prendre possession de la Roche-Mauprat. « Il faut absolument, m'avait dit mon oncle, que vous alliez voir les améliorations que j'ai faites à votre domaine, les terres qu'on a mises en bon état de culture, le cheptel que j'ai recomposé dans chacune de vos métairies. Vous devez enfin vous mettre au courant de vos affaires, montrer à vos paysans que vous vous intéressez à leurs travaux; autrement, après ma mort, tout ira de mal en pis, vous serez forcé d'affermer, ce qui vous rapportera peut-être davantage, mais diminuera la valeur de votre fonds. Je suis trop vieux maintenant pour aller surveiller votre bien. Il y a deux ans que je n'ai pu quitter cette misérable robe de chambre; l'abbé n'y entend rien; Edmée est une excellente tête, mais elle ne peut pas se décider à aller dans cet endroit-là; elle dit qu'elle y a eu trop peur, ce qui est un enfantillage. — Je sens que je dois montrer plus de courage, lui répondis-je; et pourtant, mon bon oncle, ce que vous me prescrivez est pour moi la chose la plus rude qui soit au monde. Je n'ai pas mis le pied sur cette terre maudite depuis le jour où j'en suis sorti arrachant Edmée à ses ravisseurs. Il me semble que vous me chassez du ciel pour m'envoyer visiter l'enfer. » Le chevalier haussa les épaules; l'abbé me conjura de prendre sur moi de le satisfaire; c'était une véritable contrariété pour mon bon oncle que ma résistance. Je me soumis, et, résolu à me vaincre, je pris congé d'Edmée pour deux jours. L'abbé voulait m'accompagner pour me distraire des tristes pensées qui allaient m'assiéger ; mais je me fis scrupule de l'éloigner d'Edmée pendant ce court espace de temps ; je savais combien il lui était nécessaire. Attachée comme elle l'était au fauteuil du chevalier, sa vie était si grave, si retirée, que le plus petit événement s'y faisait sentir. Chaque année avait augmenté son isolement, et il était devenu à peu près complet depuis que la caducité du chevalier avait chassé de sa table les chansons et les bons mots, enfants joyeux du vin. Il avait été grand chasseur, et la Saint-Hubert, se trouvant précisément sa fête, avait rassemblé jadis autour de lui, à cette époque, toute la noblesse du pays. Longtemps les cours avaient retenti des hurlements de la meute ; longtemps les écuries avaient serré deux longues files de chevaux fringants entre leurs stalles luisantes, longtemps la voix du cor avait plané sur les grands bois d'alentour ou sonné la fanfare sous les fenêtres de la grande salle, à chaque toast de la brillante compagnie. Mais ces beaux jours avaient disparu depuis longtemps ; le chevalier ne chassait plus, et l'espoir d'obtenir la main de sa fille ne retenait plus autour de son fauteuil les jeunes gens ennuyés de sa vieillesse, de ses attaques de goutte et des histoires qu'il redisait le soir, ne se souvenant plus de les avoir dites le matin. Le refus obstiné d'Edmée et le renvoi de M. de La Marche avaient causé bien de la surprise et donné lieu à bien des recherches de curiosité. Un jeune homme amoureux d'elle, éconduit comme les autres et poussé par un sot et lâche orgueil à se venger de la seule femme de sa classe, qui, selon lui, eût osé le repousser, découvrit qu'Edmée avait été enlevée par les *coupe-jarrets,* et fit courir le bruit

qu'elle avait passé une nuit d'orgie à la Roche-
Mauprat. C'est tout au plus s'il daigna dire qu'elle
n'avait cédé qu'à la violence. Edmée imposait trop
de respect et d'estime pour qu'on l'accusât de
complaisance avec les brigands; mais elle passa
bientôt pour avoir été victime de leur brutalité.
Marquée d'une tache ineffaçable, elle ne fut plus
recherchée de personne. Mon absence ne servit
qu'à confirmer cette opinion. Je l'avais sauvée de la
mort, disait-on, mais non pas de la honte, et je ne
pouvais en faire ma femme; j'en étais amoureux, et
je la fuyais pour ne pas succomber à la tentation de
l'épouser. Tout cela avait tant de vraisemblance
qu'il eût été difficile de faire accepter au public la
véritable version. Elle le fut d'autant moins qu'Edmée n'avait pas voulu agir en conséquence, et faire
cesser les méchants bruits en donnant sa main à un
homme qu'elle ne pouvait pas aimer. Telles étaient
les causes de son isolement; je ne les sus que bien
plus tard. Mais voyant l'intérieur si austère du
chevalier et la sérénité si mélancolique d'Edmée, je
craignis de faire tomber une feuille sèche sur cette
onde endormie, et je suppliai l'abbé de rester auprès
d'elle jusqu'à mon retour. Je ne pris avec moi que
mon fidèle sergent Marcasse, qu'Edmée n'avait pas
voulu laisser s'éloigner de moi, et qui partageait
désormais la cabane élégante et la vie administrative
de Patience.

J'arrivai à la Roche-Mauprat, par une soirée
brumeuse, aux premiers jours de l'automne; le
soleil était voilé, la nature s'assoupissait dans le
silence et dans la brume; les plaines étaient
désertes, l'air seul était rempli du mouvement et du
bruit des grandes phalanges d'oiseaux de passage;
les grues dessinaient dans le ciel des triangles
gigantesques, et les cigognes, passant à une hauteur

incommensurable, remplissaient les nuées de cris mélancoliques qui planaient sur les campagnes attristées comme le chant funèbre des beaux jours. Pour la première fois de l'année je sentis le froid de l'atmosphère, et je crois que tous les hommes sont saisis d'une tristesse instinctive à l'approche de la saison rigoureuse. Il y a dans les premiers frimas quelque chose qui rappelle à l'homme la prochaine dispersion des éléments de son être.

Nous avions traversé les bois et les bruyères, mon compagnon et moi, sans nous dire une seule parole; nous avions fait un long détour pour éviter la tour Gazeau, que je ne me sentais pas la force de revoir. Le soleil se couchait dans des voiles gris quand nous franchîmes la herse de la Roche-Mauprat. Cette herse était brisée, le pont ne se levait plus et ne donnait plus passage qu'à de paisibles troupeaux et à leurs insouciants *pâtours*. Les fossés étaient à demi comblés, et déjà l'oseraie bleuâtre étendait ses rameaux flexibles sur les basses eaux; l'ortie croissait au pied des tours écroulées, et les traces du feu semblaient encore fraîches sur les murs. Les bâtiments de ferme étaient tous renouvelés, et la basse-cour, pleine de bétail, de volailles, d'enfants, de chiens de berger et d'instruments aratoires, contrastait avec cette sombre enceinte, où je croyais encore voir monter la flamme rouge des assaillants et couler le sang noir des Mauprat.

Je fus reçu avec la cordialité tranquille et un peu froide des paysans du Berry. On n'essaya pas de me plaire, mais on ne me laissa manquer de rien. Je fus installé dans le seul des anciens bâtiments qui n'eût pas été endommagé lors du siège du donjon, ou abandonné depuis cette époque à l'action du temps. C'était un corps de logis dont l'architecture massive

remontait au dixième siècle ; la porte était plus
petite que les fenêtres, et les fenêtres elles-mêmes
donnaient si peu de jour qu'il fallut allumer des
flambeaux pour y pénétrer, quoique le soleil fût à
peine couché. Ce bâtiment avait été restauré
provisoirement pour servir de pied-à-terre au nouveau seigneur ou à ses mandataires. Mon oncle
Hubert y était venu souvent surveiller mes intérêts
tant que ses forces le lui avaient permis, et on me
conduisit à la chambre qu'il s'était réservée et qui
s'appelait désormais la chambre du maître. On y
avait transporté tout ce qu'on avait sauvé de mieux
de l'ancien ameublement ; et comme elle était froide
et humide malgré tous les soins qu'on avait pris
pour la rendre habitable, la servante du métayer me
précéda, un tison dans une main et un fagot dans
l'autre.

Aveuglé par la fumée dont elle promenait le
nuage autour de moi, trompé par la nouvelle porte
qu'on avait percée sur un autre point de la cour et
par certains corridors qu'on avait murés pour se
dispenser de les entretenir, je parvins jusqu'à cette
chambre sans rien reconnaître ; il m'eût même été
impossible de dire dans quelle partie des anciens
bâtiments je me trouvais, tant le nouvel aspect de la
cour déroutait mes souvenirs, tant mon âme assom-
brie et troublée était peu frappée des objets
extérieurs.

On alluma le feu tandis que, me jetant sur une
chaise et cachant ma tête dans mes mains, je me
laissais aller à de tristes rêveries. Cette situation
n'était pourtant pas sans charme, tant le passé se
revêt naturellement de formes embellies ou adoucies, dans le cerveau des jeunes gens, maîtres
présomptueux de l'avenir. Quand, à force de
souffler sur son tison, la servante eut rempli la

chambre d'une épaisse fumée, elle sortit pour aller
chercher de la braise et me laissa seul. Marcasse
était resté à l'écurie pour soigner nos chevaux.
Blaireau m'avait suivi; couché devant l'âtre, il me
regardait de temps en temps d'un air mécontent,
comme pour me demander raison d'un si méchant
gîte et d'un si pauvre feu.

Tout à coup, en jetant les yeux autour de moi, il
me sembla que ma mémoire se réveillait. Le feu,
après avoir fait crier le bois vert, envoya un jet de
flamme dans la cheminée, et toute la chambre fut
éclairée d'une lueur brillante, mais agitée, qui
donnait aux objets une apparence douteuse et
bizarre. Blaireau se releva, tourna le dos au feu, et
s'assit entre mes jambes, comme s'il se fût attendu
à quelque chose d'étrange et d'imprévu.

Je reconnus alors que ce lieu n'était autre que la
chambre à coucher de mon grand-père Tristan,
occupée depuis, pendant plusieurs années, par son
fils aîné, le détestable Jean, mon plus cruel oppres-
seur, le plus fourbe et le plus lâche des Coupe-
jarrets. Je fus saisi d'un mouvement de terreur et
de dégoût en reconnaissant les meubles et jusqu'au
lit à colonnes enroulées, où mon grand-père avait
rendu à Dieu son âme criminelle dans les tortures
d'une lente agonie. Le fauteuil sur lequel j'étais
assis était celui où Jean *le Tors* (comme il prenait
plaisir, dans ses jours facétieux, à se nommer lui-
même) s'asseyait pour méditer ses scélératesses ou
pour rendre ses odieux arrêts. Je crus voir passer,
en cet instant, les spectres de tous les Mauprat avec
leurs mains sanglantes et leurs yeux hébétés par le
vin [92]. Je me levai, et j'allais céder à l'horreur que
j'éprouvais en prenant la fuite, lorsque, tout à coup,
je vis se dresser [93] devant moi une figure distincte,
si reconnaissable, si différente, par toutes les

apparences de la réalité, des chimères dont je venais
d'être assiégé, que je retombai sur mon siège, tout
baigné d'une sueur froide. Jean Mauprat était
debout auprès du lit. Il venait d'en sortir, car il
tenait encore un pan du rideau entrouvert. Il me
sembla le même qu'autrefois; seulement il était
encore plus maigre, plus pâle et plus hideux; sa tête
était rasée et son corps enveloppé d'un suaire de
couleur sombre. Il me lança un regard infernal : un
sourire haineux et méprisant effleura sa lèvre mince
et flétrie. Il resta immobile, son œil étincelant
attaché sur moi, et il semblait tout prêt à m'adresser la parole. J'étais convaincu, en cet instant, que
ce que je voyais était un être vivant, un homme de
chair et d'os; il est donc incroyable que je me
sentisse glacé d'une terreur aussi puérile. Mais je le
nierais en vain, et je n'ai jamais pu ensuite me
l'expliquer à moi-même, j'étais enchaîné par la
peur. Son regard me pétrifiait, ma langue était
paralysée. Blaireau s'élança sur lui; alors il agita les
plis de son lugubre vêtement, semblable à un linceul
souillé de l'humidité du sépulcre, et je m'évanouis.

Lorsque je revins à moi-même, Marcasse était
auprès de moi et me relevait avec inquiétude.
J'étais étendu à terre et raide comme un cadavre.
J'eus beaucoup de peine à rassembler mes idées;
mais, aussitôt que je pus me tenir sur mes jambes,
je saisis Marcasse par le corps, et je l'entraînai
précipitamment hors de la chambre maudite. Je
faillis tomber plusieurs fois en descendant l'escalier
à vis, et ce ne fut qu'en respirant dans la cour l'air
du soir et la saine odeur des étables que je
recouvrai l'usage de ma raison.

Je n'hésitai pas à attribuer ce qui venait de se
passer à une hallucination de mon cerveau. J'avais
fait mes preuves de courage à la guerre, en présence

de mon brave sergent; je ne rougissais pas devant lui d'avouer la vérité. Je répondis sincèrement à ses questions, et je lui peignis mon horrible vision avec de tels détails qu'il en fut frappé à son tour comme d'une chose réelle, et répéta plusieurs fois d'un air pensif, en se promenant avec moi dans la cour : « Singulier, singulier!... étonnant!

— Non, cela n'est pas étonnant, lui dis-je quand je me sentis tout à fait remis. J'ai éprouvé la sensation la plus douloureuse en venant ici; depuis plusieurs jours je luttais pour surmonter la répugnance que j'éprouvais à revoir la Roche-Mauprat. J'ai eu le cauchemar la nuit dernière, et j'étais si fatigué et si triste en m'éveillant que, si je n'eusse craint de montrer de la mauvaise volonté à mon oncle, j'aurais encore différé ce voyage désagréable. En entrant ici, j'ai senti le froid me gagner; ma poitrine était oppressée, je ne respirais pas. Peut-être aussi l'âcre fumée dont la chambre était remplie m'a-t-elle troublé le cerveau. Enfin, après les fatigues et les périls de notre malheureuse traversée, dont nous sommes à peine remis l'un et l'autre, est-il étonnant que j'aie éprouvé une crise nerveuse à la première émotion pénible?

— Dites-moi, reprit Marcasse toujours pensif, avez-vous remarqué Blaireau dans ce moment-là? Qu'a fait Blaireau? — J'ai cru voir Blaireau s'élancer sur le fantôme au moment où il a disparu; mais j'ai rêvé cela comme le reste.

— Hum! dit le sergent, quand je suis entré, Blaireau était tout en feu. Il venait à vous, flairait, pleurait à sa manière, allait du côté du lit, grattait le mur, venait à moi, allait à vous. Singulier, cela! Etonnant, capitaine, étonnant, cela! »

Après quelques instants de silence : « Pas de revenants, s'écria-t-il en secouant la tête, jamais de

revenants; d'ailleurs, pourquoi mort, Jean? pas
mort! Deux Mauprat encore. Qui le sait? Où
diable? Pas de revenants! et mon maître fou?
jamais. Malade? non. »

Après ce colloque, le sergent alla chercher de la
lumière, tira du fourreau son inséparable épée,
siffla Blaireau, et reprit bravement la corde qui
servait de rampe à l'escalier, m'engageant à rester
en bas. Quelle que fût ma répugnance à remonter
dans cette chambre, je n'hésitai pas à suivre
Marcasse, malgré ses recommandations, et notre
premier soin fut de visiter le lit : mais, pendant que
nous causions dans la cour, la servante avait mis des
draps blancs et elle achevait de lisser les couvertures.

« Qui donc avait couché là? lui dit Marcasse avec
sa prudence accoutumée. — Personne autre, répondit-elle, que M. le chevalier ou M. l'abbé Aubert,
du temps qu'ils y venaient. — Mais aujourd'hui ou
hier, par exemple? reprit Marcasse. — Oh! hier et
aujourd'hui, personne, monsieur; car il y a bien
deux ans que M. le chevalier n'est venu, et, pour
M. l'abbé, il n'y couche jamais depuis qu'il y vient
tout seul. Il arrive le matin, déjeune chez nous, et
s'en retourne le soir. — Mais le lit était défait, dit
Marcasse en la regardant fixement. — Ah, dame!
monsieur, répondit-elle, ça se peut, je ne sais
comment on l'a laissé la dernière fois qu'on y a
couché; je n'y ai pas fait attention en mettant les
draps; tout ce que je sais, c'est qu'il y avait le
manteau à M. Bernard, qu'il avait jeté dessus. —
Mon manteau? m'écriai-je, il est resté à l'écurie. —
Et le mien aussi, dit Marcasse; je viens de les rouler
tous les deux et de les placer sur le coffre à l'avoine.
— Vous en aviez donc deux? reprit la servante; car
je suis sûre d'en avoir ôté un de dessus le lit, un

manteau tout noir et pas neuf! » Le mien était précisément doublé de rouge et bordé d'un galon d'or. Celui de Marcasse était gris clair. Ce n'était donc pas un de nos manteaux apportés un instant et rapportés à l'écurie par le garçon. « Mais qu'en avez-vous fait? dit le sergent. — Ma foi, monsieur, je l'ai mis là sur le fauteuil, répondit la grosse fille; mais vous l'avez donc repris pendant que j'allais chercher de la chandelle? car je ne le vois plus. »

Nous cherchâmes dans toute la chambre, le manteau fut introuvable. Nous feignîmes d'en avoir besoin, ne niant pas qu'il fût le nôtre. La servante défit le lit, retourna le matelas en notre présence, alla demander au garçon ce qu'il en avait fait. Il ne se trouva rien dans le lit ni dans la chambre; le garçon n'était même pas monté. Toute la ferme fut en émoi, craignant que quelqu'un ne fût accusé de vol. Nous demandâmes si un étranger n'était pas venu à la Roche-Mauprat et n'y était pas encore. Quand nous nous fûmes assurés que ces braves gens n'avaient logé ni vu personne, nous les rassurâmes sur le manteau perdu en leur disant que Marcasse l'avait roulé par mégarde dans les deux autres, et nous nous enfermâmes dans la chambre, afin de l'explorer à notre aise; car il était à peu près évident, dès lors, que je n'avais point vu un spectre, mais Jean Mauprat lui-même ou un homme qui lui ressemblait et que j'avais pris pour lui.

Marcasse, ayant excité Blaireau de la voix et du geste, observa tous ses mouvements.

« Soyez tranquille, me dit-il avec orgueil; le vieux chien n'a pas oublié le vieux métier; s'il y a un trou, un trou grand comme la main, n'ayez peur. A toi, vieux chien! n'ayez peur! »

Blaireau, en effet, ayant flairé partout, s'obstina à gratter la muraille à l'endroit où j'avais vu l'apparition; il tressaillait chaque fois que son nez pointu rencontrait une certaine partie du lambris; puis il agitait sa queue de renard d'un air satisfait, revenait vers son maître et semblait lui dire de fixer là son attention. Le sergent se mit alors à examiner la muraille et la boiserie, il essaya d'insinuer son épée dans quelque fente; rien ne céda. Néanmoins une porte pouvait se trouver là, car les rinceaux de la boiserie sculptée pouvaient cacher une coulisse adroitement pratiquée. Il fallait trouver le ressort qui faisait jouer cette coulisse; mais cela nous fut impossible, malgré tous les efforts que nous fîmes pendant deux grandes heures. Nous essayâmes vainement d'ébranler le panneau, il rendait le même son que les autres; tous étaient sonores, et indiquaient que la boiserie n'était pas posée immédiatement sur la maçonnerie; mais elle pouvait n'en être éloignée que de quelques lignes. Enfin, Marcasse, baigné de sueur, s'arrêta et me dit : « Nous sommes bien fous; quand nous chercherions jusqu'à demain, nous ne trouverions pas un ressort, s'il n'y en a pas; et quand nous cognerions, nous n'enfoncerions pas la porte, s'il y a derrière de grosses barres de fer, comme j'en ai vu déjà dans d'autres vieux manoirs.

— Nous pourrions, lui dis-je, trouver l'issue, s'il en existe une, en nous servant de la cognée; mais pourquoi, sur la simple indication de ton chien qui gratte le mur, t'obstiner à croire que Jean Mauprat, ou l'homme qui lui ressemble, n'est pas entré et sorti par la porte? — Entré, tant que vous voudrez, répondit Marcasse, mais sorti! non, sur mon honneur! car, comme la servante descendait, j'étais sur l'escalier, brossant mes souliers; quand j'entendis tomber quelque chose ici, je montai vite trois marches, voilà tout, et me voilà près de vous. Vous

mort, allongé sur le carreau et bien malade;
personne dedans ni dehors, sur mon honneur! —
En ce cas, j'ai rêvé de mon diable d'oncle, et la
servante a rêvé d'un manteau noir; car, à coup sûr,
il n'y a pas ici de porte secrète; et quand il y en
aurait une, et que tous les Mauprat, vivants et
morts, en auraient la clef, que nous fait cela?
Sommes-nous attachés à la police pour nous
enquérir de ces misérables? et si nous les trouvions
cachés quelque part, ne les aiderions-nous pas à
fuir plutôt que de les livrer à la justice? Nous avons
nos armes, nous ne craignons pas qu'ils nous
assassinent cette nuit; et s'ils s'amusent à nous faire
peur, ma foi, malheur à eux! je ne connais ni
parents ni alliés quand on me réveille en sursaut.
Ainsi donc, faisons-nous servir l'omelette que les
braves gens du domaine nous préparent; car si nous
continuons à frapper et à gratter les murailles, ils
vont nous croire fous. »

Marcasse se rendit par obéissance plutôt que par
conviction; je ne sais quelle importance il attachait
à découvrir ce mystère, ni quelle inquiétude le
tourmentait, car il ne voulait pas me laisser seul
dans la chambre enchantée. Il prétendait que je
pouvais encore me trouver malade et tomber en
convulsion.

« Oh! cette fois, lui dis-je, je ne serai pas si
poltron. Le manteau m'a guéri de la peur des
revenants, et je ne conseille à personne de se frotter
à moi. »

L'hidalgo fut forcé de me laisser seul. J'amorçai
mes pistolets et je les plaçai à portée de ma main
sur la table; mais ces précautions furent en pure
perte; rien ne troubla le silence de la chambre, et
les lourds rideaux de soie rouge, aux coins armoriés
d'argent noirci, ne furent pas agités par le plus

léger souffle. Marcasse revint, et, joyeux de me trouver aussi gai qu'il m'avait laissé, prépara notre souper avec autant de soins que si nous fussions venus à la Roche-Mauprat avec la seule intention de faire un bon repas. Il plaisanta sur le chapon qui chantait encore à la broche, et sur le vin qui faisait l'effet d'une brosse dans le gosier. Mais le métayer vint augmenter sa bonne humeur en nous apportant quelques bouteilles d'excellent madère que le chevalier lui avait confiées autrefois, et dont il aimait à boire un verre ou deux lorsqu'il mettait le pied à l'étrier. Pour récompense, nous invitâmes le digne homme à souper avec nous, pour causer d'affaires le moins ennuyeusement possible. « A la bonne heure, nous dit-il, ce sera donc comme autrefois; les manants mangeaient à la table des seigneurs de la Roche-Mauprat, vous faites de même, monsieur Bernard, et c'est bien. — Oui, monsieur, lui répondis-je très froidement; mais je le fais avec ceux qui me doivent de l'argent, et non avec ceux à qui j'en dois. » Cette réponse et le mot de monsieur l'intimidèrent tellement qu'il fit beaucoup de façons pour se mettre à table; mais j'insistai, voulant sur-le-champ lui donner la mesure de mon caractère. Je le traitai comme un homme que j'élevais à moi, non comme un homme vers qui je voulais descendre. Je le forçai d'être chaste dans ses plaisanteries, et je lui permis d'être expansif et facétieux dans les limites d'une honnête gaieté. C'était un homme jovial et franc. Je l'examinais avec attention pour voir s'il n'aurait pas quelque accointance avec le fantôme qui laissait traîner son manteau sur les lits; mais cela n'était aucunement probable, et il avait au fond tant d'aversion pour les Coupe-jarrets que, sans son respect pour ma parenté, il les eût de bon cœur habillés, en ma présence, comme ils méritaient de l'être. Mais je ne pus souffrir aucune liberté de sa part sur ce sujet, et je l'engageai à me rendre compte de mes affaires, ce qu'il fit avec intelligence, exactitude et loyauté.

Quand il se retira, je m'aperçus que le madère lui avait fait beaucoup d'effet, car ses jambes étaient avinées et s'accrochaient à tous les meubles; néanmoins il avait eu assez d'empire sur son cerveau pour raisonner juste. J'ai toujours remarqué que le vin agissait beaucoup plus sur les muscles des paysans que sur leurs nerfs; qu'ils divaguaient difficilement, et qu'au contraire les excitants produisaient en eux une béatitude que nous ne connaissons pas, et qui fait de leur ivresse un plaisir tout différent du nôtre et très supérieur à notre exaltation fébrile.

Quand nous nous trouvâmes seuls, Marcasse et moi, quoique nous ne fussions pas gris, nous nous aperçûmes que le vin nous avait donné une gaieté, une insouciance que nous n'aurions pas eues à la Roche-Mauprat, même sans l'aventure du fantôme. Habitués à une franchise mutuelle, nous en fîmes la réflexion, et nous convînmes que nous étions beaucoup mieux disposés qu'avant souper à recevoir tous les loups-garous de la Varenne.

Ce mot de loup-garou me rappela l'aventure qui m'avait mis en relation très peu sympathique avec Patience, à l'âge de treize ans. Marcasse la connaissait, mais il ne connaissait guère le caractère que j'avais à cette époque, et je m'amusai à lui raconter ma course effarée à travers champs, après avoir été fustigé par le sorcier.

« Cela me fait penser, lui dis-je en terminant, que j'ai l'imagination facile à exalter et que je ne suis pas inaccessible à la peur des choses surnaturelles. Ainsi le fantôme de tantôt... — N'importe, n'importe, dit Marcasse en examinant l'amorce de mes pistolets et en les posant sur ma table de nuit ; n'oubliez pas que tous les Coupe-jarrets ne sont pas morts ; que si Jean est de ce monde, il fera du mal jusqu'à ce qu'il soit enterré, enfermé à triple tour chez le diable. »

Le vin déliait la langue de l'hidalgo, qui ne manquait pas d'esprit lorsqu'il se permettait ces rares infractions à sa sobriété habituelle. Il ne voulut pas me quitter et fit son lit à côté du mien. Mes nerfs étaient excités par les émotions de la journée ; je me laissai donc aller à parler d'Edmée, non de manière à mériter de sa part l'ombre d'un reproche si elle eût entendu mes paroles, mais cependant plus que je n'aurais dû me le permettre avec un homme qui n'était encore que mon subalterne et non mon ami, comme il le devint plus tard. Je ne sais pas positivement ce que je lui dis de mes chagrins, de mes espérances et de mes inquiétudes ; toutefois ces confidences eurent un effet terrible, ainsi que vous le verrez bientôt.

Nous nous endormîmes tout en causant, Blaireau sur les pieds de son maître, l'épée en travers à côté du chien sur les genoux de l'hidalgo, la lumière entre nous deux, mes pistolets au bout de mon bras, mon couteau de chasse sous mon oreiller et les verrous tirés. Rien ne troubla notre repos ; et quand le soleil nous éveilla, les coqs chantaient joyeusement dans la cour, et les *boirons* échangeaient des facéties rustiques en *liant* * leurs bœufs sous nos fenêtres.

« C'est égal, il y a quelque chose là-dessous »,

---

* Les bouviers lient le joug avec des courroies aux cornes d'une paire de bœufs de travail.

telle fut la première parole de Marcasse en ouvrant les yeux et en reprenant la conversation où il l'avait laissée la veille.

« As-tu vu ou entendu quelque chose cette nuit? lui dis-je. — Rien du tout, répondit-il; mais c'est égal, Blaireau n'a pas bien dormi, mon épée est tombée par terre; et puis rien de ce qui s'est passé ici n'est expliqué. — L'explique qui voudra, répondis-je; je ne m'en occuperai certainement pas. — Tort, tort, vous avez tort! — Cela se peut, mon bon sergent; mais je n'aime pas du tout cette chambre, et elle me semble si laide au grand jour que j'ai besoin d'aller bien loin respirer un air pur. — Eh bien! moi, je vous conduirai; mais je reviendrai. Je ne veux pas laisser aller cela au hasard. Je sais de quoi Jean Mauprat est capable, et *pas vous.* — Je ne veux pas le savoir; et s'il y a quelque danger ici pour moi ou les miens, je ne veux pas que tu y reviennes. »

Marcasse secoua la tête et ne répondit rien. Nous fîmes encore un tour à la métairie avant de partir. Marcasse fut très frappé d'une chose que je n'eusse pas remarquée. Le métayer voulut me présenter à sa femme; mais elle ne voulut jamais me voir, et alla se cacher dans sa chènevière. J'attribuais cette sauvagerie à la timidité de la jeunesse. « Belle jeunesse, ma foi! dit Marcasse; une jeunesse comme moi, cinquante ans passés! Il y a quelque chose là-dessous, quelque chose là-dessous, je vous dis. — Et que diable peut-il y avoir? — Hum! elle a été bien dans son temps avec Jean Mauprat. Elle a trouvé ce *tortu* à son gré. Je sais cela, moi; je sais encore bien des choses, bien des choses, soyez sûr! — Tu me les diras quand nous reviendrons ici, lui répondis-je : et ce ne sera pas de si tôt; car mes affaires vont beaucoup mieux que si je m'en mêlais,

et je n'aimerais pas à prendre l'habitude de boire
du madère pour ne pas avoir peur de mon ombre.
Si tu veux m'obliger, Marcasse, tu ne parleras à
personne de ce qui s'est passé. Tout le monde n'a
pas pour ton capitaine la même estime que toi. —
Celui-là est un imbécile qui n'estime pas mon
capitaine, répondit l'hidalgo d'un ton doctoral;
mais, si vous me l'ordonnez, je ne dirai rien. »

Il me tint parole. Pour rien au monde je n'eusse
voulu troubler l'esprit d'Edmée de cette sotte
histoire. Mais je ne pus empêcher Marcasse d'exécuter son projet. Dès le lendemain matin il avait
disparu, et j'appris de Patience qu'il était retourné à
la Roche-Mauprat sous prétexte d'y avoir oublié
quelque chose.

XVIII

Tandis que Marcasse se livrait à ses graves recherches, je passais auprès d'Edmée des jours pleins de délices et d'angoisses. Sa conduite ferme, dévouée, mais réservée à beaucoup d'égards, me jetait dans de continuelles alternatives de joie et de douleur. Un jour, le chevalier eut une longue conférence avec elle tandis que j'étais à la promenade. Je rentrai au moment où leur conversation était la plus animée, et dès que je parus : « Approche, me dit mon oncle; viens dire à Edmée que tu l'aimes, que tu la rendras heureuse, que tu es corrigé de tes anciens défauts. Arrange-toi pour être agréé, car il faut que cela finisse. Notre position vis-à-vis du monde n'est pas tenable, et je ne veux pas descendre dans le tombeau sans avoir vu réhabiliter l'honneur de ma fille, et sans être sûr que quelque sot caprice de sa part ne la jettera pas dans un couvent, au lieu de lui laisser occuper dans le monde le rang qui lui appartient, et que j'ai travaillé toute ma vie à lui assurer. Allons, Bernard, à ses pieds! Ayez l'esprit de lui dire quelque chose qui la persuade! ou bien je croirai, Dieu me pardonne, que c'est vous qui ne l'aimez pas et qui ne désirez pas sincèrement l'épouser.

— Moi! juste ciel! m'écriai-je, ne pas le désirer!
quand je n'ai pas d'autre pensée depuis sept ans,
quand mon cœur n'a pas d'autre vœu et que mon
esprit ne conçoit pas d'autre bonheur! » Je dis à
Edmée tout ce que me suggéra la passion la plus
exaltée. Elle m'écouta en silence et sans retirer ses
mains, que je couvrais de baisers. Mais sa physionomie était grave, et l'expression de sa voix me
fit trembler lorsqu'elle dit, après avoir réfléchi
quelques instants : « Mon père ne devrait jamais
douter de ma parole; j'ai promis d'épouser Bernard, je l'ai promis à Bernard et à mon père; il est
donc certain que je l'épouserai. » Puis elle ajouta
après une nouvelle pause et d'un ton plus sévère
encore : « Mais si mon père se croit à la veille de
mourir, quelle force me suppose-t-il donc pour
m'engager à ne songer qu'à moi, et me faire revêtir
ma robe de noces à l'heure de ses funérailles? Si au
contraire il est, comme je le crois, toujours plein de
force malgré ses souffrances, et appelé à jouir
encore pendant de longues années de l'amour de sa
famille, d'où vient qu'il me presse si impérieusement d'abréger le délai que je lui ai demandé?
N'est-ce pas une chose assez importante pour que
j'y réfléchisse? Un engagement qui doit durer toute
ma vie et qui décidera, je ne dis pas de mon
bonheur, je saurais le sacrifier au moindre désir de
mon père, mais de la paix de ma conscience et de la
dignité de ma conduite (car quelle femme peut être
assez sûre d'elle-même pour répondre d'un avenir
enchaîné contre son gré?); un tel engagement ne
mérite-t-il pas que j'en pèse tous les risques et tous
les avantages pendant plusieurs années au moins?
— Dieu merci! voilà sept ans que vous passez à
peser tout cela, dit le chevalier; vous devriez savoir
à quoi vous en tenir sur le compte de votre cousin.

Si vous voulez l'épouser, épousez-le; mais si vous ne le voulez pas, pour Dieu! dites-le, et qu'un autre se présente. — Mon père, répondit Edmée un peu froidement, je n'épouserai que lui. — *Que lui* est fort bien, dit le chevalier en frappant avec la pincette sur les bûches; mais cela ne veut peut-être pas dire que vous l'épouserez. — Je l'épouserai, mon père, reprit Edmée. J'aurais désiré quelques mois encore de liberté; mais, puisque vous êtes mécontent de tous ces retards, je suis prête à obéir à vos ordres, vous le savez. — Parbleu! voilà une jolie manière de consentir, s'écria mon oncle, et bien engageante pour votre cousin! Ma foi! Bernard, je suis bien vieux; mais je puis dire que je ne comprends encore rien aux femmes, et il est probable que je mourrai sans y avoir rien compris.

— Mon oncle, lui dis-je, je comprends fort bien l'éloignement de ma cousine pour moi; je l'ai mérité. J'ai fait tout ce qui était en mon pouvoir pour réparer mes crimes. Mais dépend-il d'elle d'oublier un passé dont elle a sans doute trop souffert? Au reste, si elle ne me le pardonne pas, j'imiterai sa rigueur, je ne me le pardonnerai pas à moi-même; et, renonçant à tout espoir en ce monde, je m'éloignerai d'elle et de vous, pour me punir par un châtiment pire que la mort. — Allons, voilà que tout est rompu! dit mon oncle en jetant les pincettes dans le feu; voilà, voilà ce que vous cherchiez, ma fille? »

J'avais fait quelques pas pour sortir; je souffrais horriblement. Edmée courut vers moi, me prit par le bras, et me ramenant vers son père : « Ce que vous dites est cruel et plein d'ingratitude, me dit-elle. Appartient-il à un esprit modeste, à un cœur généreux, de nier une amitié, un dévouement, j'oserai me servir d'un autre mot, une fidélité de

sept ans, parce que je vous demande encore
quelques mois d'épreuves ? Et quand même je
n'aurais jamais pour vous, Bernard, une affection
aussi vive que la vôtre, celle que je vous ai
témoignée jusqu'ici est-elle donc si peu de chose
que vous la méprisiez, et que vous y renonciez par
dépit de ne pas m'inspirer précisément celle que
vous croyez devoir exiger ? Savez-vous qu'à ce
compte une femme n'aurait pas le droit d'éprouver
l'amitié ? Enfin, voulez-vous me punir de vous avoir
servi de mère en vous éloignant de moi, ou ne m'en
récompenser qu'à la condition d'être votre esclave ?
— Non, Edmée, non, lui répondis-je le cœur serré
et les yeux pleins de larmes, en portant sa main à
mes lèvres ; je sens que vous avez fait pour moi plus
que je ne méritais, je sens que je voudrais en vain
m'éloigner de votre présence ; mais pouvez-vous me
faire un crime de souffrir auprès de vous ? C'est au
reste un crime si involontaire et tellement fatal qu'il
échapperait à tous vos reproches et à tous mes
remords. N'en parlons pas, n'en parlons jamais ;
c'est tout ce que je puis faire. Conservez-moi votre
amitié, j'espère m'en montrer toujours digne à
l'avenir.

— Embrassez-vous, et ne vous séparez jamais
l'un de l'autre, dit le chevalier attendri. Bernard,
quel que soit le caprice d'Edmée, ne l'abandonnez
jamais, si vous voulez mériter la bénédiction de
votre père adoptif. Si vous ne parvenez pas à être
son mari, soyez toujours son frère. Songez, mon
enfant, que bientôt elle sera seule sur la terre, et
que je mourrai désolé si je n'emporte dans la tombe
la certitude qu'il lui reste un appui et un défenseur.
Songez enfin que c'est à cause de vous, à cause
d'un serment que son inclination désavoue peut-

être, mais que sa conscience respecte, qu'elle est ainsi abandonnée, calomniée... »

Le chevalier fondit en larmes, et toutes les douleurs de cette famille infortunée me furent révélées en un instant. « Assez ! assez ! m'écriai-je en tombant à leurs pieds ; tout cela est trop cruel. Je serais le dernier des misérables si j'avais besoin qu'on me remît sous les yeux mes fautes et mes devoirs. Laissez-moi pleurer à vos genoux ; laissez-moi expier par l'éternelle douleur, par l'éternel renoncement de ma vie, le mal que je vous ai fait ! Pourquoi ne m'avoir pas chassé lorsque je vous ai nui ? Pourquoi, mon oncle, ne m'avoir pas cassé la tête d'un coup de pistolet, comme à une bête fauve ? Qu'ai-je fait pour être épargné, moi qui payais vos bienfaits de la ruine de votre honneur ? Non, non, je le sens, Edmée ne doit pas m'épouser ; ce serait accepter la honte de l'injure que j'ai attirée sur elle. Moi, je resterai ici ; je ne la verrai jamais si elle l'exige ; mais je me coucherai en travers de sa porte comme un chien fidèle, et je déchirerai le premier qui osera se présenter devant elle autrement qu'à genoux ; et si quelque jour un honnête homme, plus heureux que moi, mérite de fixer son choix, loin de le combattre, je lui remettrai le soin cher et sacré de la protéger et de la défendre ; je serai son ami, son frère ; et quand je les verrai heureux ensemble, j'irai mourir en paix loin d'eux. »

Mes sanglots m'étouffaient, le chevalier serra sa fille et moi sur son cœur, et nous confondîmes nos larmes, en lui jurant de ne jamais nous séparer, ni pendant sa vie ni après sa mort.

« Ne perds pourtant pas l'espérance de l'épouser, me dit le chevalier à voix basse quelques instants après, quand le calme se fut rétabli ; elle a

d'étranges volontés ; mais, vois-tu, rien ne m'ôtera
de l'esprit qu'elle a de l'amour pour toi. Elle ne
veut pas s'expliquer encore. Ce que femme veut,
Dieu le veut.

— Ce qu'Edmée veut, je le veux », répondis-je.

Quelques jours après cette scène, qui fit succéder
dans mon âme la tranquillité de la mort aux
agitations de la vie, je me promenais dans le parc
avec l'abbé.

« Il faut, me dit-il, que je vous fasse part d'une
aventure qui m'est arrivée hier, et qui est passablement romanesque. J'avais été me promener dans les
bois de Briantes, et j'étais descendu à la fontaine
des Fougères. Vous savez qu'il faisait chaud comme
au milieu de l'été ; nos belles plantes, rougies par
l'automne, sont plus belles que jamais autour du
ruisseau qu'elles couvrent de leurs longues décou-
pures. Les bois n'ont plus que bien peu d'ombrage,
mais le pied foule des tapis de feuilles sèches dont
le bruit est pour moi plein de charme. Le tronc
satiné des bouleaux et des jeunes chênes est couvert
de mousse et de jungermanes, qui étalent délicatement leur nuance brune, mêlée de vert tendre, de
rouge et de fauve, en étoiles, en rosaces, en cartes
de géographie de toute espèce, où l'imagination
peut rêver de nouveaux mondes en miniature.
J'étudiais avec amour ces prodiges de grâce et de
finesse, ces arabesques où la variété infinie s'allie à
la régularité inaltérable, et, heureux de savoir que
vous n'êtes pas, comme le vulgaire, aveugle à ces
coquetteries adorables de la création, j'en détachai
quelques-unes avec le plus grand soin, enlevant
même l'écorce de l'arbre où elles prennent racine,
afin de ne pas détruire la pureté de leurs dessins.
J'en ai fait une petite provision que j'ai déposée chez
Patience en passant, et que nous allons voir si vous

le voulez. Mais, chemin faisant, je veux vous dire ce qui m'arriva en approchant de la fontaine. J'avais la tête baissée, je marchais sur les cailloux humides, guidé par le petit bruit du jet clair et délicat qui s'élance du sein de la roche moussue. J'allais m'asseoir sur la pierre qui forme un banc naturel à côté, lorsque je vis la place occupée par un bon religieux dont le capuchon de bure cachait à demi la tête pâle et flétrie. Il me parut très intimidé de ma rencontre ; je le rassurai de mon mieux en lui disant que mon intention n'était pas de le déranger, mais d'approcher seulement mes lèvres de la rigole d'écorce que les bûcherons ont adaptée à la roche pour boire plus facilement. « O saint ecclésiastique ! me dit-il du ton le plus humble, que n'êtes-vous le prophète dont la verge frappait aux sources de la grâce, et pourquoi mon âme, semblable à ce rocher, ne peut-elle donner cours à un ruisseau de larmes ? » Frappé de la manière dont ce moine s'exprimait, de son air triste, de son attitude rêveuse, en ce lieu poétique où j'ai souvent rêvé l'entretien de la Samaritaine avec le Sauveur, je me laissai aller à causer de plus en plus sympathiquement. J'appris de ce religieux qu'il était trappiste et qu'il était en tournée pour accomplir une pénitence. « Ne me demandez ni mon nom ni mon pays, dit-il. J'appartiens à une illustre famille que je ferais rougir en lui rappelant que j'existe ; d'ailleurs, en entrant à la Trappe, nous abjurons tout orgueil du passé, nous nous faisons semblables à des enfants naissants ; nous mourons au monde pour revivre en Jésus-Christ. Mais soyez sûr que vous voyez en moi un des exemples les plus frappants des miracles de la grâce, et, si je pouvais vous faire le récit de ma vie religieuse, de mes terreurs, de mes remords, de mes expiations, vous en seriez certainement touché.

Mais à quoi me serviront la compassion et l'indulgence des hommes, si la miséricorde de Dieu ne daigne m'absoudre ? »

« Vous savez, continua l'abbé, que je n'aime pas les moines, que je me défie de leur humilité, que j'ai horreur de leur fainéantise. Mais celui-là parlait d'une manière si triste et si affectueuse, il était si pénétré de son devoir, il semblait si malade, si exténué d'austérités, si plein de repentir, qu'il m'a gagné le cœur. Il y a dans son regard et dans ses discours des éclairs qui trahissent une grande intelligence, une activité infatigable, une persévérance à toute épreuve. Nous avons passé deux grandes heures ensemble, et je l'ai quitté si attendri que j'ai désiré le revoir avant son départ. Il avait pris gîte pour la nuit à la ferme des Goulets, et j'ai voulu en vain l'amener au château. Il m'a dit avoir un compagnon de voyage qu'il ne pouvait quitter. « Mais, puisque vous êtes si charitable, me dit-il, je m'estimerai heureux de vous retrouver ici demain au coucher du soleil ; peut-être même m'enhardirai-je au point de vous demander une grâce ; vous pouvez m'être utile pour une affaire importante dont je suis chargé dans ce pays-ci. Je ne puis vous en dire davantage en ce moment. » Je l'assurai qu'il pouvait compter sur moi, et que j'obligerais de grand cœur un homme comme lui.

— Si bien que vous attendez avec impatience l'heure du rendez-vous ? dis-je à l'abbé.

— Sans doute, répondit-il, et ma nouvelle connaissance a pour moi tant d'attraits que, si je ne craignais d'abuser de la confiance qu'il m'a témoignée, je conduirais Edmée à la fontaine des Fougères.

— Je crois, repris-je, qu'Edmée a beaucoup mieux à faire que d'écouter les déclamations de votre moine, qui peut-être après tout n'est qu'un intrigant, comme tant d'autres à qui vous avez fait la charité aveuglément. Pardonnez-moi, mon bon abbé, mais vous n'êtes pas un grand physionomiste, et vous êtes un peu sujet à vous laisser prévenir pour ou contre les gens, sans autre motif que la disposition bienveillante ou craintive de votre esprit romanesque. »

L'abbé sourit, prétendit que je parlais ainsi par rancune, soutint la piété du trappiste et retomba dans la botanique. Nous passâmes assez de temps à herboriser chez Patience; et, comme je ne cherchais qu'à échapper à moi-même, je sortis de la cabane avec l'abbé et le conduisis jusqu'au bois où il avait son rendez-vous. A mesure que nous en approchions, l'abbé semblait revenir un peu de son empressement de la veille et craindre d'avoir été trop loin. L'incertitude succédant si vite à l'enthousiasme résumait tellement tout son caractère mobile, aimant, timide, mélange singulier des entraînements les plus opposés, que je recommençai à le railler avec l'abandon de l'amitié. « Allons, me dit-il, il faut que j'en aie le cœur net et que vous le voyiez. Vous regarderez son visage, vous l'étudierez pendant quelques instants, et vous nous laisserez seuls ensemble, puisque je lui ai promis d'écouter ses confidences. » Je suivis l'abbé par désœuvrement; mais quand nous fûmes au-dessus des rochers ombragés d'où la fontaine s'échappe, je m'arrêtai pour regarder le moine à travers le branchage d'un massif de frênes. Placé immédiatement au-dessous de nous, au bord de la fontaine, il interrogeait l'angle du sentier que nous devions tourner pour arriver à lui; mais il ne songeait pas à regarder l'endroit où nous étions, et nous pouvions le contempler à l'aise sans qu'il nous vît.

A peine l'eus-je envisagé que, saisi d'un rire amer, je pris l'abbé par le bras, je l'entraînai à quelque distance et lui parlai ainsi, non sans une grande agitation :

« Mon cher abbé, n'avez-vous jamais rencontré quelque part autrefois la figure de mon oncle Jean de Mauprat?

— Jamais que je sache, répondit l'abbé tout interdit ; mais où voulez-vous donc en venir ? — A vous dire, mon ami, que vous avez fait là une jolie trouvaille, et que ce bon et vénérable trappiste à qui vous donnez tant de grâce, de candeur, de componction et d'esprit, n'est autre que Jean de Mauprat le coupe-jarret.

— Vous êtes fou! s'écria l'abbé en reculant de trois pas. Jean Mauprat est mort il y a longtemps. — Jean Mauprat n'est pas mort, ni Antoine Mauprat non plus peut-être, et je suis moins surpris que vous, parce que j'ai déjà rencontré un de ces deux revenants. Qu'il se soit fait moine et qu'il pleure ses péchés, cela est fort possible ; mais qu'il se soit déguisé pour venir poursuivre ici quelque mauvais dessein, c'est ce qui n'est pas impossible non plus, et je vous engage à vous tenir sur vos gardes... »

L'abbé fut effrayé au point de ne vouloir plus aller au rendez-vous. Je lui démontrai qu'il était nécessaire de savoir où voulait en venir le vieux pécheur. Mais, comme je connaissais la faiblesse de l'abbé, comme je craignais que mon oncle Jean ne réussît à l'engager dans quelque fausse démarche et à s'emparer de sa conscience par des aveux mensongers, je pris le parti de me glisser dans le taillis de manière à tout voir et tout entendre.

Mais les choses ne se passèrent pas comme je l'aurais cru. Le trappiste, au lieu de jouer au plus fin, dévoila sur-le-champ à l'abbé son véritable nom. Il lui déclara que, touché de repentir, et ne croyant pas que sa conscience lui permît d'en éviter le châtiment à l'abri du froc (car il était réellement trappiste depuis plusieurs années), il venait se mettre entre les mains de la justice, afin d'expier d'une manière éclatante les crimes dont il était souillé. Cet homme, doué de facultés supérieures, avait acquis dans le cloître une éloquence mystique. Il parlait avec tant de grâce, de douceur, que je fus pris tout aussi bien que l'abbé. Ce fut en vain que ce dernier essaya de combattre une résolution qui lui semblait insensée; Jean de Mauprat montra le plus intrépide dévouement à ses idées religieuses. Il dit qu'ayant commis les crimes de l'antique barbarie païenne, il ne pouvait racheter son âme qu'au prix d'une pénitence publique digne des premiers chrétiens. « On peut, dit-il, être lâche envers Dieu comme envers les hommes, et dans le silence de mes veilles j'entends une voix terrible qui répond à mes sanglots : « Misérable poltron, c'est la peur des hommes qui te jette dans le sein de Dieu; et, si tu ne craignais la mort temporelle, tu n'aurais jamais songé à la vie éternelle. » Alors je sens que ce que je crains le plus, ce n'est pas la colère de Dieu, mais la corde et le bourreau qui m'attendent parmi mes semblables. Eh bien! il est temps que ma honte finisse vis-à-vis de moi-même, et c'est le jour où les hommes me couvriront d'opprobre et de châtiment que je me sentirai absous et réhabilité à la face du ciel. C'est alors seulement que je me croirai digne de dire à Jésus mon Sauveur : « Ecoute-moi, victime innocente, toi qui écoutas le bon larron; écoute la victime souillée, mais repentante, associée à la gloire de ton martyre, et rachetée par ton sang. »

— Dans le cas où vous persisteriez dans votre volonté enthousiaste, lui dit l'abbé après lui avoir présenté sans succès toutes les objections possibles, veuillez du moins me dire en quoi vous avez pensé que je consentirais à vous aider.

— Je ne puis agir en ceci, répondit le trappiste, sans l'autorisation d'un homme qui bientôt sera le dernier des Mauprat ; car le chevalier n'a que peu de jours à attendre la récompense céleste acquise à ses vertus, et, quant à moi, je ne puis échapper au supplice que je viens chercher que pour retomber dans l'éternelle nuit du cloître. Je veux parler de Bernard Mauprat : je ne dirai pas mon neveu ; car, s'il m'entendait, il rougirait de porter ce titre funeste. J'ai su son retour d'Amérique, et cette nouvelle m'a décidé à entreprendre le voyage au terme douloureux duquel vous me voyez. »

Il me sembla qu'en parlant ainsi il jetait un regard oblique sur le massif où j'étais, comme s'il eût deviné ma présence. Peut-être l'agitation de quelques branches m'avait-elle trahi.

« Puis-je vous demander, dit l'abbé, ce que vous avez de commun aujourd'hui avec ce jeune homme ? Ne craignez-vous pas qu'aigri par les mauvais traitements qui ne lui furent pas épargnés autrefois à la Roche-Mauprat, il ne refuse de vous voir ?

— Je suis certain qu'il le refusera ; car je sais la haine qu'il nourrit pour moi, dit le trappiste en se tournant encore vers le lieu où j'étais. Mais j'espère que vous le déciderez à m'accorder cette entrevue, car vous êtes généreux et bon, monsieur l'abbé. Vous m'avez promis de m'obliger, et, d'ailleurs, vous êtes l'ami du jeune Mauprat, et vous lui ferez comprendre qu'il y va de ses intérêts et de l'honneur de son nom.

— Comment cela ? reprit l'abbé. Sans doute il

sera peu flatté de vous voir paraître devant les tribunaux pour des crimes effacés désormais dans l'ombre du cloître. Il doit désirer, certainement, que vous renonciez à cette expiation éclatante; comment espérez-vous qu'il y consente?

— Je l'espère, parce que Dieu est bon et grand, parce que sa grâce est efficace, parce qu'elle touchera le cœur de quiconque daignera écouter le langage d'une âme vraiment repentante et fortement convaincue; parce que mon salut éternel est dans les mains de ce jeune homme, et qu'il ne voudra pas se venger de moi au-delà de la tombe. D'ailleurs, il faut que je meure en paix avec ceux que j'ai offensés, il faut que je tombe aux pieds de Bernard Mauprat et qu'il me remette mes péchés. Mes larmes le toucheront, ou, si son âme impitoyable les méprise, j'aurai du moins accompli un impérieux devoir. »

Voyant qu'il parlait avec la certitude d'être entendu par moi, je fus saisi de dégoût; je crus voir la fraude et la lâcheté percer sous cette basse hypocrisie. Je m'éloignai et j'allai attendre l'abbé à quelque distance. Il vint bientôt me rejoindre; l'entrevue s'était terminée par la promesse mutuelle de se revoir bientôt. L'abbé s'était engagé à me transmettre les paroles du trappiste, qui menaçait, du ton le plus doucereux du monde, de venir me trouver si je me refusais à sa demande. Nous nous promîmes d'en conférer, l'abbé et moi, sans en informer le chevalier ni Edmée, afin de ne pas les inquiéter sans nécessité. Le trappiste avait été se loger à la Châtre, au couvent des carmes, ce qui avait mis l'abbé tout à fait sur ses gardes, malgré son premier engouement pour le repentir du pécheur. Ces carmes l'avaient persécuté dans sa jeunesse, et le prieur avait fini par le forcer à se

séculariser. Le prieur vivait encore, vieux, mais
implacable ; infirme, caché, mais ardent à la haine
et à l'intrigue. L'abbé n'entendit pas son nom sans
frémir ; il m'engagea à me conduire prudemment
dans toute cette affaire. « Quoique Jean Mauprat
soit sous le glaive des lois, me dit-il, et que vous
soyez au faîte de l'honneur et de la prospérité, ne
méprisez pas la faiblesse de votre ennemi. Qui sait
ce que peuvent la ruse et la haine ? Elles peuvent
prendre la place du juste et le jeter sur le fumier ;
elles peuvent rejeter leur crime sur autrui, et
souiller de leur ignominie la robe de l'innocence.
Vous n'en avez peut-être pas fini avec les Mauprat ! »

Le pauvre abbé ne croyait pas dire si vrai.

XIX

Après avoir réfléchi mûrement sur les intentions probables du trappiste, je crus devoir accorder l'entrevue demandée. Ce n'était pas moi que Jean Mauprat pouvait espérer d'abuser par ses artifices, et je voulus faire ce qui dépendait de moi pour éviter qu'il vînt tourmenter de ses intrigues les derniers jours de mon grand-oncle. Je me rendis donc dès le lendemain à la ville, vers la fin des vêpres, et je sonnai, non sans émotion, à la porte des carmes.

La retraite choisie par le trappiste était une de ces innombrables communautés mendiantes que la France nourrissait; celle-là, quoique soumise à une règle austère, était riche et adonnée au plaisir. A cette époque sceptique, le petit nombre des moines n'étant plus en rapport avec l'étendue et la richesse des établissements fondés pour eux, les religieux errant dans les vastes abbayes au fond des provinces, au sein du luxe, débarrassés du contrôle de l'opinion (toujours effacée là où l'homme s'isole), menaient la vie la plus douce et la plus oisive qu'ils eussent jamais goûtée. Mais cette obscurité, mère des *vices aimables,* comme on disait alors, n'était chère qu'aux ignorants. Les chefs étaient livrés aux pénibles rêves d'une ambition nourrie dans l'ombre, aigrie dans l'inaction. Agir, même dans le cercle le plus restreint et à l'aide des éléments les plus nuls, agir à tout prix, telle était l'idée fixe des prieurs et des abbés.

Le prieur des *carmes chaussés* que j'allais voir était la vivante image de cette impuissance agitée. Cloué par la goutte dans son grand fauteuil, il m'offrit un étrange pendant à la vénérable figure du chevalier, pâle et immobile comme lui, mais noble et patriarcal dans sa mélancolie. Le prieur était court, gras et plein de pétulance. La partie supérieure de son corps étant libre, sa tête se tournait avec vivacité à droite et à gauche; ses bras s'agitaient pour donner des ordres; sa parole était brève, et son organe voilé semblait donner un sens mystérieux aux moindres choses. En un mot, la moitié de sa personne paraissait lutter sans cesse pour entraîner l'autre, comme cet homme enchanté des contes arabes, qui cachait sous sa robe son corps de marbre jusqu'à la ceinture.

Il me reçut avec un empressement exagéré, s'irrita de ce qu'on ne m'apportait pas un siège assez vite, étendit sa grosse main flasque pour attirer ce siège tout près du sien, fit signe à un grand satyre barbu, qu'il appelait son frère trésorier, de sortir; puis, après m'avoir accablé de questions sur mon voyage, sur mon retour, sur ma santé, sur ma famille, et dardant sur moi de petits yeux clairs et mobiles qui soulevaient les plis des paupières grossies et affaissées par l'intempérance, il entra en matière.

« Je sais, mon cher enfant, dit-il, le sujet qui vous amène : vous voulez rendre vos devoirs à votre saint parent, à ce trappiste, modèle d'édification, que Dieu nous ramène pour servir d'exemple au monde et faire éclater le miracle de la grâce. — Monsieur le prieur, lui répondis-je, je ne suis pas assez bon chrétien pour apprécier le miracle dont vous parlez.

Que les âmes dévotes en rendent grâces au ciel!
pour moi, je viens ici parce que M. Jean de
Mauprat désire me faire part, a-t-il dit, de projets
qui me concernent et que je suis prêt à écouter. Si
vous voulez permettre que je me rende près de lui...
— Je n'ai pas voulu qu'il vous vît avant moi, jeune
homme! s'écria le prieur avec une affectation de
franchise, et en s'emparant de mes mains, que je ne
sentais pas sans dégoût dans les siennes; j'ai une
grâce à vous demander au nom de la charité, au
nom du sang qui coule dans vos veines... » Je
dégageai une de mes mains, et le prieur, voyant
l'expression de mon mécontentement, changea sur-
le-champ de langage avec une souplesse admirable.
« Vous êtes homme du monde, je le sais. Vous avez
à vous plaindre de celui qui fut Jean de Mauprat et
qui s'appelle aujourd'hui l'humble frère Jean
Népomucène. Mais si les préceptes de notre divin
maître Jésus-Christ ne vous portent pas à la
miséricorde, il est des considérations de décence
publique et d'esprit de famille qui doivent vous
faire partager mes craintes et mes efforts. Vous
savez la résolution pieuse, mais téméraire, qu'a
formée frère Jean; vous devez vous joindre à moi
pour l'en détourner, et vous le ferez, je n'en doute
pas. — Peut-être, monsieur, répondis-je froidement; mais ne pourrais-je vous demander à quels
motifs ma famille doit l'intérêt que vous voulez
bien prendre à ses affaires? — A l'esprit de charité
qui anime tous les serviteurs du Christ, » répondit
le moine avec une dignité fort bien jouée.

Retranché derrière ce prétexte, à la faveur duquel
le clergé s'est toujours immiscé dans tous les secrets
de famille, il lui fut aisé de mettre un terme à mes
questions; et, sans détruire le soupçon qui combattait contre lui dans mon esprit, il réussit à prouver à

mes oreilles que je lui devais de la reconnaissance pour le soin qu'il prenait de l'honneur de mon nom. Il fallait bien voir où il voulait en venir, et ce que j'avais prévu arriva. Mon oncle Jean réclamait de moi la part qui lui revenait du fief de la Roche-Mauprat, et le prieur était chargé de me faire entendre que j'avais à opter entre une somme assez considérable à débourser (car on parlait du revenu arriéré de mes sept années de jouissance, outre le fonds d'un septième de propriété) et l'action insensée qu'il prétendait faire, et dont l'éclat ne manquerait pas de hâter les jours du vieux chevalier et de me créer peut-être *d'étranges embarras personnels*. Tout cela me fut insinué merveilleusement sous les dehors de la plus chrétienne sollicitude pour moi, de la plus fervente admiration pour le zèle du trappiste, et de la plus sincère inquiétude pour les effets de cette *ferme* résolution. Enfin, il me fut démontré clairement que Jean Mauprat ne venait pas me demander des moyens d'existence, mais qu'il me fallait le supplier humblement d'accepter la moitié de mon bien pour l'empêcher de traîner mon nom et peut-être ma personne sur le banc des criminels.

J'essayai une dernière objection. « Si la résolution du frère Népomucène, comme vous l'appelez, monsieur le prieur, est aussi bien arrêtée que vous le dites ; si le soin de son salut est le seul qu'il ait en ce monde, expliquez-moi comment la séduction des biens temporels pourra l'en détourner ? Il y a là une inconséquence que je ne comprends guère. »

Le prieur fut un peu embarrassé du regard perçant que j'attachais sur lui ; mais se jetant au même instant dans une de ces parades de naïveté qui sont la haute ressource des fourbes : « Mon Dieu ! mon cher fils, s'écria-t-il, vous ne savez donc pas quelles immenses consolations la possession des biens de ce monde peut répandre sur une âme pieuse? Autant les richesses périssables sont dignes de mépris lorsqu'elles représentent de vains plaisirs, autant le juste doit les réclamer avec fermeté quand elles lui assurent le moyen de faire le bien. A la place du saint trappiste, je ne vous cache pas que je ne céderais mes droits à personne; que je voudrais fonder une communauté religieuse pour la propagation de la foi et la distribution des aumônes avec les fonds qui, entre les mains d'un jeune et brillant seigneur comme vous, ne servent qu'à entretenir à grands frais des chevaux et des chiens. L'Eglise nous enseigne que, par de grands sacrifices et de riches offrandes, nous pouvons racheter nos âmes des plus noirs péchés. Le frère Népomucène, assiégé d'une sainte terreur, croit qu'une expiation publique est nécessaire à son salut. Martyr dévoué il veut offrir son sang à l'implacable justice des hommes. Combien ne sera-t-il pas plus doux pour vous (et plus *sûr* en même temps) de lui voir élever quelque saint autel à la gloire de Dieu et cacher dans la paix bienheureuse du cloître l'éclat funeste d'un nom qu'il a déjà abjuré! Il est tellement dominé par l'esprit de la Trappe, il a pris un tel amour de l'abnégation, de l'humilité, de la pauvreté, qu'il me faudra bien des efforts et bien des secours d'en haut pour le déterminer à accepter cet échange de *mérites*.

— C'est donc vous, monsieur le prieur, qui vous chargez, par bonté gratuite, de changer cette funeste résolution? J'admire votre zèle et je vous en remercie; mais je ne pense pas que tant de négociations soient nécessaires. M. Jean de Mauprat réclame sa part d'héritage, rien n'est plus juste; et lors même que la loi refuserait tout droit

civil à celui qui n'a dû son salut qu'à la fuite (ce
que je ne veux point examiner), mon parent peut
être assuré qu'il n'y aurait jamais la moindre
contestation entre nous à cet égard, si j'étais libre
possesseur d'une fortune quelconque. Mais vous
n'ignorez pas que je ne dois la jouissance de cette
fortune qu'à la bonté de mon grand-oncle, le
chevalier Hubert de Mauprat; qu'il a assez fait en
payant les dettes de la famille qui absorbaient au-
delà du fonds; que je ne puis rien aliéner sans sa
permission, et que je ne suis réellement que le
dépositaire d'une fortune que je n'ai pas encore
acceptée. » Le prieur me regarda avec surprise et
comme frappé d'un coup imprévu; puis il sourit
d'un air rusé et me dit : « Fort bien! Il paraît que je
m'étais trompé, et que c'est à M. Hubert de
Mauprat qu'il faut s'adresser. Je le ferai, car je ne
doute pas qu'il ne me sache très bon gré de sauver à
sa famille un scandale qui peut avoir de très bons
résultats dans l'autre vie pour un de ses parents,
mais qui à coup sûr peut en avoir de très mauvais
pour *un autre parent* dans celle-ci. — J'entends,
monsieur, répondis-je. C'est une menace; je répon-
drai sur le même ton. Si M. Jean de Mauprat se
permet d'obséder mon oncle et ma cousine, c'est à
moi qu'il aura affaire; et ce ne sera pas devant les
tribunaux que je l'appellerai en réparation de
certains outrages que je n'ai point oubliés. Dites-lui
que je n'accorderai point l'absolution au pénitent de
la Trappe s'il ne reste fidèle au rôle qu'il a accepté.
Si M. Jean de Mauprat est sans ressource et qu'il
implore ma bonté, je pourrai lui donner, sur les
revenus qui me sont accordés, les moyens d'exister
humblement et sagement, selon l'esprit de ses
vœux; mais si l'ambition ecclésiastique s'empare de
son cerveau, et qu'il compte, avec de folles et

puériles menaces, intimider assez mon oncle pour lui arracher de quoi satisfaire ses nouveaux goûts, qu'il se détrompe, dites-le-lui bien de ma part. La sécurité du vieillard et l'avenir de la jeune fille n'ont que moi pour défenseur, et je saurai les défendre, fût-ce au péril de l'honneur et de la vie.

— L'honneur et la vie sont pourtant de quelque importance à votre âge, reprit l'abbé visiblement irrité, mais affectant des manières plus douces que jamais; qui sait à quelle folie la ferveur religieuse peut entraîner le trappiste? Car, entre nous soit dit, mon pauvre enfant... voyez, moi, je suis un homme sans exagération; j'ai vu le monde dans ma jeunesse, et je n'approuve pas ces partis extrêmes, dictés plus souvent par l'orgueil que par la pitié. J'ai consenti à tempérer l'austérité de la règle, mes religieux ont bonne mine et portent des chemises... Croyez bien, mon cher monsieur, que je suis loin d'approuver le dessein de votre parent, et que je ferai tout au monde pour l'entraver; mais enfin, s'il persiste, à quoi vous servira mon zèle? Il a la permission de son supérieur et peut se livrer à une inspiration funeste... Vous pouvez être gravement compromis dans une affaire de ce genre; car enfin, quoique vous soyez, à ce qu'on assure, un digne gentilhomme, bien que vous ayez abjuré les erreurs du passé, bien que peut-être votre âme ait toujours haï l'iniquité, vous avez trempé de fait dans bien des exactions que les lois humaines réprouvent et châtient. Qui sait à quelles révélations involontaires le frère Népomucène peut se voir entraîné s'il provoque l'instruction d'une procédure criminelle? Pourra-t-il la provoquer contre lui-même sans la provoquer en même temps contre vous?... Croyez-moi, je veux la paix... je suis un bon homme... — Oui, un très bon homme, mon père, répondis-je

avec ironie, je le vois parfaitement. Mais ne vous
inquiétez pas trop ; car il y a un raisonnement fort
clair qui doit nous rassurer l'un et l'autre. Si une
véritable vocation religieuse pousse frère Jean le
trappiste à une réparation publique, il sera facile de
lui faire entendre qu'il doit s'arrêter devant la
crainte d'entraîner un autre que lui dans l'abîme,
car l'esprit du Christ le lui défend. Mais si ce que je
présume est certain, si M. Jean de Mauprat n'a pas
la moindre envie de se livrer entre les mains de la
justice, ses menaces sont peu faites pour m'épouvanter, et je saurai empêcher qu'elles ne fassent
plus de bruit qu'il ne convient. — C'est donc là
toute la réponse que j'aurai à lui porter ? dit le
prieur en me lançant un regard où perçait le
ressentiment. — Oui, monsieur, répondis-je ; à
moins qu'il ne lui plaise de recevoir cette réponse
de ma propre bouche et de paraître ici. Je suis
venu, déterminé à vaincre le dégoût que sa présence
m'inspire, et je m'étonne qu'après avoir manifesté
un si vif désir de m'entretenir il se tienne à l'écart
quand j'arrive. — Monsieur, reprit le prieur avec
une ridicule majesté, mon devoir est de faire
régner en ce lieu saint la paix du Seigneur. Je
m'opposerai donc à toute entrevue qui pourrait
amener des explications violentes... — Vous êtes
beaucoup trop facile à effrayer, monsieur le prieur,
répondis-je ; il n'y a lieu ici à aucun emportement.
Mais comme ce n'est pas moi qui ai provoqué ces
explications, et que je me suis rendu ici par pure
complaisance, je renonce de grand cœur à les
pousser plus loin et vous remercie d'avoir bien
voulu servir d'intermédiaire. »

Je le saluai profondément et me retirai.

XX

Je fis à l'abbé, qui m'attendait chez Patience, le récit de cette conférence, et il fut entièrement de mon avis; il pensa comme moi que le prieur, loin de travailler à détourner le trappiste de ses prétendus desseins, l'engageait de tout son pouvoir à m'épouvanter pour m'amener à de grands sacrifices d'argent. Il était tout simple, à ses yeux, que ce vieillard, fidèle à l'esprit monacal, voulût mettre dans les mains d'un Mauprat moine le fruit des labeurs et des économies d'un Mauprat séculier. « C'est là le caractère imbécile du clergé catholique, me dit-il. Il ne saurait vivre sans faire la guerre aux familles et sans épier tous les moyens de les spolier. Il semble que ces biens soient sa propriété et que toutes les voies lui soient bonnes pour les recouvrer. Il n'est pas aussi facile que vous le pensez de se défendre contre ce doucereux brigandage. Les moines ont l'appétit persévérant et l'esprit ingénieux. Soyez prudent et attendez-vous à tout. Vous ne pourrez jamais décider un trappiste à se battre; retranché sous son capuchon, il recevra, courbé et les mains en croix, les plus sanglants outrages; et, sachant fort bien que vous ne l'assassinerez pas, il ne vous craindra guère. Et puis, vous ne savez pas ce

qu'est la justice dans la main des hommes et de
quelle manière un procès criminel est conduit et
jugé quand une des parties ne recule devant aucun
moyen de séduction et d'épouvante. Le clergé est
puissant; la robe est déclamatoire; les mots probité
et intégrité résonnent depuis des siècles sur les
murs endurcis des prétoires, sans empêcher les
juges prévaricateurs et les arrêts iniques. Méfiez-
vous, méfiez-vous! Le trappiste peut lancer la
meute à bonnet carré sur ses traces et la dépister en
disparaissant à point et la laissant sur les vôtres.
Vous avez blessé des amours-propres en faisant
échouer les nombreuses prétentions des épouseurs
d'héritages. Un des plus outrés et des plus
méchants est proche parent d'un magistrat tout-
puissant dans la province. De La Marche a quitté la
robe pour l'épée; mais il a pu laisser parmi ses
anciens confrères des gens portés à vous desservir.
Je suis fâché que vous n'ayez pu le joindre en
Amérique et vous mettre bien avec lui. Ne haussez
pas les épaules; vous en tuerez dix, et les choses
iront de mal en pis. On se vengera, non peut-être
sur votre vie, on sait que vous en faites bon marché,
mais sur votre honneur, et votre grand-oncle
mourra de chagrin... Enfin...

— Vous avez l'habitude de voir tout en noir au
premier coup d'œil, quand par hasard vous ne
voyez pas le soleil en plein minuit, mon bon abbé,
lui dis-je en l'interrompant. Laissez-moi vous dire
tout ce qui doit écarter ces sombres pressentiments.
Je connais Jean Mauprat de longue main; c'est un
insigne imposteur, et de plus le dernier des lâches.
Il rentrera sous terre à mon aspect, et dès le
premier mot je lui ferai avouer qu'il n'est ni
trappiste, ni moine, ni dévot. Tout ceci est un tour
de chevalier d'industrie, et je lui ai entendu jadis

faire des projets qui m'empêchent de m'étonner
aujourd'hui de son impudence; je le crains donc
fort peu.

— Et vous avez tort, reprit l'abbé. Il faut
toujours craindre un lâche, parce qu'il nous frappe
par derrière au moment où nous l'attendons en
face. Si Jean Mauprat n'était pas trappiste, si les
papiers qu'il m'a montrés avaient menti, le prieur
des carmes est trop subtil et trop prudent pour s'y
être laissé prendre. Jamais cet homme-là n'embras-
sera la cause d'un séculier, et jamais il ne prendra
un séculier pour un des siens. Au reste il faut aller
aux informations, et je vais écrire sur-le-champ au
supérieur de la Trappe; mais je suis certain qu'elles
confirmeront ce que je sais déjà. Il est même
possible que Jean de Mauprat soit sincèrement
dévot. Rien ne sied mieux à un pareil caractère que
certaines nuances de l'esprit catholique. L'inquisition est l'âme de l'Eglise, et l'inquisition doit
sourire à Jean de Mauprat. Je crois volontiers qu'il
se livrerait au glaive séculier rien que pour le plaisir
de vous perdre avec lui, et que l'ambition de fonder
un monastère avec vos deniers est une inspiration
subite dont tout l'honneur appartient au prieur des
carmes...

— Cela n'est guère probable, mon cher abbé, lui
dis-je. D'ailleurs, à quoi nous mèneront ces commentaires? Agissons. Gardons à vue le chevalier
pour que l'animal immonde ne vienne pas empoi-
sonner la sérénité de ses derniers jours. Ecrivons à
la Trappe, offrons une pension au misérable, et
voyons venir, tout en épiant avec soin ses moindres
démarches. Mon sergent Marcasse est un admirable
limier. Mettons-le sur la piste, et, s'il peut parvenir
à nous rapporter en langue vulgaire ce qu'il aura vu

et entendu, nous saurons bientôt ce qui se passe dans tout le pays. »

En devisant ainsi, nous arrivâmes au château à la chute du jour. Je ne sais quelle inquiétude tendre et puérile, comme il en vient aux mères lorsqu'elles s'éloignent un instant de leur progéniture, s'empara de moi en entrant dans cette demeure silencieuse. Cette sécurité éternelle que rien n'avait jamais troublée dans l'enceinte des vieux lambris sacrés, la caducité nonchalante des serviteurs, les portes toujours ouvertes, à tel point que les mendiants entraient parfois dans le salon sans rencontrer personne ou sans causer d'ombrage ; toute cette atmosphère de calme, de confiance et d'isolement contrastait avec les pensées de lutte et les soucis dont le retour de Jean et les menaces du carme avaient rempli mon esprit durant quelques heures. Je doublai le pas, et, saisi d'un tremblement involontaire, je traversai la salle de billard. Il me sembla, en cet instant, voir passer sous les fenêtres du rez-de-chaussée une ombre noire qui se glissait parmi les jasmins, et qui disparut dans le crépuscule. Je poussai vivement la porte du salon et m'arrêtai. Tout était silencieux et immobile. J'allais me retirer et chercher Edmée dans la chambre de son père, lorsque je crus voir remuer quelque chose de blanc près de la cheminée où le chevalier se tenait toujours. « Edmée, êtes-vous ici ? » m'écriai-je. Rien ne me répondit. Mon front se couvrit d'une sueur froide et mes genoux tremblèrent. Honteux d'une faiblesse si étrange, je m'élançai vers la cheminée en répétant avec angoisse le nom d'Edmée. « Est-ce vous enfin, Bernard ? » me répondit-elle d'une voix tremblante. Je la saisis dans mes bras ; elle était agenouillée auprès du fauteuil de son père, et pressait contre ses lèvres les mains glacées du vieillard. « Grand

Dieu! m'écriai-je en distinguant, à la faible clarté qui régnait dans l'appartement, la face livide et roide du chevalier, notre père a-t-il cessé de vivre...? — Peut-être, me dit-elle avec un organe étouffé, peut-être évanoui seulement, s'il plaît à Dieu! De la lumière, au nom du ciel! sonnez! Il n'y a qu'un instant qu'il est dans cet état. » Je sonnai à la hâte; l'abbé nous rejoignit, et nous eûmes le bonheur de rappeler mon oncle à la vie.

Mais lorsqu'il ouvrit les yeux, son esprit semblait lutter contre les impressions d'un rêve pénible. « Est-il parti, est-il parti, ce misérable fantôme? s'écria-t-il à plusieurs reprises. Holà! Saint-Jean! mes pistolets!... Mes gens! qu'on jette ce drôle par les fenêtres! » Je soupçonnai la vérité. « Qu'est-il donc arrivé? dis-je à Edmée à voix basse; qui donc est venu ici durant mon absence! — Si je vous le dis, répondit Edmée, vous le croirez à peine, et vous nous accuserez de folie, mon père et moi; mais je vous conterai cela tout à l'heure; occupons-nous de mon père. »

Elle parvint, par ses douces paroles et ses tendres soins, à rendre le calme au vieillard. Nous le portâmes à son appartement, et il s'endormit tranquille. Quand Edmée eut retiré légèrement sa main de la sienne et abaissé le rideau ouaté sur sa tête, elle s'approcha de l'abbé et de moi, et nous raconta qu'un quart d'heure avant notre retour un frère quêteur était entré dans le salon où elle brodait, selon sa coutume, près de son père assoupi. Peu surprise d'un incident qui arrivait quelquefois, elle s'était levée pour prendre sa bourse sur la cheminée, tout en adressant au moine des paroles de bienveillance. Mais, au moment où elle se retournait pour lui tendre son aumône, le chevalier, éveillé en sursaut, s'était écrié en toisant le moine d'un air à la fois courroucé et effrayé : « Par le diable ! monsieur, que venez-vous faire ici sous ce harnais-là ? » Edmée avait alors regardé le visage du moine, et elle avait reconnu, « ce que vous n'imagineriez jamais, dit-elle, l'affreux Jean Mauprat ! Je ne l'avais vu qu'une heure dans ma vie, mais cette figure repoussante n'était jamais sortie de ma mémoire, et jamais je n'ai eu le moindre accès de fièvre sans qu'elle se présentât devant mes yeux. Je ne pus retenir un cri. « N'ayez pas peur, nous dit-il, avec un effroyable sourire, je ne viens pas ici en ennemi, mais en suppliant. » Et il se mit à genoux si près de mon père que, ne sachant ce qu'il voulait faire, je me jetai entre eux, et je poussai violemment le fauteuil à roulettes qui recula jusqu'à la muraille. Alors le moine, parlant d'une voix lugubre, que rendait encore plus effrayante l'approche de la nuit, se mit à nous déclamer je ne sais quelle formule lamentable de confession, demandant grâce pour ses crimes, et se disant déjà couvert du voile noir des parricides lorsqu'ils montent à l'échafaud. « Ce malheureux est devenu fou », dit mon père en tirant le cordon de la sonnette ; mais Saint-Jean est sourd et il ne vint pas. Il nous fallut donc entendre, dans une angoisse inexprimable, les discours étranges de cet homme qui se dit trappiste, et qui prétend qu'il vient se livrer au glaive séculier en expiation de ses forfaits. Il voulait auparavant demander à mon père son pardon et sa dernière bénédiction. En disant cela, il se traînait sur ses genoux et parlait avec véhémence. Il y avait de l'insulte et de la menace dans le son de cette voix qui proférait les paroles d'une extravagante humilité. Comme il se rapprochait toujours de mon père, et que l'idée des sales caresses qu'il semblait vouloir lui adresser me remplissait de dégoût, je lui ordonnai d'un ton assez impérieux de se lever et de parler convenablement. Mon père, courroucé, lui commanda de se taire, et de se retirer; et comme en cet instant il s'écriait : « Non! vous me laisserez embrasser vos genoux! » je le repoussai pour l'empêcher de toucher à mon père. Je frémis d'horreur en songeant que mon gant a effleuré ce froc immonde. Il se retourna vers moi, et, quoiqu'il affectât toujours le repentir et l'humilité, je vis la colère briller dans ses yeux. Mon père fit un violent effort pour se lever, et il se leva en effet comme par miracle; mais aussitôt il retomba évanoui sur son siège; des pas se firent entendre dans le billard, et le moine sortit par la porte vitrée avec la rapidité de l'éclair. C'est alors que vous m'avez trouvée demi-morte et glacée d'épouvante aux pieds de mon père anéanti.

— L'abominable lâche n'a pas perdu de temps, vous le voyez, l'abbé! m'écriai-je; il voulait effrayer mon oncle et sa fille : il y a réussi; mais il a compté sans moi, et je jure que, fallût-il le traiter à la mode de la Roche-Mauprat... s'il ose jamais se présenter ici de nouveau...

— Taisez-vous, Bernard, dit Edmée, vous me faites frémir; parlez sagement, et dites-moi tout ce que cela signifie. » Quand je l'eus mise au fait de ce qui était arrivé à l'abbé et à moi, elle nous blâma de ne pas l'avoir prévenue. « Si j'avais su à quoi je devais m'attendre, nous dit-elle, je n'aurais pas été effrayée, et j'eusse pris des précautions pour ne jamais rester seule à la maison avec mon père et Saint-Jean, qui n'est guère plus ingambe. Maintenant je ne crains plus rien, et je me tiendrai sur mes gardes. Mais le plus sûr, mon cher Bernard, est d'éviter tout contact avec cet homme odieux, et de lui faire l'aumône aussi largement que possible

pour nous en débarrasser. L'abbé a raison; il peut
être redoutable. Il sait que notre parenté avec lui
nous empêchera toujours de nous mettre à l'abri de
ses persécutions en invoquant les iois; et, s'il ne
peut nous nuire aussi sérieusement qu'il s'en flatte,
il peut du moins nous susciter mille dégoûts que je
répugne à braver. Jetez-lui de l'or, et qu'il s'en
aille, mais ne me quittez plus, Bernard. Voyez, vous
m'êtes nécessaire absolument; soyez consolé du mal
que vous prétendez m'avoir fait. » Je pressai sa
main dans les miennes, et jurai de ne jamais
m'éloigner d'elle, fût-ce par son ordre, tant que ce
trappiste n'aurait pas délivré le pays de sa présence.

L'abbé se chargea des négociations avec le
couvent. Il se rendit à la ville le lendemain, et
porta, de ma part, au trappiste l'assurance expresse
que je le ferais sauter par les fenêtres s'il s'avisait
jamais de reparaître au château de Sainte-Sévère. Je
lui proposais en même temps de subvenir à ses
besoins, largement même, à condition qu'il se
retirerait sur-le-champ, soit à sa chartreuse, soit
dans toute autre retraite séculière ou religieuse, à
son choix, et qu'il ne remettrait jamais les pieds en
Berry.

Le prieur reçut l'abbé avec tous les témoignages
d'un profond dédain et d'une sainte aversion pour
son état d'hérésie; loin de le cajoler comme moi, il
lui dit qu'il voulait rester étranger à toute cette
affaire, qu'il s'en lavait les mains, qu'il se bornerait
à transmettre les décisions de part et d'autre, et à
donner asile au frère Népomucène, autant par
charité chrétienne que pour édifier ses religieux par
l'exemple d'un homme vraiment saint. A l'en
croire, le frère Népomucène serait le second du
nom placé au premier rang de la milice céleste, en
vertu des canons de l'Eglise.

Le jour suivant, l'abbé, rappelé au couvent par un message particulier, eut une entrevue avec le trappiste. A sa grande surprise, il trouva que l'ennemi avait changé de tactique. Il refusait avec indignation toute espèce de secours, se retranchant derrière son vœu de pauvreté et d'humilité, et blâmant avec emphase son cher hôte le prieur d'avoir osé proposer, sans son aveu, l'échange des biens éternels contre les biens périssables. Il refusait de s'expliquer sur le reste et se renfermait dans des réponses ambiguës et boursouflées; Dieu l'inspirerait, disait-il, et il comptait à la prochaine fête de la Vierge, à l'heure auguste et sublime de la sainte communion, entendre la voix de Jésus parler à son cœur et lui dicter la conduite qu'il aurait à tenir. L'abbé dut craindre de montrer de l'inquiétude en insistant pour percer ce *saint mystère,* et il vint me rendre cette réponse, qui était moins faite que toute autre pour me rassurer.

Cependant les jours et les semaines s'écoulèrent sans que le trappiste donnât le moindre signe de volonté sur quoi que ce soit. Il ne reparut ni au château ni dans les environs, et se tint tellement enfermé aux Carmes que peu de personnes virent son visage. Cependant on sut bientôt, et le prieur mit grand soin à en répandre la nouvelle, que Jean de Mauprat, converti à la plus ardente et à la plus exemplaire piété, était de passage comme pénitent de la Trappe, au couvent des carmes. Chaque matin on fit circuler un nouveau trait de vertu, un nouvel acte d'austérité de ce saint personnage. Les dévotes, avides du merveilleux, voulurent le voir, et lui portèrent mille petits présents qu'il refusa avec obstination. Quelquefois il se cachait si bien qu'on le disait parti pour la Trappe; mais, au moment où nous nous flattions d'en être débarrassés, nous

apprenions qu'il venait de s'infliger dans la cendre
et sous le cilice, des mortifications épouvantables ;
ou bien il avait été pieds nus, dans les endroits les
plus déserts et les plus incultes de la Varenne,
accomplir des pèlerinages. On alla jusqu'à dire qu'il
faisait des miracles ; si le prieur n'était pas guéri de
la goutte, c'est que, par esprit de pénitence, il ne
voulait pas guérir.

Cette incertitude dura près de deux mois.

XXI

Ces jours, qui s'écoulèrent dans l'intimité, furent pour moi délicieux et terribles. Voir Edmée à toute heure, sans crainte d'être indiscret, puisqu'elle-même m'appelait à ses côtés, lui faire la lecture, causer avec elle de toutes choses, partager les tendres soins qu'elle rendait à son père, être de moitié dans sa vie, absolument comme si nous eussions été frère et sœur, c'était un grand bonheur sans doute, mais c'était un dangereux bonheur, et le volcan se ralluma dans mon sein. Quelques paroles confuses, quelques regards troublés me trahirent. Edmée ne fut point aveugle, mais elle resta impénétrable ; son œil noir et profond, attaché sur moi comme sur son père avec la sollicitude d'une âme exclusive, se refroidissait quelquefois tout à coup au moment où la violence de ma passion était près d'éclater. Sa physionomie n'exprimait alors qu'une patiente curiosité et la volonté inébranlable de lire jusqu'au fond de mon âme sans me laisser voir seulement la surface de la sienne.

Mes souffrances, quoique vives, me furent chères dans les premiers temps ; je me plaisais à les offrir intérieurement à Edmée comme une expiation de mes fautes passées. J'espérais qu'elle les devinerait et qu'elle m'en saurait gré. Elle les vit et ne m'en parla pas. Mon mal s'aigrit, mais il se passa encore des jours avant que je perdisse la force de le cacher. Je dis des jours, parce que, pour quiconque a aimé une femme et s'est trouvé seul avec elle, contenu par sa sévérité, les jours ont dû se compter comme des siècles. Quelle vie pleine et pourtant dévorante! Que de langueur et d'agitation, de tendresse et de colère! Il me semblait que les heures résumaient des années; et aujourd'hui, si je ne rectifiais par des dates l'erreur de ma mémoire, je me persuaderais aisément que ces deux mois remplirent la moitié de ma vie.

Je voudrais peut-être aussi me le persuader pour me réconcilier avec la conduite ridicule et coupable que je tins, au mépris des bonnes résolutions que je venais à peine de former. La rechute fut si prompte et si complète qu'elle me ferait rougir encore si je ne l'avais cruellement expiée, comme vous le verrez bientôt.

Après une nuit d'angoisse, je lui écrivis une lettre insensée qui faillit avoir pour moi des résultats effroyables; elle était à peu près conçue en ces termes : « Vous ne m'aimez point, Edmée, vous ne m'aimerez jamais. Je le sais, je ne demande rien, je n'espère rien; je veux rester près de vous, consacrer ma vie à votre service et à votre défense. Je ferai, pour vous être utile, tout ce qui sera possible à mes forces; mais je souffrirai, et, quoi que je fasse pour le cacher, vous le verrez, et vous attribuerez peut-être à des motifs étrangers une tristesse que je ne pourrai pas renfermer avec un constant héroïsme. Vous m'avez profondément affligé hier en m'engageant à sortir un peu *pour me distraire*. Me distraire de vous, Edmée! quelle amère raillerie! Ne soyez pas cruelle, ma pauvre sœur, car alors vous redevenez mon impérieuse fiancée des mauvais jours... et, malgré moi, je redeviens le brigand que vous détestiez... Ah! si vous saviez combien je suis malheureux! Il y a deux hommes en moi qui se combattent à mort et sans relâche; il faut bien espérer que le brigand succombera; mais il se défend pied à pied et il rugit, parce qu'il se sent couvert de blessures et frappé mortellement. Si vous saviez, si vous saviez, Edmée, quelles luttes, quels combats, quelles larmes de sang mon cœur distille, et quelles fureurs s'allument souvent dans la partie de mon esprit que gouvernent les anges rebelles! Il y a des nuits que je souffre tant que, dans le délire de mes songes, il me semble que je vous plonge un poignard dans le cœur, et que, par une lugubre magie, je vous force ainsi à m'aimer comme je vous aime. Quand je m'éveille, baigné d'une sueur froide, égaré, hors de moi, je suis comme tenté d'aller vous tuer, afin d'anéantir la cause de mes angoisses. Si je ne le fais pas, c'est que je crains de vous aimer morte avec autant de passion et de ténacité que si vous étiez vivante. Je crains d'être contenu, gouverné, dominé par votre image, comme je le suis par votre personne; et puis il n'y a pas de moyen de destruction dans la main de l'homme, l'être qu'il aime et qu'il redoute existe en lui lorsqu'il a cessé d'exister sur la terre. C'est l'âme d'un amant qui sert de cercueil à sa maîtresse et qui conserve à jamais ses brûlantes reliques pour s'en nourrir sans jamais les consumer... Mais, ô ciel! dans quel désordre sont mes idées! Voyez, Edmée, à quel point mon esprit est malade, et prenez pitié de moi. Patientez, permettez-moi d'être triste, ne suspectez jamais mon dévouement; je suis souvent fou, mais je vous chéris toujours.

Un mot, un regard de vous me rappellera toujours au sentiment du devoir, et ce devoir me sera doux quand vous daignerez m'en faire souvenir... A l'heure où je vous écris, Edmée, le ciel est chargé de nuées plus sombres et plus lourdes que l'airain; le tonnerre gronde, et à la lueur des éclairs semblent flotter les spectres douloureux du purgatoire. Mon âme est sous le poids de l'orage, mon esprit troublé flotte comme ces clartés incertaines qui jaillissent de l'horizon. Il me semble que mon être va éclater comme la tempête. Ah! si je pouvais élever vers vous une voix semblable à la sienne! si j'avais la puissance de produire au-dehors les angoisses et les fureurs qui me rongent! Souvent, quand la tourmente passe sur les grands chênes, vous dites que vous aimez le spectacle de sa colère et de leur résistance. C'est, dites-vous, la lutte des grandes forces, et vous croyez saisir dans les bruits de l'air les imprécations de l'aquilon et les cris douloureux des antiques rameaux. Lequel souffre davantage, Edmée, ou de l'arbre qui résiste ou du vent qui s'épuise à l'attaque? N'est-ce pas toujours le vent qui cède et qui tombe? et alors le ciel, affligé de la défaite de son noble fils, se répand sur la terre en ruisseaux de pleurs. Vous aimez ces folles images, Edmée; et chaque fois que vous contemplez la force vaincue par la résistance, vous souriez cruellement, et votre regard mystérieux semble insulter à ma misère. Eh bien! n'en doutez pas, vous m'avez jeté à terre, et, quoique brisé, je souffre encore; sachez-le, puisque vous voulez le savoir, puisque vous êtes impitoyable au point de m'interroger et de feindre pour moi la compassion. Je souffre et je n'essaie plus de soulever le pied que le vainqueur orgueilleux a posé sur ma poitrine défaillante. »

Le reste de cette lettre qui était fort longue, fort

décousue, et absurde d'un bout à l'autre, était conçu dans le même sens. Ce n'était pas la première fois que j'écrivais à Edmée, quoique vivant sous le même toit et ne la quittant qu'aux heures du repos. Ma passion m'absorbait à tel point que j'étais invariablement entraîné à prendre sur mon sommeil pour lui écrire. Je ne croyais jamais lui avoir assez parlé d'elle, assez renouvelé la promesse d'une soumission à laquelle je manquais à chaque instant; mais la lettre dont il s'agit était plus hardie et plus passionnée qu'aucune des autres. Peut-être fut-elle écrite fatalement sous l'influence de la tempête qui éclatait au ciel, tandis que, courbé sur ma table, le front en sueur, la main sèche et brûlante, je traçais avec exaltation la peinture de mes souffrances. Il me semble qu'il se fit en moi un grand calme, voisin du désespoir, lorsque je me jetai sur mon lit après être descendu au salon et avoir glissé ma lettre dans le panier à ouvrage d'Edmée. Le jour se levait chargé à l'horizon des ailes sombres de l'orage qui s'envolait vers d'autres régions. Les arbres, chargés de pluie, s'agitaient encore sous la brise fraîchissante. Profondément triste, mais aveuglément dévoué à la souffrance, je m'endormis soulagé, comme si j'eusse fait le sacrifice de ma vie et de mes espérances. Edmée ne parut pas avoir trouvé ma lettre, car elle n'y répondit pas. Elle avait coutume de le faire verbalement, et c'était pour moi un moyen de provoquer de sa part ces effusions d'amitié fraternelle dont il fallait bien me contenter, et qui versaient du moins un baume sur ma plaie. J'aurais dû me dire que cette fois ma lettre devait amener une explication décisive, ou être passée sous silence. Je soupçonnai l'abbé de l'avoir soustraite et jetée au feu, j'accusai Edmée de mépris et de dureté; néanmoins je me tus.

Le lendemain, le temps était parfaitement rétabli.
Mon oncle fit une promenade en voiture, et,
chemin faisant, nous dit qu'il ne voulait pas mourir
sans avoir fait une grande et dernière chasse au
renard. Il était passionné pour ce divertissement, et
sa santé s'était améliorée au point de rendre à son
esprit des velléités de plaisir et d'action. Une étroite
berline très légère, attelée de fortes mules, courait
rapidement dans les traînes sablonneuses de nos
bois, et quelquefois déjà il avait suivi de petites
chasses que nous montions pour le distraire.
Depuis la visite du trappiste, le chevalier avait
comme repris à la vie. Doué de force et d'obstination comme tous ceux de sa race, il semblait qu'il
pérît faute d'émotions, car le plus léger appel à son
énergie rendait momentanément la chaleur à son
sang engourdi. Comme il insista beaucoup sur ce
projet de chasse, Edmée s'engagea à organiser avec
moi une battue générale et à y prendre une part
active. Une des grandes joies du bon vieillard
était de la voir à cheval, caracoler hardiment autour
de sa voiture et lui tendre toutes les branches
fleuries qu'elle arrachait aux buissons en passant. Il
fut décidé que je monterais à cheval pour l'escorter
et que l'abbé accompagnerait le chevalier dans la
berline. Le ban et l'arrière-ban des garde-chasse,
forestiers, piqueurs, voire des braconniers de la
Varenne, furent convoqués à cette solennité de
famille. Un grand repas fut préparé à l'office pour
le retour, avec force pâtés d'oies et vin du terroir.
Marcasse, dont j'avais fait mon régisseur à la
Roche-Mauprat, et qui avait de grandes connaissances dans l'art de la chasse au renard, passa deux
jours entiers à boucher les terriers. Quelques jeunes
fermiers des environs, intéressés à la battue et
capables de donner un bon conseil dans l'occasion,

s'offrirent gracieusement à être de la partie, et enfin Patience, malgré son éloignement pour la destruction des animaux innocents, consentit à suivre la chasse en amateur. Au jour dit, qui se leva chaud et serein sur nos riants projets et sur mon implacable destinée, une cinquantaine de personnes se trouva sur pied avec cors, chevaux et chiens. La journée devait se terminer par une déconfiture de lapins dont le nombre était excessif, et qu'il était facile de détruire en masse en se rabattant sur la partie des bois qui n'aurait pas été traquée pendant la chasse. Chacun de nous s'arma donc d'une carabine, et mon oncle lui-même en prit une pour tirer de sa voiture, ce qu'il faisait encore avec beaucoup d'adresse.

Durant les deux premières heures, Edmée, montée sur une jolie petite jument limousine fort vive, et qu'elle s'amusait à exciter et à retenir avec une coquetterie touchante pour son vieux père, s'écarta peu de la calèche, d'où le chevalier souriant, animé, attendri, la contemplait avec amour. De même qu'emportés chaque soir par la rotation de notre globe, nous saluons, en entrant dans la nuit, l'astre radieux qui va régner sur un autre hémisphère, ainsi le vieillard se consolait de mourir en voyant la jeunesse, la force et la beauté de sa fille lui survivre dans une autre génération.

Quand la chasse fut bien *nouée*, Edmée, qui se ressentait certainement de l'humeur guerroyante de la famille, et chez qui le calme de l'âme n'enchaînait pas toujours la fougue du sang, céda aux signes réitérés que lui faisait son père, dont le plus grand désir était de la voir galoper, et elle suivit le *lancer* qui était déjà un peu en avant. « Suis-la, suis-la! » me cria le chevalier, qui ne l'avait pas plus tôt vue courir, que sa douce vanité paternelle avait fait place à l'inquiétude. Je ne me le fis pas dire deux fois, et, enfonçant mes éperons dans le ventre de mon cheval, je rejoignis Edmée dans un sentier de traverse qu'elle avait pris pour retrouver les chasseurs. Je frémis en la voyant se plier comme un jonc sous les branches, tandis que son cheval, excité par elle, l'emportait au milieu du taillis avec la rapidité de l'éclair. « Edmée, pour l'amour de Dieu! lui criai-je, n'allez pas si vite. Vous allez vous faire tuer.

— Laisse-moi courir, me dit-elle gaiement; mon père me l'a permis. Laisse-moi tranquille, te dis-je; je te donne sur les doigts si tu arrêtes mon cheval.

— Laisse-moi du moins te suivre, lui dis-je en la serrant de près; ton père me l'a ordonné, et je ne suis là que pour me tuer, s'il t'arrive malheur. »

Pourquoi étais-je obsédé par ces idées sinistres, moi qui avais vu si souvent Edmée courir à cheval dans les bois? Je l'ignore. J'étais dans un état bizarre; la chaleur de midi me montait au cerveau, et mes nerfs étaient singulièrement excités. Je n'avais pas déjeuné, me trouvant dans une mauvaise disposition en partant, et pour me soutenir à jeun j'avais avalé plusieurs tasses de café mêlé de rhum. Je sentais alors un effroi insurmontable; puis au bout de quelques instants cet effroi fit place à un sentiment inexprimable d'amour et de joie. L'excitation de la course devint si vive que je m'imaginai n'avoir pas d'autre but que de poursuivre Edmée. A la voir fuir devant moi, aussi légère que sa cavale noire, dont les pieds volaient sans bruit sur la mousse, on l'eût prise pour une fée apparaissant en ce lieu désert pour troubler la raison des hommes et les entraîner sur ses traces au fond de ses retraites perfides. J'oubliai la chasse et tout le reste. Je ne vis qu'Edmée; un nuage passa devant mes yeux, et je ne la vis plus, mais je courais toujours ; j'étais dans un état de démence muette, lorsqu'elle s'arrêta brusquement.

« Que faisons-nous ? me dit-elle. Je n'entends plus la chasse, et j'aperçois la rivière. Nous avons trop donné sur la gauche.

— Au contraire, Edmée, lui répondis-je sans savoir un mot de ce que je disais ; encore un temps de galop, et nous y sommes.

— Comme vous êtes rouge, me dit-elle. Mais comment passerons-nous la rivière ?

— Puisqu'il y a un chemin, il y a un gué, lui répondis-je. Allons, allons ! »

J'étais possédé de la rage de courir encore ; j'avais une idée, celle de m'enfoncer de plus en plus dans le bois avec elle ; mais cette idée était couverte d'un voile, et lorsque j'essayais de le soulever, je n'avais plus d'autre perception que celle des battements impétueux de ma poitrine et de mes tempes.

Edmée fit un geste d'impatience. « Ces bois sont maudits ; je m'y égare toujours », dit-elle. Et sans doute elle pensa au jour funeste où elle avait été emportée loin de la chasse et conduite à la Roche-Mauprat ; car j'y pensai aussi, et les images qui s'offrirent à mon cerveau me causèrent une sorte de vertige. Je suivis machinalement Edmée vers la rivière. Tout à coup je la vis à l'autre bord. Je fus pris de fureur en voyant que son cheval était plus agile et plus courageux que le mien ; car celui-ci fit, pour se risquer dans le gué, qui était assez mauvais, des difficultés durant lesquelles Edmée prit encore sur moi de l'avance. Je mis les flancs de mon cheval en sang ; et quand, après avoir failli être renversé plusieurs fois, je me trouvai sur la rive, je me lançai à la poursuite d'Edmée avec une colère aveugle. Je l'atteignis, et je pris la bride de sa jument en m'écriant :

— Arrêtez-vous, Edmée, je le veux! Vous n'irez pas plus loin. »

En même temps, je secouai si rudement les rênes que son cheval se révolta. Elle perdit l'équilibre, et, pour ne pas tomber, elle sauta légèrement entre nos deux chevaux, au risque d'être blessée. Je fus à terre presque aussitôt qu'elle, et je repoussai vivement les chevaux. Celui d'Edmée, qui était fort doux, s'arrêta et se mit à brouter. Le mien s'emporta et disparut. Tout cela fut l'affaire d'un instant.

J'avais reçu Edmée dans mes bras; elle se dégagea, et me dit avec sécheresse :

— Vous êtes fort brutal, Bernard, et je déteste vos manières. A qui en avez-vous? »

Troublé, confus, je lui dis que je croyais que sa jument prenait le mors aux dents, et que je craignais qu'il ne lui arrivât malheur en s'abandonnant de la sorte à l'ardeur de la course.

« Et pour me sauver vous me faites tomber, au risque de me tuer, répondit-elle. Cela est fort obligeant, en vérité.

— Laissez-moi vous remettre sur votre cheval », lui dis-je. Et sans attendre sa permission, je la pris dans mes bras et je l'enlevai de terre.

« Vous savez fort bien que je ne monte pas à cheval ainsi, s'écria-t-elle tout à fait irritée. Laissez-moi, je n'ai pas besoin de vos services. »

Mais il ne m'était plus permis d'obéir. Ma tête se perdait; mes bras se crispaient autour de la taille d'Edmée, et c'était en vain que j'essayais de les en détacher; mes lèvres effleurèrent son sein malgré moi; elle pâlit de colère.

« Que je suis malheureux, disais-je avec des yeux

pleins de larmes, que je suis malheureux de t'offenser toujours et d'être haï de plus en plus à mesure que je t'aime davantage ! »

Edmée était de nature impérieuse et violente. Son caractère, habitué à la lutte, avait pris avec les années une énergie inflexible. Ce n'était plus la jeune fille tremblante, fortement inspirée, mais plus ingénieuse que téméraire à la défense, que j'avais serrée dans mes bras à la Roche-Mauprat ; c'était une femme intrépide et fière, qui se fût laissé égorger plutôt que de permettre une espérance audacieuse. D'ailleurs, c'était la femme qui se sait aimée avec passion et qui connaît sa puissance. Elle me repoussa donc avec dédain, et, comme je la suivais avec égarement, elle leva sa cravache sur moi, et me menaça de me tracer une marque d'ignominie sur le visage si j'osais toucher seulement à son étrier.

Je tombai à genoux en la suppliant de ne pas me quitter ainsi sans me pardonner. Elle était déjà à cheval, et, regardant autour d'elle pour retrouver son chemin, elle s'écria :

« Il ne me manquait plus que de revoir ces lieux détestés ! Voyez, monsieur, voyez où nous sommes ! »

Je regardai à mon tour, et vis que nous étions à la lisière du bois, sur le bord ombragé du petit étang de Gazeau. A deux pas de nous, à travers le bois épaissi depuis le départ de Patience, j'aperçus la porte de la tour qui s'ouvrait comme une bouche noire derrière le feuillage verdoyant.

Je fus pris d'un nouveau vertige, il y eut en moi une lutte terrible des deux instincts. Qui expliquera le mystère qui s'accomplit dans le cerveau de l'homme, alors que l'âme est aux prises avec les sens et qu'une partie de son être cherche à étouffer l'autre? Dans une organisation comme la mienne, cette lutte devait être affreuse, croyez-le bien; et n'imaginez pas que la volonté joue un rôle secondaire chez les natures emportées; c'est une sotte habitude que de dire à un homme épuisé dans de semblables combats : « Vous auriez dû vous vaincre. »

XXII

Comment vous expliquerai-je ce qui se passa en moi à l'aspect inattendu de la tour Gazeau? Je ne l'avais vue que deux fois dans ma vie; deux fois elle avait été le témoin des scènes les plus douloureusement émouvantes, et ces scènes n'étaient rien encore auprès de ce qui m'était destiné à cette troisième rencontre; il est des lieux maudits!

Il me sembla voir encore, sur cette porte demibrisée, le sang des deux Mauprat qui l'avait arrosée. Leur criminelle et tragique destinée me fit rougir des instincts de violence que je sentais en moimême. J'eus horreur de ce que j'éprouvais, et je compris pourquoi Edmée ne m'aimait pas. Mais, comme s'il y avait eu dans ce déplorable sang des éléments de sympathique fatalité, je sentais la force effrénée de mes passions grandir en raison de l'effort de ma volonté pour les vaincre. J'avais terrassé toutes les autres intempérances; il n'en restait en moi presque plus de traces. J'étais sobre, j'étais, sinon doux et patient, du moins affectueux et sensible; je concevais au plus haut point les lois de l'honneur et le respect de la dignité d'autrui; mais l'amour était le plus redoutable de mes ennemis, car il se rattachait à tout ce que j'avais acquis de moralité et de délicatesse; c'était le lien entre l'homme ancien et l'homme nouveau, lien indissoluble et dont le milieu m'était presque impossible à trouver.

Debout devant Edmée, qui s'apprêtait à me laisser seul et à pied, furieux de la voir m'échapper pour la dernière fois, car, après l'offense que je venais de lui faire, jamais, sans doute, elle ne braverait le danger d'être seule avec moi, je la regardais d'une manière effrayante. J'étais pâle, mes poings se contractaient; je n'avais qu'à vouloir, et la plus faible de mes étreintes l'eût arrachée de son cheval, terrassée, livrée à mes désirs. Un moment d'abandon à mes instincts farouches, et je pouvais assouvir, éteindre, par la possession d'un instant, le feu qui me dévorait depuis sept années! Edmée n'a jamais su quel péril son honneur a couru dans cette minute d'angoisses; j'en garde un éternel remords; mais Dieu seul en sera juge, car je triomphai, et cette pensée de mal fut la dernière de ma vie. A cette pensée d'ailleurs se borna tout mon crime; le reste fut l'ouvrage de la fatalité.

Saisi d'effroi, je tournai brusquement le dos, et, tordant mes mains avec désespoir, je m'enfuis par le sentier qui m'avait amené, sans savoir où j'allais, mais comprenant qu'il fallait me soustraire à ces tentations dangereuses. Le jour était brûlant, l'odeur des bois enivrante; leur aspect me ramenait au sentiment de ma vie sauvage : il fallait fuir ou succomber. Edmée m'ordonnait, d'un geste impérieux, de m'éloigner de sa présence. L'idée de tout autre danger que celui qu'elle courait avec moi ne pouvait, en cet instant, se présenter à ma pensée ni à la sienne; je m'enfonçai dans le bois. Je n'avais pas franchi l'espace de trente pas qu'un coup de feu partit du lieu où je laissais Edmée. Je m'arrêtai glacé d'épouvante sans savoir pourquoi, car au milieu d'une battue un coup de fusil n'était pas chose étrange; mais j'avais l'âme si lugubre que rien ne pouvait me sembler indifférent. J'allais retourner sur mes pas et rejoindre Edmée, au risque de l'offenser encore, lorsqu'il me sembla entendre un gémissement humain du côté de la tour Gazeau. Je m'élançai et puis je tombai sur mes genoux, comme foudroyé par mon émotion. Il me fallut quelques minutes pour triompher de ma faiblesse; mon cerveau était plein d'images et de bruits lamentables, je ne distinguais plus l'illusion de la réalité; en plein soleil je marchais à tâtons parmi les arbres. Tout à coup je me trouvai face à face avec l'abbé; il était inquiet, il cherchait Edmée. Le chevalier ayant été se placer avec sa voiture au passage du *lancer*, et n'ayant pas vu sa fille parmi les chasseurs, avait été saisi de crainte. L'abbé s'était jeté à la hâte dans le bois, et bientôt retrouvant la trace de nos chevaux, il venait s'informer de ce que nous étions devenus. Il avait entendu le coup de feu, mais sans en être effrayé. En me voyant pâle, les cheveux en désordre, l'air égaré, sans cheval et sans fusil (j'avais laissé tomber le mien à l'endroit où je m'étais à demi évanoui, et je n'avais pas songé à le relever), il fut aussi épouvanté que moi, et sans savoir, plus que moi-même, à quel propos. « Edmée! me dit-il, où est Edmée? » Je lui répondis des paroles sans suite. Il fut si consterné de me voir ainsi, qu'il m'accusa d'un crime en lui-même, comme il me l'a plus tard avoué [94].

« Malheureux enfant! me dit-il en me secouant fortement le bras pour me rappeler à moi-même [95], de la prudence, du calme, je vous en supplie!... »

Je ne le comprenais pas, mais je l'entraînai vers

l'endroit fatal. O spectacle ineffaçable! Edmée était
étendue par terre, roide et baignée dans son sang.
Sa jument broutait l'herbe à quelques pas de là.
Patience était debout auprès d'elle les bras croisés
sur sa poitrine, la face livide, et le cœur tellement
gonflé qu'il lui fut impossible de répondre à l'abbé,
qui l'interrogeait avec des sanglots et des cris. Pour
moi, je ne pus comprendre ce qui se passait. Je
crois que mon cerveau, déjà troublé par les
émotions précédentes, se paralysa entièrement. Je
m'assis par terre à côté d'Edmée, dont la poitrine
était frappée de deux balles. Je regardai ses yeux
éteints, dans un état de stupidité absolue.

« Eloignez ce misérable! dit Patience à l'abbé en
me jetant un regard de mépris; le pervers ne se
corrige pas. — Edmée! Edmée! s'écria l'abbé en se
jetant sur l'herbe et en s'efforçant d'étancher le
sang avec son mouchoir. — Morte! morte! dit
Patience, et voilà le meurtrier! Elle l'a dit en
rendant à Dieu son âme sainte, et c'est Patience qui
sera le vengeur! C'est bien dur; mais ce sera!...
Dieu l'a voulu, puisque je me suis trouvé là pour
entendre la vérité. — C'est horrible! c'est horrible! » criait l'abbé.

J'entendais le son de cette dernière syllabe, et je
souriais d'un air égaré en la répétant comme un
écho.

Des chasseurs accoururent. Edmée fut emportée.
Je crois que son père m'apparut debout et marchant. Je ne saurais, au reste, affirmer que ce ne fût
pas une vision mensongère (car je n'avais conscience de rien, et ces moments affreux n'ont laissé
en moi que des souvenirs vagues, semblables à ceux
d'un rêve), si on ne m'eût assuré que le chevalier
sortit de sa calèche sans l'aide de personne, qu'il
marcha et agit avec autant de force et de présence

d'esprit qu'un jeune homme. Le lendemain il tomba dans un état complet d'enfance et d'insensibilité, et ne se releva plus de son fauteuil.

Que se passa-t-il quant à moi? Je l'ignore. Quand je repris ma raison, je m'aperçus que j'étais dans un autre endroit de la forêt auprès d'une petite chute d'eau, dont j'écoutais machinalement le murmure avec une sorte de bien-être. Blaireau dormait à mes pieds, et son maître, debout contre un arbre, me regardait attentivement. Le soleil couchant glissait des lames d'or rougeâtre parmi les tiges élancées des jeunes frênes; les fleurs sauvages semblaient me sourire; les oiseaux chantaient mélodieusement. C'était un des plus beaux jours de l'année.

« Quelle magnifique soirée! dis-je à Marcasse. Ce lieu est aussi beau qu'une forêt de l'Amérique. Eh bien! mon vieil ami, que fais-tu là? Tu aurais dû m'éveiller plus tôt; j'ai fait des rêves affreux. »

Marcasse vint s'agenouiller auprès de moi; deux ruisseaux de larmes coulaient sur ses joues sèches et bilieuses. Il y avait sur son visage, si impassible d'ordinaire, une expression ineffable de pitié, de chagrin et d'affection. « Pauvre maître! disait-il; égarement, maladie de tête, voilà tout. Grand malheur! mais fidélité ne guérit pas. Eternellement avec vous, quand il faudrait mourir avec vous. »

Ses larmes et ses paroles me remplirent de tristesse; mais c'était le résultat d'un instinct sympathique aidé encore de l'affaiblissement de mes organes, car je ne me rappelais rien. Je me jetai dans ses bras en pleurant comme lui, et il me tint serré contre sa poitrine avec une effusion vraiment paternelle. Je pressentais bien que quelque affreux malheur pesait sur moi; mais je craignais de savoir en quoi il consistait; et pour rien au monde je n'eusse voulu l'interroger.

Il me prit par le bras et m'emmena à travers la forêt. Je me laissai conduire comme un enfant, et puis je fus pris d'un nouvel accablement, et il fut forcé de me laisser encore assis pendant une demi-heure. Enfin il me releva et réussit à m'emmener à la Roche-Mauprat, où nous arrivâmes fort tard. Je ne sais ce que j'éprouvai dans la nuit. Marcasse m'a dit que j'avais été en proie à un délire affreux. Il prit sur lui d'envoyer chercher au village le plus voisin un barbier qui me saigna dès le matin, et quelques instants après je repris ma raison.

Mais quel affreux service il me sembla qu'on m'avait rendu! *Morte! morte! morte!* c'était le seul mot que je pusse articuler. Je ne faisais que gémir et m'agiter sur mon lit. Je voulais sortir et courir à Sainte-Sévère. Mon pauvre sergent se jetait à mes pieds et se mettait en travers de la porte de ma chambre pour m'en empêcher. Il me disait alors pour me retenir des choses que je ne comprenais nullement, et je cédais à l'ascendant de sa tendresse et à mon propre épuisement sans pouvoir m'expliquer sa conduite. Dans une de ces luttes ma saignée se rouvrit, et je me remis au lit sans que Marcasse s'en aperçût. Je tombai peu à peu dans un évanouissement profond, et j'étais presque mort, lorsque, voyant mes lèvres bleues et mes joues violacées, il s'avisa de soulever mon drap et me trouva nageant dans une mare de sang.

C'était au reste ce qui pouvait m'arriver de plus heureux. Je demeurai plusieurs jours plongé dans un anéantissement où la veille différait peu du sommeil, et grâce auquel, ne comprenant rien, je ne souffrais pas.

Un matin, ayant réussi à me faire prendre quelques aliments et voyant qu'avec la force la tristesse et l'inquiétude me revenaient, il m'annonça avec une joie naïve et tendre qu'Edmée n'était pas morte et qu'on ne désespérait pas de la sauver. Ce fut pour moi un coup de foudre, car j'en étais encore à croire que cette affreuse aventure était l'ouvrage de mon délire. Je me mis à crier et à me tordre les bras d'une manière effrayante. Marcasse, à genoux près de mon lit, me suppliait de me calmer, et vingt fois il me répéta ces paroles qui me faisaient toujours l'effet des mots dépourvus de sens qu'on entend dans les rêves : « Vous ne l'avez pas fait exprès ; je le sais bien, moi. Non, vous ne l'avez pas fait exprès. C'est un malheur, un fusil qui part dans la main, par hasard. — Allons, que veux-tu dire ? m'écriai-je impatienté ; quel fusil ? quel hasard ? pourquoi moi ? — Ne savez-vous donc pas comment elle a été frappée, maître ? » Je passai mes mains sur ma tête comme pour y ramener l'énergie de la vie, et, ne pouvant m'expliquer l'événement mystérieux qui en brisait tous les ressorts, je me crus fou et je restai muet, consterné, craignant de laisser échapper une parole qui pût faire constater la perte de mes facultés.

Enfin peu à peu je ressaisis mes souvenirs ; je demandai du vin pour me fortifier, et à peine en eus-je bu quelques gouttes que toutes les scènes de la fatale journée se déroulèrent comme par magie devant moi. Je me souvins même des paroles que j'avais entendu prononcer à Patience aussitôt après l'événement. Elles étaient comme gravées dans cette partie de la mémoire qui garde le son des mots, alors même que sommeille celle qui sert à en pénétrer le sens. Un instant encore je fus incertain ; je me demandai si mon fusil était parti entre mes mains au moment où je quittai Edmée. Je me rappelai clairement que je l'avais déchargé une heure auparavant sur une huppe dont Edmée avait envie de voir de près le plumage; et puis, lorsque le coup qui l'avait frappée s'était fait entendre, mon fusil était dans mes mains, et je ne l'avais jeté par terre que quelques instants après; ce ne pouvait donc être cette arme qui fût partie en tombant. D'ailleurs, j'étais beaucoup trop loin d'Edmée dans ce moment pour que, même en supposant une fatalité incroyable, le coup l'atteignît. Enfin je n'avais pas eu de la journée une seule balle sur moi, et il était impossible que mon fusil se trouvât chargé à mon insu, puisque je ne l'avais pas ôté de la bandoulière depuis que j'avais tué la huppe.

Bien sûr donc que je n'étais pas la cause de l'accident funeste, il me restait à trouver une explication à cette catastrophe foudroyante. Elle m'embarrassa moins que personne; je pensai qu'un tirailleur maladroit avait pris, à travers les branches, le cheval d'Edmée pour une bête fauve, et je ne songeai pas à accuser qui que ce fût d'assassinat volontaire; seulement je compris que j'étais accusé moi-même. J'arrachai la vérité à Marcasse. Il m'apprit que le chevalier et toutes les personnes qui faisaient partie de la chasse avaient attribué ce malheur à un accident fortuit, à une arme qui s'était, à mon grand désespoir, déchargée lorsque mon cheval m'avait renversé; car on pensait que j'avais été jeté par terre. Telle était à peu près l'opinion que chacun émettait. Dans les rares paroles qu'Edmée pouvait prononcer elle répondait affirmativement à ces commentaires. Une seule personne m'accusait, c'était Patience; mais il m'accusait en secret et sous le sceau du serment auprès de ses deux amis, Marcasse et l'abbé Aubert. « Je n'ai pas besoin, ajouta Marcasse, de vous dire que l'abbé garde un silence absolu et se refuse à vous croire coupable. Quant à moi, je puis vous jurer

que jamais… — Tais-toi, tais-toi, lui dis-je, ne me
dis pas même cela, ce serait supposer que quelqu'un sur la terre peut le croire. Mais Edmée a dit
quelque chose d'inouï à Patience au moment où elle
a expiré; car elle est morte, tu veux en vain
m'abuser; elle est morte, je ne la verrai plus! —
Elle n'est pas morte! » s'écria Marcasse. Et il me fit
des serments qui me convainquirent; car je savais
qu'il eût fait de vains efforts pour mentir; tout son
être se fût mis en révolte contre ses charitables
intentions. Quant aux paroles d'Edmée, il se refusa
franchement à me les rapporter, et je compris par là
qu'elles étaient accablantes. Alors je m'arrachai de
mon lit, je repoussai inexorablement Marcasse qui
voulait me retenir. Je fis jeter une couverture sur le
cheval du métayer et je partis au grand galop.
J'avais l'air d'un spectre quand j'arrivai au château.
Je me traînai jusqu'au salon sans rencontrer personne que Saint-Jean, qui fit un cri de terreur en
m'apercevant et qui disparut sans répondre à mes
questions.

Le salon était vide. Le métier d'Edmée, enseveli
sous la toile verte que sa main ne devait peut-être
plus soulever, me fit l'effet d'une bière sous un
linceul. Le grand fauteuil de mon oncle n'était plus
dans le coin de la cheminée; mon portrait, que
j'avais fait faire à Philadelphie et que j'avais envoyé
durant la guerre d'Amérique, avait été enlevé de la
muraille. C'étaient des indices de mort et de malédiction.

Je sortis à la hâte de cette pièce et je montai
l'escalier avec la hardiesse que donne l'innocence,
mais avec le désespoir dans l'âme. J'allai droit à la
chambre d'Edmée, et je tournai la clef aussitôt
après avoir frappé. Mademoiselle Leblanc vint à
ma rencontre, fit de grands cris et s'enfuit en

cachant son visage dans ses mains, comme si elle
eût vu paraître une bête féroce. Qui donc avait pu
répandre d'affreux soupçons sur moi ? L'abbé avait-
il été assez peu loyal pour le faire ? Je sus plus tard
qu'Edmée, quoique ferme et généreuse dans ses
instants lucides, m'avait accusé tout haut dans le
délire.

Je m'approchai de son lit, et, en proie moi-même
au délire, sans songer que mon aspect inattendu
pouvait lui porter le coup de la mort, j'écartai les
rideaux d'une main avide et je regardai Edmée.
Jamais je n'ai vu une beauté plus surprenante. Ses
grands yeux noirs avaient grandi encore de moitié
et brillaient d'un éclat extraordinaire, quoique sans
expression, comme des diamants. Ses joues tendues
et décolorées, ses lèvres aussi blanches que ses
joues, lui donnaient l'aspect d'une belle tête de
marbre. Elle me regarda fixement, avec aussi peu
d'émotion que si elle eût regardé un tableau ou un
meuble, et, retournant un peu son visage vers la
muraille, elle dit avec un sourire mystérieux :
« C'est la fleur qu'on appelle *Edmea sylvestris.* »

Je tombai à genoux, je pris sa main, je la couvris
de baisers, j'éclatai en sanglots ; elle ne s'aperçut de
rien. Sa main immobile et glacée resta dans la
mienne comme un morceau d'albâtre.

XXIII

L'abbé entra et me salua d'un air sombre et froid, puis il me fit signe, et m'éloignant du lit : « Vous êtes un insensé! me dit-il. Retournez chez vous, ayez la prudence de ne pas venir ici; c'est tout ce qui vous reste à faire. — Et depuis quand, m'écriai-je transporté de fureur, avez-vous le droit de me chasser du sein de ma famille? — Hélas! vous n'avez plus de famille, répondit-il avec un accent de douleur qui me désarma. D'un père et d'une fille [96] il ne reste plus que deux fantômes chez qui la vie morale est éteinte et que la vie physique va bientôt abandonner. Respectez les derniers instants de ceux qui vous ont aimé. — Et comment puis-je témoigner mon respect et ma douleur en les abandonnant? répondis-je atterré. — A cet égard, dit l'abbé, je ne veux et ne dois rien vous dire, car vous savez que votre présence est ici une témérité et une profanation. Partez. Quand *ils ne seront plus* (ce qui ne peut tarder), si vous avez des droits sur cette maison, vous y reviendrez, et vous ne m'y trouverez certainement pas pour vous les contester ou pour vous les confirmer. En attendant, comme je ne connais pas ces droits, je crois pouvoir prendre sur moi de faire respecter jusqu'au bout ces deux

saintes agonies. — Malheureux! m'écriai-je, je ne
sais à quoi tient que je ne te mette en pièces! Quel
abominable caprice te pousse à me retourner vingt
fois le poignard dans le sein? Crains-tu que je
survive à mon malheur? Ne sais-tu pas que trois
cercueils sortiront ensemble de cette maison?
Crois-tu que je vienne chercher ici autre chose
qu'un dernier regard et une dernière bénédiction?
— Dites un dernier *pardon,* répondit l'abbé d'une
voix sinistre et avec un geste d'inexorable condam-
nation. — Je dis que vous êtes fou! m'écriai-je, et
que, si vous n'étiez pas un prêtre, je vous briserais
dans ma main pour la manière dont vous me parlez.
— Je vous crains peu, monsieur, me répondit-il.
M'ôter la vie serait me rendre un grand service;
mais je suis fâché que vous confirmiez par vos
menaces et votre emportement les accusations qui
pèsent sur votre tête. Si je vous voyais touché de
repentir, je pleurerais avec vous; mais votre assurance me fait horreur. Jusqu'ici je n'avais vu en
vous qu'un fou furieux; aujourd'hui je crois voir un
scélérat. Retirez-vous. »

Je tombai sur un fauteuil, suffoqué de rage et de
douleur. Un instant, j'espérai que j'allais mourir.
Edmée expirante à côté de moi, et en face de moi
un juge saisi d'une telle conviction que, de doux et
timide qu'il était par nature, il se faisait rude et
implacable! La perte de celle que j'aimais me
précipitait vers le désir de la mort; mais l'accusation horrible qui pesait sur moi réveillait mon
énergie. Je ne pouvais croire qu'une telle accusation
tînt un seul instant contre l'accent de la vérité. Je
m'imaginais qu'il suffirait d'un regard et d'un mot
de moi pour la faire tomber; mais je me sentais si
consterné, si profondément blessé, que ce moyen
de défense m'était refusé; et plus l'opprobre du

soupçon s'appesantit sur moi, plus je compris qu'il est presque impossible de se défendre avec succès quand on n'a pour soi que la fierté de l'innocence méconnue.

Je restais accablé sans pouvoir proférer une parole. Il me semblait qu'une voûte de plomb me pesait sur le crâne. La porte se rouvrit, et mademoiselle Leblanc, s'approchant de moi d'un air haineux et guindé, me dit qu'une personne qui était sur l'escalier demandait à me parler. Je sortis machinalement et je trouvai Patience qui m'attendait, les bras croisés, dans son attitude la plus austère et avec une expression de visage qui m'eût commandé le respect et la crainte si j'eusse été coupable.

« Monsieur de Mauprat, dit-il, il est nécessaire que j'aie avec vous un entretien particulier ; voulez-vous bien me suivre jusque chez moi ?

— Oui, je le veux, répondis-je. Je supporterai toutes les humiliations, pourvu que je sache ce qu'on veut de moi et pourquoi l'on se plaît à outrager le plus infortuné des hommes. Marche, Patience, et va vite, je suis pressé de revenir ici. »

Patience marcha devant moi d'un air impassible, et, quand nous fûmes arrivés à sa maisonnette, nous vîmes mon pauvre sergent qui venait d'arriver aussi à la hâte. Ne trouvant pas de cheval pour me suivre et ne voulant pas me quitter, il était venu à pied, et si vite qu'il était baigné de sueur. Il se releva néanmoins avec vivacité du banc sur lequel il s'était jeté sous le berceau de vigne, pour venir à notre rencontre.

« Patience ! s'écria-t-il d'un ton dramatique qui m'eût faire sourire s'il m'eût été possible d'avoir une lueur de gaieté dans de tels instants... Vieux

fou!... Calomniateur à votre âge?... Fi! monsieur...
perdu par la fortune... vous l'êtes... oui. »

Patience, toujours impassible, leva les épaules et
dit à son ami :

« Marcasse, vous ne savez ce que vous dites.
Allez vous reposer au bout du verger. Vous n'avez
rien à faire ici, et je ne puis parler qu'à votre maître.
Allez, je le veux », ajouta-t-il en le poussant de la
main avec une autorité à laquelle le sergent,
quoique fier et chatouilleux, céda par instinct et par
habitude.

Quand nous fûmes seuls, Patience entra en
matière et procéda à un interrogatoire que je
résolus de subir afin d'obtenir plus vite moi-même
l'éclaircissement de ce qui se passait autour de moi.

« Voulez-vous bien, monsieur, me dit-il, m'apprendre ce que vous comptez faire maintenant? —
Je compte rester dans ma famille, répondis-je, tant
que j'aurai une famille, et, quand je n'aurai plus de
famille, ce que je ferai n'intéresse personne. —
Mais, monsieur, reprit Patience, si on vous disait
que vous ne pouvez pas rester dans votre famille
sans porter le coup de la mort à l'un ou à l'autre de
ses membres, vous obstineriez-vous à y rester? —
Si j'étais convaincu qu'il en fût ainsi, répondis-je, je
ne me montrerais pas devant eux; j'attendrais, au
seuil de leur porte, ou le dernier jour de leur vie ou
celui de leur rétablissement pour leur redemander
une tendresse que je n'ai pas cessé de mériter... —
Ah! nous en sommes là! dit Patience avec un
sourire de mépris. Je ne l'aurais pas cru. Au reste,
j'en suis bien aise, c'est plus clair. — Que voulez-
vous dire? m'écriai-je. Parlez, misérable! expliquez-vous. — Il n'y a ici que vous de misérable »,
répondit-il froidement en s'asseyant sur son unique
escabeau, tandis que je restais debout devant lui.

Je voulais à tout prix qu'il s'expliquât. Je me contins, j'eus même l'humilité de dire que j'écouterais un bon conseil s'il consentait à me répéter les paroles qu'Edmée avait prononcées aussitôt après l'événement, et celles qu'elle disait encore aux heures de la fièvre.

« Non, certes, répondit Patience avec dureté; vous n'êtes pas digne d'entendre un mot de cette bouche, et ce ne sera pas moi qui vous les redirai. Qu'avez-vous besoin de les savoir? Espérez-vous cacher désormais quelque chose aux hommes? Dieu vous a vu, il n'y a pas de secret pour lui. Partez, restez à la Roche-Mauprat, tenez-vous tranquille, et, quand votre oncle sera mort et vos affaires réglées, quittez le pays. Si vous m'en croyez même, quittez-le dès à présent. Je ne veux pas vous faire poursuivre, à moins que vous ne m'y forciez par votre conduite. Mais d'autres que moi ont, sinon la certitude, du moins le soupçon de la vérité. Avant qu'il soit deux jours, un mot dit au hasard dans le public, l'indiscrétion d'un domestique, peuvent éveiller l'attention de la justice, et de là à l'échafaud, quand on est coupable, il n'y a qu'un pas. Je ne vous haïssais point, j'ai même eu de l'amitié pour vous; croyez donc ce bon conseil que vous vous dites disposé à recevoir. Partez, ou tenez-vous caché et prêt à fuir. Je ne voudrais pas votre perte, Edmée ne la voudrait pas non plus... ainsi... Entendez-vous? — Vous êtes insensé de croire que j'écouterai un semblable conseil. Moi, me cacher! moi, fuir comme un coupable! vous n'y songez pas! Allez, allez, je vous brave tous. Je ne sais quelle fureur et quelle haine vous rongent, vous liguent contre moi; je ne sais pourquoi vous voulez m'empêcher de voir mon oncle et ma cousine; mais je méprise vos folies. Ma place est ici, je ne m'en éloignerai que sur l'ordre formel de ma cousine ou de mon oncle, et encore faudra-t-il que j'entende cet ordre sortir de leur bouche; car je ne me laisserai transmettre d'avis par aucun étranger. Ainsi donc, merci de votre sagesse, monsieur Patience, la mienne ici suffira. Je vous salue. »

Je m'apprêtais à sortir de la chaumière, lorsqu'il s'élança au-devant de moi, et un instant je le vis disposé à employer la force pour me retenir. Malgré son âge avancé, malgré ma grande taille et ma force athlétique, il était encore capable de soutenir une lutte de ce genre peut-être avec avantage. Petit, voûté, large des épaules, c'était un Hercule.

Il s'arrêta pourtant au moment où il levait le bras sur moi, et, saisi d'un de ces accès de vive sensibilité auxquels il était sujet dans les moments de sa plus grande rudesse, il me regarda d'un air attendri et me parla avec douceur : « Malheureux! me dit-il, toi que j'ai aimé comme mon enfant, car je te regardais comme le frère d'Edmée, ne cours pas à ta perte. Je t'en supplie au nom de celle que tu as assassinée et que tu aimes encore, je le sais, mais que tu ne peux plus revoir. Crois-moi, ta famille était hier encore un vaisseau superbe dont tu tenais le gouvernail; aujourd'hui, c'est un vaisseau échoué qui n'a plus ni voile ni pilote; il faut que les mousses fassent la manœuvre, comme dit l'ami Marcasse. Eh bien! mon pauvre naufragé, ne vous obstinez pas à vous noyer; je vous tends la corde, prenez-la; un jour de plus et il sera trop tard. Songez que, si la justice s'empare de vous, celui qui essaie aujourd'hui de vous sauver sera obligé demain de vous accuser et de vous condamner. Ne me forcez pas à faire une chose dont la seule pensée m'arrache des larmes. Bernard, vous

avez été aimé, mon enfant, vivez encore aujourd'hui
sur le passé. »

Je fondis en larmes, et le sergent, qui rentra en
cet instant, se mit à pleurer aussi et à me supplier
de retourner à la Roche-Mauprat. Mais bientôt je
me relevai, et, les repoussant : « Je sais que vous
êtes des hommes excellents, leur dis-je ; vous êtes
généreux et vous m'aimez bien, puisque, me
croyant souillé d'un crime effroyable, vous songez
encore à me sauver la vie. Mais rassurez-vous, mes
amis, je suis pur de ce crime, et je désire au
contraire qu'on cherche des éclaircissements qui
m'absoudront, soyez-en sûrs. Je dois à ma famille
de vivre jusqu'à ce que mon honneur soit réhabilité. Ensuite, si je suis condamné à voir périr ma
cousine, comme je n'ai qu'elle à aimer sur la terre,
je me ferai sauter la cervelle. Pourquoi donc serais-
je accablé ? Je ne tiens pas à la vie. Que Dieu rende
douces et sereines les dernières heures de celle à qui
je ne survivrai certainement pas ! c'est tout ce que je
lui demande. »

Patience secoua la tête d'un air sombre et
mécontent. Il était si convaincu de mon crime, que
toutes mes dénégations m'aliénaient sa pitié. Marcasse m'aimait quand même ; mais je n'avais pour
garant de mon innocence que moi seul au monde.

« Si vous retournez au château, vous allez jurer
ici de ne pas rentrer dans la chambre de votre
cousine ou de votre oncle sans l'autorisation de
l'abbé ! s'écria Patience. — Je jure que je suis
innocent, répondis-je, et que je ne me laisserai
convaincre de crime par personne. Arrière tous
deux ! laissez-moi. Patience, si vous croyez qu'il soit
de votre devoir de me dénoncer, allez, faites-le ;
tout ce que je désire, c'est qu'on ne me condamne

pas sans m'entendre; j'aime mieux le tribunal des
lois que celui de l'opinion. »

Je m'élançai hors de la chaumière et je retournai
au château. Cependant, ne voulant pas faire d'esclandre devant les valets, et sachant bien qu'on
ne pourrait me cacher le véritable état d'Edmée,
j'allai m'enfermer dans la chambre que j'habitais
ordinairement.

Mais au moment où j'en sortais, vers le soir, pour
savoir des nouvelles des deux malades, mademoiselle Leblanc me dit de nouveau qu'on me demandait dehors. Je remarquai sur son visage une double
expression de satisfaction et de peur. Je compris
qu'on venait m'arrêter, et je pressentis (ce qui était
vrai) que mademoiselle Leblanc m'avait dénoncé.
Je me mis à la fenêtre, et je vis dans la cour les
cavaliers de la maréchaussée. « C'est bien, dis-je, il
faut que mon destin s'accomplisse. »

Mais avant de quitter, pour toujours peut-être,
cette maison où je laissais mon âme, je voulus
revoir Edmée pour la dernière fois. Je marchai droit
à sa chambre. Mademoiselle Leblanc voulut se jeter
en travers de la porte; je la poussai si rudement
qu'elle tomba, et se fit, je crois, un peu de mal. Elle
remplit la maison de ses cris, et fit grand bruit plus
tard, dans les débats, de ce qu'il lui plaisait
d'appeler une tentative d'assassinat sur sa personne.
J'entrai donc chez Edmée; j'y trouvai l'abbé et le
médecin. J'écoutai en silence ce que disait celui-ci.
J'appris que les blessures n'étaient pas mortelles
par elles-mêmes, qu'elles ne seraient même pas très
graves, si une violente irritation du cerveau ne
compliquait le mal et ne faisait craindre le tétanos.
Ce mot affreux tomba sur moi comme un arrêt de
mort. A la suite de blessures reçues à la guerre,
j'avais vu en Amérique beaucoup de personnes

mourir de cette terrible maladie. Je m'approchai du
lit. L'abbé était si consterné qu'il ne songea point à
m'en empêcher. Je pris la main d'Edmée, toujours
insensible et froide. Je la baisai une dernière fois,
et, sans dire un seul mot aux autres personnes,
j'allai me livrer à la maréchaussée.

XXIV

Je fus immédiatement enfermé dans la prison de
la prévôté, à La Châtre; le lieutenant-criminel au
bailliage d'Issoudun prit en main l'assassinat de
mademoiselle de Mauprat, et obtint permission de
faire publier monitoire le lendemain. Il se rendit au
village de Sainte-Sévère et dans les fermes des
environs du bois de la Curat, où l'événement s'était
passé, et reçut les dépositions de plus de trente
témoins. Je fus décrété de prise de corps huit jours
après mon arrestation. Si j'avais eu l'esprit assez
libre, ou si quelqu'un se fût intéressé à moi, cette
infraction à la loi et beaucoup d'autres, qui eurent
lieu durant le procès, auraient pu être hardiment
invoquées en ma faveur, et eussent prouvé qu'une
haine cachée présidait aux poursuites. Dans tout le
cours de l'affaire, une main invisible dirigea tout
avec une célérité et une âpreté implacables.

La première instruction n'avait produit qu'une
seule charge contre moi, celle de mademoiselle
Leblanc. Tandis que tous les chasseurs déclaraient
ne rien savoir et n'avoir aucune raison de regarder
cet accident comme un meurtre volontaire, mademoiselle Leblanc, qui me haïssait de longue main
pour quelques plaisanteries que je m'étais permises

sur son compte, et qui d'ailleurs avait été gagnée, comme on l'a su depuis, déclara qu'Edmée, au sortir de son premier évanouissement, étant sans fièvre et raisonnant fort bien, lui avait confié, en lui recommandant le secret, qu'elle avait été insultée, menacée, jetée à bas de son cheval, et enfin assassinée par moi. Cette méchante fille, s'emparant des révélations qu'Edmée avait faites dans la fièvre, composa assez habilement un récit complet, et l'embellit de toutes les richesses de sa haine. Dénaturant les paroles vagues et les impressions délirantes de sa maîtresse, elle affirma par serment qu'Edmée m'avait vu diriger le canon de ma carabine sur elle en disant : « *Je te l'ai promis, tu ne mourras que de ma main.* »

Saint-Jean, interrogé le même jour, déclara ne rien savoir que ce que mademoiselle Leblanc lui avait raconté dans la soirée, et son récit fut exactement conforme à la déposition précédente. Saint-Jean était un honnête homme, mais froid et borné. Par amour de la ponctualité, il n'omit aucun des renseignements oiseux qui pouvaient être mal interprétés contre moi. Il assura que j'avais toujours été bizarre, brouillon, fantasque; que j'étais sujet à des maux de tête durant lesquels je ne me connaissais plus; qu'en proie plusieurs fois déjà à des crises nerveuses, j'avais parlé de sang et de meurtre à une personne que je croyais toujours voir : enfin que j'étais un caractère tellement emporté que j'étais *capable de jeter n'importe quoi à la tête d'une personne, quoique pourtant je ne me fusse jamais porté, à sa connaissance, à aucun excès de ce genre.* Telles sont souvent les dépositions qui décident de la vie et de la mort en matière criminelle.

Patience fut introuvable le jour de cette enquête. L'abbé déclara qu'il avait des idées si incertaines

sur l'événement, qu'il subirait toutes les peines
infligées aux témoins récalcitrants plutôt que de
s'expliquer avant un plus ample informé. Il engagea le lieutenant-criminel à lui donner du temps,
promettant sur l'honneur de ne pas se dérober à
l'action de la justice, et représentant qu'il pouvait
acquérir au bout de quelques jours, par l'examen
des choses, une conviction quelconque ; et en ce cas
il s'engageait à s'expliquer nettement, soit pour,
soit contre moi. Ce délai fut accordé.

Marcasse dit que, si j'étais l'auteur des blessures
de mademoiselle de Mauprat, ce dont il commençait à douter beaucoup, j'en étais du moins l'auteur
involontaire. Il engageait son honneur et sa vie sur
cette assertion.

Tel fut le résultat de la première information.
Elle fut continuée à plusieurs reprises les jours
suivants, et plusieurs faux témoins affirmèrent
qu'ils m'avaient vu assassiner mademoiselle de
Mauprat, après avoir vainement essayé de la faire
céder à mes désirs.

Un des plus funestes moyens de l'ancienne
procédure était le monitoire ; on appelait ainsi un
avertissement par voie de prédication, lancé par
l'évêque et proclamé par tous les curés, aux
habitants de leur paroisse, enjoignant de rechercher
et de révéler tous les faits qui viendraient à leur
connaissance sur le crime dont on informait. Ce
moyen était un reflet adouci du principe inquisito-
rial qui régnait plus ouvertement dans d'autres
contrées. La plupart du temps, le monitoire,
institué d'ailleurs pour perpétuer au nom de la
religion l'esprit de délation, était un chef-d'œuvre
d'atrocité ridicule ; on y supposait souvent le crime
et toutes les circonstances imaginaires que la
passion des plaignants avait besoin de prouver ;

c'était la publication d'un thème tout fait sur lequel, pour gagner quelque argent, le premier coquin venu pouvait faire une déposition mensongère dans l'intérêt du plus offrant... Le moniteur avait pour effet inévitable, quand la rédaction en était partiale, de soulever contre l'accusé la haine publique. Les dévots surtout, recevant du clergé leur opinion toute faite, poursuivaient la victime avec acharnement, et c'est ce qui eut lieu pour moi, d'autant plus que le clergé de la province joua en ceci un autre rôle occulte qui faillit décider de mon sort.

L'affaire, portée en cour criminelle au présidial de Bourges, fut instruite en très peu de jours.

Vous pouvez imaginer le sombre désespoir auquel je fus en proie. Edmée était dans un état de plus en plus déplorable, sa raison était complètement égarée. J'étais sans inquiétude sur l'issue du procès; je ne pensais pas qu'il fût possible de me convaincre d'un crime que je n'avais pas commis; mais que m'importaient l'honneur et la vie si Edmée ne devait pas retrouver la faculté de me réhabiliter vis-à-vis d'elle-même? Je la considérais comme morte, morte en me maudissant! Aussi, j'étais irrévocablement décidé à me tuer aussitôt après mon arrêt, quel qu'il fût. Je m'imposais comme un devoir de subir la vie jusque-là, et de faire ce qui serait nécessaire pour le triomphe de la vérité; mais j'étais accablé d'une telle stupeur que je ne m'informais pas même de ce qu'il y avait à faire. Sans l'esprit et le zèle de mon avocat, sans le dévouement admirable de Marcasse, mon incurie m'eût abandonné au sort le plus funeste.

Marcasse passait toutes ses journées à courir et à s'employer pour moi. Le soir il venait se jeter sur une botte de paille au pied de mon lit de sangle; et, après m'avoir donné des nouvelles d'Edmée et de mon oncle qu'il allait voir tous les jours, il me racontait le résultat de ses démarches. Je lui serrais la main avec tendresse; mais la plupart du temps, absorbé par ce qu'il venait de me dire sur Edmée, je ne l'entendais point sur le reste.

Cette prison de La Châtre, ancienne forteresse des Elevains de Lombaud, seigneurs de la province, ne consistait plus dès lors qu'en une formidable tour carrée, noircie par les siècles et plantée sur le roc au revers d'un ravin où l'Indre forme un vallon étroit, sinueux et riche de la plus belle végétation. La saison était magnifique. Ma chambre, placée au plus haut de la tour, recevait les rayons du soleil levant, qui projetaient, d'un horizon à l'autre, les ombres grêles et gigantesques d'un triple rideau de peupliers. Jamais paysage plus riant, plus frais et plus pastoral ne s'offrit aux regards d'un prisonnier; mais de quoi pouvais-je jouir? Il y avait des paroles de mort et d'outrage dans toutes les brises qui passaient dans les violiers de la muraille crevassée. Chaque son rustique, chaque refrain de cornemuse qui montait vers moi, semblaient renfermer une insulte ou signaler un profond mépris pour ma douleur. Il n'y avait pas jusqu'au bêlement des troupeaux qui ne me parût l'expression de l'oubli et de l'indifférence.

Marcasse avait depuis quelque temps une idée fixe : il pensait qu'Edmée avait été assassinée par Jean de Mauprat. Cela pouvait être; mais, comme je n'avais à cet égard aucune probabilité à faire valoir, je lui imposai silence dès qu'il m'en parla. Il ne me convenait pas de chercher à me disculper aux dépens d'autrui. Quoique Jean de Mauprat fût capable de tout, il était possible que la pensée ne lui fût jamais venue de commettre ce crime, et, n'ayant pas entendu parler de lui depuis plus de six semaines, il me semblait qu'il y aurait eu de la lâcheté à l'inculper. Je persistais à croire qu'un des chasseurs de la battue avait tiré sur Edmée par mégarde, et qu'un sentiment de crainte et de honte l'empêchait d'avouer son malheur. Marcasse eut le courage d'aller voir tous ceux qui avaient pris part à cette chasse, et de les supplier, avec toute l'éloquence dont le ciel l'avait doué, de ne pas craindre le châtiment d'un meurtre involontaire, et de ne pas laisser charger un innocent à leur place. Toutes ces démarches furent sans résultat, et les réponses d'aucun des chasseurs ne purent laisser à mon pauvre ami l'espérance de trouver là une révélation du mystère qui nous enveloppait.

Je fus transféré à Bourges, dans l'ancien château des ducs de Berry, qui sert désormais de prison. Ce fut une grande douleur pour moi d'être séparé de mon fidèle sergent. On lui eût permis de me suivre ; mais il craignait d'être arrêté bientôt à la suggestion de mes ennemis (car il persistait à me croire poursuivi par des haines cachées), et de se trouver par là hors d'état de me servir. Il voulait donc ne pas perdre un instant pour continuer ses recherches tant qu'on ne l'*appréhenderait pas au corps*.

Deux jours après mon installation à Bourges, Marcasse produisit un acte dressé à sa réquisition par deux notaires de La Châtre, par lequel, d'après les dépositions de dix témoins, on constatait qu'un frère mendiant avait rôdé, tous les jours antérieurs à celui de l'assassinat, dans la Varenne, paru sur divers points à des distances très rapprochées, et notamment couché à Notre-Dame de Pouligny la veille de l'événement. Marcasse prétendait que ce moine était Jean de Mauprat ; deux femmes déposèrent qu'elles avaient cru le reconnaître, soit pour

Jean, soit pour Gaucher de Mauprat, qui lui ressemblait beaucoup. Mais ce Gaucher était mort noyé dans un étang, le lendemain de la prise du donjon, et toute la ville de La Châtre ayant vu, le jour de l'assassinat d'Edmée, le trappiste conduire, depuis le matin jusqu'au soir, avec le prieur des carmes, la procession et les offices au pèlerinage de Vaudevant, ces dépositions, loin de m'être favorables, firent le plus mauvais effet et jetèrent de l'odieux sur ma défense. Le trappiste fit victorieusement prouver son alibi, et le prieur des carmes l'aida à répandre que j'étais un infâme scélérat. Ce fut un temps de triomphe pour Jean de Mauprat ; il disait hautement qu'il était venu se remettre à ses juges naturels pour subir la peine due à ses fautes passées, et personne ne voulait admettre la pensée de poursuivre un si saint homme. Le fanatisme qu'il inspirait dans notre province éminemment dévote était tel qu'aucun magistrat n'eût osé braver l'opinion publique en faisant sévir contre lui. Dans ses dépositions, Marcasse raconta l'apparition mystérieuse et inexplicable du trappiste à la Roche-Mauprat, ses démarches pour s'introduire auprès de M. Hubert et de sa fille, l'insolence qu'il avait eue d'aller les effrayer jusque dans leurs appartements, et les efforts du prieur des carmes pour obtenir de moi des sommes considérables en faveur de ce personnage. Toutes ces dépositions furent traitées comme un roman ; car Marcasse avouait n'avoir été témoin d'aucune des apparitions du trappiste, et ni le chevalier ni sa fille n'étaient en état de témoigner. Mes réponses aux divers interrogatoires que je subis confirmèrent, il est vrai, ces récits ; mais comme je déclarai avec une parfaite sincérité que depuis deux mois le trappiste ne m'avait donné aucun sujet d'inquiétude ou de mécontentement, et comme je me refusai à lui attribuer le meurtre, il sembla, pendant quelques jours, que le trappiste dût être à jamais réhabilité dans l'opinion publique. Mon peu d'animosité contre lui n'adoucit pourtant pas celle de mes juges. On usa des pouvoirs arbitraires qu'avait la magistrature des temps passés, surtout au fond des provinces, et on paralysa tous les moyens de mon avocat par une précipitation féroce. Plusieurs personnages de robe que je ne veux pas désigner se livrèrent sur mon compte, et publiquement, à des déclamations qui eussent dû les faire récuser au tribunal de la dignité et de la morale humaines. Ils intriguèrent auprès de moi pour m'amener à des révélations, et me promirent presque un arrêt favorable si j'avouais au moins avoir blessé mademoiselle de Mauprat par mégarde. Le mépris avec lequel je reçus ces ouvertures acheva de me les aliéner. Etranger à toute intrigue, dans un temps où la justice et la vérité ne pouvaient triompher sans l'intrigue, je fus la proie de deux ennemis redoutables, le clergé et la robe : le premier, que j'avais offensé dans la personne du prieur des carmes, et la seconde, dont j'étais haï à cause des prétendants qu'Edmée avait repoussés, et dont le plus rancuneux tenait de près au personnage le plus éminent du présidial.

Néanmoins quelques hommes intègres auxquels j'étais à peu près inconnu prirent intérêt à mon sort, en raison des efforts qui furent faits pour me rendre odieux. L'un d'eux, M. E..., qui ne manquait pas d'influence, car il était frère de l'intendant de la province et se trouvait en rapport avec tous les délégués, me servit par les excellents avis qu'il ouvrit pour jeter du jour sur cette affaire embarrassante.

Patience eût pu servir mes ennemis sans le vouloir, par la conviction où il était de ma culpabilité; mais il ne le voulait pas. Il avait repris sa vie errante dans les bois, et sans se cacher il était insaisissable. Marcasse était fort inquiet de ses intentions et ne comprenait rien à sa conduite. Les cavaliers de la maréchaussée étaient furieux de voir un vieillard se jouer d'eux sans sortir du rayon de quelques lieues de pays. Je pense qu'avec les habitudes et la constitution de ce vieillard il eût pu vivre des années dans la Varenne sans tomber entre leurs mains et sans éprouver le besoin de se rendre, que l'ennui et l'effroi de la solitude suggèrent, la plupart du temps, aux grands criminels eux-mêmes.

XXV

Le jour des débats arriva. Je m'y rendis avec calme, mais l'aspect de la foule m'attrista profondément. Je n'avais là aucun appui, aucune sympathie. Il me semblait que c'eût été une raison pour trouver du moins cette apparence de respect que le malheur et l'état d'abandon réclament. Je ne vis sur tous les visages qu'une brutale et insolente curiosité. Des jeunes filles du peuple se récrièrent tout haut à mes oreilles sur ma bonne mine et ma jeunesse. Un grand nombre de femmes, appartenant à la noblesse et à la finance, étalaient aux tribunes de brillantes toilettes, comme s'il se fût agi d'une fête. Grand nombre de capucins montraient leur crâne rasé au milieu d'une populace qu'ils excitaient contre moi, et des rangs serrés de laquelle j'entendais sortir les appellations de brigand, d'impie et de bête farouche. Les hommes à la mode du pays se dandinaient aux bancs d'honneur et s'exprimaient sur ma passion en termes de ruelles. J'entendais et je voyais tout avec la tranquillité d'un profond dégoût de la vie, et comme un voyageur, arrivé au terme de sa course, voit avec indifférence et lassitude les agitations de ceux qui repartent pour un but plus lointain.

Les débats commencèrent avec cette solennité emphatique qui caractérise dans tous les temps l'exercice des fonctions de la magistrature. Mon interrogatoire fut court, malgré la quantité innombrable de questions qui me furent adressées sur toute ma vie. Mes réponses déjouèrent singulièrement les espérances de la curiosité publique et abrégèrent de beaucoup la séance. Je me renfermai dans trois réponses principales et dont le fond était invariable : 1º à toutes celles qui concernaient mon enfance et mon éducation, je répondis que je n'étais point sur le banc des accusés pour faire le métier d'accusateur; 2º à celles qui portèrent sur Edmée et sur la nature de mes sentiments et de mes relations avec elle, je répondis que le mérite et la réputation de mademoiselle de Mauprat ne permettaient pas même la plus simple question sur la nature de ses relations avec un homme quelconque; que, quant à mes sentiments, je n'en devais compte à personne; 3º à celles qui eurent pour but de me faire avouer mon prétendu crime, je répondis que je n'étais pas même l'auteur involontaire de l'accident. J'entrai par réponses monosyllabiques dans le détail des circonstances qui avaient précédé immédiatement l'événement; mais sentant que je devais à Edmée autant qu'à moi-même de taire les mouvements tumultueux qui m'avaient agité, j'expliquai la scène à la suite de laquelle je l'avais quittée, par une chute de cheval, et l'éloignement où l'on m'avait trouvé de son corps gisant, par la nécessité où je m'étais cru de courir après mon cheval pour l'escorter de nouveau. Malheureusement tout cela n'était pas clair et ne pouvait pas l'être. Mon cheval avait couru dans le sens contraire à celui que je disais, et le désordre où l'on m'avait vu avant que j'eusse connaissance de l'accident n'était pas suffisamment expliqué par une chute de cheval. On m'interrogeait surtout sur cette pointe que j'avais faite dans le bois avec ma cousine, au lieu de suivre la chasse comme nous l'avions annoncé; on ne voulait pas croire que nous nous fussions égarés, précisément guidés par la fatalité. On ne pouvait, disait-on, se représenter le hasard comme un être de raison, armé d'un fusil, attendant Edmée à point nommé à la tour Gazeau pour l'assassiner au moment où j'aurais le dos tourné pendant cinq minutes. On voulait que je l'eusse entraînée, soit par artifice, soit par force, en ce lieu écarté pour lui faire violence et lui donner la mort, soit par vengeance de n'y avoir pas réussi, soit par crainte d'être découvert et châtié de ce crime.

On fit entendre tous les témoins à charge et à décharge. A vrai dire, il n'y eut que Marcasse parmi ces derniers qu'on pût réellement considérer comme tel. Tous les autes affirmaient seulement qu'un moine, *ayant la ressemblance des Mauprat*, avait erré dans la Varenne à l'époque fatale, et qu'il avait même paru se cacher le soir qui suivit l'événement. On ne l'avait pas revu depuis. Ces dépositions, que je n'avais pas provoquées, et que je déclarai n'avoir pas personnellement invoquées, me causèrent beaucoup d'étonnement; car je vis figurer parmi ces témoins les plus honnêtes gens du pays. Mais elles n'eurent de poids qu'aux yeux de M. E..., le conseiller qui s'intéressait réellement à la vérité. Il éleva la voix pour demander comment il se faisait que M. Jean de Mauprat n'eût pas été sommé de se présenter pour être confronté avec ces témoins, puisque d'ailleurs il s'était donné la peine de faire constater son alibi par des actes. Cette objection ne fut accueillie que par un murmure d'indignation. Les gens qui ne regardaient pas Jean

Mauprat comme un saint n'étaient pourtant pas en petit nombre ; mais ils étaient froids à mon égard et n'étaient venus là que pour assister à un spectacle.

L'enthousiasme des cagots fut au comble lorsque le trappiste, sortant tout à coup de la foule et baissant son capuchon d'une manière théâtrale, s'approcha hardiment de la barre en disant qu'il était un misérable pécheur digne de tous les outrages ; mais qu'en cette occasion, où la vérité était un devoir pour tous, il se regardait comme obligé de donner l'exemple de la franchise et de la simplicité en s'offrant de lui-même à toutes les épreuves qui pourraient éclairer la conscience des juges. Il y eut des trépignements de joie et de tendresse dans l'auditoire. Le trappiste fut introduit dans l'enceinte de la cour et confronté avec les témoins, qui déclarèrent tous, sans hésiter, que le moine qu'ils avaient vu portait le même habit et avait un air de famille, une sorte de ressemblance éloignée avec celui-là, mais que ce n'était pas le même, et qu'il ne leur restait pas un doute à cet égard.

L'issue de cet incident fut un nouveau triomphe pour le trappiste. Personne ne se dit que les témoins avaient montré tant de candeur qu'il était difficile de croire qu'ils n'eussent point vu réellement un autre trappiste. Je me souvins en cet instant que, lors de la première entrevue de l'abbé avec Jean de Mauprat à la fontaine des Fougères, ce dernier lui avait touché quelques mots d'un sien *frère en religion* qui voyageait avec lui et qui avait passé la nuit à la ferme des Goulets. Je crus devoir communiquer cette réminiscence à mon avocat, et il alla en conférer tout bas avec l'abbé, qui était sur le banc des témoins et qui se rappela fort bien cette

circonstance sans pouvoir y ajouter aucun ren-
seignement subséquent.

Quand ce fut au tour de l'abbé à parler, il se
tourna vers moi d'un air d'angoisse ; ses yeux se
remplirent de larmes, et il répondit aux questions
de formalité avec trouble et d'une voix éteinte. Il fit
un grand effort sur lui-même pour répondre sur le
fond, et enfin il le fit en ces termes :

« J'étais dans le bois lorsque M. le chevalier
Hubert de Mauprat me pria de descendre de
voiture et d'aller voir ce qu'était devenue sa fille
Edmée, qui s'était écartée de la chasse depuis un
temps assez long pour lui causer de l'inquiétude. Je
courus assez loin et trouvai à trente pas de la tour
Gazeau M. Bernard de Mauprat dans un grand
désordre. Je venais d'entendre un coup de feu. Je
vis qu'il n'avait plus sa carabine ; il l'avait jetée
(déchargée, comme le fait a été constaté) à quelques
pas de là. Nous courûmes ensemble jusqu'à mademoiselle de Mauprat que nous trouvâmes à terre
percée de deux balles. L'homme qui nous avait
devancés et qui était près d'elle en cet instant
pourrait seul nous dire les paroles qu'il a pu
recueillir de sa bouche. Elle était sans connaissance
quand je la vis.

— Mais vous avez su ponctuellement ces paroles
de cette personne, dit le président ; car il existe, dit-
on, une liaison d'amitié entre vous et ce paysan
instruit qu'on appelle Patience. »

L'abbé hésita et demanda si les lois de la
conscience n'étaient pas ici en contradiction avec
les lois de la procédure ; si des juges avaient le droit
de demander à un homme la révélation d'un secret
confié à sa loyauté et de le faire manquer à son
serment.

« Vous avez fait serment ici, par le Christ, de dire

la vérité, toute la vérité, lui répondit-on ; c'est à vous de savoir si ce serment n'est pas plus solennel que tous ceux que vous avez pu faire précédemment.

— Mais si j'avais reçu cette confidence sous le sceau de la confession, dit l'abbé, vous ne m'exhorteriez certainement pas à la révéler.

— Il y a longtemps, dit le président, que vous ne confessez plus personne, monsieur l'abbé. »

A cette remarque inconvenante, il y eut de la gaieté sur le visage de Jean de Mauprat, une gaieté affreuse qui me le représenta tel qu'autrefois je l'avais vu se tordant de rire à la vue des souffrances et des pleurs.

L'abbé trouva dans le dépit que lui causa cette petite attaque personnelle la force qui lui eût manqué sans cela. Il resta quelques instants les yeux baissés. On le crut humilié ; mais, au moment où il se redressa, on vit briller dans son regard la maligne obstination du prêtre. « Tout bien considéré, dit-il d'un ton fort doux, je crois que ma conscience m'ordonne de taire cette révélation, je la tairai. — Aubert, dit l'avocat du roi avec emportement, vous ignorez apparemment les peines portées par la loi contre les témoins qui se conduisent comme vous le faites. — Je ne les ignore pas, répondit l'abbé d'un ton plus doux encore. — Et sans doute votre intention n'est pas de les braver ? — Je les subirai s'il le faut », repartit l'abbé avec un imperceptible sourire de fierté et un maintien si parfaitement noble que toutes les femmes s'émurent. Les femmes sont d'excellents appréciateurs des choses délicatement belles. « C'est fort bien, reprit le ministère public. Persistez-vous dans ce système de silence ? — Peut-être, répondit l'abbé. — Nous direz-vous si, durant les jours qui ont suivi l'assassinat de mademoiselle de Mauprat, vous vous êtes trouvé à portée d'entendre les paroles qu'elle a proférées, soit dans le délire, soit dans la lucidité de ses idées? — Je ne vous dirai rien de cela, répondit l'abbé. Il serait contre mes affections et contre toute convenance à mes yeux de redire des paroles qui, en cas de délire, ne prouveraient absolument rien, et, en cas d'idée lucide, n'auraient été prononcées que dans l'épanchement d'une amitié toute filiale. — C'est fort bien, dit l'avocat du roi en se levant; la cour sera par nous requise de délibérer sur votre refus de témoignage en joignant l'incident au fond. — Pour moi, dit le président, en attendant, et en vertu de mon pouvoir discrétionnaire, j'ordonne qu'Aubert soit arrêté et conduit en prison. »

L'abbé se laissa emmener avec une tranquillité modeste. Le public fut saisi de respect, et le plus profond silence régna dans l'assemblée, malgré les efforts et le dépit des moines et des curés, qui fulminaient tout bas contre l'hérétique.

Tous les témoins entendus (et je dois dire que ceux qu'on avait subornés jouèrent leur rôle très faiblement en public), mademoiselle Leblanc comparut pour couronner l'œuvre. Je fus surpris de voir cette fille si acharnée contre moi et si bien dirigée dans sa haine. Elle avait d'ailleurs des armes bien puissantes pour me nuire. En vertu du droit d'écouter aux portes et de surprendre tous les secrets de famille que s'arrogent les laquais, habile d'ailleurs aux interprétations et féconde en mensonges, elle savait et arrangeait à sa guise la plupart des faits qu'elle pouvait invoquer pour ma perte. Elle raconta de quelle manière, sept ans auparavant, j'étais arrivé au château de Sainte-Sévère à la suite de mademoiselle de Mauprat, que j'avais soustraite

à la grossièreté et à la méchanceté de mes oncles.
(Cela soit dit, ajouta-t-elle en se tournant avec une
grâce d'antichambre vers Jean de Mauprat, sans
faire allusion au saint homme qui est dans cette
enceinte, et qui de grand pécheur est devenu un
grand saint.) Mais à quel prix, continua-t-elle en se
retournant vers la cour, ce misérable bandit avait-il
sauvé ma chère maîtresse? Il l'avait déshonorée,
messieurs; et toute la suite des jours de la pauvre
demoiselle s'est passée dans les larmes et dans la
honte, à cause de la violence qu'elle avait subie et
dont elle ne pouvait pas se consoler. Trop fière
pour confier son malheur à personne et trop
honnête pour tromper aucun homme, elle a rompu
avec M. de La Marche, qu'elle aimait *à la passion*,
et qui l'aimait de même : elle a refusé toutes les
demandes en mariage qui lui ont été faites pendant
sept ans, et tout cela par point d'honneur, car elle
détestait M. Bernard. Dans les commencements
elle voulait se tuer; car elle avait fait aiguiser un
petit couteau de chasse de son père, et (M. Marcasse est là pour le dire, s'il veut s'en souvenir)
elle se serait tuée certainement si je n'avais jeté ce
couteau dans le puits de la maison. Elle songeait
aussi à se défendre contre les attaques nocturnes de
son persécuteur; car elle mettait toujours ce couteau, tant qu'elle l'a eu, sous son oreiller; elle
verrouillait tous les soirs la porte de sa chambre, et
plusieurs fois je l'ai vue rentrer pâle et près de
s'évanouir, tout essoufflée, comme une personne
qui vient d'être poursuivie et d'avoir une grande
frayeur. A mesure que ce monsieur *a pris de
l'éducation* et des manières, mademoiselle, voyant
qu'elle ne pouvait pas avoir d'autre mari, puisqu'il
parlait toujours de tuer tous ceux qui se présente-
raient, espéra qu'il *se corrigerait de sa férocité,* et lui

montra beaucoup de douceur et de bonté. Elle le soigna même pendant sa maladie, non pas qu'elle l'aimât et l'*estimât* autant qu'il a plu à M. Marcasse de le dire dans sa *version;* mais elle craignait toujours que dans son délire il ne trahît devant les domestiques ou devant son père le secret de l'affront qu'il lui avait fait, et qu'elle avait grand soin de cacher par pudeur et par fierté. Toutes les dames qui sont ici doivent bien comprendre cela. Quand la famille fut passer l'hiver de 77 à Paris, M. Bernard redevint jaloux, despote, et fit tant de menaces de tuer M. de La Marche que mademoiselle fut forcée de congédier celui-ci. Après cela elle eut des scènes violentes avec Bernard, lui déclara qu'elle ne l'aimait pas et ne l'aimerait jamais. De colère et de chagrin, car on ne peut nier qu'il n'en fût amoureux *comme un tigre,* il partit pour l'Amérique, et, pendant les six ans qu'il y passa, ses lettres le montrèrent fort *amendé.* Quand il revint, mademoiselle avait pris son parti d'être vieille fille, et elle était redevenue très tranquille. M. Bernard paraissait devenu, de son côté, assez *bon enfant.* Mais, à force de la voir tous les jours et d'être sans cesse appuyé sur le dos de son fauteuil, ou de lui dévider des écheveaux de laine, en lui parlant tout bas pendant que son père dormait, voilà qu'il en est redevenu si amoureux que la tête *lui en a parti.* Je ne veux pas trop l'accuser, le pauvre malheureux, et crois que sa place est aux Petites-Maisons plutôt qu'à la potence. Il criait et rugissait toute la nuit, et lui écrivait des lettres *si bêtes* qu'elle les lisait en souriant et les mettait dans sa poche sans y répondre. Au reste, en voici une que j'ai trouvée sur elle quand je l'ai déshabillée après le malheureux événement; elle a été percée par une balle et tachée de sang, mais on peut encore en lire assez pour voir que *monsieur* avait souvent l'intention de tuer *mademoiselle*. »

Elle déposa sur le bureau un papier demi brûlé, demi sanglant, qui produisit sur les assistants un mouvement d'horreur, sincère chez quelques-uns, affecté chez beaucoup d'autres.

Avant qu'on le lût, elle acheva sa déposition, et la termina par des assertions qui me troublèrent profondément ; car je ne distinguais plus la limite entre la réalité et la perfidie. « Depuis son accident, dit-elle, mademoiselle a toujours été entre la vie et la mort. Elle n'en relèvera certainement pas, quoi qu'en disent messieurs les médecins. J'ose dire que ces messieurs, ne voyant la malade qu'à de certaines heures, ne connaissent pas sa maladie comme moi, qui ne l'ai pas quittée une seule nuit. Ils prétendent que les blessures vont bien, mais que la tête est dérangée. Je dis, moi, que les blessures vont mal, et que la tête va mieux qu'on ne dit. Mademoiselle déraisonne fort rarement, et, *si elle a à déraisonner*, c'est en présence de ces messieurs qui la troublent et l'effraient. Elle fait alors tant d'efforts pour ne pas sembler folle qu'elle le devient ; mais sitôt qu'on la laisse seule avec moi ou avec Saint-Jean, ou avec M. l'abbé, *qui a fort bien pu dire ce qui en est, s'il l'a voulu*, elle redevient calme, douce, sensée comme à l'ordinaire. Elle dit qu'elle souffre à en mourir, bien qu'elle prétende avec messieurs les médecins qu'elle ne souffre presque plus. Elle parle alors de son meurtrier avec la générosité qui convient à une chrétienne, et répète cent fois par jour : « Que Dieu lui pardonne dans l'autre vie comme je lui pardonne dans celle-ci ! *Après tout, il faut bien aimer une femme pour la tuer !* J'ai eu tort de ne pas l'épouser, il m'aurait peut-être rendue heureuse ; je l'ai porté au désespoir, et il s'est vengé de moi. Chère Leblanc, garde-toi de jamais trahir le secret que je te confie. Un mot indiscret le conduirait à l'échafaud, et mon père en mourrait! » La pauvre demoiselle est loin d'imaginer que les choses en sont là, que je suis sommée par la loi et par la religion de dire ce que je voudrais taire, et qu'au lieu de venir chercher ici un appareil pour les douches, je suis venue confesser la vérité. Ce qui me console, c'est que tout cela sera facile à cacher à M. le chevalier, qui n'a pas plus sa tête que l'enfant qui vient de naître. Pour moi, j'ai fait mon devoir; que Dieu soit mon juge! »

Après avoir ainsi parlé avec une parfaite assurance et une grande volubilité, Mlle Leblanc se rassit au milieu d'un murmure approbateur, et on procéda à la lecture de la lettre trouvée sur Edmée.

C'était bien celle que je lui avais écrite quelques jours avant le jour funeste. On me la présenta; je ne pus me défendre de porter à mes lèvres l'empreinte du sang d'Edmée; puis, ayant jeté les yeux sur l'écriture, je rendis la lettre en déclarant avec calme qu'elle était de moi.

La lecture de cette lettre fut mon coup de grâce. La fatalité, qui semble ingénieuse à nuire à ses victimes, voulut (et peut-être une main infâme contribua-t-elle à cette mutilation) que les passages qui témoignaient de ma soumission et de mon respect fussent détruits. Certaines allusions poétiques qui expliquaient et excusaient les divagations exaltées furent illisibles. Ce qui sauta aux yeux et s'empara de toutes les convictions, ce furent les lignes restées intactes qui témoignèrent de la violence de ma passion et de l'emportement de mes délires. Ce furent des phrases telles que celle-ci : *J'ai parfois envie de me lever au milieu de la nuit et d'aller vous tuer ! Je l'aurais fait déjà cent fois, si j'étais assuré de ne plus vous aimer quand vous serez* *morte. Ménagez-moi ; car il y a deux hommes en moi,* *et quelquefois le brigand d'autrefois règne sur l'homme* *nouveau,* etc. Un sourire de délices passa sur les lèvres de mes ennemis. Mes défenseurs furent démoralisés, et mon pauvre sergent lui-même me regarda d'un air désespéré. Le public m'avait déjà condamné.

Après cet incident, l'avocat du roi eut beau jeu à déclamer un réquisitoire fulminant, dans lequel il me présenta comme un pervers incurable, comme un rejeton maudit d'une souche maudite, comme un exemple de la fatalité des méchants instincts ; et, après s'être évertué à faire de moi un objet d'horreur et d'épouvante, il essaya, pour se donner un air d'impartialité et de générosité, de provoquer en ma faveur la compassion des juges ; il voulut prouver que je n'étais pas maître de moi-même ; que ma raison, bouleversée dès l'enfance par des spectacles atroces et des principes de perversité, n'était pas complète, et n'aurait jamais pu l'être, quels qu'eussent été les circonstances et le déve-loppement de mes passions. Enfin, après avoir fait de la philosophie et de la rhétorique, au grand plaisir des assistants, il conclut contre moi à la peine d'interdiction et de réclusion à perpétuité.

Quoique mon avocat fût un homme de cœur et de tête, la lettre l'avait tellement surpris, l'auditoire était si mal disposé pour moi, la cour donnait publiquement de telles marques d'incrédulité et d'impatience en l'écoutant (habitude indécente qui s'est perpétuée sur les sièges de la magistrature de ce pays), que son plaidoyer fut pâle. Tout ce qu'il parut fondé à demander avec force fut un supplé-ment d'instruction. Il se plaignit de ce que toutes les formalités n'avaient pas été remplies, de ce que la justice n'avait pas suffisamment éclairé toutes les parties de l'affaire, de ce qu'on se hâtait de juger une cause dont plusieurs circonstances étaient encore enveloppées de mystère. Il demanda que les médecins fussent appelés à s'expliquer sur la possibilité de faire entendre mademoiselle de Mauprat. Il démontra que la plus importante, la seule importante déposition était celle de Patience, et que Patience pouvait se présenter au premier jour et me disculper. Il demanda enfin qu'on fît des recherches pour retrouver le moine quêteur dont la ressemblance avec les Mauprat n'avait pas encore été expliquée et avait été affirmée par des témoins dignes de foi. Il fallait, selon lui, savoir ce qu'était devenu Antoine de Mauprat et faire expliquer le trappiste à cet égard. Il se plaignit hautement de ce qu'on l'avait privé de tous ces moyens de défense en refusant tout délai, et il eut la hardiesse de faire entendre qu'il y avait de mauvaises passions intéressées à la marche aveugle et rapide d'une telle procédure. Le président le rappela à l'ordre; l'avocat du roi répliqua victorieusement que toutes les formalités étaient remplies, que la cour était suffisamment éclairée, que la recherche du moine quêteur était une puérilité de mauvais goût, que Jean de Mauprat avait prouvé la mort de son dernier frère, arrivée depuis plusieurs années auparavant. La cour se retira pour délibérer, et au bout d'une demi-heure elle rentra, et rendit contre moi un arrêt qui me condamnait à la peine capitale.

XXVI

Quoique la promptitude et la rigidité de cet arrêt fussent une chose inique et qui frappa de stupeur les plus acharnés contre moi, je reçus le coup avec un grand calme : je ne m'intéressais plus à rien sur la terre. Je recommandai à Dieu mon âme et la réhabilitation de ma mémoire. Je me dis que, si Edmée mourait, je la retrouverais dans un monde meilleur ; que, si elle me survivait et retrouvait la raison, elle arriverait un jour à l'éclaircissement de la vérité, et qu'alors je vivrais dans son cœur comme un souvenir cher et douloureux. Irritable comme je le suis, et toujours disposé à la fureur envers tout ce qui m'est obstacle ou offense, je m'étonne de la résignation philosophique et de la fierté silencieuse que j'ai trouvées dans les grandes occasions de ma vie, et surtout dans celle-ci.

Il était deux heures du matin. L'audience durait depuis quatorze heures. Un silence de mort planait sur l'assemblée, qui était aussi attentive, aussi nombreuse, qu'au commencement, tant les hommes sont avides de spectacles. Celui qu'offrait l'enceinte de la cour criminelle en cet instant était lugubre. Ces hommes en robe rouge, aussi pâles, aussi absolus, aussi implacables que le conseil des Dix à

Venise; ces spectres de femmes coiffées de fleurs, que la lueur blafarde des flambeaux faisait ressembler à des souvenirs de la vie flottant dans les tribunes au-dessus des prêtres de la mort; les mousquets de la garde étincelant dans l'ombre des derniers plans; l'attitude brisée de mon pauvre sergent, qui s'était laissé tomber à mes pieds; la joie muette et puissante du trappiste, infatigablement debout auprès de la barre; le son lugubre d'une cloche de couvent qui se mit à sonner matines dans le voisinage, au milieu du silence de l'assemblée : c'était de quoi émouvoir les nerfs des femmes de fermiers généraux et faire battre les larges poitrines des corroyeurs du parterre.

Tout à coup, au moment où la cour allait se disperser et annoncer la levée de la séance, une figure en tout semblable à celle qu'on prête au paysan du Danube, trapue, en haillons, pieds nus, à la barbe longue, aux cheveux en désordre, au front large et austère, au regard imposant et sombre, se leva au milieu des mouvants reflets dont la foule était à demi éclairée, et se dressa devant la barre en disant d'une voix creuse et accentuée : « Moi, Jean Le Houx, dit *Patience,* je m'oppose à ce jugement, comme inique quant au fond et illégal quant à la forme. Je demande qu'il soit revisé, afin que je puisse faire ma déposition, qui est nécessaire, souveraine peut-être, et qu'on aurait dû attendre.

— Et si vous aviez quelque chose à dire, s'écria l'avocat du roi avec passion, que ne vous présentiez-vous lorsque vous en avez été requis ? Vous en imposez à la cour en prétendant que vous avez des motifs à faire valoir. — Et vous, répondit Patience d'un ton plus lent et d'une voix plus creuse encore qu'auparavant, vous en imposez au public en disant que je n'en ai pas. Vous savez bien que je dois en

avoir. — Songez où vous êtes, témoin, et rappelez-
vous à qui vous parlez. — Je le sais trop, et je ne
dirai rien de trop. Je déclare ici que j'ai des choses
importantes à dire, et que je les aurais dites à temps
si vous n'aviez pas *violenté* le temps. Je veux les
dire, et je les dirai; et croyez-moi, il vaut mieux
que je les dise pendant qu'on peut encore revenir
sur la procédure. Cela vaut mieux encore pour les
juges que pour le condamné; car celui-là revit par
l'honneur, au moment où les autres meurent par
l'infamie.

— Témoin, dit le magistrat irrité, l'âcreté et
l'insolence de votre langage seront plus nuisibles
qu'avantageuses à l'accusé. — Et qui vous dit que
je sois favorable à l'accusé? dit Patience d'une voix
de tonnerre. Que savez-vous de moi? Et s'il me
plaît de faire qu'un arrêt illégal et sans force
devienne un arrêt puissant et irrévocable? —
Comment accorder ce désir de faire respecter les
lois, dit le magistrat, véritablement ébranlé par
l'ascendant de Patience, avec l'infraction que vous
avez commise contre elles en ne vous rendant pas à
l'assignation du lieutenant-criminel? — Parce que
je ne voulais pas. — Il y a des peines sévères contre
ceux dont la volonté ne s'accorde pas toujours avec
les lois du royaume. — Possible. — Venez-vous
avec l'intention de vous y soumettre aujourd'hui?
— Je viens avec celle de vous les faire respecter. —
Je vous préviens que, si vous ne changez de ton, je
vais vous faire conduire en prison. — Je vous
préviens que, si vous aimez la justice et si vous
servez Dieu, vous m'entendrez et suspendrez l'exécution de l'arrêt. Il n'appartient pas à celui qui
apporte la vérité de s'humilier devant ceux qui la
cherchent. Mais vous qui m'entendez, hommes du
peuple dont les grands ne voudraient sans doute

pas se jouer, vous dont on appelle la voix *voix de Dieu,* joignez-vous à moi, embrassez la défense de la vérité qui va être étouffée peut-être sous de malheureuses apparences, ou bien qui va triompher par de mauvais moyens. Mettez-vous à genoux, hommes du peuple, mes frères, mes enfants; priez, suppliez, obtenez que justice soit faite et colère réprimée. C'est votre devoir, c'est votre droit et votre intérêt; c'est vous qu'on insulte et qu'on menace quand on viole les lois. »

Patience parlait avec tant de chaleur, et la sincérité éclatait en lui avec tant de puissance, qu'il y eut un mouvement sympathique dans tout l'auditoire. La philosophie était alors trop à la mode chez les jeunes gens de qualité pour que ceux-ci ne répondissent pas des premiers à un appel qui ne leur était pourtant pas adressé. Ils se levèrent avec une impétuosité chevaleresque et se tournèrent vers le peuple, qui se leva, entraîné par ce noble exemple. Il y eut une clameur furieuse, et chacun, sentant sa dignité et sa force, oublia les préventions personnelles pour se réunir dans le droit commun. Ainsi, quelquefois il suffit d'un noble élan et d'une parole vraie pour ramener les masses égarées par de longs sophismes.

Le sursis fut accordé, et je fus reconduit à ma prison au milieu des applaudissements. Marcasse me suivit. Patience se déroba à ma reconnaissance, et disparut.

La révision de mon jugement ne pouvait se faire que sur un ordre du grand conseil. Pour ma part, j'étais décidé, avant l'arrêt, à ne point me pourvoir auprès de cette chambre de cassation de l'ancienne jurisprudence; mais l'action et le discours de Patience n'avaient pas moins agi sur mon esprit que sur celui des spectateurs. L'esprit de lutte et le sentiment de la dignité humaine, engourdis et comme paralysés en moi par le chagrin, se réveillèrent soudainement, et je sentis à cette heure que l'homme n'est pas fait pour cette concentration égoïste du désespoir qu'on appelle ou l'abnégation, ou le stoïcisme. Nul ne peut abandonner le soin de son honneur sans abandonner le respect dû au principe de l'honneur. S'il est beau de sacrifier sa gloire personnelle et sa vie aux mystérieux arrêts de la conscience, c'est une lâcheté d'abandonner l'une et l'autre aux fureurs d'une injuste persécution. Je me sentis relevé à mes propres yeux, et je passai le reste de cette nuit importante à chercher les moyens de me réhabiliter, avec autant de persévérance que j'en avais mis à m'abandonner au destin. Avec le sentiment de la force je sentis renaître celui de l'espérance. Edmée n'était peut-être ni folle ni frappée de mort. Elle pouvait m'absoudre, elle pouvait guérir. « Qui sait ? me disais-je, elle m'a peut-être déjà rendu justice, peut-être est-ce elle qui envoie Patience à mon secours ; sans doute j'accomplirai son vœu en reprenant courage, en ne me laissant pas écraser par les fourbes. »

Mais comment obtenir cet ordre du grand conseil ? Il fallait une ordonnance du roi ; qui la solliciterait ? Qui hâterait ces odieuses lenteurs que la justice sait apporter, quand il lui plaît, dans les mêmes affaires où elle s'est jetée avec une précipitation aveugle ? Qui empêcherait mes ennemis de me nuire et de paralyser tous mes moyens ? Qui combattrait pour moi, en un mot ? L'abbé seul aurait pu le faire, mais il était en prison à cause de moi. Sa généreuse conduite dans le procès m'avait prouvé qu'il était encore mon ami, mais son zèle était enchaîné. Que pouvait Marcasse dans son obscure condition et son langage énigmatique ? Le soir vint, et je m'endormis avec l'espérance d'un secours céleste, car j'avais prié Dieu avec ferveur. Quelques heures de sommeil me rafraîchirent, et j'ouvris les yeux au bruit des verrous qu'on tirait derrière ma porte. O Dieu de bonté! quel fut mon transport en voyant Arthur, mon compagnon d'armes, cet autre moi-même pour lequel je n'avais pas eu un secret pendant six ans, s'élancer dans mes bras! Je pleurai comme un enfant en recevant cette marque d'amour de la Providence. Arthur ne m'accusait pas! il avait appris à Paris, où les intérêts scientifiques de la bibliothèque de Philadelphie l'avaient appelé, la triste affaire où j'étais inculpé. Il avait rompu des lances avec tous ceux qui me chargeaient, et il n'avait pas perdu un instant pour venir me sauver ou me consoler.

J'épanchai mon âme dans la sienne avec délices et lui dis ce qu'il pouvait faire pour moi. Il voulait prendre la poste dès le soir même pour Paris; mais je le priai de commencer par aller à Sainte-Sévère me chercher des nouvelles d'Edmée; il y avait quatre mortels jours que je n'en avais reçu, et Marcasse ne m'en avait d'ailleurs jamais donné d'aussi exactes et d'aussi détaillées que je les aurais voulues. « Rassure-toi, me dit Arthur, par moi tu sauras la vérité. Je suis assez bon chirurgien; j'ai le coup d'œil exercé, je pourrai te dire vraisemblablement ce que tu dois craindre ou espérer; de là, je partirai immédiatement pour Paris. » Il m'écrivit dès le surlendemain une lettre longue et détaillée.

Edmée était dans un état fort extraordinaire. Elle ne parlait pas et ne paraissait pas souffrir, tant qu'on se bornait à lui éviter toute espèce d'excitation nerveuse; mais, au premier mot qui pouvait réveiller la mémoire de ses douleurs, elle tombait en convulsion. L'isolement moral où elle se trouvait était le plus grand obstacle à sa guérison. Elle ne manquait de rien quant aux soins physiques ; elle avait deux bons médecins et une garde-malade fort dévouée. Mademoiselle Leblanc la soignait aussi, sous ce rapport, avec beaucoup de zèle ; mais cette fille dangereuse lui faisait souvent du mal par ses réflexions déplacées et ses interrogations indiscrètes. Arthur m'assura d'ailleurs que si jamais Edmée m'avait cru coupable et s'était expliquée à cet égard, ce devait être dans une phase précédente de sa maladie ; car depuis au moins quinze jours elle était dans un état d'inertie complète. Elle sommeillait souvent, mais sans dormir tout à fait ; elle digérait quelques breuvages gélatineux et ne se plaignait jamais ; elle répondait par des signes nonchalants et toujours négatifs aux questions des médecins sur ses souffrances ; elle n'exprimait par aucun signe le souvenir des affections qui avaient rempli sa vie. Sa tendresse pour son père, ce sentiment si profond et si puissant en elle, n'était pourtant pas éteint ; elle versait souvent des larmes abondantes, mais alors elle paraissait n'entendre aucun son ; c'était en vain qu'on essayait de lui faire comprendre que son père n'était pas mort, comme elle semblait le croire. Elle repoussait d'un geste suppliant, non le bruit (il ne semblait pas frapper son oreille), mais le mouvement qui se faisait autour d'elle, et, cachant son visage dans ses mains, s'enfonçant dans son fauteuil et roidissant ses genoux jusque vers sa poitrine, elle semblait livrée à un désespoir sans remède. Cette muette douleur, qui ne se combattait plus elle-même et ne voulait plus être combattue ; cette grande volonté, qui avait été capable de dompter les plus violents orages et qui s'en allait à la dérive sur une mer morte et par un calme plat, était, selon Arthur, le spectacle le plus douloureux qu'il eût jamais contemplé. Edmée semblait avoir rompu avec la vie. Mademoiselle Leblanc, pour l'éprouver et pour l'émouvoir, s'était grossièrement ingérée de lui dire que son père était mort; elle avait fait entendre par un signe de tête qu'elle le savait. Quelques heures plus tard, les médecins avaient essayé de lui faire comprendre qu'il était vivant; elle avait répondu par un autre signe qu'elle ne le croyait pas. On avait roulé le fauteuil du chevalier dans sa chambre, on les avait mis en présence l'un de l'autre; le père et la fille ne s'étaient pas reconnus. Seulement, au bout de quelques instants, Edmée, prenant son père pour un spectre, avait jeté des cris affreux et était tombée dans des convulsions qui avaient rouvert une de ses blessures et donné à craindre pour sa vie. On avait soin depuis ce moment de les tenir séparés et de ne prononcer, devant Edmée, aucune parole qui eût rapport à lui. Elle prenait Arthur pour un médecin du pays et l'avait reçu avec la même douceur et la même indifférence que les autres. Il n'avait pas osé essayer de lui parler de moi; mais il m'exhortait à ne pas désespérer. L'état d'Edmée n'avait rien dont le temps et le repos ne pussent triompher; elle avait peu de fièvre, aucune des fonctions vitales de son être n'était réellement troublée; les blessures étaient à peu près guéries, et le cerveau ne paraissait pas devoir se désorganiser par un excès d'activité. L'affaiblissement où cet organe était tombé, la prostration de tous les autres organes, ne devaient pas lutter longtemps, selon Arthur, contre les ressources de la jeunesse et la puissance d'une admirable constitution. Il m'engageait enfin à songer à moi-même; je pouvais être utile à Edmée par mes soins et devenir heureux par le retour de son affection et de son estime.

Au bout de quinze jours, Arthur revint de Paris avec l'ordonnance du roi pour la révision de mon jugement. De nouveaux témoins furent entendus. Patience ne parut pas; mais je reçus de sa part un morceau de papier, avec ces mots d'une écriture informe : « *Vous n'êtes pas coupable, espérez donc.* » Les médecins affirmèrent que mademoiselle de Mauprat pouvait désormais être interrogée sans danger, mais que ses réponses n'auraient aucun sens. Elle était mieux portante. Elle avait reconnu son père et ne le quittait plus. Mais elle ne comprenait rien à tout ce qui n'était pas lui. Elle paraissait éprouver un grand plaisir à le soigner comme un enfant, et, de son côté, le chevalier reconnaissait de temps en temps sa fille chérie; mais les forces de ce dernier décroissaient sensiblement. On l'interrogea dans un de ses moments lucides. Il répondit que sa fille était *effectivement* tombée de cheval, à la chasse, et qu'elle s'était ouvert la poitrine sur une souche d'arbre; mais que personne n'avait tiré sur elle, même par mégarde, et qu'il fallait être fou pour croire son cousin capable d'un pareil crime. Ce fut tout ce qu'on put obtenir de lui. Quand on lui demanda ce qu'il pensait de l'absence de son neveu, il répondit que son neveu n'était point absent et qu'il le voyait tous les jours. Fidèle à son respect pour la réputation d'une famille, hélas! si compromise, voulut-il, par des mensonges enfantins, repousser les investigations de la justice? C'est ce que je n'ai jamais pu savoir. Edmée ne put être interrogée. A la première question qui lui fut adressée, elle haussa les épaules et fit signe qu'elle voulait être tranquille. Le lieutenant-criminel insistant et devenant plus explicite, elle le regarda fixement et parut s'efforcer de le comprendre. Il prononça mon nom, elle poussa un

grand cri et tomba évanouie. Il fallut renoncer à
l'entendre. Cependant Arthur ne désespéra point.
Au contraire, le récit de cette scène lui fit penser
qu'il pouvait s'opérer dans les facultés intellectuelles d'Edmée une crise favorable. Il repartit
aussitôt et alla s'installer à Sainte-Sévère, où il resta
plusieurs jours sans m'écrire, ce qui me jeta dans
une grande anxiété.

L'abbé, interrogé de nouveau, persista dans ses
refus calmes et laconiques.

Mes juges, voyant que les renseignements promis
par Patience n'arrivaient pas, hâtèrent la révision de
la procédure, et donnèrent, par une nouvelle
précipitation, une nouvelle preuve de leur animosité contre moi. Le jour fixé arriva. J'étais dévoré
d'inquiétude. Arthur m'avait écrit d'espérer, dans
un style aussi laconique que Patience. Mon avocat
n'avait pu saisir aucune bonne preuve à faire valoir.
Je voyais bien qu'il commençait à me croire coupable. Il n'espérait obtenir que des délais.

XXVII

L'auditoire fut encore plus nombreux que la première fois. La garde fut forcée aux portes du prétoire, et la foule envahit jusqu'aux fenêtres du manoir de Jacques Cœur, aujourd'hui l'Hôtel de Ville. J'étais fort troublé cette fois, quoique j'eusse la force et la fierté de n'en rien laisser paraître. Je m'intéressais désormais au succès de ma cause, et les espérances que j'avais conçues ne semblant pas devoir se réaliser, j'éprouvais un malaise indicible, une fureur concentrée, une sorte de haine contre ces hommes qui n'ouvraient pas les yeux sur mon innocence et contre ce Dieu qui semblait m'abandonner.

Dans cet état violent, je fis un tel travail sur moi-même pour paraître calme, que je m'aperçus à peine de ce qui se passait autour de moi. Je retrouvai ma présence d'esprit pour répondre dans les mêmes termes que la première fois à mon nouvel interrogatoire. Puis un crêpe funèbre sembla s'étendre sur ma tête; un anneau de fer me serrait le front, je sentais un froid de glace dans mes orbites, je ne voyais plus que moi-même, et je n'entendais que des bruits vagues et incompréhensibles. Je ne sais ce qui se passa; je ne sais si l'on annonça l'apparition qui me frappa subitement. Je me souviens seulement qu'une porte s'ouvrit derrière le tribunal, qu'Arthur s'avança soutenant une femme voilée, qu'il lui ôta son voile après l'avoir fait asseoir sur un large fauteuil que les huissiers roulèrent vers elle avec empressement, et qu'un cri d'admiration remplit l'auditoire lorsque la beauté pâle et sublime d'Edmée lui apparut.

En ce moment, j'oubliai et la foule et le tribunal, et ma cause et l'univers entier. Je crois qu'aucune force humaine n'aurait pu s'opposer à mon élan impétueux. Je me précipitai comme la foudre au milieu de l'enceinte, et, tombant aux pieds d'Edmée, j'embrassai ses genoux avec effusion. On m'a dit que ce mouvement entraîna le public, et que presque toutes les dames fondirent en larmes. Les jeunes élégants n'osèrent railler; les juges furent émus. La vérité eut un instant de triomphe complet.

Edmée me regarda longtemps. L'insensibilité de la mort était sur son visage. Il ne semblait pas qu'elle pût jamais me reconnaître. L'assemblée attendait dans un profond silence qu'elle exprimât sa haine ou son affection pour moi. Tout à coup elle fondit en larmes, jeta ses bras autour de mon cou, et perdit connaissance. Arthur la fit emporter aussitôt; il eut de la peine à me faire retourner à ma place. Je ne savais plus où j'étais ni de quoi il s'agissait; je m'attachais à la robe d'Edmée, je voulais la suivre. Arthur, s'adressant à la cour, demanda qu'on fît constater de nouveau l'état de la malade par les médecins qui l'avaient examinée dans la matinée. Il demanda et obtint qu'Edmée fût de nouveau appelée en témoignage et confrontée avec moi lorsque la crise qu'elle subissait en cet instant serait passée. « Cette crise n'est pas grave, dit-il; mademoiselle de Mauprat en a éprouvé plusieurs du même genre ces jours derniers et pendant son voyage. A la suite de chacun de ces accès, ses facultés intellectuelles ont pris un développement de plus en plus heureux.

— Allez donner vos soins à la malade, dit le président. Elle sera rappelée dans deux heures si vous croyez que ce temps suffise pour mettre fin à son évanouissement. En attendant, la cour entendra le témoin à la requête duquel le premier jugement n'a point reçu d'exécution. »

Arthur se retira, et Patience fut introduit. Il était vêtu proprement; mais, après avoir dit quelques paroles, il déclara qu'il lui était impossible de continuer si on ne lui permettait pas d'ôter son habit. Cette toilette d'emprunt le gênait tellement et lui semblait si lourde qu'il suait à grosses gouttes. Il attendit à peine un signe d'adhésion, accompagné d'un sourire de mépris, que lui fit le président, pour jeter à terre ces insignes de la civilisation, et, abaissant avec soin les manches de sa chemise sur ses bras nerveux, il parla à peu près ainsi :

« Je dirai la vérité, toute la vérité. Je lève la main une seconde fois, car j'ai à dire des choses qui se contredisent et que je ne peux pas m'expliquer moi-même. Je jure devant Dieu et devant les hommes que je dirai ce que je sais, comme je le sais, sans être influencé pour ni contre personne. »

Il leva sa large main et se tourna vers le peuple avec une confiance naïve, comme pour lui dire : « Vous voyez tous que je jure, et vous savez que l'on peut croire en moi. » Cette confiance de sa part n'était pas mal fondée. On s'était beaucoup occupé, depuis l'incident du premier jugement, de cet homme extraordinaire qui avait parlé devant le tribunal avec tant d'audace et harangué le peuple en sa présence. Cette conduite inspirait beaucoup de curiosité et de sympathie à tous les démocrates et *Philadelphes*. Les œuvres de Beaumarchais avaient, auprès des hautes classes, un succès qui vous expliquera comment Patience, en opposition avec toutes les puissances de la province, se trouvait soutenu et applaudi par tout ce qui se piquait d'un esprit élevé. Chacun croyait voir en lui Figaro sous une forme nouvelle. Le bruit de ses vertus privées s'était répandu ; car vous vous souvenez que, durant mon séjour en Amérique, Patience s'était fait connaître aux habitants de la Varenne et avait échangé sa réputation de sorcier contre celle de bienfaiteur. On lui avait donné le surnom de *grand juge,* parce qu'il intervenait volontiers dans les différends, et les terminait à la satisfaction de chacun avec une bonté et une habileté admirables.

Il parla cette fois d'une voix haute et pénétrante ; il avait dans la voix plusieurs belles cordes. Son geste était lent ou animé selon la circonstance, toujours noble et saisissant ; sa figure courte et socratique était toujours belle d'expression. Il avait toutes les qualités de l'orateur, mais il ne mettait à les produire aucune vanité. Il parla d'une manière claire et concise, qu'il avait acquise nécessairement dans son commerce récent avec les hommes et dans la discussion de leurs intérêts positifs.

« Quand mademoiselle de Mauprat reçut le coup, dit-il, j'étais à dix pas tout au plus ; mais le taillis est si épais dans cet endroit que je ne pouvais rien voir à deux pas de moi. On m'avait engagé à faire la chasse. Cela ne m'amusait guère. Me retrouvant près de la tour Gazeau, que j'ai habitée pendant vingt ans, j'eus envie de revoir mon ancienne cellule, et j'y arrivais à grands pas quand j'entendis

le coup. Cela ne m'effraya pas du tout; c'était si
naturel qu'on fît du bruit dans une battue! Mais
quand je fus sorti du fourré, c'est-à-dire environ
deux minutes après, je trouvai Edmée (pardonnez-
moi, j'ai l'habitude de l'appeler comme cela, je suis
avec elle comme qui dirait une sorte de père
nourricier), je trouvai Edmée à genoux par terre,
blessée, ainsi qu'on vous l'a dit, et tenant encore la
bride de son cheval qui se cabrait. Elle ne savait pas
si elle avait peu ou beaucoup de mal, mais elle avait
son autre main sur sa poitrine et disait : *Bernard,
c'est affreux! je ne vous aurais jamais cru capable de
me tuer. Bernard, où êtes-vous? venez me voir mourir.
Vous tuez mon père!* Elle tomba tout à fait en disant
cela et lâcha la bride de son cheval. Je m'élançai
vers elle. *Ah! tu l'as vu, Patience?* me dit-elle, *n'en
parle pas, ne dis pas à mon père...* Elle étendit les
bras, son corps se raidit; je la crus morte, et elle ne
parla plus que dans la nuit, après qu'on eut retiré
les balles de sa poitrine.

— Vîtes-vous alors Bernard de Mauprat?

— Je le vis sur le lieu de l'événement, au
moment où Edmée perdit connaissance et sembla
rendre l'âme; il était comme fou. Je crus que c'était
le remords qui l'accablait; je lui parlai durement, je
le traitai d'assassin. Il ne répondit rien et s'assit à
terre auprès de sa cousine. Il resta là, abruti,
longtemps encore après qu'on l'eut emportée.
Personne ne songea à l'accuser; on pensait qu'il
était tombé de cheval, parce qu'on voyait son
cheval courir au bord de l'étang; on crut que sa
carabine s'était déchargée en tombant. M. l'abbé
Aubert fut le seul qui entendit accuser M. Bernard
d'avoir assassiné sa cousine. Les jours suivants
Edmée parla; mais ce ne fut pas toujours en ma
présence, et d'ailleurs, depuis ce moment, elle eut

presque toujours le délire. Je soutiens qu'elle n'a confié à personne (à mademoiselle Leblanc moins qu'à personne) ce qui s'était passé entre elle et M. de Mauprat avant le coup de fusil. Elle ne me l'a pas confié plus qu'aux autres. Dans les moments bien rares où elle avait sa tête, elle répondait à nos questions que certainement Bernard ne l'avait pas fait exprès, et plusieurs fois même, durant les trois premiers jours, elle demanda à le voir. Mais quand elle avait la fièvre, elle criait : *Bernard! Bernard! vous avez commis un grand crime, vous avez tué mon père!* C'était là son idée; elle croyait réellement que son père était mort, et elle l'a cru longtemps. Elle a donc dit très peu de chose qui ait de la valeur. Tout ce que mademoiselle Leblanc lui a fait dire est faux. Au bout de trois jours elle a cessé de dire des paroles intelligibles, et au bout de huit jours sa maladie a tourné à un silence complet. Elle a chassé mademoiselle Leblanc depuis sept jours qu'elle a retrouvé sa raison, ce qui prouverait bien quelque chose contre cette fille de chambre. Voilà ce que j'ai à dire contre M. de Mauprat. Il ne tenait qu'à moi de le taire; mais, ayant autre chose à dire encore, j'ai voulu révéler toute la vérité. »

Patience fit une pause; l'auditoire et la cour elle-même, qui commençait à s'intéresser à moi et à perdre l'âcreté de ses préventions, restèrent comme atterrés d'une déposition si différente de celle qu'on attendait.

Patience reprit la parole. « Je suis resté convaincu pendant plusieurs semaines, dit-il, du crime de Bernard. Et puis j'ai beaucoup réfléchi à cela; je me suis dit bien des fois qu'un homme aussi bon et aussi instruit que l'était Bernard, un homme dont Edmée faisait tant d'estime, et que M. le chevalier de Mauprat aimait comme son fils, un homme enfin qui avait tant d'idées sur la justice et sur la vérité, ne pouvait pas du jour au lendemain devenir un scélérat. Et puis il m'est venu l'idée que ce pouvait bien être quelque autre Mauprat qui eût fait le coup. Je ne parle pas de celui qui est trappiste, ajouta-t-il en cherchant dans l'auditoire Jean de Mauprat, qui n'y était pas ; je parle de celui dont la mort n'a pas été constatée, quoique la cour ait cru devoir passer outre et en croire M. Jean de Mauprat sur parole.

— Témoin, dit le président, je vous ferai observer que vous n'êtes ici ni pour servir d'avocat à l'accusé, ni pour reviser les arrêts de la cour. Vous devez dire ce que vous savez du fait, et non ce que vous préjugez du fond de l'affaire. — Possible, répondit Patience. Il faut pourtant que je dise pourquoi je n'ai pas voulu témoigner la première fois contre Bernard, n'ayant à fournir que des preuves contre lui et n'ayant pas foi à ces preuves mêmes. — On ne vous le demande pas pour le moment. Ne vous écartez pas de votre déposition. — Un instant ! j'ai mon honneur à défendre, j'ai ma propre conduite à expliquer, s'il vous plaît. — Vous n'êtes pas l'accusé, vous n'avez pas lieu à plaider votre propre cause. Si la cour juge à propos de vous poursuivre pour votre désobéissance, vous aviserez à vous défendre ; mais il n'est pas question de cela maintenant. — Il est question de faire savoir à la cour si je suis un honnête homme ou un faux témoin. Pardon, il me semble que cela fait quelque chose à l'affaire ; la vie de l'accusé en dépend ; la cour ne peut pas regarder cela comme indifférent. — Parlez, dit l'avocat du roi, et tâchez de garder le respect que vous devez à la cour.

— Je n'ai pas envie d'offenser la cour, reprit Patience, je dis seulement qu'un homme peut se soustraire aux ordres de la cour par des raisons de conscience que la cour peut condamner légalement, mais que chaque juge en particulier peut comprendre et excuser. Je dis donc que je n'ai pas senti en moi-même que Bernard de Mauprat fût coupable; mes oreilles seules le savaient; ce n'était pas assez pour moi. Excusez-moi, messieurs, je suis juge, moi aussi. Enquérez-vous de moi! dans mon village on m'appelle le *grand juge*. Quand mes concitoyens me prient de prononcer sur une querelle de cabaret ou sur la limite d'un champ, je n'écoute pas tant leur sentiment que le mien. On a d'autres notions sur les gens qu'un fait tout court. Il y en a beaucoup d'autres qui servent à démontrer la vérité ou la fausseté du dernier qu'on leur impute. Ainsi ne pouvant croire que Bernard fût un assassin, et ayant entendu témoigner à plus de dix personnes, que je regarde comme incapables de faux serment, qu'un moine *fait en manière de Mauprat* avait couru le pays, ayant moi-même vu le dos et le froc de ce moine passer à Pouligny le matin de l'événement, j'ai voulu savoir s'il était dans la Varenne, et j'ai su qu'il y était encore; c'est-à-dire qu'après l'avoir quittée, il y était revenu aux environs du jugement du mois dernier, et, qui plus est, qu'il avait accointance avec M. Jean de Mauprat. Quel est donc ce moine? me disais-je; pourquoi sa figure fait-elle peur à tous les habitants du pays? Qu'est-ce qu'il fait dans la Varenne? S'il est du couvent des carmes, pourquoi n'en porte-t-il pas l'habit? S'il est de l'ordre de M. Jean, pourquoi n'est-il pas logé avec lui aux Carmes? S'il est quêteur, pourquoi, après avoir fait sa quête, ne va-t-il pas plus loin, plutôt que de revenir importuner les gens qui lui ont donné la veille? S'il est trappiste et qu'il ne veuille pas rester aux Carmes comme l'autre, pourquoi ne retourne-t-il pas dans son couvent? Qu'est-ce donc que ce moine vagabond? et pourquoi M. Jean de Mauprat, qui a dit à plusieurs personnes ne pas le connaître, le connaît-il si bien qu'ils déjeunent de temps en temps ensemble, dans un cabaret à Crevant? J'ai donc voulu alors que ma déposition fût faite, même dût-elle nuire en partie à Bernard, afin d'avoir le droit de dire ce que je vous dis là, même quand cela ne servirait à rien. Mais comme, vous autres, vous ne donnez jamais le temps aux témoins de chercher à s'éclairer sur ce qu'ils ont à croire, je suis reparti tout de suite pour mes bois, où je vis à la manière des renards, me promettant de n'en pas sortir tant que je n'aurais pas découvert ce que ce moine fait dans le pays. Je me suis donc mis sur sa piste, et j'ai découvert ce qu'il est : il est l'assassin d'Edmée de Mauprat, il s'appelle Antoine de Mauprat. »

Cette révélation causa un grand mouvement dans la cour et dans l'auditoire. Tous les regards cherchèrent Jean de Mauprat, dont la figure ne parut point.

« Quelles sont vos preuves? dit le président. — Je vais vous les dire, répondit Patience. Sachant par la cabaretière de Crevant, à qui j'ai eu occasion de rendre service, que les deux trappistes déjeunaient chez elle de temps en temps, comme je vous l'ai dit, j'ai été me loger à une demi-lieue de là, dans un ermitage qu'on appelle *le Trou aux Fades,* et qui est au milieu des bois, abandonné au premier venu, logis et mobilier. C'est une caverne dans le rocher, avec une grosse pierre pour s'asseoir et rien avec. Je vécus là deux jours de racines et d'un morceau de pain qu'on m'apportait de temps en temps du cabaret. Il n'est pas dans mes principes de demeurer dans un cabaret. Le troisième jour, le petit garçon de la cabaretière vint m'avertir que les deux moines allaient se mettre à table. J'y courus, et je me cachai dans un cellier qui touche au jardin. La porte de ce cellier est ombragée d'un pommier, sous lequel ces messieurs déjeunaient en plein air. M. Jean était sobre; l'autre mangeait comme un carme et buvait comme un cordelier. J'entendis et je vis tout à mon aise. « Il est temps que cela finisse, disait Antoine, que je reconnus fort bien en le voyant boire et en l'entendant jurer; je suis las du métier que vous me faites faire. Donnez-moi asile chez les carmes, ou je fais du bruit. — Et quel bruit pouvez-vous faire qui ne vous conduise à la roue, *lourde bête?* lui répondit M. Jean; soyez sûr que vous ne mettrez pas le pied aux Carmes; je ne me soucie pas de me voir inculpé dans un procès criminel; car on vous découvrirait là au bout de trois heures. — Pourquoi donc, s'il vous plaît? vous leur faites bien croire que vous êtes un saint! — Je suis capable de me conduire comme un saint, et vous vous conduisez comme un imbécile. Est-ce que vous pouvez vous tenir une heure de jurer et de casser les pots après dîner! — Dites donc, *Népomucène,* est-ce que vous espéreriez sortir de là bien net, si j'avais une affaire criminelle? reprit l'autre. — Qui sait? répondit le trappiste; je n'ai point pris part à votre folie ni conseillé rien de ce genre. — Ah! ah! le bon apôtre! s'écria Antoine en se renversant de rire sur sa chaise, vous en êtes bien content, à présent que cela est fait. Vous avez toujours été lâche, et sans moi vous n'auriez imaginé rien de mieux que d'aller vous faire trappiste, pour singer la dévotion et venir ensuite vous faire absoudre du passé, afin d'avoir le droit de tirer un peu d'argent aux *casse-têtes* de Sainte-Sévère. Belle ambition, ma foi! que de crever sous

un froc après s'être gêné toute sa vie, et n'avoir pris
que la moitié de tous les plaisirs, encore en se
cachant comme une taupe! Allez, allez, quand on
aura pendu le gentil Bernard, que la belle Edmonde
sera morte et que le vieux casse-cou aura rendu ses
grands os à la terre, quand nous hériterons de cette
jolie fortune-là, vous trouverez que c'est là un joli
coup de Jarnac; se défaire de trois à la fois! Il m'en
coûtera bien un peu de faire le dévot, moi qui n'ai
pas les habitudes du couvent et qui ne sais pas
porter l'habit; aussi je jetterai le froc aux orties, et
je me contenterai de bâtir une chapelle à la Roche-
Mauprat, et d'y communier quatre fois l'an. —
Tout ce que vous avez fait là est une sottise et une
infamie! — Ouais! ne parlez pas d'infamie, mon
doux frère, ou je vais vous faire avaler cette
bouteille toute cachetée. — Je dis que c'est une
sottise, et que, si cela réussit, vous devez une belle
chandelle à la Vierge; si cela ne réussit pas, je m'en
lave les mains, entendez-vous? Quand j'étais caché
dans la chambre secrète du donjon, et que j'ai
entendu Bernard conter à son valet, après souper,
qu'il perdait l'esprit pour la belle Edmée, je vous ai
dit en l'air qu'il y aurait là un joli coup à faire; et,
comme une brute, vous avez pris la chose au
sérieux, vous avez été, sans me consulter et sans
attendre un moment favorable, exécuter une chose
qui voulait être pesée et mûrie. — Le moment
favorable, cœur de lièvre que vous êtes! et où donc
l'aurais-je trouvé? *L'occasion fait le larron*. Je me
vois surpris par la chasse au milieu du bois; je me
cache dans la maudite tour Gazeau; je vois arriver
mes deux tourtereaux; j'entends une conversation à
crever de rire, Bernard larmoyant, la fille faisant la
fière; Bernard se retire comme un sot, sans avoir
fait métier d'homme; je me trouve sur moi, le bon

Dieu sait comment, un scélérat de pistolet tout chargé. *Paf!...* — Taisez-vous, bête sauvage! dit l'autre tout effrayé, parle-t-on de ces choses-là dans un cabaret? Tenez votre langue, malheureux! ou je ne vous verrai plus. — Il faudra pourtant bien que vous me voyiez, mon doux frère, quand j'irai sonner et faire carillon à la porte des Carmes. — Vous n'y viendrez pas, ou je vous dénonce. — Vous ne me dénoncerez pas, car j'en sais trop long sur votre compte. — Je ne vous crains pas, j'ai fait mes preuves; j'ai expié mes péchés. — Hypocrite! — Allons, taisez-vous, insensé, dit l'autre; il faut que je vous quitte. Voilà de l'argent. — *Tout cela!* — Que voulez-vous que vous donne un religieux? Croyez-vous que je sois riche? — Vos carmes le sont, et vous en faites ce que vous voulez. — Je pourrais vous donner plus, que je ne le ferais pas. Vous n'auriez pas plus tôt deux louis que vous feriez des débauches et un bruit qui vous trahiraient. — Et si vous voulez que je quitte le pays pour quelque temps, avec quoi voulez-vous que je voyage? — Ne vous ai-je pas déjà donné trois fois de quoi partir, et n'êtes-vous pas revenu après avoir bu tout ce que vous aviez dans le premier mauvais lieu à la frontière de la province? Votre impudence me révolte, après les dépositions qu'on a faites contre vous, quand la maréchaussée a l'éveil, quand Bernard fait reviser son jugement, et que vous allez être découvert! — Mon frère, c'est à vous d'y veiller; vous menez les carmes, les carmes mènent l'évêque, Dieu sait pour quelle petite folie qui a été faite de compagnie, en grand secret, après souper, dans leur couvent... »

Ici le président interrompit le récit de Patience.

« Témoin, dit-il, je vous rappelle à l'ordre; vous

outragez la vertu d'un prélat par le récit scandaleux d'une telle conversation.

— Nullement, répondit Patience, je rapporte les invectives d'un crapuleux et d'un assassin contre le prélat; je n'en prends rien sur moi, et chacun ici sait le cas qu'il a à en faire; mais, si vous le voulez, je n'en dirai pas davantage sur ce sujet. Il y eut encore un assez long débat. Le vrai trappiste voulait faire partir le faux trappiste, et celui-ci s'obstinait à rester, disant que, s'il n'était pas sur les lieux, son frère le ferait arrêter aussitôt après que Bernard aurait la tête tranchée, afin d'avoir l'héritage à lui tout seul. Jean, poussé à bout, le menaça sérieusement de le dénoncer et de le livrer à la justice. « Baste! vous vous en garderez bien, après tout, reprit Antoine, car, si Bernard est absous, adieu l'héritage! »

« C'est ainsi qu'ils se séparèrent. Le vrai trappiste s'en alla fort soucieux, l'autre s'endormit les coudes sur la table. Je sortis de ma cachette pour procéder à son arrestation. C'est dans ce moment que la maréchaussée, qui est à mes trousses depuis longtemps pour me forcer à venir témoigner, me mit la main au collet. J'eus beau désigner le moine comme l'assassin d'Edmée, on ne voulut pas me croire, et on me dit qu'on n'avait pas d'ordre contre lui. Je voulais ameuter le village, on m'empêcha de parler; on m'amena ici de brigade en brigade comme un déserteur, et depuis huit jours je suis au cachot sans qu'on daigne faire droit à mes réclamations. Je n'ai même pu voir l'avocat de M. Bernard et lui faire savoir que j'étais en prison; c'est tout à l'heure seulement que le geôlier est venu me dire qu'il fallait endosser un habit et *comparoir*. Je ne sais pas si tout cela est dans les formes de la justice; mais ce qu'il y a de certain, c'est que l'assassin aurait pu être arrêté et qu'il ne l'est pas, et qu'il ne le sera pas si vous ne vous assurez de la personne de M. Jean de Mauprat pour l'empêcher d'avertir, je ne dis pas son complice, mais son protégé. Je fais serment que dans tout ce que j'ai entendu M. Jean de Mauprat est à l'abri de tout soupçon de complicité; quant à l'action de laisser livrer à la rigueur des lois un innocent et de vouloir sauver un coupable au point de feindre sa mort par de faux témoignages et de faux actes... » Patience, voyant que le président allait encore l'interrompre, se hâta de terminer son discours en disant : « Quant à cela, messieurs, il appartient à vous et non à moi de le juger. »

XXVIII

Après cette déposition importante, la cour suspendit pendant quelques instants la séance, et
lorsqu'elle rentra, Edmée fut ramenée en sa présence. Pâle et brisée, pouvant à peine se traîner
jusqu'au fauteuil qui lui était réservé, elle montra
cependant une grande force et une grande présence
d'esprit.

« Croyez-vous pouvoir répondre avec calme et
sans trouble aux questions qui vont vous être
adressées ? lui dit le président. — Je l'espère,
monsieur, répondit-elle. Il est vrai que je sors d'une
maladie grave, et que j'ai recouvré depuis peu de
jours seulement l'exercice de ma mémoire ; mais je
crois l'avoir très bien recouvrée, et mon esprit ne
ressent aucun trouble.

— Votre nom ? — Solange-Edmonde de Mau-
prat, *Edmea sylvestris* », ajouta-t-elle à demi-voix.

Je frissonnai. Son regard avait pris, en disant
cette parole intempestive, une expression étrange.
Je crus qu'elle allait divaguer plus que jamais. Mon
avocat, effrayé, me regarda d'un air d'interrogation.
Personne autre que moi n'avait compris ces deux
mots qu'Edmée avait pris l'habitude de répéter
souvent dans les premiers et dans les derniers jours

de sa maladie. Heureusement ce fut le dernier ébranlement de ses facultés. Elle secoua sa belle tête comme pour chasser des idées importunes; et le président lui ayant demandé compte de ces mots inintelligibles, elle répondit avec douceur et noblesse : « Ce n'est rien, monsieur; veuillez continuer mon interrogatoire.

— Votre âge, mademoiselle? — Vingt-quatre ans. — Vous êtes parente de l'accusé? — Sa tante à la mode de Bretagne. Il est mon cousin issu de germain et le petit-neveu de mon père. — Jurez-vous de dire la vérité, toute la vérité? — Oui, monsieur. — Levez la main. »

Edmée se retourna vers Arthur avec un triste sourire. Il lui ôta son gant et l'aida à élever son bras sans force et presque sans mouvement. Je sentis de grosses larmes couler sur mes joues.

Edmée raconta avec finesse et naïveté qu'étant égarée dans le bois avec moi elle avait été jetée à bas de son cheval par l'empressement plein de sollicitude que j'avais mis à la retenir, croyant qu'elle était emportée; qu'il s'en était suivi une petite altercation, à la suite de laquelle, par une *petite colère de femme assez niaise,* elle avait voulu remonter seule sur sa jument; qu'elle m'avait même dit des paroles dures, dont elle ne pensait pas un mot, car elle m'aimait comme son frère; que, profondément affligé de sa brusquerie, je m'étais éloigné de quelques pas pour lui obéir, et qu'au moment de me suivre, affligée qu'elle était elle-même de notre puérile querelle, elle avait senti une violente commotion à la poitrine, et qu'elle était tombée en entendant à peine la détonation. Il lui était impossible de dire de quel côté elle était tournée et de quel côté était parti le coup. « Voilà tout ce qui est arrivé, ajouta-t-elle; je suis la dernière personne en

état de vous expliquer cet accident. Je ne puis en
mon âme et conscience l'attribuer qu'à la mala-
dresse d'un de nos chasseurs, qui aura craint de
l'avouer. Les lois sont si sévères ! et la vérité est si
difficile à prouver !

— Ainsi, Mademoiselle, vous ne pensez pas que
votre cousin soit l'auteur de cet attentat ? — Non,
monsieur, certainement non ! Je ne suis plus folle,
et je ne me serais pas laissé conduire devant vous si
j'avais senti mon cerveau malade. — Vous semblez
imputer à un état d'aliénation mentale les révélations que vous avez faites au bonhomme Patience, à
mademoiselle Leblanc, votre gouvernante, et peut-
être aussi à l'abbé Aubert. — Je n'ai fait aucune
révélation, répondit-elle avec assurance, pas plus au
digne Patience qu'au respectable abbé, et à la
servante Leblanc. Si l'on appelle révélation les
paroles dépourvues de sens qu'on dit dans la fièvre,
il faut condamner à mort toutes les figures qui nous
font peur dans les rêves. Quelle *révélation* aurais-je
pu faire d'un fait que j'ignore ? — Mais vous avez
dit, au moment où vous avez reçu la blessure en
tombant de votre cheval : *Bernard, Bernard, je ne
vous aurais jamais cru capable de me tuer !* — Je ne
me souviens pas d'avoir jamais dit cela ; et quand je
l'aurais dit, je ne concevrais pas l'importance qu'on
peut attribuer aux impressions d'une personne
frappée de la foudre et dont l'esprit est comme
anéanti. Ce que je sais, c'est que Bernard de
Mauprat donnerait sa vie pour mon père et pour
moi, ce qui ne rend pas très probable qu'il ait voulu
m'assassiner. Et pour quelle raison, grand Dieu ! »

Le président se servit alors, pour embarrasser
Edmée, de tous les arguments que pouvaient lui
fournir les dépositions de mademoiselle Leblanc. Il
y avait de quoi la troubler en effet. Edmée, surprise

de voir la justice en possession de tant de choses qu'elle croyait secrètes, reprit cependant courage et fierté lorsqu'on lui fit entendre, dans les termes brutalement chastes qu'on emploie devant les tribunaux en pareil cas, qu'elle avait été victime de ma grossièreté à la Roche-Mauprat. C'est alors que, prenant avec feu la défense de mon caractère et celle de son honneur, elle affirma que je m'étais conduit avec une loyauté bien supérieure à ce qu'on pouvait attendre encore de mon éducation. Mais il restait à expliquer toute la vie d'Edmée à partir de cette époque, la rupture de son mariage avec M. de La Marche, ses querelles fréquentes avec moi, mon brusque départ pour l'Amérique, le refus qu'elle avait fait de se marier.

« Cet interrogatoire est une chose odieuse, dit-elle en se levant tout à coup et en retrouvant ses forces physiques avec l'exercice de sa force morale. On me demande compte de mes plus intimes sentiments, on descend dans les mystères de mon âme, on tourmente ma pudeur, on s'arroge des droits qui n'appartiennent qu'à Dieu. Je vous déclare que, s'il s'agissait ici de ma vie et non de celle d'autrui, vous ne m'arracheriez pas un mot de plus. Mais, pour sauver la vie du dernier des hommes, je sacrifierais mes répugnances ; à plus forte raison le ferai-je pour celui qui est devant vos yeux. Apprenez-le donc, puisque vous me contraignez à faire un aveu contraire à la réserve et à la fierté de mon sexe : tout ce qui vous semble inexplicable dans ma conduite, tout ce que vous attribuez aux torts de Bernard et à mes ressentiments, à ses menaces et à mes terreurs, se justifie par un seul mot : *Je l'aime!* »

En prononçant ce mot avec la rougeur au front et l'accent profond de l'âme la plus passionnée et la

plus orgueilleusement concentrée qui ait jamais
existé, Edmée se rassit et couvrit son visage de ses
deux mains. En ce moment je fus si transporté que
je m'écriai sans pouvoir me contenir : « Qu'on me
mène à l'échafaud maintenant, je suis le roi de la
terre !

— A l'échafaud ! toi ! dit Edmée en se relevant ;
on m'y mènera plutôt moi-même. Est-ce ta faute,
malheureux enfant, si depuis sept ans je te cache le
secret de mon affection, si j'ai voulu attendre pour
te le dire que tu fusses le premier des hommes par la
sagesse et l'intelligence, comme tu en es le premier
par le cœur ? Tu payes cher mon ambition, puisqu'on l'interprète par le mépris et la haine. Tu dois
bien me haïr, puisque ma fierté t'a conduit sur le
banc du crime. Mais je laverai ta honte par une
réparation éclatante, et quand même on t'enverrait
à l'échafaud demain, tu n'y marcherais qu'avec le
titre de mon époux.

— Votre générosité vous entraîne trop loin,
Edmée de Mauprat, dit le président ; vous consenti-
riez presque, pour sauver votre parent, à vous
accuser de coquetterie et de dureté ; car comment
expliqueriez-vous vos sept années de refus, qui ont
exaspéré la passion de ce jeune homme ?

— Peut-être, monsieur, dit Edmée avec malice,
la cour n'est-elle pas compétente sur cette matière.
Beaucoup de femmes pensent que ce n'est pas un
grand crime d'avoir un peu de coquetterie avec
l'homme qu'on aime. On en a peut-être le droit
quand on lui a sacrifié tous les autres hommes ;
c'est une fierté naturelle bien innocente que de
vouloir faire sentir à celui qu'on préfère qu'on est
une âme de prix et qu'on mérite d'être sollicitée et
recherchée longtemps. Il est vrai que si cette
coquetterie avait pour résultat de faire condamner

un amant à la mort, on s'en corrigerait vite. Mais il est impossible, messieurs, que vous vouliez consoler de la sorte ce pauvre jeune homme de mes rigueurs. »

En parlant ainsi d'un air d'excitation ironique, Edmée fondit en pleurs. Cette sensibilité nerveuse, qui mettait en dehors toutes les qualités de son âme et de son esprit, tendresse, courage, finesse, fierté, pudeur, donnait en même temps à son visage une expression si mobile et si admirable sous toutes ses faces, que la grave et sombre assemblée des juges sentit tomber la cuirasse d'airain de l'intégrité impassible et la chape de plomb de l'hypocrite vertu. Si Edmée ne m'avait pas défendu victo-rieusement par ses aveux, du moins elle avait excité au plus haut point l'intérêt en ma faveur. Un homme aimé d'une belle et vertueuse femme porte avec lui un talisman qui le rend invulnérable ; chacun sent que sa vie a plus de prix que celle des autres.

Edmée subit encore beaucoup de questions et rétablit les faits dénaturés par mademoiselle Le-blanc ; elle m'épargna beaucoup, il est vrai ; mais elle sut, avec un art admirable, éluder certaines questions et se soustraire à la nécessité de mentir ou de me condamner. Elle s'accusa généreusement de tous mes torts, et prétendit que, si nous avions eu des querelles, c'était parce qu'elle y prenait un secret plaisir, parce qu'elle y voyait la force de mon amour ; qu'elle m'avait laissé partir pour l'Amé-rique, voulant mettre ma vertu à l'épreuve, et ne pensant pas que la campagne durerait plus d'un an, comme on le disait alors ; qu'ensuite elle m'avait regardé comme engagé d'honneur à subir cette prolongation illimitée, mais qu'elle avait souffert plus que moi de mon absence ; enfin elle reconnut fort bien la lettre qu'on avait trouvée sur elle ; et, la prenant, elle en rétablit les passages mutilés avec une mémoire surprenante et en priant le greffier de suivre avec elle les mots à demi effacés. « Cette lettre est si peu une lettre de menace, dit-elle, et l'impression que j'en ai reçue est si peu celle de la crainte et de l'aversion, qu'on l'a trouvée sur mon cœur où je la portais depuis huit jours, bien que je n'eusse pas seulement avoué à Bernard que je l'eusse reçue.

— Mais vous n'expliquez point, lui dit le président, pourquoi, il y a sept ans, dans les premiers temps du séjour de votre cousin auprès de vous, vous étiez armée d'un couteau que vous placiez toutes les nuits sous votre oreiller, et que vous aviez fait aiguiser pour un cas urgent de défense ?

— Dans ma famille, répondit-elle en rougissant, on a l'esprit assez romanesque et l'humeur très fière. Il est vrai que j'eus plusieurs fois dessein de me tuer, parce que je sentais naître en moi pour mon cousin un penchant insurmontable. Me croyant liée par des engagements indissolubles à M. de La Marche, je serais morte plutôt que de manquer à ma parole et plutôt que d'épouser un autre homme que Bernard. Plus tard, M. de La Marche me rendit ma promesse avec beaucoup de délicatesse et de loyauté, et je ne songeai plus à mourir. »

Edmée se retira suivie de tous les regards et d'un murmure approbateur. A peine avait-elle franchi la porte du prétoire qu'elle s'évanouit de nouveau ; mais cette crise n'eut pas de suites graves et ne laissa pas de traces au bout de quelques jours.

J'étais si bouleversé, si enivré de ce qu'elle venait de dire, que je ne vis plus guère ce qui se passait. Concentré dans la seule pensée de mon amour, je doutais pourtant; car, si Edmée n'avait pas avoué tous mes torts, elle pouvait bien aussi avoir exagéré son inclination pour moi dans le dessein d'atténuer mes défauts. Il m'était impossible de croire qu'elle m'eût aimé avant mon départ pour l'Amérique, et surtout dès les premiers temps de mon séjour auprès d'elle. Je n'avais que cette préoccupation dans l'esprit; je ne me souvenais même plus de la cause ni du but de mon procès. Il me semblait que la question agitée dans ce froid aréopage était uniquement celle-ci : *Est-il aimé, ou n'est-il pas aimé?* Le triomphe ou la défaite, la vie ou la mort n'étaient que là pour moi.

Je fus tiré de ces rêveries par la voix de l'abbé Aubert. Il était maigre et défait, mais plein de calme; on l'avait tenu au secret, et il avait souffert toutes les rigueurs de la prison avec la résignation d'un martyr. Malgré toutes les précautions, l'adroit Marcasse, habile à se glisser partout comme un furet, avait réussi à lui faire tenir une lettre d'Arthur, où Edmée avait ajouté quelques mots. Autorisé par cette lettre à tout dire, il fit une déposition conforme à celle de Patience, avouant que, d'après les premières paroles d'Edmée après l'événement, il m'avait accusé; mais qu'ensuite, voyant l'état d'aliénation de la malade et se souvenant de ma conduite sans reproche depuis plus de six ans, tirant aussi quelque lumière des précédents débats et des bruits publics sur l'existence et la présence d'Antoine Mauprat, il s'était senti trop convaincu de mon innocence pour vouloir témoigner contre moi. S'il le faisait maintenant, c'est qu'il pensait qu'un supplément d'instruction avait éclairé la cour, et que sa déposition n'aurait pas les conséquences graves qu'elle eût pu avoir un mois auparavant.

Interrogé sur les sentiments d'Edmée à mon égard, il détruisit toutes les inventions de mademoiselle Leblanc, et déclara que, non seulement Edmée m'aimait ardemment, mais qu'elle avait senti de l'amour pour moi dès les premiers jours de notre entrevue. Il l'affirma par serment, tout en appuyant un peu plus sur mes torts passés que ne l'avait fait Edmée. Il avoua qu'il avait craint plusieurs fois alors que ma cousine ne fît la folie de m'épouser; mais qu'il n'avait jamais eu de crainte pour sa vie, puisque d'un mot et d'un regard il l'avait toujours vue me réduire, même à l'époque de ma plus mauvaise éducation.

La continuation des débats fut remise à l'issue des perquisitions ordonnées pour découvrir et arrêter l'assassin. On compara mon procès à celui de Calas, et cette comparaison n'eut pas plus tôt cours dans les conversations que mes juges, se voyant en butte à mille traits sanglants, éprouvèrent par eux-mêmes que la haine et la prévention sont de mauvais conseillers et des guides dangereux. L'intendant de la province se déclara le champion de ma cause et le chevalier d'Edmée, qu'il reconduisit en personne auprès de son père. Il mit sur pied toute la maréchaussée. On agit avec vigueur, on arrêta Jean de Mauprat. Quand il se vit saisi et menacé, il livra son frère, et déclara qu'on le trouverait toutes les nuits réfugié à la Roche-Mauprat, et caché dans une chambre secrète où la femme du métayer l'aidait à se renfermer à l'insu de son mari.

On conduisit le trappiste sous bonne escorte à la Roche-Mauprat, afin qu'il révélât cette chambre secrète à laquelle, malgré tout son génie à explorer les murailles et les charpentes, l'ancien chasseur de fouines, le taupeur Marcasse, n'avait jamais pu parvenir. On m'y conduisit moi-même, afin que j'aidasse à retrouver cette chambre ou les passages qui pouvaient y aboutir, au cas où le trappiste se départirait de la sincérité de ses intentions. Je revis donc encore une fois ce manoir détesté avec son ancien chef de brigands transformé en trappiste. Il se montra si humble et si rampant vis-à-vis de moi, il fit si bon marché de la vie de son frère et m'exprima une si vile soumission que, saisi de dégoût, je le priai, au bout de quelques instants, de ne plus m'adresser la parole. Gardés à vue par les cavaliers, nous nous mîmes à la recherche de la chambre secrète. Jean avait prétendu d'abord qu'il en savait l'existence sans en connaître la situation exacte depuis que le donjon était aux trois quarts détruit. Quand il me vit, il se souvint que je l'avais surpris dans ma chambre et qu'il avait disparu par la muraille. Il se résigna donc à nous y conduire et à nous montrer le secret, qui était fort curieux, et dont je ne m'amuserai pas à vous faire la description. La chambre secrète fut ouverte, il ne s'y trouva personne. L'expédition avait été pourtant conduite avec promptitude et mystère. Il ne paraissait pas probable que Jean eût eu le temps de prévenir son frère. Le donjon était entouré de cavaliers, toutes les issues étaient bien gardées. La nuit était sombre, et nous avions fait une invasion qui avait bouleversé d'effroi tous les habitants de la métairie. Le métayer ne comprenait rien à ce que nous cherchions ; mais le trouble et l'angoisse de sa femme semblaient nous assurer la présence d'Antoine dans le donjon. Elle n'eut pas la présence d'esprit de prendre un air rassuré après que nous eûmes exploré la première chambre, et cela fit penser à Marcasse qu'il y en avait une seconde. Le trappiste en avait-il connaissance et feignit-il de l'ignorer? Il joua si bien son rôle que nous y fûmes tous pris. Il fallut explorer de nouveau les moindres détours et recoins des ruines. Une grande tour isolée de tous les bâtiments ne semblait pouvoir offrir aucun refuge. La cage de l'escalier s'était entièrement écroulée lors de l'incendie, et il ne se trouvait pas d'échelle assez longue, à beaucoup près, même en attachant l'une à l'autre avec des cordes celles du métayer, pour atteindre au dernier étage, qui semblait bien conservé et contenir une pièce éclairée par deux meurtrières. Marcasse objecta qu'il pouvait se trouver un escalier dans l'épaisseur du mur, ainsi qu'il arrive dans beaucoup d'anciennes tours. Mais où se trouvait l'issue? dans quelque souterrain peut-être? L'assassin oserait-il sortir de sa retraite tant que nous serions là? S'il avait, malgré la nuit obscure et le silence que nous gardions, vent de notre présence, se risquerait-il dans la campagne tant que nous serions postés comme nous l'étions sur tous les points? « Ce n'est pas probable, dit Marcasse. Il faut trouver un moyen prompt de parvenir là-haut, et j'en vois un. » Il montra une poutre noircie par le feu qui joignait la tour à une hauteur effrayante, et sur une portée de vingt pieds environ, aux greniers du bâtiment voisin. Une large crevasse, faite par l'éboulement des parties attenantes, était située à l'extrémité de cette poutre dans le flanc de la tour. Dans ses explorations il avait bien semblé à Marcasse voir au travers de cette crevasse les marches d'un petit escalier. Le mur avait d'ailleurs l'épaisseur nécessaire pour le contenir. Le taupeur n'avait jamais osé se risquer sur cette poutre, non à cause de sa ténuité ni de son élévation, il était habitué à ces périlleuses *traversées,* comme il les appelait; mais la poutre était attaquée par le feu et tellement amincie par le milieu qu'il était impossible de savoir si elle porterait le poids d'un homme, fût-il svelte et diaphane comme le brave sergent. Jusque-là aucune considération assez importante pour risquer sa vie à cette expérience ne s'était présentée; elle s'offrait en cet instant. Marcasse n'hésita pas. Je n'étais point auprès de lui lorsqu'il conçut ce dessein; je l'en aurais empêché à tout prix. Je ne m'en aperçus que lorsque Marcasse était déjà au milieu de la poutre, à l'endroit où le bois calciné n'était peut-être qu'un charbon. Comment vous rendre ce que j'éprouvai en voyant mon fidèle ami debout dans les airs, marchant avec gravité vers son but? Blaireau allait devant lui avec autant de tranquillité que s'il se fût agi d'aller comme jadis au milieu des bottes de foin à la découverte des fouines et des loirs. Le jour se levait et dessinait dans l'air grisâtre la silhouette effilée et la démarche modeste et fière de l'hidalgo. Je mis mes mains sur mon visage, il me semblait entendre craquer la poutre fatale; j'étouffai un cri de terreur dans la crainte de l'émouvoir en cet instant solennel et décisif. Je ne pus retenir ce cri, je ne pus m'empêcher de relever la tête lorsque deux coups de feu partirent de la tour. Le chapeau de Marcasse tomba au premier coup, le second effleura son épaule. Il s'était arrêté. « Pas touché! » nous cria-t-il; et, prenant son élan, il franchit au pas de course le reste du pont aérien. Il pénétra dans la tour par la crevasse et s'élança dans l'escalier en criant : « A moi, mes amis, la poutre est solide. » Aussitôt, cinq hommes hardis et vigoureux qui l'accompagnaient se mirent à cheval sur la poutre en s'aidant des mains, et parvinrent un à un à l'autre extrémité. Lorsque le premier d'entre eux pénétra dans le grenier où était retiré Antoine de

Mauprat, il le trouva aux prises avec Marcasse qui, tout exalté de son triomphe et oubliant qu'il ne s'agissait pas de tuer l'ennemi, mais de le prendre, s'était mis en devoir de le larder comme une belette avec sa longue rapière. Mais le faux trappiste était un ennemi redoutable. Il avait arraché l'épée des mains du sergent, l'avait terrassé, et l'aurait étranglé si on ne se fût jeté sur lui par derrière. Il résista avec une force prodigieuse aux trois premiers assaillants, mais avec l'aide des deux autres on réussit à le dompter. Quand il se vit pris, il ne fit plus de résistance et se laissa lier les mains pour descendre l'escalier, qui venait aboutir au fond d'un puits desséché qui se trouvait au centre de la tour. Antoine avait l'habitude d'en sortir et d'y descendre par une échelle que lui tendait la femme du métayer, et qu'elle retirait aussitôt après. Je me jetai avec transport dans les bras du sergent.

« Ce n'est rien, dit-il; cela m'a amusé. J'ai senti que j'avais encore la jambe sûre et la tête froide. Eh! eh! vieux sergent, ajouta-t-il en regardant sa jambe, vieil hidalgo, vieux taupeur, on ne se moquera plus tant de ton mollet. »

XXIX

Si Antoine de Mauprat eût été un homme énergique, il aurait pu me faire un mauvais parti en se disant témoin de l'assassinat commis par moi sur la personne d'Edmée. Comme il avait pour se cacher des raisons antérieures à ce dernier crime, il eût expliqué le mystère dont il s'enveloppait et son silence sur l'événement de la tour Gazeau. Je n'avais pour moi que le témoignage de Patience. Eût-il suffi pour m'absoudre? Tant d'autres, même ceux de mes amis, même celui d'Edmée, qui ne pouvait nier mon caractère violent et les probabilités de mon crime, étaient contre moi!

Mais Antoine, le plus insolent en paroles de tous les coupe-jarrets, était le plus lâche en action. Il ne se vit pas plus tôt au pouvoir de la justice qu'il avoua tout, même avant de savoir que son frère l'avait abandonné.

Il y eut de scandaleux débats, où les deux frères se chargèrent l'un l'autre d'une manière infâme. Le trappiste, toujours contenu par son hypocrisie, abandonnait froidement l'assassin à son sort et se défendait de lui avoir jamais donné le conseil de commettre le crime; l'autre, porté au désespoir, l'accusa des forfaits les plus horribles, de l'empoi-

sonnement de ma mère et de celui de la mère
d'Edmée, qui étaient mortes l'une et l'autre de
violentes inflammations d'entrailles à des époques
assez rapprochées. Jean de Mauprat était, disait-il,
très habile dans l'art de préparer les poisons, et
s'introduisait dans les maisons sous divers déguisements pour les mêler aux aliments. Il assura que, le
jour où Edmée avait été amenée à la Roche-
Mauprat, il avait assemblé tous ses frères pour
délibérer avec eux sur le moyen de se débarrasser
de cette héritière d'une fortune considérable, fortune qu'il avait travaillé à saisir par les voies du
crime en essayant de détruire les effets du mariage
du chevalier Hubert. Ma mère avait payé de sa vie
l'affection qui avait porté ce dernier à vouloir
adopter l'enfant de son frère. Tous les Mauprat
voulaient qu'on se débarrassât d'Edmée et de moi
du même coup, et Jean apprêtait le poison lorsque
la maréchaussée vint faire diversion à cet affreux
dessein en attaquant le donjon. Jean repoussa ces
accusations avec horreur, disant humblement qu'il
avait commis bien assez de péchés mortels dans la
débauche et l'irréligion, sans qu'on lui imputât
encore ceux-là. Comme ils étaient difficiles à
admettre, sans examen, de la bouche d'Antoine ;
que cet examen était à peu près impossible, et que
le clergé était trop puissant et trop intéressé à
empêcher ce scandale pour le permettre, Jean de
Mauprat fut déchargé de l'accusation de complicité
et seulement renvoyé à la Trappe, avec défense de
l'archevêque de remettre les pieds dans le diocèse et
invitation à ses supérieurs de ne le laisser jamais
sortir de son couvent. Il y mourut peu d'années
après, dans les transes d'un repentir exalté, qui
avait même le caractère de l'aliénation. Il est
vraisemblable qu'à force de feindre le remords, afin

d'arriver à une sorte de réhabilitation sociale, il avait fini, après avoir échoué dans ses projets, par ressentir au sein des austérités et des châtiments terribles de son ordre, les frayeurs et les angoisses d'une mauvaise conscience et d'un tardif repentir. La peur de l'enfer est la seule foi des âmes viles.

Je ne fus pas plus tôt acquitté, réhabilité et élargi, que je courus auprès d'Edmée; j'arrivai pour assister aux derniers moments de mon grand-oncle. Il recouvra, vers sa fin, non la mémoire des événements, mais celle du cœur. Il me reconnut, me pressa sur sa poitrine, me bénit en même temps qu'Edmée, et mit ma main dans celle de sa fille. Après que nous eûmes rendu les derniers devoirs à cet excellent et noble parent, dont la perte nous fut aussi douloureuse que si nous ne l'eussions pas prévue et attendue depuis longtemps, nous quittâmes pour quelque temps le pays, afin de n'être pas témoins de l'exécution d'Antoine, qui fut condamné au supplice de la roue. Les deux faux témoins qui m'avaient chargé furent fouettés, flétris, et chassés du ressort du présidial. Mademoiselle Leblanc, que l'on ne pouvait accuser précisément de faux témoignage, car elle n'avait guère procédé que par induction, se déroba au mécontentement public, et alla vivre dans une autre province avec assez de luxe pour faire penser qu'elle avait reçu des sommes considérables pour me perdre.

Nous ne voulûmes pas nous séparer, même momentanément, de nos excellents amis, de mes seuls défenseurs, Marcasse, Patience, Arthur et l'abbé Aubert. Nous montâmes tous dans la même voiture de voyage : les deux premiers, habitués au grand air, occupèrent volontairement le siège extérieur; nous les traitâmes sur le pied de la plus parfaite égalité. Jamais, dès lors, ils n'eurent d'autre table que la nôtre. Quelques personnes eurent le mauvais goût de s'en étonner ; nous laissâmes dire. Il est des circonstances qui effacent radicalement toutes les distances imaginaires ou réelles du rang et de l'éducation.

Nous visitâmes la Suisse. Arthur jugeait ce voyage nécessaire au rétablissement complet d'Edmée ; les soins tendres et ingénieux de cet ami dévoué, le bonheur dont notre affection chercha à entourer Edmée, ne contribuèrent pas moins que le beau spectacle des montagnes à chasser sa mélancolie et à effacer le souvenir des orages que nous venions de traverser. La Suisse produisit sur le cerveau poétique de Patience un effet magique. Il entrait souvent dans une telle exaltation, que nous en étions à la fois ravis et effrayés. Il fut tenté de se construire un chalet au fond de quelque vallée, et d'y passer le reste de ses jours dans la contemplation de la nature ; mais sa tendresse pour nous le fit renoncer à ce projet. Marcasse déclara par la suite que, malgré tout le plaisir qu'il avait goûté dans notre compagnie, il regardait ce voyage comme le temps le plus funeste de sa vie. A l'auberge de Martigny, lors de notre retour, Blaireau, dont l'âge avancé rendait les digestions pénibles, mourut victime du trop bon accueil qu'il reçut à la cuisine. Le sergent ne dit pas un mot, le contempla quelque temps d'un air sombre, et alla l'enterrer dans le jardin sous le plus beau rosier ; il ne parla de sa douleur que plus d'un an après.

Pendant ce voyage, Edmée fut pour moi un ange de bonté et de sollicitude ; s'abandonnant désormais à toutes les inspirations de son cœur, n'ayant plus aucune méfiance contre moi, ou se disant que j'avais été assez malheureux pour mériter ce dédommagement, elle me confirma mille fois les célestes assurances d'amour qu'elle avait données en public lorsqu'elle avait élevé la voix pour proclamer mon innocence. Quelques réticences qui m'avaient frappé dans sa déposition, et le souvenir des paroles accusatrices qui lui étaient échappées lorsque Patience l'avait trouvée assassinée, me laissèrent, je l'avoue, une assez longue souffrance. Je pensai, avec raison peut-être, qu'Edmée avait fait un grand effort pour croire à mon innocence avant les révélations de Patience. Mais elle s'expliqua toujours avec beaucoup de délicatesse et un peu de réserve à cet égard. Cependant un jour elle ferma la plaie en me disant avec sa brusquerie charmante : « Et si je t'ai aimé assez pour t'absoudre dans mon cœur et pour te défendre devant les hommes au prix d'un mensonge, qu'as-tu à dire ? »

Ce qui ne m'importait pas moins, c'était de savoir à quoi m'en tenir sur l'amour qu'elle prétendait avoir eu pour moi dès les premiers jours de notre liaison. Ici elle se troubla un peu, comme si dans son invincible fierté elle eût regretté la jalouse possession de son secret. Ce fut l'abbé qui se chargea de me faire sa confession et de m'assurer que dans ce temps il avait bien souvent grondé Edmée de son penchant pour l'*enfant sauvage*. Comme je lui objectais l'entretien confidentiel que j'avais surpris un soir dans le parc entre Edmée et lui, et que je lui rapportais avec la grande exactitude de mémoire que je possède, il me répondit : « Si vous nous eussiez suivis un peu sous les arbres, vous eussiez entendu ce soir-là même une querelle qui vous eût bien rassuré, et qui vous eût expliqué comment, d'antipathique (je dirai presque d'odieux) que vous m'étiez, vous me devîntes supportable d'abord, et peu à peu cher au plus haut degré.

— Racontez-le-moi, m'écriai-je; d'où vint ce
miracle?

— D'un mot, répondit-il; Edmée vous aimait.
Quand elle me l'eut avoué, elle couvrit son visage
de ses deux mains, et resta un instant comme
accablée de honte et de chagrin; puis, tout à coup
relevant la tête : « Eh bien! oui, s'écria-t-elle, eh
bien! oui, je l'aime! puisque vous voulez le savoir
absolument. J'en suis éprise, comme vous dites. Ce
n'est pas ma faute, pourquoi en rougirais-je? Je n'y
puis rien; cela est venu fatalement. Je n'ai jamais
aimé M. de La Marche; je n'ai que de l'amitié
pour lui. Et pour Bernard, c'est un autre sentiment,
un sentiment si fort, si mobile, si rempli d'agitations, de haine, de peur, de pitié, de colère et de
tendresse, que je n'y comprends rien, et que je
n'essaie plus d'y rien comprendre. — O femme!
femme! m'écriai-je consterné en joignant les mains,
tu es un abîme, un mystère, et celui qui croit te
connaître est trois fois insensé. — Tant qu'il vous
plaira, l'abbé, reprit-elle avec une résolution pleine
de dépit et de trouble, cela m'est bien égal. Je me
suis dit à moi-même, à cet égard, plus que vous
n'avez dit à toutes vos ouailles dans tout le cours de
votre vie. Je sais que Bernard est un ours, un
blaireau, comme dit mademoiselle Leblanc; un
sauvage, un rustre, quoi encore? Il n'est rien de
plus hérissé, de plus épineux, de plus sournois, de
plus méchant que Bernard; c'est une brute qui sait
à peine signer son nom; c'est un homme grossier,
qui croit me dompter comme une haquenée des
Varennes. Il se trompe beaucoup; je mourrai plutôt
que de lui appartenir jamais, à moins que, pour
m'épouser, il ne se civilise. Autant vaudrait compter sur un miracle; je l'essaie sans l'espérer. Mais
qu'il me force à me tuer ou à me faire religieuse,

qu'il reste tel qu'il est ou qu'il devienne pire, il n'en sera pas moins vrai que je l'aime. Mon cher abbé, vous savez qu'il doit m'en coûter de faire cet aveu, et vous ne devez pas, lorsque mon amitié se fait pénitente à vos pieds et dans votre sein, m'humilier par vos exclamations et vos exorcismes! Réfléchissez maintenant; examinez, discutez, décidez! Voilà le mal, je l'aime! Voilà les symptômes : je ne pense qu'à lui, je ne vois que lui, et je n'ai pas pu dîner aujourd'hui parce qu'il n'était pas rentré. Je le trouve plus beau qu'aucun homme qui existe. Quand il me dit qu'il m'aime, je vois, je sens que c'est vrai; cela me choque et me charme en même temps. M. de La Marche me paraît fade et guindé depuis que je connais Bernard. Bernard seul me semble aussi fier, aussi colère, aussi hardi que moi et aussi faible que moi; car il pleure comme un enfant quand je l'irrite, et voilà que je pleure aussi en songeant à lui. »

— Cher abbé! m'écriai-je en me jetant à son cou, que je vous embrasse jusqu'à vous étouffer, pour vous être souvenu de tout cela.

— L'abbé brode, dit Edmée avec malice.

— Eh quoi! lui dis-je en serrant ses mains à les briser, vous m'avez fait souffrir sept ans, et aujourd'hui vous avez regret à trois paroles qui me consolent... — N'aie pas regret au passé, me dit-elle; va, nous eussions été perdus si, tel que tu étais dans ce temps-là, je n'avais pas eu de la raison et de la force pour nous deux. Où en serions-nous aujourd'hui, grand Dieu! tu aurais bien autrement souffert de mes duretés et de mon orgueil; car tu m'aurais offensée dès le premier jour de notre union, et je t'aurais puni en t'abandonnant ou en me donnant la mort, ou en te tuant toi-même : car on tue dans notre famille, c'est une habitude

d'enfance. Ce qu'il y a de certain, c'est que tu
aurais fait un détestable mari; tu m'aurais fait
rougir par ton ignorance, tu aurais voulu m'oppri-
mer, et nous nous serions brisés l'un contre l'autre;
cela eût fait le désespoir de mon père, et, tu le sais,
mon père passait avant tout! J'aurais peut-être
risqué mon propre sort très légèrement si j'avais été
seule au monde, car j'ai de la témérité dans le
caractère; mais mon père *devait* être heureux,
calme et respecté; il m'avait élevée dans le bonheur,
dans l'indépendance. Je n'aurais jamais pu me
réconcilier avec moi-même si j'avais privé sa
vieillesse des biens qu'il avait répandus sur toute
ma vie. Ne crois pas que je sois vertueuse et
grande, comme l'abbé le prétend; j'aime, voilà tout,
mais j'aime avec force, avec exclusion, avec persévérance. Je t'ai sacrifié à mon père, mon pauvre
Bernard; et le ciel qui nous eût maudits si j'eusse
sacrifié mon père, nous récompense aujourd'hui en
nous donnant éprouvés et invincibles l'un à l'autre.
A mesure que tu as grandi à mes yeux, j'ai senti
que je pouvais attendre, parce que j'avais à t'aimer
longtemps, et que je ne craignais pas de voir
évanouir ma passion avant de l'avoir satisfaite,
comme font les passions dans les âmes faibles.
Nous étions deux caractères d'exception, il nous
fallait des amours héroïques; les choses ordinaires
nous eussent rendus méchants l'un et l'autre. »

XXX

Nous revînmes à Sainte-Sévère à l'expiration du
deuil d'Edmée, époque fixée pour notre mariage.
Lorsque nous avions quitté cette province où nous
avions éprouvé l'un et l'autre de si profonds dégoûts
et de si grands malheurs, nous nous étions imaginé
que nous ne sentirions jamais le besoin d'y revenir;
et pourtant telle est la force des souvenirs de
l'enfance et le lien des habitudes domestiques,
qu'au sein d'un pays enchanteur, et qui ne nous
rappelait aucune amertume, nous avions vite
regretté notre Varenne triste et sauvage, et soupiré
après les vieux chênes de notre parc. Nous y
rentrâmes avec une joie profonde et respectueuse.
Le premier soin d'Edmée fut de cueillir les belles
fleurs du jardin et d'aller les déposer à genoux sur
la tombe de son père. Nous baisâmes cette terre
sacrée, et nous y fîmes le serment de travailler sans
cesse à laisser un nom respectable et vénéré comme
le sien. Il avait souvent porté cette ambition jusqu'à
la faiblesse, mais c'était une faiblesse noble et une
sainte vanité.

Notre mariage fut célébré dans la chapelle du
village, et la noce se fit en famille; aucun autre
qu'Arthur, l'abbé, Marcasse et Patience ne s'assit à

notre banquet modeste. Qu'avions-nous besoin de
spectateurs étrangers à notre bonheur ? Ils eussent
peut-être cru nous faire une grâce en venant
couvrir de leur importance les taches de notre
famille. Nous étions assez pour être heureux et
joyeux entre nous. Nos cœurs avaient autant
d'amitiés qu'ils en pouvaient contenir. Nous étions
trop fiers pour solliciter celle de personne, trop
contents les uns des autres pour aspirer à quelque
chose de mieux. Patience retourna à sa cabane, et,
refusant toujours de rien changer à sa vie sobre et
retirée, reprit à certains jours de la semaine ses
fonctions de *grand juge* et de *trésorier*. Marcasse
resta près de moi jusqu'à sa mort, qui arriva vers la
fin de la révolution française ; j'espérais m'être
acquitté de mon mieux envers lui par une amitié
sans restriction et une intimité sans nuages.

Arthur, qui nous avait sacrifié une année de son
existence, ne put se résoudre à abjurer l'amour de
sa patrie et le désir de contribuer à son élévation en
lui apportant le tribut de ses connaissances et le
résultat de ses travaux ; il repartit pour Philadelphie, où j'allai le voir après mon veuvage.

Je ne vous raconterai pas le bonheur que je
goûtai avec ma noble et généreuse femme ; de telles
années ne se racontent pas. On ne saurait se décider
à vivre après les avoir perdues, si on ne faisait tous
ses efforts pour ne pas trop se les rappeler. Elle me
donna six enfants, dont quatre vivent encore et sont
avantageusement et sagement établis. Je me flatte
qu'ils achèveront d'effacer la mémoire déplorable
de leurs ancêtres. J'ai vécu pour eux, par l'ordre
d'Edmée à son lit de mort. Permettez-moi de ne
vous point parler autrement de cette perte que j'ai
faite il y a seulement dix ans ; elle m'est aussi
sensible qu'au premier jour, et je ne cherche point à

m'en consoler, mais à me rendre digne de rejoindre dans un monde meilleur, après avoir accompli mon temps d'épreuve, la sainte compagne de ma vie. Elle fut la seule femme que j'aimai ; jamais aucune autre n'attira mon regard et ne connut l'étreinte de ma main. Je suis ainsi fait ; ce que j'aime, je l'aime éternellement, dans le passé, dans le présent, dans l'avenir.

Les orages de la révolution ne détruisirent point notre existence, et les passions qu'elle souleva ne troublèrent pas l'union de notre intérieur. Nous fîmes de grand cœur, et en les considérant comme de justes sacrifices, l'abandon d'une grande partie de nos biens aux lois de la république. L'abbé, effrayé du sang versé, renia parfois sa religion politique, quand les nécessités du temps dépassèrent la force de son âme. Il fut le girondin de la famille.

Edmée eut plus de courage sans avoir moins de sensibilité ; femme et compatissante, elle souffrit profondément des misères de tous les partis, elle pleura tous les malheurs de son siècle ; mais elle n'en méconnut jamais la grandeur saintement fanatique. Elle resta fidèle à ses théories d'égalité absolue. Au temps où les actes de la Montagne irritaient et désespéraient l'abbé, elle lui fit généreusement le sacrifice de ses élans patriotiques, et eut la délicatesse de ne jamais prononcer devant lui certains noms qui le faisaient frémir, et qu'elle vénérait avec une sorte de persuasion que je n'ai jamais vue chez aucune femme.

Pour moi, je puis dire que mon éducation fut faite par elle ; pendant tout le cours de ma vie je m'abandonnai entièrement à sa raison et à sa droiture. Quand le désir de jouer un rôle populaire vint tenter mon enthousiasme, elle m'arrêta, en me représentant que mon nom paralyserait toute mon influence sur une classe qui se méfierait de moi et qui me croirait désireux de m'appuyer sur elle pour réhabiliter mon patriciat. Quand l'ennemi fut aux portes de la France, elle m'envoya servir en qualité de volontaire; quand la carrière militaire devint un moyen d'ambition et que la république fut anéantie, elle me rappela et me dit : « Tu ne me quitteras plus. »

Patience joua un grand rôle dans la révolution. Il fut nommé à l'unanimité juge de son district. Son intégrité, son impartialité entre le château et la chaumière, sa fermeté et sa sagesse, ont laissé des souvenirs ineffaçables dans la Varenne.

J'eus occasion, à la guerre, de sauver les jours de M. de La Marche et de l'aider à passer en pays étranger.

Voilà, je crois, dit le vieux Mauprat, tous les événements de ma vie où Edmée joue un rôle. Le reste ne vaut pas la peine d'être raconté. S'il y a quelque chose de bon et d'utile dans ce récit, profitez-en, jeunes gens. Souhaitez d'avoir un conseiller franc, un ami sévère; et n'aimez pas celui qui vous flatte, mais celui qui vous corrige. Ne croyez pas trop à la phrénologie; car j'ai la bosse du meurtre très développée, et, comme disait Edmée dans ses jours de gaieté mélancolique, *on tue de naissance* dans notre famille. Ne croyez pas à la fatalité, ou du moins n'exhortez personne à s'y abandonner. Voilà la morale de mon histoire.

Ainsi disant, le vieux Bernard nous donna un bon souper [97] et nous parla encore, sans confusion et sans fatigue, pendant une partie de la soirée. Nous l'avions prié de développer un peu plus ce qu'il appelait la moralité de son histoire : il s'éleva alors à des considérations générales dont le bon sens et la netteté nous frappèrent.

Je vous parlais de la phrénologie, nous dit-il, non pas pour faire la critique d'un système qui a son bon côté en ce qu'il tend à compléter la série d'observations physiologiques qui a pour but la connaissance de l'homme. Je me suis servi du mot *phrénologie* parce que la seule fatalité à laquelle on croie de nos jours, c'est celle que nos instincts nous créent à nous-mêmes. Je ne pense pas que la phrénologie soit plus fataliste qu'aucun système de ce genre, et Lavater, accusé de fatalisme aussi dans son temps, était l'homme le plus chrétien que l'Evangile ait jamais formé [98].

Ne croyez à aucune fatalité absolue et nécessaire, mes enfants, et cependant admettez une part d'entraînement dans nos instincts, dans nos facultés, dans les impressions qui ont entouré notre berceau, dans les premiers spectacles qui ont frappé notre enfance; en un mot, dans tout ce monde extérieur qui a présidé au développement de notre âme. Admettez que nous ne sommes pas toujours absolument libres de choisir entre le bien et le mal si vous voulez être indulgents pour les coupables, c'est-à-dire justes comme le ciel; car il y a beaucoup de miséricorde dans les jugements de Dieu, autrement sa justice serait incomplète.

Ce que je vous dis là n'est peut-être pas très orthodoxe, mais c'est chrétien, je vous en réponds, parce que c'est vrai. L'homme ne naît pas méchant; il ne naît pas bon non plus, comme l'entend Jean-Jacques Rousseau, le vieux maître de ma chère Edmée. L'homme naît avec plus ou moins de passions, avec plus ou moins de vigueur pour les satisfaire, avec plus ou moins d'aptitude pour en tirer un bon ou un mauvais parti dans la société.

Mais l'éducation peut et doit trouver remède à tout; là est le grand problème à résoudre, c'est de trouver l'éducation qui convient à chaque être en particulier. L'éducation générale et en commun semble nécessaire, s'ensuit-il qu'elle doive être la même pour tous? Je crois bien que si l'on m'eût mis au collège à dix ans, j'eusse été sociable de meilleure heure; mais eût-on su corriger mes violents appétits et m'enseigner à les vaincre comme Edmée l'a fait? J'en doute, tout le monde a besoin d'être aimé pour valoir quelque chose, mais il faut qu'on le soit de différentes manières. Celui-ci avec une indulgence infatigable, celui-là avec une sévérité soutenue. En attendant qu'on ait résolu le problème d'une éducation commune à tous, et cependant appropriée à chacun, attachez-vous à vous corriger les uns les autres.

Vous me demandez comment? Ma réponse sera courte : en vous aimant beaucoup les uns les autres. — C'est ainsi que les mœurs agissant sur les lois, vous en viendrez à supprimer la plus odieuse et la plus impie de toutes, la loi du talion, la peine de mort, qui n'est autre chose que la consécration du principe de la fatalité, puisqu'elle suppose le coupable incorrigible et le ciel implacable.

DOSSIER

CHRONOLOGIE SOMMAIRE
DE LA VIE ET DE L'ŒUVRE DE GEORGE SAND
JUSQU'A *MAUPRAT*

1715 7 novembre, Châteauroux : naissance de Louis-Claude Dupin de Francueil, le grand-père de George Sand.

1748 20 septembre, Paris : naissance de sa grand-mère, Marie-Aurore, fille naturelle de Maurice de Saxe, le futur maréchal, lui-même fils naturel d'Aurore de Koenigsmark et d'Auguste II de Pologne, et de Marie Rainteau, âgée de dix-huit ans.

1773 26 juillet, Paris : baptême de la mère de George Sand, Antoinette-Sophie-Victoire Delaborde, fille d'Antoine Delaborde, maître oiselier et de Marie-Anne Cloquart.

1777 15 avril, Paris : mariage de Marie-Aurore de Saxe et de Louis-Claude Dupin de Francueil.

1778 9 janvier, Paris : naissance de Maurice Dupin, le père de George Sand.

1786 6 juin : mort de Louis-Claude Dupin de Francueil.

1793 23 août : Mme Dupin de Francueil acquiert la terre de Nohant.

1795 5 juillet, Pompiey (Lot-et-Garonne) : naissance du futur mari de George Sand, François dit Casimir Dudevant, fils naturel reconnu du baron Dudevant.

1799 5 mai, La Châtre : naissance de Pierre Laverdure dit Hippolyte Chatiron, fils naturel non reconnu de Maurice Dupin.

1804 5 juin, Paris : mariage de Maurice Dupin et d'Antoinette-Sophie-Victoire Delaborde, qui régularise une ancienne liaison.
1er juillet, Paris : naissance d'Amantine-*Aurore*-Lucile Dupin, baptisée le lendemain Amandine-Aurore-Lucie. C'est la future George Sand.

1808 Espagne : Maurice est aide de camp de Murat; sa femme et Aurore le rejoignent en avril.
8 septembre, La Châtre : Maurice se tue d'une chute de cheval. Il était revenu fin juillet en congé à Nohant avec sa famille.

1808-1818 Aurore vit à Nohant une enfance troublée par les querelles entre sa grand-mère et sa mère. Cette dernière se désiste de la tutelle de l'enfant et s'installe à Paris, revenant à Nohant pour de courts séjours. Jean-*François*-Louis Deschartres, qui, précepteur de Maurice, était l'homme de confiance de la grand-mère d'Aurore, donne ses soins éducatifs à Aurore et à son demi-frère Hippolyte Chatiron.

1810 Février-avril, 1811-1812 décembre-mai, 1813 décembre, Paris : séjours d'Aurore avec sa grand-mère.

1817 23 mars, La Châtre : première communion d'Aurore.
Fin novembre, Paris : arrivée d'Aurore et de sa grand-mère.

1818 12 janvier-1820 12 avril, Paris : Aurore pensionnaire au couvent des dames Augustines anglaises.

1820 Mai, retour à Nohant.
Septembre-décembre, Nohant : Hippolyte Chatiron donne à Aurore ses premières leçons d'équitation.

1821 Février, Nohant : Aurore lit à sa grand-mère le *Génie du Christianisme*. Durant toute cette période, beaucoup de lectures : Rousseau, Byron, Shakespeare...
Mars-26 décembre, Nohant : maladie et mort de la grand-mère, frappée d'apoplexie et soignée avec dévouement par Aurore qui fait l'apprentissage du malheur, de la solitude et de l'indépendance. « Tu perds ta meilleure amie » lui aurait dit la mourante.

1822 18 janvier : Aurore, déchirée, quitte Nohant avec sa mère qui a refusé d'accepter comme tuteur d'Aurore René de Villeneuve désigné par la défunte. Aurore ne s'entend pas avec sa mère, personne sans véritable éducation, déséquilibrée et jalouse de sa fille. Elle accueille tous les ragots, dénigre « la belle éducation » reçue par Aurore qu'elle juge « perverse ». « Soupçonneuse à l'excès et portée d'une manière toute maladive, toute délirante, à incriminer ce qu'elle ne comprenait pas, elle élevait, à tout propos, des querelles incroyables » (*Histoire de ma vie*, quatrième partie, chap. VII).
Aurore fait plusieurs séjours chez des amis de son père au Plessis-Picard.

19 avril : elle y fait la connaissance de François dit Casimir Dudevant, sous-lieutenant.

17 septembre, Paris : autant pour se libérer de la tutelle de sa mère que par amour Aurore l'épouse : elle a dix-huit ans, il en a vingt-sept.

1823 30 juin, Paris : naissance de Maurice Dudevant, futur Maurice Sand. Les époux n'ont aucun goût commun. Le manque de délicatesse amoureuse de son mari, son absence de culture, sa vulgarité de hobereau paillard et chasseur ont dès longtemps indisposé Aurore dont le comportement à son égard hésite entre la bonne volonté, la répulsion, l'indifférence, les remords, les bons retours et les accès d'indépendance.

1821-1824 Les époux séjournent à Nohant, à Paris, au Plessis-Picard, à Ormesson...

1825 5 juillet : départ des Dudevant pour Cauterets, où Aurore fait la connaissance d'Aurélien de Sèze (1799-1870), magistrat bordelais séduisant et lettré. Elle entretient avec lui une correspondance lyrique et une liaison qui n'a peut-être pas été aussi platonique qu'on l'a dit.

Séjours à Guillery près Nérac chez le baron Dudevant, à Bordeaux.

15 novembre, Guillery : lettre d'Aurore à Casimir parti pour Nohant, à lire à son retour, « confession entière » et plan de vie (vingt et une pages serrées 1/3 in 4°).

1826 20 février : mort du baron Dudevant.

Avril, Nohant : retour des époux.

1827 3 décembre-19 décembre, Paris : séjour d'Aurore venue en consultations médicales. Elle voit fréquemment Stéphane Ajasson de Grandsagne (1802-1845), brillant dilettante, amateur et vulgarisateur de belles lettres et d'histoire naturelle, qu'elle connaît depuis 1821 et qui est selon toute probabilité le père de Solange.

1828 13 septembre, Nohant : naissance de Solange Dudevant.

1829 Mars, Nohant : Aurore écrit *Le Voyage chez M. Blaise,* sa première (?) œuvre, publiée seulement en 1877.

1830 30 juillet, château du Coudray : première rencontre avec Jules Sandeau. Liaison.

Novembre : Scène entre Aurore et Casimir : elle juge offensant le « testament » de son mari qu'elle a découvert, « un paquet » « à n'ouvrir qu'après [sa] mort ». Aurore obtient de passer la moitié de l'année à Paris et de recevoir une pension.

1831 Janvier-mars, Paris : premier séjour en vertu des arrangements convenus. Débuts littéraires : collaboration à *Figaro* de Latouche.
Avril-juin : Nohant.
Juillet-décembre : Paris.
17 décembre : *Rose et Blanche* de J. Sand (écrit en collaboration avec Sandeau).

1832 14 janvier, Nohant : retour d'Aurore.
Février-mars : elle écrit la future *Indiana*.
Avril-juillet : Paris.
18 mai : *Indiana* par George Sand. Succès.
Allées et venues, Nohant (août-octobre)-Paris (décembre).
Fin octobre, Paris : installation dans la « mansarde bleue », 19, quai Malaquais.
17 novembre : *Valentine* par George Sand. Grand succès.
9 décembre : *La Marquise* (*Revue de Paris*).
11 décembre : traité avec François Buloz directeur de la *Revue des Deux Mondes* pour une collaboration régulière.

1833 Rencontres avec Marie Dorval, Charles Didier, Musset...
Mars : rupture avec Sandeau.
18 juillet : *Lélia* par George Sand. Succès de scandale.
Fin juillet : liaison avec Musset.
1er-13 août : bonheur de Fontainebleau.
12 décembre : départ pour l'Italie avec Musset.

1834 1er janvier, Venise : le couple s'installe à l'hôtel Danieli.
Maladie de George ; maladie d'Alfred.
Fin février : liaison avec le docteur Pagello. Orages Musset-Sand ; réconciliations.
10 avril, Paris : retour de Musset.
George Sand continue avec Pagello son périple italien.
14 août : retour à Paris. George revoit Musset.
24 août : Nohant.
Fin octobre : départ de Pagello.
L'année est une période d'intense production due à un labeur acharné qui ne va pas sans indisposer Musset.
29 mars : *Le Secrétaire intime*.
20 septembre : *Jacques*.

1835 Début janvier : reprise de la liaison avec Musset, jamais tout à fait brisée.
15 février : traité entre les époux Dudevant, séparation à l'amiable dont Casimir ne tarde pas à regretter les clauses (abandon de Nohant).
6 mars : George fuit, en cachette de Musset, à Nohant.

Mars : George Sand commence une nouvelle intitulée *Mauprat*.

9 avril : George fait la connaissance de Michel de Bourges. Liaison passionnée ; George découvre l'amour physique dans sa plénitude.

Mai : ouverture du procès des insurgés d'avril 1834, dit « procès monstre » : Michel défenseur. George y entrevoit Pierre Leroux.

11 mai : connaissance chez Liszt de Lamennais.

23 mai : *André ; Leone Leoni*.

17 juin : Pierre Leroux dîne pour la première fois à la « mansarde bleue ».

19 octobre, Nohant : après une scène violente avec Casimir qui l'insulte devant témoins, George Sand introduit une demande en séparation judiciaire devant le tribunal de La Châtre.

1836 16 février : séparation prononcée.

29 juillet : traité qui met fin définitivement à la procédure après diverses oppositions et appels de Casimir.

9 juillet : *Simon*.

28 août-1er octobre : voyage en Suisse avec ses enfants ; elle retrouve le « couple » Liszt.

Décembre : première lettre connue de Pierre Leroux à George Sand. Il faut préciser que ce philosophe, qui a eu sur Sand une influence capitale, a été pour elle « un nouveau Christ », l'a enthousiasmée par son socialisme humanitaire généreux et critique, n'a pas été son amant.

Les premiers volumes des *Œuvres complètes* commencent à paraître.

1837 9 janvier : retour à Nohant avec Maurice malade.

24 janvier : arrivée d'Eugène Pelletan comme précepteur. George se remet à *Mauprat*.

Février-mars : *Lettres à Marcie*, dans *Le Monde* de Lamennais.

10 mai, Nohant : départ de Pelletan.

19 août, Paris : mort de la mère de George Sand.

1er avril, 15 avril, 1er mai, 1er juin : *Mauprat* dans la *Revue des Deux Mondes*.

7 août : *Mauprat* en librairie.

1853 28 novembre, Paris : une adaptation de *Mauprat*, par George Sand, est jouée avec grand succès sur la scène de l'Odéon.

1876 8 juin, Nohant : mort de George Sand.

GENÈSE DE *MAUPRAT*[1]

L'étude de la genèse de *Mauprat,* toute passionnante qu'elle est, ne laisse pas de réserver des surprises. Claude Sicard l'a naguère entreprise dans un travail riche de précieux enseignements qui m'a grandement facilité l'abord d'un manuscrit complexe. Toutefois certaines des conclusions émises ne me paraissent pas acceptables. Je vais donc proposer quelques rectifications et suggérer une autre analyse.

Les correspondances

Le 10 mars 1835 George Sand écrit à Sainte-Beuve : « Je travaille beaucoup à des choses calmantes comme *Valentine* (je dis calmantes pour moi). » Sans doute est-ce là l'acte de naissance de *Mauprat* puisque le lendemain George annonce au directeur de la *Revue des Deux Mondes,* François Buloz : « Je travaille, dans cinq ou six jours, vous aurez une nouvelle appelée *Mauprat.* » De fait la rédaction paraît aller bon train, « la première partie » est terminée et envoyée le 15 mars. « La seconde » sera plus courte mais l'ensemble, peut-être « trop long », conviendrait « pour la revue ». Le 18 mars pourtant, Sand réclame les épreuves pour un changement qui ne nécessiterait que « 24 heures »; mais les exigences de la création se font impératives et le jour suivant, « *Mauprat* s'étant prolongé très au-delà de ce qu'il [...] faut et

1. Je tiens à renouveler mes remerciements à tous ceux qui m'ont aidé à me retrouver dans le maquis de ce manuscrit. Georges Lubin à qui rien de ce qui est sandien n'est étranger, mais aussi Bernadette Chovelon, Claudine Lacoste, René Guise, Marcel Graner, Patrick Berthier, sans oublier Jacques Suffel dont l'accueil à Chantilly est toujours un réconfort.

étant loin encore d'être fini », George reconnaît : « le sujet de *Mauprat* est trop fort pour une nouvelle » et insiste : « Renvoyez-moi *Mauprat* [...] J'ai besoin du manuscrit tout de suite. » Le 20 mars, l'ami Boucoiran est sommé d'assurer une expédition prompte : « Envoyez-moi surtout bien vite le commencement de cette nouvelle dont j'ai absolument besoin pour continuer »; et, devant l'inertie de l'éditeur, nouvelle réclamation pressante : « Mon cher Buloz, vous êtes fou, il faut que vous me renvoyiez bien vite *Mauprat* car je perds mon temps, et ne puis aller au-delà si je n'ai le commencement [...] Soyez tranquille, vous l'aurez, mais si je ne puis y travailler sur le champ, vous l'aurez plus tard. En un mot d'ailleurs je ne puis m'en passer. » L'achèvement semble proche et à réception du manuscrit, sûre d'elle-même, Sand affirme : « Vous n'aurez pas à regretter de me l'avoir renvoyé. Vous l'aurez bientôt tout entier. » Elle annonce même : « Vers le 1er mai [...] je vous porterai du manuscrit tout chaud. » Au vu de la lettre du 2 juillet 1835 à Jules Boucoiran, on pourrait croire l'œuvre terminée : « Je ne laisserai point insérer *Mauprat* dans la Revue ni aucune des nouvelles qui sont désormais en dehors de mes traités — à moins qu'il [Buloz] ne me paye chaque exemplaire de la Revue comme un exemplaire de volume. » Le 10 août pourtant, à Buloz cette fois, est déclaré : « Vous aurez *Mauprat* à la fin du mois. »

Neuf mois se passent avant que la mention de *Mauprat* réapparaisse dans la *Correspondance*. Le 14 mai 1836, Christine Buloz est informée de la mise en chantier de la *Lettre d'un voyageur* adressée à Meyerbeer : « *Mauprat* viendra après si le jeune Buloz y tient. » Le 27 mai, occupée à refaire *Lélia*, la romancière en suggère « une réimpression à part, avec *Mauprat* ou sans *Mauprat* ». Cependant, plus de huit mois plus tard, le 23 janvier 1837, lors d'une délicate négociation où réapparaissent les questions d'argent, ce qui n'exclut pas le bluff, la mise en place du second volume des *Lettres d'un voyageur* appelle cet aveu : « J'aurais pu refaire *Mauprat*. Mais puisque vous n'avez pas de quoi payer mes 2 000 f. au 1er mars, je vais terminer *Lélia* et le vendre. N'y comptez donc que pour la fin de votre édition, car il faut que j'acquitte cette dette, et quand l'éditeur manque d'argent, l'auteur est forcé d'en chercher ailleurs. Il m'est impossible de me presser. Il me faut deux mois au moins pour *Mauprat* et 15 jours au plus pour *Lélia*. »

Buloz conciliant propose le 25 janvier un arrangement pour la vente des exemplaires d'*Indiana* et de *Valentine* en possession de Gosselin puis fait des suggestions sur la composition des futures livraisons des *Œuvres complètes* en chantier. Il poursuit : « Cet arrangement vous permettrait de faire à votre aise le troisième volume de *Lélia*, et de finir pour la fin de mars, *Mauprat ;* et si vous m'écrivez que je puis compter sur *Mauprat* pour la fin de mars ou les premiers jours d'avril, je me chargerai de la dette Gosselin, et vous aurez l'effet Pougin à votre disposition [1]. » Le 27 janvier George acquiesce sur un ton comminatoire : « De mon côté je vous donnerai *Mauprat* aussitôt qu'il sera fini, et cela peut durer un mois ou six semaines, vu que mon fils est retombé malade et que je puis travailler beaucoup moins qu'à l'ordinaire. Je vais donc laisser *Lélia* de côté, ce qui me contrarie beaucoup je vous assure. Mais enfin les éditeurs sont au monde pour nous donner un peu d'argent, nous ôter beaucoup de gloire et nous arracher à toute inspiration. [...] Comptez sur *Mauprat* en un volume que vous mettrez dans la revue et que vous paierez comme *Simon* 200 f. la feuille, plus les 1 000 exemplaires dans l'édition complète qui me seront payés aussi à la remise du manuscrit. Quant à *Mauprat* voilà mon ultimatum et j'obéis à la nécessité la plus stricte. »

L'ennemi cède et le 13 février George écrit : « Je tiens à votre disposition une grande moitié de *Mauprat* [...] J'ai beaucoup avancé *Mauprat* et [...] vous aurez le tout dans quinze jours. Cependant si la matière fournissait deux volumes, voudriez-vous les éditer en remplacement d'[*Engelwald*] ? » La remise est faite par l'intermédiaire de Liszt qui est prié de se faire commissionnaire « car il y a pour 2 000 f. de manuscrit ». Cette somme représente dix feuilles, aussi s'étonne-t-on de la requête du 27, à Buloz : « Dites-moi aussi combien je *vous ai envoyé de pages de Mauprat*. [...] Je travaille à la suite. Mais je suis tentée d'en faire deux volumes et avant que je sois sortie de cette irrésolution (qui ne durera pas plus de 5 à 6 jours) ne donnez pas le manuscrit à l'impression pour la revue. » Cette lettre croise celle de Buloz qui a accusé réception le 28 : « J'ai reçu la 1re partie de *Mauprat ;* vous recevrez les épreuves dans peu de jours. J'attends la suite avec impatience. Quand me l'enverrez-vous ? » Buloz rechigne à la lecture de celle de George et le 1er mars il adresse l'admonestation suivante : « Le manuscrit de *Simon* fait 150 pages à 38 lignes à la page et vous savez que *Simon* est le volume le plus mince de vos œuvres.

---

1. Gosselin avait essayé d'entraver la publication des *Œuvres complètes*. Pougin est l'éditeur qui rachète les invendus et a souscrit des effets pour cela.

Nous citons les lettres de Sand d'après l'édition de Georges Lubin, et celles de Buloz d'après les manuscrits conservés à la bibliothèque Lovenjoul où elles figurent sous la cote E 859, sans donner ni tomaison, ni pagination, ni folio pour alléger cet exposé.

« La 1ʳᵉ partie de *Mauprat* que j'ai reçue, ainsi que je vous l'ai écrit en vous envoyant vos exemplaires, fait 75 pages à 28 lignes à la page, c'est à peu près le tiers d'un volume. Aussitôt que M. Liszt m'a remis *Mauprat*, je l'ai donné ainsi que nous en étions convenus par votre précédente lettre, à l'imprimerie ; toute cette partie est composée pour la Revue, et hier je vous écrivais que vous recevriez ces jours-ci vos épreuves. Je l'ai annoncé aussi dans le nᵒ de la Revue d'hier. Aussi je vous prie de vous en tenir à notre première convention ; vous m'obligerez vivement ; vous me devez bien cela en compensation des articles du *Monde* que je perds, malgré les promesses que vous m'aviez faites lors de la réception des 10 000 f. J'ai été très sensible à cette perte, parce que j'avais fait tout ce qui dépendait de moi, pour vous empêcher d'accepter des propositions d'aucun autre journal. Vous me l'aviez promis par lettres positivement. Vous me devez donc des dédommagements et je vous demande de m'envoyer la fin de *Mauprat* comme compensation. Ainsi je compte sur l'envoi de cette fin pour une époque très prochaine. »

Christine Buloz n'en recueille pas moins (8 mars 1837) les doléances de la créatrice dépitée : « Je lui donne *Mauprat*, de quoi se plaint-il ? Je ne vais pas aussi vite que je voudrais. D'une part mon fils toujours malade m'absorbe, de l'autre j'ai mal au foie. Pourtant, je ne m'arrête pas. J'avais envie de faire deux volumes. En véritable épicier, il s'y oppose. En véritable garde nationale, je me soumets. A qui diable en a-t-il ? Les deux parties de *Mauprat* se succéderont dans la revue sans interruption. Que puis-je faire de plus ? Veut-il que j'écrive des deux mains ? alors qu'il imprime des deux pieds. Cependant si le cher homme ne m'envoie pas de l'argent, je ne puis continuer. A la lettre, je n'ai pas cinquante francs pour payer ma dépense. Il peut publier tout de suite ce roman de *Mauprat* comme il a fait d'*André* et de *Simon*. Qu'il m'en envoie donc le prix tout de suite, s'il veut que je ne sois pas forcée de faire des cochonneries pour la *Gazette musicale* comme je viens de faire pour payer la pension de ma fille. » Le post-scriptum enjoint : « Dites à Buloz de m'envoyer une seconde épreuve de cette première partie. Je ne puis continuer sans avoir le commencement sous les yeux. » Buloz n'est pas attendri et sa femme essuie, le 14 mars, ces moliéresques avanies : « Votre Buloz est un ladre [...] je ne lui donnerai pas *Mauprat* s'il ne m'envoie 1 500 f dont j'ai absolument besoin. [...] Dites-lui que je suis inflexible et que le jour où je recevrai 1 500 f il recevra mon manuscrit complet. »

Décidément les *Lettres à Marcie* font enrager Buloz qui se plaint le 16 mars 1837 : « Vous ne me renvoyez pas les épreuves de *Mauprat* ni la suite du manuscrit. J'en aurais cependant besoin pour ce n°; tâchez donc de faire cela pour moi. Vous faites de belles lettres dans le *Monde;* mais vous m'abandonnez un peu trop. Ce n'est pas bien à vous; je n'aurais pas dû m'attendre à cela. Vous auriez pu donner alternativement à l'un et à l'autre. »

Le 17 mars (1837) il récidive : « Mon cher George, je n'ai point payé le 1er mars le billet Gosselin qui tombe fin mars; votre mémoire vous a trompée. Mais je tiens en réserve 2 000 f pour y faire face; je tiens aussi en réserve 1 500 f, au lieu de 500, que je vous enverrai le jour où je recevrai la fin de *Mauprat.* Puisque ce roman est terminé, vous n'avez qu'à l'envoyer à M. Papet, votre ami, et je mettrai entre ses mains mille francs à la place du manuscrit.

« Je tiens aussi à votre disposition les billets Pougin dont je ne puis rien faire, ils sont à votre ordre et sont à 9 mois de date.

« Je vous ai écrit hier; répondez, je vous en prie, à ces deux lettres, et tâchez de vous dégripper, mon cher George. Vous voyez que je suis disposé à faire des affaires avec vous; mais argent contre manuscrit, cela évitera tout conflit. Je viens de réaliser une affaire qui m'entravait, et je tiens aussi, comme je vous l'ai écrit hier, 8 000 f à votre disposition. » Il n'y a là qu'escarmouche. Du 18 : « Mon cher Buloz, je vous renvoie les épreuves de *Mauprat* [...] Vous aurez la fin de *Mauprat* pour le n° suivant. » Moyennant 1 000 f qui s'ajouteront aux 500 dont l'écrivain accuse réception. Mais le silence de la romancière inquiète Buloz. Le 23 mars, il voudrait des nouvelles des corrections de *Jacques* et « en ce qui concerne *Mauprat* ». Le 26, George, qui a adressé les épreuves via Marie d'Agoult, expédie la dédicace à Gustave Papet; elle ne chôme pas : « Je travaille à force à la seconde partie. Elle est même avancée. Je crains que vous ne soyez forcé de faire 3 n°s comme pour *Simon.* » Le 30, prolifération du texte : « *Mauprat* se complique malgré moi, et quoi que je fasse, il est à peu près certain qu'il y aura plus d'un volume. Je tâcherai qu'il n'y ait qu'un volume 1/2 afin que vous puissiez le mettre en 3 n°s de la revue. [...] Je vous fournirai 1 v. 1/2 de *Mauprat,* c'est-à-dire 15 feuilles de la revue — qui font 3 000 f [...] Je tiens, moi, à votre disposition une partie nouvelle de *Mauprat.* Je l'enverrai à Papet et vous lui remettrez mille francs comme nous en sommes convenus. Je crois pouvoir répondre du succès de cette bluette. » Les scrupules du lendemain : « Si mes offres ne vous conviennent pas, je tâcherai de mettre *Mauprat* en un volume. Je ne promets pourtant rien. Vous comprenez que le sujet commande l'auteur encore plus que l'éditeur » —, n'empêchent ni la lucidité : « Vous prétendez que la partie de *Mauprat* que je vous ai envoyée ne fait qu'un tiers de volume, elle fait 4 feuilles de la revue, et *André* en fait *dix* en tout » ni l'amitié : « je me suis permis sans ton aveu de te dédier mon roman, dont la 1re partie doit être déjà dans la revue » (à Papet, 3 avril 1837). Buloz conquis et soumis donne le 2 avril 1837 tous apaisements : « Donnez, mon cher George, à *Mauprat* le développement que vous croyez devoir lui donner ; s'il faut un volume et demi avec la nouvelle que vous m'annoncez, nous ferons deux volumes. Cela m'arrange aussi ; j'accepte vos propositions à cet égard. Je n'ai jamais prétendu vous retenir un sou sur votre besogne nouvelle. Je ne sais ce qui a pu vous faire croire cela. Je remettrai à Papet l'argent à mesure de vos envois. Votre billet de 2 000 f est payé. Mais envoyez bien vite la 2e partie de *Mauprat* car il me reste bien peu de temps d'ici au 15 pour imprimer [...]. »

Malgré la mise en route de la publication, George, le 6 avril, ne se leurre pas sur l'ampleur de la matière à fournir : « Je ne puis d'ici à deux mois, me dépêtrer de *Mauprat* et d'une nouvelle qui suivra immédiatement, pour compléter deux volumes, dans la *Revue des Deux Mondes*. » Dès lors la rédaction est menée rondement : « Voici la fin de la 2e partie. Si vous pensez qu'il soit trop tard pour m'envoyer l'épreuve de ces dernières pages, comme je n'ai rien à y changer, revoyez-la vous-même avec attention, ôtez-en les fautes de français, changez les mots répétés, et veillez à l'impression. Envoyez-moi les épreuves du commencement, elles doivent être en placard. » Cette lettre du 8 avril suivit en fait l'envoi de placards fait la veille par Buloz dont la suite ne tarde pas à lui parvenir. 9 avril 1837 : « Je vous envoie aujourd'hui, mon cher George, la suite des placards, l'épreuve du manuscrit reçu hier. Je crains bien que vous n'ayez pas le temps de me renvoyer ces dernières épreuves assez à temps pour le n^o du 15. Aussitôt la réception de cette lettre, faites-moi donc le plaisir de revoir cette fin et de me la renvoyer le jour même, ou bien tâchez de diviser la seconde partie de façon à vous arrêter dans les placards qui vous ont été envoyés vendredi. Ce dernier moyen serait le meilleur si le récit le permet. En me mandant dans une lettre l'endroit où vous pensez que je pourrais arrêter la seconde partie, nous arriverions juste. Faites pour le mieux je vous prie. » Buloz est enchanté et le dit à George le 17 avril 1837 : « Votre seconde partie est très bien aussi et doit avoir beaucoup de succès. Pour moi j'en suis enchanté. J'attends la suite avec impatience ; envoyez-la moi à mesure afin que nous ayons plus de temps pour vous adresser les épreuves. On avait, il est vrai, fait une bévue à l'imprimerie pour les dernières épreuves, mais j'ai relu le tout deux fois avec le manuscrit. J'espère qu'il n'y a pas de fautes ; avec tous les soins du monde on ne peut éviter toute bévue à une imprimerie ; cela tient à tant de mains. » Mais les

affres de l'ultime phase tourmentent bientôt la dame de Nohant.
Le 23 avril, elle se croit au terme : « Tu recevras un de ces trois
jours (le 26-27 ou même le 28 courant) un manuscrit de moi pour
Buloz. C'est la fin de *Mauprat*, ma fille ayant été malade, j'ai été
très retardée, et j'ai beau travailler comme un bœuf, je n'aurai fini
qu'au dernier moment. » La missive est adressée à Papet car
George compte par son intermédiaire obtenir les 2 500 francs que
lui doit valoir cette « corvée affreuse ». Elle qualifie ainsi à Michel
de Bourges les tortures de la création dans l'état de santé
déplorable où elle se trouve — « un rhume infernal » — et dans la
tristesse qui la point. A l'ami elle ne se plaint pas comme à
l'amant d' « avoir laissé éteindre dans les larmes le flambeau sacré
de la poésie ». Plus prosaïquement elle parle argent et ironise en
termes gaulois sur les *ravisements* de Buloz, pour conclure : « Je
reprends ma corvée quoiqu'il soit 7 h. du matin et que j'y sois
depuis 9 h. du soir. Et ainsi depuis plusieurs nuits. » Ce même
23 avril Buloz est informé : « Voici une partie de *Mauprat* que je
vous envoie. Pendant que je terminerai cette 3e partie vous n'avez
qu'à composer et revoir vous-même celle-ci, et le tout paraîtra au
prochain numéro. Je ne corrigerai pas ces épreuves n'ayant pas de
changements à faire, puisque me voici à la fin, je n'ai plus besoin
de revenir sur ce qui précède. Ayez soin vous-même de cette
correction. Vous êtes l'éditeur responsable de mes fautes de
français. » Suivent des comptes qui établissent que sont dus à
réception 2 500 francs sur les 6 000 francs prévus pour « un
volume 1/2 fourni ». Le 24, l'envoi n'est pas complet et George
demande à son intermédiaire de ne réclamer que 1 500 francs.
Mais Buloz, peut-être abusé sur le nombre de pages, est plus
généreux le 27 avril 1837 et demande un délai pour le solde : « Je
donnerai demain à M. Papet pour vous 2 000 fr. Je vous enverrai
le reste dans quelques jours ; donnez-moi un peu de répit ; je
croyais toucher 6 000 frs que je n'aurai que la semaine prochaine.
Mais vous n'attendrez pas longtemps. Les affaires sont difficiles,
il y a une crise terrible. [...] Je corrige avec soin les épreuves de
Mauprat ; j'espère qu'il n'y aura pas de fautes. » Dès le 24, Sand a
averti Buloz des servitudes qu'impose la nécessaire amplification
de l'ouvrage : « J'aurais étriqué *Mauprat* en le terminant dans ce
no. Il faudra donc qu'il ait quatre parties, sous peine de n'avoir
pas le sens commun. Je ne sais si cet arrangement vous *arrange*,
mais je n'y peux rien. Vous savez les exigences du sujet et vous en
serez juge vous-même en lisant. Pour faire tenir le dénouement
sans l'écourter dans ce no il aurait fallu vous faire un no énorme,
et d'ailleurs le temps m'aurait manqué. [...] Corrigez vous-même
avec attention. J'ai été inquiète et si accablée pendant ce travail
que la rédaction doit avoir beaucoup de fautes. »

Lourde galère, dure navigation, tel est le point que fait pour Marie d'Agoult, vers le 26 avril 1837, la rameuse épuisée : « Le fait est que je me suis embarquée à fournir du *Mauprat* à Buloz au jour le jour, croyant que je finirais où je voudrais et que je ferais cela par-dessous la jambe. Mais il s'est trouvé que le sujet m'a emporté loin et que cette besogne m'a ennuyé comme tout ce qui traîne en longueur. De sorte qu'au dernier moment de chaque quinzaine, depuis un mois et demi, me voilà *suant* sur une besogne qui m'embête, que je fais en rechignant. Je n'ai pas même le temps de dormir et je suis sur les dents, et ne voilà-t-il pas que pour m'achever, Solange se met en tête d'avoir la petite vérole ! » A la fatigue de George font écho les inquiétudes du vigilant directeur : « Me voici au 8 mai, et je n'ai rien reçu encore de la fin de *Mauprat*. Je vous prie instamment de m'envoyer le commencement sinon le tout ; nous aurons ainsi le temps de composer à l'imprimerie, et quand la fin viendra, il nous restera peu de chose à faire. Tâchez que j'aie ainsi le tout jeudi ; je relirai les épreuves avec soin. »

Le 11 mai 1837, la panique le tient : « Je reçois seulement ce matin le commencement de la 4e partie de *Mauprat ;* j'ai une peur énorme que la fin n'arrive pas à temps et que cette 4e partie ne puisse paraître dans ce no. Nous n'avons plus que trois jours ; ce serait bien fâcheux, car le succès des trois premières a été incontestable et on attend avec impatience la fin. Tâchez que tout aille bien. » Le 11 mai Papet est requis une dernière fois : « Tiens-toi prêt demain à porter à Buloz la dernière partie définitive de mon manuscrit [...]. Ne lâche donc pas l'hameçon sans avoir ton poisson. Un beau poisson, ma foi ! un superbe poisson. » George, oubliant, ou feignant d'oublier, que la quatrième livraison ne pourra paraître à la date attendue, estime qu'elle n'a pas à « se gêner ». « J'ai été fort exacte dans mes envois. » « *Argent contre manuscrit* », telle est la loi de cette pêche. Un dernier cri à Papet, celui de la lassitude éperdue et ravie : « Je ne puis t'en dire plus. Je tombe de fatigue ! Quel travail ! Si tu savais tu me plaindrais. Je t'aime. A demain. »

Une lettre à Buloz laisse supposer que Sand a tenu parole : elle n'est pas datée. « Mon cher Buloz, je ne sais si vous aurez en effet reçu à temps la fin de *Mauprat,* vous avez dû l'avoir le 14 à midi, pour peu que vous ayez remis le no au 16 comme cela était facile, vous avez pu à la rigueur insérer le tout. Je n'ai pu mieux faire. Je n'ai pas perdu un instant, forcée d'aller à Bourges immédiatement après l'envoi de la 4e partie, je n'ai pu revenir que le 6 et pour ne pas vous manquer de parole j'ai passé deux nuits blanches dont la dernière s'est prolongée jusqu'à 3 h. de l'après-midi. Mes amis en étaient tout épouffés et Maurice m'en a fait beaucoup de reproches, disant que si je me *crevais* pour vous, vous ne lui rendriez certainement pas sa *vieille.* » L'arrivée supputée implique un envoi le 12. Cependant, à Michel de Bourges, le 13 mai à 5 h 1/2, n'écrit-elle pas : « Je suis clouée sur ma chaise depuis hier onze heures du soir. Je n'ai pas quitté la plume un instant pendant tout cet intervalle. J'en ai fini de cette interminable corvée. » Ne peut-on dès lors supposer que, la lettre à Buloz étant moins une lettre d'excuse que la réclamation du manuscrit pour Maurice qui « le veut », il faut entendre le *demain* de la lettre à Papet comme se rapportant à la date d'arrivée probable, c'est-à-dire le 13. Dans le cas contraire, George n'aurait-elle pas écrit : tu as dû recevoir hier. Mais terminé le 13, le texte pouvait-il parvenir à Buloz avant le 16, en raison de son achèvement tardif ?

Mais ces incertitudes sont de peu d'importance au regard du résultat. Les calculs de nombres de pages pour la publication en volumes n'ôtent rien à la joie de Buloz heureux de la satisfaction des lecteurs. Je ne les donne ici que pour mémoire :

5 juin 1837 : « Je viens de mettre sous presse *Mauprat,* mais vous n'aurez pas assez pour faire deux volumes. Vous savez qu'il faut 10 feuilles de la Revue pour faire un volume et un assez petit volume, et *Mauprat* ne fait que 7 feuilles et 5 pages ; c'est à peu près trois feuilles qui me manquaient. Vous m'avez promis de faire une nouvelle qui compléterait. Tâchez de la faire. J'aime mieux vous payer l'insertion de cette nouvelle que d'avoir deux volumes trop petits, de 18 à 19 feuilles chaque. Lorsque les volumes sont si minces, la contrefaçon n'en fait qu'un et vous ôte toute vente à l'étranger ; en outre le débit en France est moins facile. Cela fait crier [...]. *Mauprat* a très bien réussi et vous a fait beaucoup d'honneur et de bien dans l'opinion. »

14 juin 1837 : « J'adhère à la proposition de mille francs dont vous me parlez, car le premier volume de *Mauprat* à 21 lignes la page ne fait que 19 feuilles. [...] J'avais prévenu vos désirs pour la livraison qui doit suivre *Jacques. Mauprat* paraîtra après. Prenez donc votre temps pour *Lélia.* »

24 juin 1837 : « J'ai bien reçu la première partie des *Maîtres Mosaïstes,* et j'ai remis 500 fr à Sophie. Quant à *Mauprat* j'en avais depuis longtemps remis le manuscrit, ainsi que celui de *Simon,* à M. Papet. [...] »

Tout est bien qui finit bien. George a su faire triompher les exigences de la création. Elle a su, comme elle fera tant de fois, rappeler un éditeur au respect de son travail de romancière. Comme elle le clamait fièrement à Buloz au début d'avril 1835 : « un roman ne se fait pas comme de la toile, et ne se continue pas

aulne par aulne, sans égard au dessein [sic] et à la couleur ».
Qu'apprend le manuscrit sur la méthode sandienne de tissage ?

Le manuscrit

George Sand note à une date qui n'est pas déterminable mais que l'on doit pouvoir situer dans la première quinzaine de juin 1837 : « *Mauprat* fait 276 pages de la revue et 366 pages de mon écriture. » En vérité ce calcul est fautif ; le dernier folio est numéroté 336, et même si l'on tient compte des numérotations doubles, le total des folios n'atteint sauf erreur que 344. Le manuscrit se présente en effet comme un ensemble composite :

1) Une première numérotation, qu'après Claude Sicard j'appelle A, réunit les feuillets 1 à 22. S'y ajoutent les folios 8 bis, 8 bis a, 8 ter, et, reliés en désordre, 14 bis, 14 ter et 14 quater ; soit en tout 28 feuillets (et non pas 27 comme le dénombre Claude Sicard). Cette numérotation n'est pas uniforme. Les chiffres sont d'écriture et de netteté différentes ou doublent une autre numérotation antérieure. Le folio numéroté, au centre de la page, 14 bis, par un compositeur Fouque est en fait un 15 pâli de la main de George Sand, le 14 ter un 13 foncé d'une petite écriture, le 14 quater un 15 bis pâli. Le 15 est d'une encre foncée avec au-dessus un ter pâli rayé. Le 16 est pâli, le 17 foncé, le 18 pâli.

2) Une seconde numérotation, B, suit de 1 à 57 avec un béquet collé au recto du folio 48 et un folio 50 bis soit 58 feuillets environ. Au verso du folio 53 se lit, cancelléé, cette phrase : « L'anecdote, c'est la parabole des simples. » Le folio 57 porte de la main de George Sand : « Fin de la 1re partie. » Au folio suivant, en vertu de l'addition approximative des folios A et des premiers folios B, la numérotation reprend à 76. Ce folio porte aussi un 58 d'une encre pâlie et une mention de George Sand : « 76 p. » A partir de ce folio la numérotation est continue jusqu'au folio 336. Il n'y a pas de folio 205. Le folio 206 porte de la main de George Sand : « La page 205 est supprimée, ne la cherchez pas » et s'orne d'un XVII rayé. Il n'existe pas de folios 221 et 323, les folios 222 et 324 ont une double numérotation.

Le manuscrit ne comporte pas la dédicace à Gustave Papet ni la notice et l'ajout final qui figurent dans l'édition de 1852.

Au verso du folio 256 qui correspond à la fin du chapitre XX, George Sand a écrit : « Mon cher Buloz, Corrigez et ne m'envoyez pas d'épreuves. T[out] à V[ous]. »

Aux folios 206 et 218 se relève l'écriture d'Eugène Pelletan qui a recopié un passage très mal écrit par George Sand; aux folios 328, 329, 330 on retrouve de même la collaboration de Maurice Dudevant.

Pour Claude Sicard, qui a étudié dans la *Revue d'Histoire littéraire de la France* « la genèse de *Mauprat* », il ne fait aucun doute que la numérotation B est la première et que les pages les plus anciennes de *Mauprat* sont celles qui dans cette numérotation constituent les folios 1 à 26, c'est-à-dire les chapitres III, IV et V. Il propose même de voir dans ces pages « la partie champêtre » retranchée du *Secrétaire intime* à la suggestion de Sainte-Beuve. Les ajouts tardifs selon lui pour préciser des localisations laissées en blanc, certaines corrections qui visent à donner plus de vraisemblance aux vagabondages du héros militent à ses yeux en faveur de son hypothèse. Et Claude Sicard qui juge qu'en 1835 « Bernard ressemble comme un frère au Saint-Julien du *Secrétaire intime* ou à l'Octave de *Jacques* » ajoute des remarques extrêmement judicieuses sur la parenté qu'il décèle entre Patience et Théodore de *Jehan Cauvin,* entre l'abbé Aubert et le précepteur de Saint-Julien. La matérialité du manuscrit paraît au critique corroborer ses dires : « Un examen du papier et de l'écriture confirment cette hypothèse. » Il conclut que « George Sand se contenta en 1837 d'une transition passe-partout » pour raccorder les deux premiers chapitres aux feuillets qu'il privilégie.

Il ne saurait être question d'entrer ici dans une discussion minutieuse de l'argumentation de Claude Sicard qui sera plus à sa place dans un article. Je pense néanmoins pouvoir affirmer que son hypothèse de base doit être écartée.

En premier lieu il faut constater que le folio A 22 est identique par le papier et l'écriture au folio B 1. Ensuite le passage que porte ce feuillet (que Claude Sicard cite incomplètement et dont il fait une transition passe-partout) est rédigé dans une continuité qui ne permet pas d'en extraire arbitrairement une seule phrase. Il occupe dans le roman le dernier paragraphe du chapitre II et le premier du chapitre III :

« Du reste, j'avais le caractère aussi mal fait que mes compagnons; et, si mon cœur valait mieux, mes manières n'étaient pas moins arrogantes ni mes plaisanteries de meilleur goût. Un trait de ma méchanceté adolescente n'est pas inutile à rapporter ici, d'autant plus que les suites de ce fait eurent de l'influence sur la suite de ma vie.

« A trois lieues de la Roche-Mauprat, en tirant vers le Fromental, vous devez avoir vu, au milieu des bois, une vieille tour isolée, célèbre par la mort tragique d'un prisonnier que le bourreau, étant en tournée, trouva bon de pendre, il y a une centaine d'années, sans autre forme de procès, pour complaire à un ancien Mauprat, son seigneur. »

A la suite une phrase est laissée inachevée : « Cette » et le folio porte : « (Avis au prote) Laissez un blanc d'un quart de page. » La transition, si transition il y a, est très exactement contemporaine de la rédaction des folios B 1 à 26, et ne se résume pas dans la phrase citée par le critique : « Un trait de ma méchanceté... »

D'autre part le même papier et la même écriture se retrouvent par exemple aux folios A 8 et 8 bis. Les folios A 7, 11, 12, 13, 14 sont de même papier et de même écriture que les folios en question mais ils sont rognés soit en hauteur soit en largeur de façon très visible mais antérieurement à toute rédaction et sont d'une dimension très voisine de celle des folios A de papier et d'écriture différents. En outre sur les folios A 7 et A 11 des passages sont insérés en *béquets* qui viennent en continuité avec ceux qui les précèdent et sont de papier et d'écriture de type A ordinaire. Or sous le béquet la page est blanche ce qui prouve l'antériorité du béquet. Enfin les folios A 21 et B 27 sont un même folio déchiré. Or A 21 est incontestablement la suite de A 20 et B 28 de B 27. Or ces deux moitiés de folio sont des béquets de papier et d'écriture A ordinaire.

Les localisations que Claude Sicard juge tardives ne peuvent fournir argument. Car si au folio B 22 la lacune a bien été comblée sur épreuve : « ce qui se passait au château de *Sainte-Sévère,* chez M. Hubert de Mauprat » (p. 80 de notre édition), il est impossible de déterminer à quel moment de la rédaction est intervenu l'ajout « Briantes » au folio B 2 (retour en arrière ou relecture), la mention au folio B 9 « sur les rochers de Crevant » (p. 66) à la place de « dans des ravins déserts » est sans aucun doute possible une correction venue au fil de la plume et non en quelconque surcharge. Les folios A 8 et 8 bis forment un sens complet et sont intercalés en quelque sorte entre 7 et 8 bis a.

J'incline donc à penser que George Sand n'a pas commencé par les folios B 1 à 26 et qu'ils constituent au contraire un des enrichissements du texte. En tout état de cause, la présence d'une ancienne numérotation, dont j'ai relevé quelques vestiges en A et qui se remarque encore en B, sporadiquement jusqu'au folio 167 qui est un 57 barré, m'incline à croire qu'il faut intégrer à cette première rédaction les folios A rognés. Cette numérotation à petits chiffres souvent d'une encre très noire paraît antérieure à un remaniement dont témoigneraient à la fois la numérotation pâlie et la présence des folios B précités souvent écrits d'une encre fort pâle. Toutefois la cohérence n'est pas telle qu'on ose résolument conclure.

La présence de certains ensembles laisse cependant libre l'hypothèse de trois niveaux de rédaction. Mais la rédaction de type A me semble primitive dans la mesure où elle paraît se pouvoir suivre de trace en trace, et souvent dans des béquets, jusqu'au folio 330 où se trouve l'aveu qui forme un tout dont j'ai parlé dans la préface : « elle couvrit son visage de ses deux mains... comprendre » (p. 426). Dans ces passages se retrouvent les variantes significatives relevées aussi par Claude Sicard d'un état de texte où Solange de La Marche était l'héroïne. Nous aurions là la nouvelle originelle qui amplifiée une première fois restait une *histoire de cœur*. Le noyau en serait les folios 89 à 102 (p. 127 à 140 de cette édition). Mais, même dans cette perspective, la prudence reste de règle. La correction que propose Claude Sicard à la page 145 de son édition (p. 194 dans la nôtre) n'est pas acceptable : le manuscrit porte non pas *mari* mais prétendu au béquet du folio 150 qui est sans conteste du même papier et de la même écriture que le noyau évoqué, prétendu étant barré. Cela témoigne au moins d'une hésitation de la romancière dont je n'ai pas trouvé d'autre exemple.

Tout se passe donc comme si George Sand avait opéré un véritable montage à partir d'éléments rédigés à des époques diverses. Mais il serait imprudent de conclure de façon péremptoire. J'ajoute que l'examen exhaustif du manuscrit est rendu très difficile notamment par la quasi-impossibilité, en raison de la reliure, de mesurer exactement les formats et bien évidemment de déplacer les folios pour les comparer. Les papiers utilisés ne font que compliquer la tâche. Les filigranes Whatman 1833 se rencontrent aussi bien aux folios A 1 à 4 qu'aux folios 181 à 236 par exemple ; Whatman 1834 s'aperçoit au folio 116. Ailleurs s'entrevoit Whatman G & D. Enfin le timbre sec « GS » usité vers 1837 n'est visible qu'assez peu fréquemment sur une quinzaine de feuillets.

Ce patchwork explique peut-être la relative absence de variantes et de ratures. George use du béquet ou recopie probablement aussi. Le manuscrit de *Mauprat* est en tout cas de ceux qui battent en brèche la légende d'une George Sand insoucieuse de la construction de ses textes et il ne fait que davantage ressentir l'urgence d'un travail d'ensemble sur l'activité créatrice de George Sand.

Le Carnet (NAF 13645)

Le Carnet (NAF 13645), rempli pour l'essentiel en 1837, renferme quelques remarques qui touchent à *Mauprat* ou révèlent des préoccupations du moment.

Folio 15 : Après la phrase citée plus haut mais d'une autre écriture : « Les Zuccati [Maîtres Mosaïstes] font 150 pages de moi. Elles feront environ 6 feuilles et 100 pages de la *Revue*. J'ai demandé par lettre du 12 juin à Buloz 1 000 fr. des Mosaïstes — en me tenant quitte des 3 feuilles de la Revue que je dois sur *Mauprat*. »

Folio 23 : « A toucher prochainement sur Mauprat réimprimé 3 000. »

Folio 38 :
« Pour l'abbé George

> Dante avec traduction en regard
> Tasse idem
> Pétrarque idem
> ———————————
> Bayle
> Les Pères de l'Eglise
> Ecrire à Leroux
> Demander Inde Confucius. »

Folio 64 : « Qu'importe que l'homme soit heureux pourvu qu'il soit grand. » « Qu'importe que la femme soit grande si elle est heureuse. » Ces phrases (la première à l'encre, la deuxième au crayon) n'éclairent-elles pas — en partie — la psychologie de Bernard et d'Edmée ?

« Le second volume de l'exposition de la doctrine de *Saint-Simon*. Il n'a été donné qu'en feuilles à une cinquantaine de membres de la famille. Au besoin le faire copier. »

J'isole ces notes peut-être inspirées par Michel :

Folio 51 : « Arrêté par les cavaliers de la maréchaussée, mis en prison de la *prévauté* (sic) voisine, La Châtre. Substitut du procureur général du baillage (sic) d'Issoudun. La cour criminelle au *présidial* de Bourges, au siège du procureur général — Peut être instruit en très peu de jours. L'évêque lança un monitoire, avertissant par voie de prédication dans chaque paroisse, *proclamant* monitoire (sic) : les *curés* [avaient ordre de dénoncer] — On pouvait réviser le procès ou le jugement [reconnu] par supplémens plusieurs fois, sur la simple déclaration du premier venu, se disant témoin ; ne peut se faire que sur l'ordre du g^d conseil (qui était p^r ainsi dire une Cour de Cassation), par ordonnance du roi — [p^r] (prendre la poste) et pouvait se faire en un mois. »

INDICATIONS BIBLIOGRAPHIQUES

I. Ouvrages et articles sur George Sand

Claudine CHONEZ, *George Sand*, Seghers, 1973.
Wladimir KARÉNINE, *George Sand*, Plon, 1899-1926, 4 volumes.
Cet ouvrage reste la meilleure biographie de George Sand.
Jean-Pierre LACASSAGNE, *Histoire d'une amitié, Pierre Leroux et George Sand*, Klincksieck, 1973.
Georges LUBIN, *George Sand en Berry*, photographies de Robert Thuillier, Hachette, 1967.
Georges LUBIN, *Album Sand*, Gallimard, 1973.
Francine MALLET, *George Sand*, Grasset, 1976.
André MAUROIS, *Lélia ou la vie de George Sand*, Hachette, 1952.
Pierre SALOMON, *George Sand,* Hatier-Boivin, 1954.
Louise VINCENT, *Le Berry dans l'œuvre de George Sand,* Champion, 1919.
Cahiers de l'Association internationale des Études françaises, mai 1976, numéro spécial George Sand.
Europe, mars 1954, numéro spécial George Sand.
Europe, mars 1978, numéro spécial George Sand.
Revue d'Histoire littéraire de la France, juillet-août 1976, numéro spécial George Sand.

II. Études sur Mauprat

« Préface » de George SAND, *Mauprat*, édition Claude Sicard, Garnier-Flammarion, 1969.
Bernadette CHOVELON-GUERRY, « Une image idéalisée de la femme : Edmée de Mauprat », *Bulletin de liaison des « amis de George Sand »*, 1978, n° 3.

Louis R. PLAZOLLES, « Edmée de Mauprat et George Sand », *L'École*, n° 16, 1964-1965, pp. 695-696, 705-706.

– « Quelques maîtres de George Sand à l'époque de *Mauprat* », *L'École des Lettres*, n° 8, 25 décembre 1965, pp. 370, 411-412.

Gérald SCHAEFFER, « " Nature " chez George Sand, une lecture de *Mauprat* », *Romantisme*, n° 30, 1980, pp. 5-12.

Claude SICARD, « La Genèse de *Mauprat* », *Revue d'Histoire littéraire de la France*, septembre-octobre 1968, n° 5, pp. 782-797.

– « En marge d'une note de *Mauprat* », *Revue d'Histoire littéraire de la France*, mars-avril 1969, n° 2, pp. 276-279.

III. Ouvrages de George Sand

Les *Œuvres autobiographiques* de George Sand ont été publiées par Georges Lubin, Gallimard, Bibliothèque de la Pléiade, 1970-1971, 2 volumes, avec une minutie et une sympathie exemplaires. Il en va de même pour la *Correspondance* qui en est à son quinzième volume (1812-juin 1860, Garnier, 1964-1981). Aucune étude ne dispense de ces lectures passionnantes.

IV. Le texte

– *Mauprat* a été publié pour la première fois dans la *Revue des Deux Mondes* en quatre parties, dans les numéros des 1er avril, 15 avril, 1er mai et 1er juin 1837.

Dans la *Revue des Deux Mondes*, la première partie correspond aux chapitre I à VI, la deuxième aux chapitres VII à XI, la troisième aux chapitres XII à XVIII, la quatrième aux chapitres XIX à XXX.

– L'ouvrage paraît ensuite en deux volumes (*Bibliographie de la France*, 7 août 1837) chez Félix Bonnaire (344 et 407 p.) avec en frontispice un portrait de George Sand par Luigi Calamatta. Cette édition suit le texte de la préoriginale.

– La seconde édition : *Mauprat*, Félix Bonnaire, 1838, 2 volumes (344 p. 407 p.), est identique à la première.

– Œuvres illustrées de George Sand, Préfaces et notices nouvelles par l'auteur. Dessins de Tony Johannot. Edition Jules Hetzel, 1852. Le volume que j'ai consulté contient *La Mare au Diable, André, Mauprat, Le Compagnon du Tour de France*. Chaque ouvrage est paginé séparément (*Mauprat* est paginé 1 à 96).

Œuvres de George Sand. *Mauprat, Metella*. Paris. J. Hetzel et

Cie, rue Richelieu, 78, V. Lecou, rue de Bouloi, 10, 1852. Les deux éditions sont imprimées par J. Claye et Cie, rue Saint-Benoît, 7.

Le texte de ces deux éditions est identique à une note près. C'est lui que j'ai suivi. Il contient la notice de 1851 et l'ajout final. Hormis la correction de coquilles manifestes, je ne me suis permis que deux rectifications : p. 188, *Bernard* au lieu de *M. Bernard; M. de La Marche* au lieu de *La Marche;* p. 284, *je ne les sus que bien plus tard* au lieu de *je ne les sus bien que plus tard.* Ces inadvertances se retrouvent depuis la *Revue des Deux Mondes* dans toutes les éditions.

NOTES ET VARIANTES

Page 33.

1. 1846 : George Sand commet une erreur manifeste. 1837 conviendrait mieux.

2. George Sand qui, selon l'accord de novembre 1830, passait la moitié de l'année à Paris, a introduit le 19 octobre 1835 devant le tribunal de La Châtre une demande en séparation qui est prononcée le 16 février 1836 ; jugement confirmé le 11 mai après opposition de Casimir Dudevant. Nouveau procès les 25 et 26 juillet à Bourges. Finalement, le traité du 29 juillet met fin à la procédure.

Page 34.

3. Gustave Papet (1812-1892), propriétaire du château d'Ars, à une demi-lieue de Nohant. L'*Histoire de ma vie* évoque plusieurs fois ce philanthrope à qui sa fortune permet d'exercer gratuitement la profession de médecin. « Cet ami fidèle sera mêlé, comme l'écrit Georges Lubin, à tous les événements de la vie de George Sand. »

Page 35.

4. La Marche est au sud du Berry et touche le bas Berry (voir la carte p. 473).

5. Varenne : partie du bas Berry située au sud de Sainte-Sévère.

6. Le cadre de cette collection ne permettant de donner qu'un choix restreint de variantes, je donne à titre d'exemple le relevé exhaustif de celles des quatre premiers paragraphes. J'indique entre crochets les ratures du manuscrit.

Coupée de bois de chênes et de châtaigniers, ms. : *coupée de bois châtaigniers* (sic).

7. Il est vain de tenter de situer avec précision la Roche-Mauprat.

8. Tomba, ms. : [*échut*].

9. Ancêtres, ms. : [*oncles*].

10. Vipères, ms. : *vipères de la forêt*.

Page 36.

11. L'engoulevent, ms. : [*le grand duc*].

12. Glapir, ms. : [*hurler*].

13. Pressant le pas, et de temps en temps font, ms. : *pressant le pas et de temps en temps faisant*.

14. Ruines, ms. : [*décombres*].

15. Sans éprouver un certain malaise, ms. : *sans éprouver soit* [*un certain frisson de terreur*] *soit* [*de terreur soit de tristesse*].

16. Dans certaines nuits orageuses, ms. : *dans de certaines nuits orageuses*.

17. Mauprat, ms. : [*la Roche*] *Mauprat*.

18. A cette famille des Mauprat, ms. : [*à cette famille des hobereaux*] [*marchois*] *Mauprat*.

Page 38.

19. C'est de m'avoir mesuré la vie aussi courte qu'aux autres humains, ms. : *c'est de m'avoir mesuré* [*ma*] *la vie sur le même aulnage que celle des autres hommes*.

Page 42.

20. Son cousin Tristan : plus loin, à la page 129, Tristan sera dit frère du chevalier.

21. Fromental : sur cette terre à blé située au nord de la Vallée Noire et où se trouvent Nohant, La Châtre, Saint-Chartier, etc., voir Lasne, *Contribution à l'étude géologique du département de l'Indre*, Masson, 1889, p. 29, cité par Louise Vincent, *op. cit.*, pp. 73-74.

Page 43.

22. Sept ans plus tard : cette chronologie a coûté beaucoup de peine à George Sand. Dans le manuscrit, on lit : *trois ans*, surchargé en *cinq*. L'édition originale et la revue portent ce chiffre, corrigé en 1852 en *sept*. De même à la phrase précédente le manuscrit porte : [*Hubert se maria*] au lieu de : Hubert eut une fille.

Page 45.

23. Nos provinces du centre : le Berry occupe la position la

plus centrale. Cette localisation géographique est un des lieux communs de George Sand pour expliquer le caractère retardataire de la mentalité berrichonne.

Page 51.

24. Quatre huissiers, ms. : [*douze estafiers*].

Page 54.

25. Mon geôlier et mon bourreau : dans le manuscrit suit un passage : [*Comme il ne pouvait marcher sans béquilles et qu'il m'eût été facile de me soustraire à ses mauvais traitements, en me servant de mes jambes, il me les liait* [me mettant aux jambes] *une chaîne formée par des anneaux de fer, comme on en met aux jeunes poulains dans les prés, et me forçait de rester ainsi continuellement à la portée de ses coups.*]

Page 59.

26. Le bourreau, ms. : *le* [*geôlier*].

27. La tour Gazeau, ms. : *la tour Gazot.* Autant il est vain d'essayer de situer la Roche-Mauprat, autant la tour Gazeau est situable, dans les bois de la Curat, au nord-ouest de Sainte-Sévère. C'est en fait « le vestige d'un important manoir, construction du XIIIe siècle qui appartenait au XVIIIe siècle à Jean de Bigu, qui vendit la terre et le fief en 1771 » (Louis Vincent, *op. cit.*, p. 109, note 1).

28. Un philosophe rustique, ms. : *un* [*poète de village*].

Page 60.

29. Il avait été à l'école chez les Carmes de ***, ms. : *il avait été à l'école chez les frères.* Ce sont sans doute les Carmes de La Châtre, persécuteurs de l'abbé Aubert, qui apparaissent à la fin du chapitre XVIII.

30. De l'école, ms. : *de l'école* [*de charité*].

Page 68.

31. Dans le manuscrit, sorcier est une surcharge pour *sage*.

Page 70.

32. Je la lançai avec vigueur, ms. : *je la lançai* [sur lui] *avec vigueur.* [*Il faut dire à ma honte que j'étais un peu loin de lui et que j'avais le temps de battre en retraite, si comme Ulysse je n'abattais pas du premier coup Polyphème.*]

Page 74.

33. Puis la porte se referma sur lui avec fracas, ms. : *alors il* [*me*

*détacha et disparut dans sa tour, il tira sur lui la porte de fer qui
se referma avec fracas].*

Page 75.

34. Mon orgueil saignait plus que ma chair, ms. : [*cette soirée
fut une des plus cruelles de ma vie*].

Page 85.

35. Avoir aidé plus d'une victime terrassée, ms. : *avoir aidé
plus d'une victime* [*à éviter ce que vous appe* (sic) *le coup de grâce*].

Page 87.

36. La dernière phrase est ajoutée en 1852 dans l'édition
Hetzel-Lecou (p. 49). Pleumartin est dans la Vienne, à 25 km
au sud-est de Châtellerault, près de La Roche-Posay. En 1853,
le descendant du triste seigneur demanda la suppression de la
note. George Sand avait même fait écrire à l'imprimeur pour
accéder à cette requête. Mais la note n'a disparu que de l'édition
Hetzel illustrée de *1852* (p. 113)! Le nom de Plombmarteau ou de
Puymarteau fut substitué à celui de Pleumartin dans la pièce tirée
du roman, représentée à l'Odéon le 28 novembre 1853. Pour
l'histoire de cette note, voir l'article de Claude Sicard (*Revue
d'Histoire littéraire de la France*, mars-avril 1969), à cette réserve
près que ce critique n'a pas consulté l'édition précitée et affirme
que la note a été partout maintenue. Le mystère n'en est que
plus épais.

Page 95.

37. (à la mode de Bretagne aussi) : le manuscrit ni l'édition
originale ne portent cette parenthèse qui est un ajout de 1852.

Page 97.

38. Si vous êtes Edmée, ms. : *Si vous êtes Edmée* [*ma cousine,
vous allez me donner un baiser et me jurer que vous avez de l'amitié
pour moi*].

Page 103.

39. La description de la tenue d'Edmée figure sur un béquet
de : « en une jupe de drap » à : « mon cher enfant ». Les ratures
ou les reprises sont nombreuses : *jupe de drap très ample et froncée
autour des hanches. — Gilet de satin gris de perle* [*très ajusté*] [*bien
ajusté*]. — *Une écharpe rouge était roulée flottante* [*roulée très lâche
autour*] *au bas de la taille — Veste de chasse galonnée, longue par
derrière, courte par devant — un chapeau de feutre gris* [*relevé*] *à
grands bords, surmontant des cheveux sans poudre* [*relevés*] *retroussés…* [*Ceux de Me*] [*les siens*] *Ceux d'Edmée…* — [*Tant*] *de jeunesse
(M*me *de La Marche avait dix-neuf ans) et ce bon accueil etc.*

C'est sur ce béquet que pour la première fois se trouve une trace de ce que je considère comme une première version.

Page 106.

40. En m'embrassant sur les joues avec effusion, ms. : *en m'embrassant sur les joues [comme eût fait ma mère].*

41. Je me sentis les yeux pleins de larmes, ms. : *[Mme de La] ma suppliante s'en aperçut.*

42. Et ton mariage? Sur le manuscrit, *ge* paraît ajouté. Le texte premier paraît être : *Et ton mari? lui dis-je.* Suit un passage cancellé : *[il est vieux, répondit-elle d'un air étourdi. Est-ce que nous nous reverrons jamais [adieu pour] lui dis-je avec douleur] Est-ce que tu ne vas pas me suivre?*

43. Pendu là-bas pour avoir fait le métier de bandit : à la suite dans le manuscrit : *Pendu là-bas [par ton mari] pendu ici par mes frères* (sic, non rayé).

Page 108.

44. Sans que je sois déshonorée, ms. : *[eh bien alors, je suis à vous si vous voulez jurer sur ce qu'il y a de plus sacré, que vous me tuerez après, immédiatement après].*

Page 111.

45. Nous sommes perdus, ms. : *[je suis ennemi juré à la tour Gazeau].*

46. La figure pâle et grave, ms. : *la figure pâle et [mélancolique] [et sombre].*

47. Ecclésiastique recevait le reflet de la flamme, ms. : *ecclésiastique [étant près] [occupait la droite de] recevait la flamme.*

48. Un nez tellement effilé, ms. : *un nez tellement [long et pointu].*

Page 126.

49. Hubert de Mauprat, ms. : *[Mr de La Marche]. Id.* plus bas : *aux pieds de [M. de La Marche].*

Page 127.

50. Je regardai le chevalier, ms. : *[Monsieur] je sais maintenant que je vous dois l'honneur et la vie de ce que j'ai de plus cher au monde, toute la mienne, [et malheureusement c'est une bien courte promesse que je puis faire], sera consacrée à vous prouver ma reconnaissance et mon estime. [Quand je n'existerai plus [ma femme qui], Mme de La Marche, qui, Dieu merci, est appelée à me survivre, continuera à acquitter cette] dette sacrée. Vous êtes orphelin et je n'ai pas d'[enfants]. Je regardai [M. de La Marche].*

Page 128.

51. La conduite de vos oncles, ms. : [*en outre vous pourriez être l'objet de quelques vengeances de la part de vos oncles s'ils venaient à vous rencontrer*].

Page 133.

52. Le chevalier, ms. : [*le comte*].
53. M. Hubert, ms. : [*M. de La Marche*].
54. Rustre, ms. : [*animal sauvage*].
55. Un zèle qui marquait de l'espérance, ms. : une phrase rayée : [*Mme de La Marche fut assez malade pour garder la chambre huit à dix jours. Ce temps d'impatience et d'attente*] *fut adouci.*

Page 135.

56. Chez sa fille, ms. : *chez* [*Mme de La Marche*] [*femme*]. Plus bas, *Mme de La Marche* pour : Edmée, *le comte* pour : le chevalier.

Page 136.

57. Jusqu'alors la jeunesse et la santé, ms. : *jusqu'alors* [*des yeux bien fendus, un teint vermeil de*] *la jeunesse... [Mme de La Marche*].
58. Dans mes bras à la Roche-Mauprat, ms. : *dans mes bras* [*si hardiment*] *à la Roche-Mauprat et que j'avais* (un mot illisible) *malgré elle notre second.*
59. Mademoiselle Leblanc : dans le manuscrit, le nom est en surcharge. Je lis *Leroy*, peut-être d'abord surchargé en *Lebloy*. Dans tout ce folio 99, *Leblanc* est en surcharge chaque fois.

Page 137.

60. D'Edmée, ms. : [*de Mme de La Marche*].
61. Edmée, ms. : [*La comtesse*].
62. Mademoiselle, ms. : [*Mme la comtesse*].

Page 138.

63. Mademoiselle, ms. : [*Madame*].
64. Le chevalier, ms. : [*le comte*].
65. Pour l'amener ici, ms. ensuite : [*Est-ce que c'est un parent de la famille, Madame? Non mais peut-être de Monsieur.*]

Page 139.

66. M. le chevalier, ms. : *M.* [*le comte*].
67. Bouvière, ms. : *bouvière* [*de la Marchoise*].
68. Mon père, ms. : [*M. le comte*].
69. Trente ans de moins!..., ms. : !... — [*mais si madame avait un enfant il faudrait qu'il soit bon gré mal gré son frère ainsi?* —

Leroy tu radotes, tu sais bien que cela n'arrivera pas] mais est-ce que Monsieur a consulté [*Madame*].

70. Y a-t-il au monde un meilleur père que le mien? ms. : *Y a-t-il un meilleur* [*ami*] [*au monde*] *que* [*mon mari*], [*madame*] *est bien bonne aussi. Il y a des* [*femmes*] *à qui cela...*

Page 140.

71. Le chevalier me dit : « Va causer avec Edmée, monte à sa chambre, ms. : [*le chevalier*] *me dit : « Va causer avec* [*Solange*], *monte à sa chambre.*

72. J'étais furieux, ms. : [*un soir M. de La Marche* [*me prit à part et me dit*] *me pria de l'accompagner à Bourges.* « *Vos oncles vous réclament et parlent de me rançonner, dit-il, mais je les crains peu ; ils sont trop mal avec la justice pour oser l'invoquer. De mon côté je leur prépare*].

Du folio 89 (p. 127) au folio 102 qui se termine ici, je n'ai pas relevé toutes les occurrences qui font du comte le chevalier, d'Edmée une comtesse. Ici s'arrête le noyau de la version première selon moi. Au folio 103, le papier, l'écriture changent. On relèvera que dès le folio 107 (p. 146) M. de La Marche est *jeune.*

Page 145.

73. Cénobite : anachorète conviendrait mieux, car le cénobite est un moine vivant en communauté.

Page 151.

74. Bernard n'a pu connaître ces détails que plus tard. Ce paragraphe illustre les périls de la narration à la première personne. Mais, comme de tels passages sont des commentaires ou des jugements de Bernard sur sa propre conduite, leur caractère *a posteriori* avoué n'invalide pas le parti pris narratif adopté.

Page 153.

75. Aux idées pythagoriciennes, ms. : *aux idées pythagoriciennes* [*de Pythagore sur la métempsycose*]. Par ce trait, Patience évoque Pierre Leroux (voir dans *De l'Humanité* le chapitre IV du livre VI, « Preuves par Pythagore »).

76. Le Jacques de Shakespeare dans *As you like it* est un des héros familiers de la jeune George Sand. Voir *Histoire de ma vie,* éd. cit., t. I, p. 1092 : « Hamlet et Jacques de Shakespeare m'achevèrent. » On sait que George Sand adapta pour la Comédie Française *Comme il vous plaira* (*ibid.*, p. 1446). Jacques est décrit pleurant sur un cerf blessé à la scène I de l'acte II, vers 25 à 40.

Page 162.

77. Sot : le mot a ici le sens qu'il a au XVIIᵉ siècle, dans *L'Ecole des femmes*. On relève dans *Mauprat* plusieurs archaïsmes de ce type.

Page 173.

78. Bien des clairs de lune viennent en mémoire mais George Sand se souvient sans doute de la nuit à la belle étoile des *Confessions*.

Page 189.

79. *La Nouvelle Héloïse :* cette allusion au célèbre roman suit des considérations sur le suicide. On se rappelle sur ce sujet la lettre de Milord Edouard après celle de Saint-Preux (troisième partie, lettres XXI et XXII).

Page 194.

80. Mari : toutes les éditions, sauf celle de Claude Sicard qui substitue fiancé, portent : mari. Or ce mot vient dans le manuscrit en correction de [*prétendu*].

Page 196.

81. Vieux oracle, ms. : *oracle* [*de Delphes*].

Page 197.

82. Armure d'or : allusion à *La Jérusalem délivrée* du Tasse, citée plus haut.

Page 215.

83. La chronologie des chapitres XII et XIII est difficile à établir. Partis en mars (1777 si l'on en croit les affirmations de Mˡˡᵉ Leblanc au procès, 1776 selon Bernard qui précise « J'avais dix-neuf ans »), combien de temps restent-ils? Le texte suggère que le chevalier passe à Paris un hiver sur deux. Mais l'hiver en mars se termine! Comment dès lors intégrer dans cette chronologie l'apothéose de Voltaire (printemps 1778) et le tombeau de Rousseau (mort le 2 juillet 1778), même si le séjour de Franklin et le retour de Malesherbes à Paris s'y placent parfaitement? Il faut relever enfin que La Fayette s'embarque en avril 1777.

Page 220.

84. Tout ce chapitre renvoie implicitement à la deuxième partie de *La Nouvelle Héloïse,* en particulier aux lettres XIV où Saint-Preux décrit son entrée dans le monde, les fausses amitiés

et se plaint de la différence entre les discours et les actions, et XXI où il décrit les Parisiennes. Bernard est plus vertueux que l'amant de Julie, ou moins naïf. La Sophie de l'*Emile* n'est pas absente, et, d'ailleurs, les préceptes pédagogiques de Rousseau baignent le livre, même si, comme je l'ai relevé plus haut, George Sand via Bernard se livre à un persiflage léger d'Edmée, quand les références tacites aux *Discours* ou au *Contrat* le permettent.

On aura le plus grand profit à lire, pour commenter ce chapitre, dans le bel ouvrage de Paul Hoffmann : *La Femme dans la pensée des lumières*, Ophrys, 1977, les pages consacrées à Rousseau.

Page 230.

85. A cause de Rousseau, ms. : [*A cause de M. de Buffon*].

Page 240.

86. J'écrivis à Edmée : Bernard est aussi héroïque que La Fayette qui écrit à sa femme, enceinte, pour lui annoncer son départ : « J'espère que, pour l'amour de moi, vous deviendrez une bonne Américaine. » Comme La Fayette, Bernard n'a pas vingt ans.

Page 254.

87. La veille du départ de M. de La Marche, après l'envoi de la lettre de l'abbé, il s'était passé, ms. : *A la veille du départ de M. de La Marche et après que cette lettre de l'abbé eut été expédiée, il s'était passé.*

88. La malheureuse affaire de Savannah : le mot est faible car la région de Savannah fut un champ de bataille incessant en 1778-1779, et resta anglaise jusqu'en 1782.

89. Nathanael Greene (1742-1786), général américain successeur de Gates, vaincu par Cornwallis mais libérateur de la Géorgie.

Horatio Gates (1728-1806), vainqueur du général anglais Burgoyne (1777), mais vaincu par Cornwallis ; il fut remplacé par le général Greene.

Le chevalier de Ternay d'Arsac quitta Brest le 23 avril 1780 à la tête de la flotte de Rochambeau.

Charles Cornwallis (1738-1805), général britannique, défait à Yorktown par les forces franco-américaines.

Benedict Arnold (1741-1801), général américain, gouverneur de Philadelphie en 1778 qui, coupable d'exactions, passa aux Anglais après sa trahison.

Page 263.

90. Le comte de Rochambeau (1725-1807), commandant comme lieutenant-général le corps de volontaires français, contribua notamment à la capitulation de Yorktown.

Page 264.

91. Le traité de Versailles est signé le 3 septembre 1783 mais la paix n'est pas immédiatement proclamée (30 janvier 1784). La date de retour de Bernard n'est donc pas exactement déterminable.

Page 287.

92. Hébétés par le vin, ms. : *hébétés par le vin [et leurs barbes de satyre]*.
93. Lorsque, tout à coup, je vis se dresser, ms. : *lorsqu'[une apparition]*.

Page 345.

94. Il m'accusa d'un crime en lui-même, comme il me l'a plus tard avoué, ms. : *il m'accusa en lui-même [ainsi qu'il] à ce qu'il m'a avoué depuis d'avoir fait violence à Edmée [voilà l'horrible soupçon qui plana sur moi ensuite et lui d]*.
95. Pour me rappeler à moi-même, ms. : *[Qu'est-il arrivé?] de la prudence (...) Je ne le comprenais pas [Ah Mon Dieu repris-je, l'avez-vous rencontré? Nous marchâmes rapidement sans nous rien dire et nous arrivâmes au bord de l'étang près de la tour Gazeau] Edmée (...) herbe [à côté d'elle et de temps en temps approchait ses naseaux avec cet] — Patience (...) poitrine [dans son attitude familière] [accoutumée] (...) Pour moi [il me fut impossible] (...) deux balles [et qui couvrait de son sang la mousse de la forêt] (...) absolue [Ce qui se passa à cet instant me fut raconté depuis à plusieurs reprises. Je n'en ai gardé aucun souvenir et je ne m'aperçus pas comme moi-même en rien (sic)]*.

Page 353.

96. D'un père et d'une fille, ms. : *D'un père et d'une [sœur]*.

Page 432.

97. Dans la *Revue des Deux Mondes* et les premières éditions, *Mauprat* se termine ainsi : Ainsi disant, le vieux Bernard nous donna un bon souper, et nous renvoya chez nous en nous remerciant de la complaisance que nous avions mise à l'écouter. Puisses-tu, cher lecteur, ne t'être pas repenti de la tienne.

Dans le manuscrit, on lit : *Ainsi disant, le vieux Bernard nous*

donna un bon souper et nous renvoya chez nous, [*en nous embrassant*]
et en nous remerciant de l'[*obli*] *la complaisance que nous avions
mise à l'écouter. Puisses-tu, cher lecteur, ne t'être pas repenti de la
tienne* (en surcharge sur un mot illisible) [*devant cette n*] *à cause de
la rédaction.*

La fin a été modifiée pour les éditions de 1852.

Page 433.

98. On pense bien sûr à la *Lettre d'un voyageur* (VII) : « A
Franz Liszt, sur Lavater et sur une maison déserte ». Cet éloge de
Lavater annonce étrangement celui de Baudelaire : « La mémoire
de cet homme angélique vivra encore parmi les chrétiens, quand
les braves bourgeois eux-mêmes... » (Baudelaire, *Œuvres complètes*, Bibliothèque de la Pléiade, t. I, p. 378, Gallimard, 1975).

LE DÉCOR PROVINCIAL ET « RUSTIQUE » DANS *MAUPRAT*

Le cadre berrichon est solidement posé dans *Mauprat* et Louise Vincent et ses continuateurs n'ont eu aucun mal à relever l'exactitude des données topographiques voire géographiques et géologiques fournies par le roman.

Hormis l'insituable Roche-Mauprat, tous les lieux sont parfaitement repérables. Il n'est pas jusqu'au Trou-aux-Fades (Grotte aux Fées) aux environs de Crevant, ou la Fontaine des Fougères près de Briantes qu'on ne puisse retrouver. La tour Gazeau est dans les bois de la Curat sur la commune Pouligny-Saint-Martin. Le parc de Sainte-Sévère est l'objet d'une lettre du 20 décembre 1856 (*Correspondance*, t. XIV, p. 133). George traversait cette localité pour se rendre à Boussac. Beaucoup de ces localités et de ces sites font l'objet de développements dans les *Légendes rustiques* (1858) et les *Nouvelles Lettres d'un voyageur*, par exemple « La Berthenoux », publiée dans *L'Illustration*, le 28 octobre 1852.

L'itinéraire de Marcasse, encore qu'il n'obéisse pas dans la bouche de Bernard à une logique très géographique : « le tour de La Marche, du Nivernais, du Limousin et de la Saintonge » (dont l'Angoumois fait partie), et bien entendu celui du Berry, contribue à « cadrer » dans l'esprit du lecteur cette province, si mal située d'ordinaire, je l'ai vérifié! Mais le décor est ici plus un élément de l'action ou de l'atmosphère « noire » ou dramatique qu'il ne vise à suggérer une connotation « champêtre ». Le paysan dans *Mauprat*, qu'on lise les remarques du premier chapitre ou les analyses lucides de Patience, n'est pas le « fin laboureur » de *La Mare au Diable*, ni même la pauvre mais vertueuse Jeanne. Patience est plus un prophète qu'un paysan, dont il n'a spontanément aucune des vertus et qui reste un marginal converti. Il est d'ailleurs unique en son genre, *le premier* capable

LE BERRY DE *MAUPRAT*

de traduire une émotion esthétique. On relève en outre que les notations pittoresques sont extrêmement rares et le plus souvent succinctes. Toutes visent à exprimer d'abord un état psychologique. Je ne cite qu'un exemple, presque au hasard : « Le jour était brûlant, l'odeur des bois enivrante », note Bernard un instant avant l'attentat. Mais surtout une lecture attentive montre que presque toutes les évocations, car il n'y a aucune description, renvoient à une nature sauvage mais civilisée, celle du parc de Sainte-Sévère, dont Edmée est la « pastoure » mais surtout la fée. Et les chênes de Sainte-Sévère se retrouvent au Nouveau Monde, avec les pampres dorés sous lesquels elle se plaît à s'asseoir, et le chant de ses oiseaux — exotiques il est vrai en plein Berry du XVIIᵉ siècle. Car jamais Bernard ne peut isoler Edmée de sa Varenne qu'il ne voit que parce qu'elle en foule la « vaste lande coupée de bois de chênes et de châtaigniers ».

LE BERRY et les tournées de Marcasse
dans les provinces voisines
(indiquées par une étoile)

DOSSIER

DU MÊME AUTEUR

Dans la même collection

LA MARE AU DIABLE. *Edition présentée et établie par Léon Cellier.*

FRANÇOIS LE CHAMPI. *Edition présentée par André Fermigier.*

LES MAÎTRES SONNEURS. *Edition présentée et établie par Marie-Claire Bancquart.*

*Cet ouvrage
a été achevé d'imprimer
sur les presses de l'Imprimerie Bussière
à Saint-Amand (Cher), le 25 août 1981.
Dépôt légal : 3ᵉ trimestre 1981.
Nᵒ d'édition : 29037.
Imprimé en France.
(768)*